暗黒事件

バルザック
柏木隆雄 訳

筑摩書房

目次

暗黒事件

マルゴンヌ氏に
感謝をこめて、
そのサシェの館の客、ド・バルザック[1]

第一部　警察の憂鬱

第一章　ユダと呼ばれる男

一八〇三年の秋は、「帝政期」とわれわれが呼んでいる十九世紀初頭の時期で、もっとも美しい秋の一つとなった。十月には何度か雨が降って野をよみがえらせ、樹々は十一月の半ばでもなお緑の葉を残していた。そのため、人々はその時すでに終身執政となっていたボナパルトと天との間に、何か暗黙の約束があると思い始めてきた。[2] 彼の赫々《かくかく》たる成果の一つは天が助けたものに違いない。そして、まことに奇妙なことに！　一八一二年、太陽が彼を見捨てた日に彼の繁栄は終わることになる。

　その一八〇三年の十一月十五日、夕方四時ごろ、貴族の領地にふさわしい長い並木の大通り、四列に並んだ樹齢百年におよぶ楡の梢に、太陽は赤々とした光塵を投げかけていた。広大な円形広場の砂利や草の茂みも照り輝いている。こうした円形広場は田舎によくあるもので、昔は土地の値がそれほど高くなかったから、そんな飾り物に土地を割くことができたのだ。空気がまったく澄みきって、あたりはまことに穏やかな雰囲気だったから、ある一家が夏と同じように外に出て涼を取っていた。

主人は厚地の緑の布で出来た狩猟用のヴェストを着て、ボタンも緑、キュロットも同じ素材で、底の薄い革靴を履き、さらに厚地のゲートルを膝まで巻いて、練達の狩猟家が暇な時によくするように、短い銃身のライフル銃を丹念に磨いている。獲物袋や獲物はそこにない。何の装備もしていないから、これから狩りに行くのか、狩りから帰ってきたのかはわからない。女が二人、傍に座ってじっと彼を見つめている。なにか恐ろしい思いに捉われていて、それは隠そうとしても隠しきれないでいた。

茂みにでも隠れてこの光景を眼にすることができれば、男の妻と彼女の年老いた母親が震えているように、どんな人間でも震え上がるに違いない。じっさいふつう狩人が獲物を殺すのに今の彼ほど入念な手入れはしないし、そんな重いライフル銃をオーブ県[3]で用いることはないからだ。

「ノロジカでも狩ろうというの、ミシュ」と若く美しい妻が、できるだけにこやかな風を装いながら声をかけた。

ミシュは答える前に犬をじっと見つめた。日向に寝そべって、両足を前に出し、鼻先をその足に付ける愛くるしい姿を見せていた猟犬は、今しも首をもたげて、一キロメートルほど列なる並木の大通りや、円形広場に左手の方から出る近道の方に鼻を交互に向けて嗅ぎまわった。

「いや」と夫は答えた。「ノロジカじゃない、撃ち漏らしたくない化物《ばけもの》の大山猫さ。[4]」

白い毛に褐色の斑がある大きなスパニエル犬が唸り声をあげた。

「そうだ」とミシュは自分に言い聞かせるように言った。「密偵がいる！　この土地は密偵がうじゃうじゃいる。」

ミシュの妻は、苦しそうな様子で空に眼を向けた。美しいブロンドで、眼は青く、まるで古代の彫像を思わせる。考え込んで沈みがちな彼女は、暗く、苦い悲しみに苛まれているように見えた。

夫の姿格好を見れば、その二人の女がどれほど恐ろしい思いをしているかがわかるだろう。

顔の表情が示す諸々の法則は正確だ。単にその性格に適用できるばかりでなく、生死にかかわる運命にも比較的当てはまる。運命を予言する顔つきというものがあるのだ。

もし断頭台で命を落とす人々の正確なデッサンを得ることができるなら――その生々しい統計結果は「社会」にとって重要なものだが――ラファーターやガルの学問は、[5]そうした人間すべての顔の形に、たとえそこに無実の者もいるにしても、変わった兆候があることを否応なしに証明することになるだろう。確かに、「宿命」というものは、何らかの激しい死に方をする者たちの顔に徴《しるし》をつけているのだ！

ところで、そこに刻まれた印は観察力の優れた者の眼にははっきりと見える。それがライフル銃を持つ男の豊かな表情に印されていた。[6]

ミシュは小柄で太り、性格は穏やかだが、野猿さながらに動きが突発的で敏捷、顔が白く、赤く血が透けて、カルムイク人のように鈍重な顔に、[7]縮れて赤い髪の毛が何か不吉な印象を与えている。黄味がかって澄んだ眼は、虎の眼のように奥深く炯々《けいけい》と光っていたが、動きも激しさも無いために、彼の眼をじっと見ようとする相手の眼の方がとまどってしまう。爛々と輝く厳しいその眼は、ついには相手を圧倒する。動かずにいる眼とは対照的に敏捷な体が、最初ミシュを見た時受ける氷のような印象をさらに強めた。この男にあって敏捷な行動は、動物たちの生が本能に隷従して熟慮することがないのと同じように、たった一つの思考に結びついていた。

一七九三年以来、彼は赤茶けた鬚を扇形に刈り込んでいた。「恐怖政治時代[8]」に、彼の特異な顔立ちは、たとえ一地区のジャコバン・クラブ会長にならずにいたとしても、それだけで見るだに恐ろしいものだったに違いない。顔は獅子鼻のソクラテスに似て、額は秀《ひい》で、それが少し張り出しているために、顔に覆いかぶさっているように見えた。常に警戒している獣のように両の耳が立ってよく動き、口は田舎の人間によくみる半ば開いた形で、そこから覗く歯はがっしりと、歯並びは悪いものの、アーモンドのように白かった。濃く、つややかな頬髯《ほおひげ》が、ところどころ紫色をおびた白い顔を縁取《ふちど》っている。髪は前を短く刈り、横や後ろは長く伸ばして、褐色をおびた赤毛が、この男の表情の風変わりで不吉なところをまざまざと浮き彫りにする。首は短く太く、「法」の裁きの刃《ギロチン》をいざなっているかに見えた。[9]

まさしくこの時、太陽が斜めに射し込んで、そこにいる三人をはっきりと照らした。犬は彼らの顔を時々見つめている。

この情景はじっさい素晴らしい舞台で展開されていた。

円形広場はゴンドルヴィルの荘園《パルク》のいちばん端にある。フランスでもっとも豊かな土地の一つであり、間違いなく、オーブ県[10]でもっとも美しいこの荘園は、みごとな楡の並木やマンサール[11]の設計になる城館、壁に囲まれた千五百アルパン[12]の大庭園、大きな九つの小作地、森林が一つ、それに水車小屋や牧場からなっていた。[13]

王領にも匹敵するこの土地は、革命前にはシムーズ家（Simeuse）のものであった。もともとシムーズ（Ximeuse）はロレーヌ地方にある封土でシムーズと発音し、結局文字も発音どおりにSimeuseと書くようになったのである。

ブルゴーニュ家につながる貴族シムーズ家の莫大な財産は、ギーズ家がヴァロワ王家を圧迫していた時代にまで遡る。反乱を企てたロレーヌ公の一族[14]にシムーズ家が忠誠を尽くしたことを、まずリシュリュー[15]が、次いでルイ十四世がよく覚えていて、シムーズの一族を疎外した。当時シムーズ侯爵は、年老いたブルゴーニュ党で根っからのギーズ派、古いリーグ派にして年老いたフロンド党として（つまり侯爵は王権に対する貴族たちの大きな四つの遺恨を受け継いでいた)[16]、サン=シーニュに住まうことになった。ルーヴル宮から追いやられたこの宮廷人は、サン=シーニュ伯爵の未亡人を妻としていた。サン=シーニュは高名なシャルジュブフ家[17]の分家で、シャンパーニュの由緒ある伯爵領でも最も著名な一族の一つであり、本家と同じほど世に知られ、かつ本家よりも裕《ゆた》かな家となった。当時極めて富裕な一人であった侯爵は、宮廷で大金を費消する代わりに、ゴンドルヴィルを築いて、そこを所領とし、もっぱら大規模な狩りを催すために周辺の土地も合わせて手に入れた。彼はまたトロワのサン=シーニュ邸のごく近くにシムーズの館を建築した。この古い二つの屋敷と司教館だけが、長い間トロワで唯一の石造りの家であった。彼はシムーズの土地をロレーヌ公爵に売却した。

彼が倹約して蓄えた分と莫大な財産の少しばかりを、ルイ十五世の時代に息子が使い込んだが、この息子は、艦長となり、海軍中将ともなって彼の若気の過ちを華々しい軍功で帳消しにすることになる。

その海軍軍人の息子のシムーズ侯爵は、トロワの断頭台で亡くなり、その双子の息子たちは亡命、ちょうどこの時には外国にいて、コンデ家に従って運命を共にしていた。円形広場はかつて大侯爵が狩りを催す際の集合場所だった。大侯爵とは一族の中でゴンドルヴィルを創設したシムーズ侯爵のことをこう呼んだのだ。一七八九年から、ルイ十四世の時代に荘園内に建てられ、狩りの集合場所であるサン=

シーニュの小館《パヴィヨン》と呼ばれる建物にミシュは住んでいた。サン＝シーニュの村はノデーム（ノートル＝ダムが訛《なま》ったもの）の森の端にあり、そこから楡の四列でできた並木の大通りが続いている。その道で犬のクローが密偵たちの匂いを嗅ぎつけたのだ。

この小館は、大侯爵が亡くなってから、まったく顧みられずに放っておかれていた。息子の海軍中将はシャンパーニュ地方よりむしろ海や宮廷に足しげく通い、その長男は荒れ果てた小館を、住居としてミシュに与えたのである。

この気品のある建物は煉瓦造りで、四隅《よすみ》や扉、そして窓は、虫食い彫りを表面に施した石で飾られている。美しいけれど錆びて腐食した錠前のついている鉄格子は、左右いずれの側にも開く。その鉄格子の背後にある底が深く幅の広い通行止め用の堀には、木々が力強く生え茂り、その堀の胸壁は鉄が唐草模様の針状に立ち並んで、侵入する悪者に対して痛い刺を数知れず突き立てていた。

荘園の壁が始まるのは円形広場が作る円周の遥か彼方からだ。

外側には楡の木の植えられた土手が大きな半月形を作っていて、それに相応じるように、荘園の内側で異国種の多くの木々が同じ半月形を作っている。つまり小館はそうした二つの蹄鉄の形で描かれた円形広場の中央を占めている。

ミシュは一階にあるかつての居間を、厩舎や牛小屋、台所、それから薪小屋にしていた。昔日の壮麗さが残っているのは唯一控えの間だけだ。大理石の敷石は白と黒で張られ、そこへは大庭園の側にあるフランス窓[18]から入る。小さい碁盤縞にガラスが嵌まっているその窓は、ルイ・フィリップがヴェルサイユ宮殿をフランスの数々の栄光を記念する場所にしてしまうまで宮殿に残っていたものと同じ形だ。[19]中に入ると、虫に食われてはいるが趣のある古い階段が二階へと通じ、少しばかり天井の低い部屋が五つある。その上は屋根裏で広い物置となっている。

この由緒ある建物は四面の大きな屋根組みで覆われており、穹稜《きゅうりょう》を鉛製の二つの花束形の頂華で飾り、丸窓が四つ設《しつら》えてある。マンサール[20]の好みだが、これは彼の意見が正しい。というのも建物の上に作られた屋階《おくかい》やイタリア式の平屋根は、フランスの気候にはまったく向いていないからだ。ミシュはその屋根裏に秣《まぐさ》を置いていた。

古い小館を取り囲む庭園の全体が英国風にできていて、百歩も歩けば、薄い霧が木々の上をかすめ、蛙や蝦蟇《がま》、またその他の騒がしい両生類たちが、夕陽の沈むころに鳴くことから、かつての湖、今は単に魚を養殖する池のあることがわかる。いろいろなものが老い朽ち、木々は深々《しんしん》と静まりかえり、並木の大通りが遥かに見えて、森が遠くにある。細かな見どころも多く、錆びた鉄や苔に覆われた岩の塊など、こうしたすべてが今なお現存するこの建築を詩的なものにしていた。

この物語が始まった時、ミシュは虫の食った階段の手すりの一つに身を凭《もた》せていた。その上に火薬袋と庇《ひさし》の付いた帽子、ハンカチーフ、ねじ回し、ぼろ布など、要するに彼の怪しげな仕事に必要な道具のすべてが見える。妻の椅子は小館の外の扉の側に背が向けられていたが、その背にはシムーズ家の紋章が豪華に刻まれ、美しい銘句「此処ニ、死ヌベシ！」が添えられてある。農婦の衣服をまとった母親は、娘のミシュ夫人の前に自分の椅子を置いて、両足を椅子の横木に乗せ、湿気に当たらないようにしていた。

「チビはいるか」とミシュが妻に尋ねた。

「池のあたりをうろついていますよ。蛙や虫たちに夢中で」と母親が言う。

ミシュはあたりを震わせるほどに呼び笛を吹いた。

すぐに息子が走ってきた。ゴンドルヴィルの管理人がどれほど専制的にふるまっているかがそれでわかるだろう。ミシュは一七八九年から、いや、特に一七九三年からほとんどこの土地の主《あるじ》のようになっていた。彼は妻や姑、ゴシェという名の幼い使用人、さらには召使いのマリアンヌを畏怖させていたが、十里四方の者たちも同じように怖がらせた。

どうしてそんな気持ちを起こさせるのか、ここまで話してその理由を言わないでおくのはまずかろう。その理由を語れば、ミシュの精神的な面での肖像《ポルトレ》が完成することになる。

老シムーズ侯爵がその財産を処分したのは一七九〇年。しかしそれ以前に革命のさまざまな事件が起こったために、侯爵はゴンドルヴィルの美しい土地を忠実な人間の手にゆだねることができなかった。ブランシュヴィック公爵およびコーブルク大公[21]と通じていたという廉《かど》で告発されて、シムーズ侯爵は夫人ともども入獄の憂き目にあい、トロワの革命裁判所で死刑を宣告された。裁判所長はマルトの父親だった。

美しいこの領地は国家没収財産として売りに出された。[22]

侯爵夫妻の処刑の際、ゴンドルヴィル家の土地の総管理人のミシュがそこにいるのを見て、皆は一種の恐怖を覚えた。彼はアルシのジャコバン・クラブ会長となって、トロワまで出向いて処刑に臨んだのだ。一介の農民の息子で、孤児でもあったミシュは、侯爵夫人から親切の限りを尽くされ、城館で育ててもらった上に、総管理人の地位まで与えられていたのだから、そのことに憤慨した人々から彼はブルータスのように見なされた。[24] この恩知らずの所業がなされた後、この土地で彼に会おうとする人間は誰もいなくなった。[23]

土地を買ったのはアルシの人間で、マリオンというシムーズ家で執事をしていた男の孫だった。彼は大革命の以前も、またそれ以後も弁護士だったが、その管理人を恐れて、三千リーヴルの報酬と土地の収益からの歩合とを与えて自分の土地の管理人としたのである。

ミシュはすでに一万フランくらいは持っていると思われていたが、評判の愛国心を売り物にして、トロワの皮鞣《かわなめ》し業の男の娘であった妻を娶《めと》った。この皮鞣し業者は、革命の熱烈な使徒で、革命裁判所の所長をしていた。父親はその町における大革命その人となりは、サン＝ジュストに似ていた。後にバブーフの陰謀[25]に加担した彼は、裁判にかけられるのを避けて自殺した。マルトはトロワでいちばん美しい娘だった。そのため、人を感動させるほど謙虚な女性だったのに、恐ろしい父親によって共和制の式典において無理やり「自由」の女神の役割を演じさせられたりした[26]。

　土地を買ったマリオン本人は七年間に三度しかゴンドルヴィルにやって来なかった。彼の祖父はシムーズ家の執事だったから、アルシの人々は皆、市民マリオンはシムーズ卿の代理だと思っていた。

「恐怖時代」が続いている間は、ゴンドルヴィルの管理人は、献身的な愛国者であり、トロワの革命裁判所長の婿にして、県選出の代議士の一人マランの覚えもめでたいところから、ある種の尊敬の対象となっていた。

　しかし山岳派がうち負かされ、舅《しゅうと》が自殺してしまうと、ミシュはその罪を贖《あがな》う羊となった。みんなが一斉に、彼からすればまったくあずかり知らぬことを、舅に対してと同じようにミシュのせいにした。管理人は群衆の不当な扱いに身をこわばらせた。頑《かたく》なになり、敵対的な態度を取って、言葉遣いも人を恐れぬものになった。

　しかし、ブリュメール十八日[27]以来、彼は強い人間の処世法である深い沈黙を守った。彼はもはや世論と争うことはしなかった。ひたすら行動で示すことにしたのだ。この分別あるふるまいは、彼を腹黒い男と思わせることになった。なぜなら彼は土地でおよそ十万フランという財産を持っていたからだ。始めのうち何一つ無駄づかいしなかった。そのうち正当な形でそうした財産が彼にもたらされた。妻の父親から相続したものとは別に、毎年六千フランが彼の地位による報酬と利得で入ってくる。もう十二年も管理人をやってきたこともあり、彼がどれほど倹約して貯め込んだか計算できたのに、執政政府のはじめの頃、彼が五万フランの農地を買うと、かつての山岳派に対するさまざまな非難がわき起こった。アルシの人々は彼が財をなすことによって、もう一度自分を重んじてもらおうとしているとみなした。不幸なことに、皆がそれぞれ忘れかけようとする頃に、ある事件が起こって、田舎でよくあることだが、噂によってそれがゆがめられ、彼の性格の残忍さを再び皆に思いこませることになった。

ある晩、サン＝シーニュの人間も含めた幾人かの農夫たちと一緒にトロワを出るとき、彼は道ばたに紙切れを一枚落とした。遅れて一番後ろを歩いていたサン＝シーニュの農夫が身をかがめ、それを拾った。ミシュが振り向くと、その男の手に紙切れがある。彼はすぐさま腰のバンドからピストルを引き抜き、ねらいを付けた。農夫は読み書きができたから、ミシュはその紙切れを広げたら頭を打ち抜くぞ、と脅した。ミシュの動作があまりに素早く荒々しく、声の調子がまたもの凄いうえに、両の眼が爛々と光っていたから、皆恐怖で震え上がった。サン＝シーニュの農夫はもちろんミシュの敵の一人だった。

サン＝シーニュ嬢はシムーズ兄弟のいとこで、全財産としては農地が一つあるだけになって、サン＝シーニュの城館に住んでいた。彼女はトロワやゴンドルヴィルで子供時代を一緒に遊んで過ごした双子のいとこのためだけに生きていた。たった一人の兄であるジュール・ド・サン＝シーニュは、シムーズ兄弟に先立って亡命し、マインツ[28]にたどり着くまでに亡くなってしまった。しかし、このことはいずれ後に語ることになるが、特に稀な権利を認められ、サン＝シーニュの名跡はたとえ男系が絶えても消滅しなかった。

ミシュとサン＝シーニュの農夫との間の事件は、その郡では恐ろしい騒ぎとなった。そしてミシュを覆っていた謎めいた色合いをいっそう黒いものにした。けれどもこうした状況だけが、この男を警戒すべき人間にしたのではない。

事件が起きて数カ月後、ゴンドルヴィルに同志《シトワイヤン》マリオンが同志《シトワイヤン》マランとやってきた。噂ではマリオンが土地をマランに売ろうとしているということだった。政治的な状況がマランにうまく働いて、第一執政がブリュメール十八日の彼の働きに報いるために、彼を参事院議員にしたところだった。アルシという小都会の政治家たちは、その時になって、マリオンがマランの名義人であって、シムーズ兄弟の名義人ではないことがわかった。全能の参事院議員はアルシでもっとも偉大な人間だった。彼はトロワの県庁に政治的同志の一人を送り込んでいた。彼はゴンドルヴィルの農夫ボーヴィザージュの息子を兵役から免除させていたし、すべての人々に尽くしていた。これまでマランが支配し、また今も支配しているこの地方では、今度のことについても反対する者などいようはずがなかった。帝政がようやく日の出を迎えようとしていた時である。

今日、フランス革命に関する歴史の類を読む者には、一般の人々がその時代に次から次へと起こった事件について思った時間間隔の大きさは、とうてい理解できないだろう。あの激しい動乱を体験した皆が、それぞれ平和と平穏を欲したために、かえって最も深刻な過去の事件の数々が完全に忘れさられることになった。「歴史」はたちどころに古くなり、たえず新しく、激しい利害によって熟成されていったのである。

そうしてミシュを除いて、この事件をまったく単純なものと思って、誰一人その過去のいきさつを追及するものはいなかった。マリオンは、その昔ゴンドルヴィルをアシニア紙幣[29]六十万フランで買い取って、それを百万エキュで売り払った。ところがマランの財布から出たのは登記の費用だけだったのだ。かつての書記仲間だったグレヴァンが当然この不正な取引に手心を加えた。そこで参事院議員は彼をアルシの公証人にしてそれに報いたのだった。

土地が売られるとの知らせが小館に届いた。森と大庭園の間にあるグルアージュという農地の小作人で、美しい並木の大通りの左側に住んでいた男がもたらしたのだ。ミシュは顔色を変えて家を出た。彼はマリオンの様子を探りに出かけて、たった一人で荘園の並木道にいるマリオンにぱったり出会った。

「ゴンドルヴィルを売りに出すんですか？」

「うん、ミシュ、そうだよ。今度の主人は力のある人だ。あの参事院議員は第一執政の友達だからな。大臣の皆ともずいぶん親密な間柄だ。ちゃんとお前を守ってくれるよ。」

「あんたは、それじゃ、その人のためにこの土地を守ってきた、というわけですか。」

「そういうわけじゃない」とマリオンが答えた。「あの時は自分の金をどう使ったらいいか判らなかったし、私の安全のために国家の没収資産に投資したんだ。だが、どうもあの土地を持っているのは具合が悪い、もともとあの土地の持ち主は、私の父が……」

「召使いだった。執事でしたな」と強い口調でミシュが言った。「でもあんたに売らせはしませんよ！　私が欲しいんです。金は払いますよ、この私が。」

「お前が？」

「そう、この私が、です。きっちりと、しかもちゃんとした金貨でね。八十万フランでどうです……」

「八十万フラン？　いったいどこから取ってきたんだ？」

「それはあんたには関係ありませんよ」とミシュが答えた。それからちょっと調子を和らげて、彼は小声でこう付け加えた。「私の舅はずいぶん沢山の人間を助けましたからね！」

「ちょっと遅すぎたよ、ミシュ。話はついてしまっている。」

「ちゃらにして貰いますよ！」と叫んで管理人は主人の手を取ると、万力で締め付けるように強く握った。「私は憎まれてます。だから金持ちで力のある人間になりたいんです。ゴンドルヴィルが必要なんだ！　わかってください。命なんか惜しくはない。だから私に土地を売るんです、さもなけりゃ、頭をぶちぬいてやる……」

「まあ、ちょっとマランと相談する時間がいるよ。彼はなかなか一筋縄でいかないから……」

「二十四時間あげましょう。もしこのことを一言でも喋ったら、あんたの首を大根みたいに切り落としてしまうかも知れませんよ……」

マリオンとマランはその夜のうちに城館を後にした。マリオンは心配になって、ミシュと出会ったことを参事院議員に知らせ、管理人から目を離さないようにと言った。この土地にたいして実際に金を払った者[30]に土地を返さないでいることは、マリオンにはできない相談だが、ミシュという人間はそういった理由を理解して、許すような人間には思われなかった。

その上、自分がマランにしてやったことが、自分や自分の兄弟を政治的幸運に導く源になると思ったし、実際その通りになった。マランは一八〇六年に弁護士マリオンを帝国裁判所の長に任命し、総徴税局が創設されると、弁護士の兄弟にオーブ県の徴税所長の地位を手に入れてやったのだ。参事院議員はマリオンにパリで住むように言った。そして警察大臣に話してマリオンを警護するようにした。それでもミシュが暴力に訴え出ないように、そしておそらくもっとうまく彼を監視するように、マランはアルシの公証人の支配の下、ミシュをそのまま管理人にしておいた。

この頃から、ミシュはますます口が重くなり、なにか思い詰めているような様子で、いずれ悪事をしでかすだろうと言われるようになった。

マランは、第一執政が閣僚と同じくらいの重みを持たせた参事院議員という地位にいて、しかもナポレオン法典の編纂者の一人にもなって、パリでは大物と遇された。パリのフォブール・サン＝ジェルマンにある立派な大邸宅の一つを買い取ったのが、シビュエルの一人娘と結婚した後のことだ。シビュエルは金持ちの納入業者で、ずいぶん評判の悪い男だったが、彼をオーブ県の総徴税官としてマリオンと組ませた。したがってマランはゴンドルヴィルに二度と来なくなった。それで彼はいっそう自分の利害に関してグレヴァンにすっかり任せきりにした。いずれにしても、オーブ県の代議士であったマランが、アルシのジャコバン・クラブの会長だった男など、何を恐れることがあろう？　とはいえ、すでに下層階級の間でひどくなっていたミシュの評判は、当然ブルジョワの間にも広がった。マリオンやグレヴァン、そしてマランは、弁明もせず、またわが身を危うくすることなく、ミシュのことをきわめて危険な人物と言いなした。警察大臣からミシュを監視するように言われていたから、土地の官憲もそうした思い込みを打ち砕くことはなかった。しまいには土地の者も、どうしてミシュがその地位を保っているのかを不思議に思うようになった。しかしそれが許されるのは、ミシュが醸《かも》し出す恐ろしげな姿恰好のせいということになった。

そうなってみれば、ミシュの妻が示す深い憂鬱を誰が理解できないでいるだろう？　それに彼女は母親に信心深く育てられた。二人とも善良なカトリック教徒で、皮鞣《なめ》し業の父親の意見やふるまいに苦しんできた。マルトはトロワの街中を女神の扮装で練り歩いたことを思い出すたびに頬が赤らむ。父親は無理やりミシュと結婚させたが、ミシュの悪い評判はますます大きくなり、彼女は夫を恐れる気持ちが強すぎて、彼がどういう人間であるか判断するところまで行かなかった。とはいえマルトは自分が愛されていることは感じていたし、心の底ではこの恐ろしげな男に対してきわめて真摯な愛情を抱いてもいた。彼女の見るところ、ミシュのなすことは公正で、その言葉も決して乱暴ではなかった。少なくとも彼女に対してはそうだった。彼は彼女の望むことのすべてを見抜くように努力していた。あわれにも世間の除け者となっているこの男は、妻も自分を厭がっているだろうと思い、ほとんど常に外にばかりいるようにした。マルトとミシュは、お互いに牽制しあいながら、近頃言われる武装平和の状態で暮らしていた。

マルトは誰にも会わず、この七年の間「首切り男」の娘として浴びせかけられていた誹謗と、夫は裏切り者だという非難とに切実に苦しんでいた。並木の大通りの右手にあるベラッシュという平野は、シムーズ家につながるボーヴィザージュという男が管理していたが、彼女はそこの小作人たちが小館の前を通りながら、こう言うのを何度も耳にした。

「ほら、ユダの家だよ。」

管理人ミシュと十三番目の使徒[31]との顔が奇妙に似ているばかりか、彼もその類似の仕上げをしたがったかのように思われて、あたり一帯で彼にはそのおぞましいあだ名が似合っているとされたのだった。こうした不幸と、漠然とではあるが、絶えず消えることのない将来への不安から、マルトは物思いに沈み、内省的になった。

　不当な蔑《さげす》みを受けながら、しかもそこから立ち上がれないことほど深く人を悲しませるものはない。辺《あた》り一面、哀愁を帯びるシャンパーニュ地方のきわめて美しい景観のただ中にいる爪弾《つまはじ》き者の家族を、画家なら素晴らしい一枚の絵として描かずにはいなかっただろう。

「フランソワ！」と管理人は声を高めて、息子の足をさらに急がせた。

　フランソワ・ミシュは十歳の子供で、大庭園や森の中で遊び、勝手にその余禄にありついていた。果実を食べたり、獣を追ったりして、気兼ねなく、苦痛に感じることなどない。世間の忌避を受けてこの地で暮らしている気持ちを表すように、大庭園と森の間にぽつんと住んでいる家族の中で、彼だけが幸せと思っているのだった。

「そこにあるものをみんな持って来い」とミシュは息子に言うと、手すりの方を示した。

「そいつを束ねておけ。そして俺をよく見るんだ！　お前はお父さんもお母さんも好きだな？」

　子供はすぐ父のところに走って行って抱きしめた。しかしミシュは身を動かしてライフルを移動させると、息子を脇に押しやった。

「よし！　お前はここでのことを、ちょっとお喋りしたことがあったな」と彼は言うと、恐ろしい目つきで息子をじっと見つめた。野生の猫のような眼だった。「よく覚えておくんだぞ。これからここで起こることは、ぜんぜん自分は知らない、って言うんだ。ゴシェやグルアージュの連中、それにベラッシュの奴らには、な。マリアンヌにもだぞ。あの娘《こ》は俺たちの味方だが、それでもお前のお父さんを死なせることになる。もう二度としちゃいかんぞ。そうしたら昨日うっかり喋ったことは許してやる。」

　子供は泣きだした。

「泣くんじゃない。いいか、これからは、どんなことを聞かれても、ここらの百姓みたいに、〈知らない！〉って答えるんだ。このあたりをうろつく人間がいるが、みんな俺の気に入らない連中だ。いいか、お前さんたちにも聞こえたろう、二人ともな」とミシュは女たちに言った。「お前さんたちも口を死人みたいに閉じておくんだ。」

「あなた、いったい何をする気なの？」

　ミシュは注意深く弾薬の重さを量り、それをライフルの銃身に注ぎ入れると、武器を手すりに持たせかけて、マルトにこう言った。

「誰にも俺がライフルを持っていることを知られちゃならない。俺の前に立つんだ！」

　クローが肢を立てて、激しく吠えたてた。

「あっぱれな、賢い犬だなあ！」とミシュは声をあげた。「きっと密偵の奴らがいるんだ……」

人は自分が見張られていることに察しがつく。

クローとミシュはまるでたった一つの、同じ魂をもっているように見える。彼らの生きざまはアラブ人と馬が砂漠で一緒に暮らしているようなものだった。管理人はクローの声のあらゆる変化を知っていたし、それらが何を意味するかもわかっていた。一方犬の方でも、主人の目の色でどんなことを考えているのかを読み取る。クローは主人の身体のあたりで、彼の思考が発散するのを感じ取るのだ。

「ほら、どうだ？」とミシュは小声ながら強い調子で言って妻に示した。二人の怪しげな人間が、いましも本道に並行する脇道に現れて円形広場に向かってくる。

「いったいこの辺りで何が起こっているのかねえ？　あれはパリからやってきた人たちかしら？」と老母が言った。

「ああ！　連中が気づいた！」とミシュが叫んだ。「俺のライフルを隠すんだ」と彼は妻の耳に囁いた。「こっちの方にやってくるぞ。」

第二章　犯罪のもくろみ

二人のパリ人は円形広場を横切ると、画家にとってお誂え向きとでも言いそうなその顔を見せた。

一人は下っ端の役人のように見える。ブーツに折り返しがあり、それが少し下に垂れ下がって、なよなよしたふくらはぎとあまり清潔そうでないまだら模様の絹の靴下が覗いている。キュロット[32]は畝織《うねお》りのラシャ地の杏《あんず》色で、金属のボタンが付いていたが、少し大きめで窮屈な感じがなく、使い古した皺の具合から事務仕事の人間と知れる。チョッキは、二重織りで、ごてごてと刺繍で飾り立て、V字に開いて下のところにボタンが一つ留めてあるのが、だらしない感じをその人物に与えていた。おまけに彼の黒い髪がワインの栓抜きみたいに縮れて額を隠し、両の頬に沿って垂れているので、なおのことそう思わせる。鋼《はがね》の時計の鎖が二本、キュロットに掛かっている。シャツは白と青のカメオでできたピンで飾られていた。上着は赤褐色で、諷刺画家が喜びそうなその長い燕尾服は、後ろから見ると鱈《たら》そっくりで、それが名前の由来となった。鱈の尻尾を持った燕尾服の型は、ナポレオン帝政とほとんど同じく、十年の間流行したものだ。スカーフは緩んだ上に、たくさん皺がよっており、この男の顔を鼻のところまでその中に埋めていた。

面皰《にきび》のある顔、大きくて長い煉瓦色の鼻、よく動く頬骨、歯は抜けてはいるが、人を脅しつけるようなもの欲しげな口、金の太いイヤリングを嵌めた両耳、狭い額、グロテスクに見えるこうした細部のすべてが、二つの目によって恐ろしげに見える。小さく、窪んだその目はまるで豚の目のように、呵責のない貪欲さと、冷笑しながら舌なめずりして楽しむ残酷さがあった。探りを入れ、何もかも見通すような両の目は、氷のように凍《い》てついた青色で、例の有名な目のモデル、大革命の際に作られたあの警察の恐るべき紋章と思われるものだった[33]。黒い絹の手袋をし、細いステッキを携えている。

彼はおそらく政府筋の人間に違いない。というのも彼の物腰や煙草を取り出して鼻で嗅ぐ仕草には、いかにもこれみよがしに署名をしてみせたり、上から出されたいろいろな命令をこの時とばかり有無を言わせず押しつける、あの大仰な態度を示す二流どころの役人の勿体ぶったところがあるからだ。

もう一人は、着ている服は同じ趣味ながら洗練されていて、着こなしもじつに粋で、ほんの僅かのところにも気配りされている。歩くとスヴァロフの長靴[34]がきゅうきゅう鳴り、ズボンはぴったりと身に付き、上着の上にはスペンサーをはおっている[35]。この貴族のファッションは、クリシーの徒[36]や金色の青年たち[37]がよく着たが、そのクリシーの連中や、金色の青年たちよりも長く生き残ってしまった。つまり、その当時のさまざまなファッションは、いろいろあった党派よりも息長く残ったわけだ。党派がむやみにできるのは無政府主義の兆候で、これはすでに一八三〇年の事件[38]でわれわれが見たところだ。

この完璧な伊達男《ムスカダン》は年の頃三十歳に見えた。

育ちの良さが彼の物腰からわかり、金目《かねめ》の宝石を身に着けてもいる。シャツの襟は耳のところにまであった。自惚れが強そうで、横柄といってもよい態度は、ひそかな優越感をはしなくも表している。彼の青白い顔は血が通っていないのではないかと思われ、低くて細い鼻は、死んだ人間の顔に見られる、あの人を馬鹿にしたようなところがある。緑色の目は何を考えているのか窺い知れない。目つきが慎しみ深いのは、きつく閉じられている薄い唇と同じだ。この冷淡で痩せた青年に比べると、もう一人の男さえ善良な人間に思えるほどだ。籐《とう》のステッキでピューっと風を切ると、その黄金の握り部分がきらりと太陽に光った。彼の相棒も人の首を自分で刎《は》ねることはできようが、もう一人の男の方は、無垢や美や美徳といったものを、中傷や陰謀の網の中に絡め取って溺れさせるか、あるいは冷たく毒を注ぎ込むこともできた。[39]赤ら顔の方の男は、慰め顔のふざけた調子で自分の生け贄をいためつけるが、もう一方はにこりとさえしないだろう。先の男は四十五歳、きっと美味《うま》いもの好きで女好きに違いない。こういった連中は皆自分を仕事の奴隷にしてしまうような情念の持ち主だ。しかしその相棒の青年はそうした情念も悪癖も持ち合わせていない。密偵であるとしても、属しているのは外交畑だった。そして純粋な技能のために働いていた。彼が考え、もう一方の男が実行する。彼が概念《イデー》としたら、もう一方がそれを形《フォルム》に表す役割だ。

「ここはゴンドルヴィルのはずですね、そこの奥さん？」と若い男の方が声をかけた。

「このあたりで奥さん、なんて言うんじゃない」[40]とミシュが答えた。「ここでは今でも女も男もただ同志《シトワイヤン》と呼ぶだけでいいんだ、俺たちはな！」

「なるほど！」と青年はごく自然な調子で言った。むっとしたようには見えない。

世間の賭博者たちがトランプのエカルテ勝負[41]などをしていて、腹の中で負けと感じる時がある。今しもツキがきている最中、自分の眼の前に一人の賭博師が現れて、その物腰、目つき、声、カードの切り方すべてが、お前の負けだと予言しているように思えてしまう。

その若者の姿を見ると、ミシュはこの種の予言的な意気の沮喪を感じた。何か不吉な予感がして、混乱した頭に処刑台が見える。二人に共通するものはまだ何もないが、ある声がこの伊達男がお前にとって致命的なものになる、と大声で叫ぶのだ。そこでミシュの言葉はぞんざいなものとなった。そうしたいように思ったし、実際がさつなもの言いをしてしまった。

「あなたはマラン参事院議員に雇われているのではないのですか？」とそのパリから来た二人目の男が尋ねた。

「俺の主人は俺だ」とミシュが答える。

「それでは、奥様方にお聞きしますが」とその青年はきわめて丁重な調子で話しかけた。

「私たちがいるのはゴンドルヴィルなのですね？　マラン氏から呼ばれて参ったのです。」

「ここからその荘園になる」と言ってミシュは開きっぱなしになっている鉄格子を示した。

「でも、どうしてあなたはそのライフルを隠しておられるんです？　別嬪《べっぴん》さん」と青年と一緒に来た男が、陽気な調子で言った。鉄格子を通る時、銃身に気が付いたのだ。

「相変わらずだな、あんたは。田舎に来ても同じだ」と若い方が声を上げて、にやりとした。

二人はまた戻って来た。何食わぬ顔をしていても、二人が不審を抱いたのを管理人は悟った。

マルトは二人の男に銃が見えるようにしていた。クローが吠え立てている。きっとミシュが悪いことを企んでいると思ったが、見知らぬこの二人がそれを見抜いたと知って、彼女はかえって嬉しく思った。

ミシュが妻をきっと見た。その眼差しは彼女を震えあがらせた。彼は銃を取って弾丸を込める準備をした。まずいことに彼らに見つかったこと、さらには彼らと出会《でくわ》したことも運命だと思ったのだ。彼はもはや生命に執着などないような様子だった。妻はその時はっきりと夫の不吉な決意がわかった。

「ここはそれじゃオオカミがいるというわけですかね?」と若い方がミシュに言った。

「羊がいれば、必ずオオカミがいるさ。あんたたちはシャンパーニュにいるんだ。だからほら、森がある。だがここには猪もいるぞ。大きいのもいれば小さい獣もいる。たいていの奴はいるさ」とミシュは冷やかすように言った。

二人のよそ者は眼を見交わした。

「賭けてもいいが、コランタン」と年上の方が言った。「これが、例のミシュという……」

「そんなに馴れ馴れしく言われる筋合いはないな」と管理人が言う。

「もちろん。しかしお互いジャコバン党を取り仕切ったこともある仲ですよ、同志《シトワイヤン》」と年取った方の臆面もない男が返した。「あんたはアルシで、私はまた別の町でね。あんたは今になってもカルマニョール風の挨拶[42]のままだが、それはもう時代遅れですよ。」

「荘園はどうもずいぶん広そうだな。迷子になりそうだ。あんたも管理人なら、お城まで案内してくださいよ」とコランタンが有無を言わせぬ調子で言った。

ミシュは口笛を吹いて息子を呼ぶと、そのまま弾丸を詰めた。

コランタンはマルトをじっと見ていたが、関心のなさそうな目つきだった。一方の相棒はどうやら彼女がお気に召したらしい。コランタンは彼女の姿に苦悩の翳を認めたが、先ほどまでライフルで怖じけづいていた年を食った遊び人の方はそれに気づいていなかった。二人の男の本性は、こうした小さいけれども重大なことがらに、そっくりそのまま現れていた。

「俺はあの森の向こうで人と会う約束がある」と管理人が言った。「あんたたちのお役には立てないが、息子にお城まで案内させよう。どこからゴンドルヴィルに来たんだ? サン＝シーニュを通ってきたのか?」

「私たちも、あんたと同じように森に用があったんですよ」とコランタンがまったく皮肉な調子を見せずに言った。

「フランソワ」とミシュが声を上げた。「この人たち《メッシュー》[43]をお城へ案内するんだ、小道の方からな。人に見られないようにだ。みんなが通る道は取らない人たちだから。とにかくまずこっちへ来い！」

こう言ってから目をやると、よそ者二人は背を向けて歩き出しながら小声で話しているのが見えた。ミシュは子供を引き寄せ抱き締めたが、それがいかにも敬虔な様子だったから、彼の妻はいよいよ自分の考えが間違っていないことを確信して、背筋が寒くなった。彼女は母親を見やったが、その目に涙はなかった。泣くどころではなかった。

「さあ、行くんだ」と彼は言った。

そうして彼はその姿が全く見えなくなるまで我が子をじっと見ていた。

クローがグルアージュの小作地に向って吠えたてている。

「ああ、ヴィオレットだな」と彼は言った。「これでもう今朝からあいつは三回も通っているぞ。いったい何があったんだ？　こら、もう吠えるな、クロー！」

しばらくすると馬が駆けてくる音が聞こえた。

ヴィオレットはパリ近郊の農夫たちがよく乗る小馬に乗って、材木のような色艶の顔を見せていたが、つば広の丸い帽子の下に、皺の寄った顔がいっそう黒く見えた。灰色の目はいたずらっぽく輝いて、その性格の陰険なところを隠している。干からびた脚が白い布のゲートルで膝まで巻かれて鐙《あぶみ》に掛からず、だらりと垂れているところは、鋲を打った大きな短靴の重みで支えられているような具合だった。青いラシャ地の上着の上に白と黒の縞の頭巾のついたマントを羽織っている。灰色の髪の毛は束ねて頭の後ろの方に垂らしていた。

このいでたちと、灰色で短い脚の馬、それに乗っているヴィオレットが腹を前に突き出し、体を後ろにそらせて、皹《ひび》の切れた土色の大きな手で、虫が食ってぼろぼろになった貧相な手綱を取る様子など、すべてがこの農夫が吝嗇で、そのくせ野心のあることを示していた。土地を手に入れたいといつも思っていて、どんなことをしてでも買い取る男なのだ。青白い唇をした口は、外科医がメスで開いたように割れており、顔と額にある無数の皺が、表情の働きを妨げて、顔の輪郭だけでものを言わせていた。ごわごわして、固まったこの体形は、卑屈な態度にもかかわらず人を脅かすようなところがあった。田舎の人間によくあるタイプで、一見卑屈な態度の中に自分たちの感情や計算を隠しているのは、東洋人や未開の人間が彼らの底の知れない深刻な表情の中にそれらを隠しているのと同じである。

一介の日雇い稼ぎの農民から、意地汚くことを運ぶやり方をつのらせてグルアージュの自営農夫となりおおせた彼は、最初望んでいた以上の地位を得たあとも、同じやり方を続けた。隣人の不幸を望み、どうぞそうなるようにと強く願いもした。そしてその願いに役立つなら、彼は喜んで手を貸した。

ヴィオレットは自分が妬み深い人間であることを露わにみせた。しかし彼の悪事はすべて法の範囲内にちゃんと収まっていて、それは議会の反対派に決して劣らぬものだった。自分の幸せは他人《ひと》が破滅してこそ得られるのであり、自分より上にあるものはすべて敵、それに対してどんな手段を用いても当然のことと信じこんでいた。こうした性格は農民にまったく共通するものだ。その頃彼のもっとも重大な仕事は、あと六年で終わる農地の賃貸契約をマランに延ばしてもらうことだった。管理人の財産が羨ましくて仕方のない彼は、ずっとミシュの近くにいて目を離さないでいた。土地の皆は彼がミシュ一家とつきあっていると言って彼を非難していた。しかし、ここ十二年来マランとの賃貸契約を伸ばそうと目論んでいるこの抜け目のない農夫は、なんとか統治者の側、すなわちミシュを警戒しているマランの役に立つ機会を窺っていたのだ。

ヴィオレットはゴンドルヴィルの雇われ監視人とか田園監視員あるいは薪作りの人間の手を借りて、アルシの警視にミシュのほんのわずかの行動もあれこれ知らせた。この役人は、ミシュの召使であるマリアンヌを説いて政府の側の仲間に入れようとしたが失敗した。しかしヴィオレットとその一味は、ミシュがその忠実さを信頼している子供の召使ゴシェから何でも聞いていた。彼がミシュを裏切る羽目に陥ったのは、チョッキ、留め金、木綿の靴下、お菓子といった、ほんのたわいもないもののためだった。それに自分のおしゃべりがどんなに重大なことになるか、この子供は疑ってもみなかったのだ。

ヴィオレットはミシュのあらゆる行動をことさらに悪いものに言いなし、管理人の知らぬ間に、じつに馬鹿げた憶測をしてみせて、彼の行動が罪深いものだとでっちあげた。もっとも管理人はその農夫が自分の家で卑劣な役割を演じているのは承知しており、彼を煙に巻くのを楽しんでもいた。

「あんたはどうやらベラッシュに用事があるようだな、また現れたところをみると！」とミシュが言った。

「またですかい！　そうやってわしを悪く言うんだから、ミシュの旦那。雀相手に立派なクラリネットを吹こうっていうんですか！　あんたがそんなライフルなんか持っているとは……」

「こいつはおれの畑から生えてきた奴さ。畑にはライフルがたくさん生える」とミシュが答えた。「見ろ、こんな風に種を播くんだ。」

管理人は銃に狙いをつけて、彼のところから三十歩くらいのところにあるシャゼンムラサキの花に的を絞ると、さっと射抜いた。

「あんたのご主人を守るために、そんな山賊が持つようなライフルをもっているんですか？　あの人ならきっとお土産に持ってきてくれますぜ。」

「あの男がわざわざパリから俺に持ってきてくれたのだ」とミシュが答えた。

「確かに、あたり一帯、どこでもあの人がやってきたことをいろいろ噂してますよ。不興を蒙って、自分から政務を外れたと言うし、またはっきり事の決着をつけようとしている、とも言われてますぜ。ところで、どうしてまったく何の前触れも無しにここへ来たんです、第一執政がそうしたみたいに？　あの人が来るのは承知してたんですかい？」

「俺はそんな内輪の話を聞けるほどあの男と親しくはないよ。」

「じゃあ、あんたはまだ会ってないんですね？」

「あの男がやってきたのを知ったのは、俺が森の見廻りから帰ってきてからだ。」こう言うと、ミシュはライフル銃に弾丸をもう一度込めた。

「あの人はグレヴァンさんに会おうとアルシに人をやったんですよ。二人は何か一議論しようというんですかねえ？」

マランはかつて法制審議会の委員だった。

「もしお前がサン＝シーニュを通って行くのだったら」と管理人がヴィオレットに言った。「おれを乗っけていってくれよ、俺もそこへ行くんだ。」

ヴィオレットは恐がりだったから、ミシュのような力の強い男を後ろの背に乗せるようなことはできない。彼は馬に拍車をいれた。ユダと言われる男は鉄砲を肩にかけると、並木の大通りに走り出た。

「いったいミシュは誰に腹を立てているのかしら」とマルトは母親に尋ねた。

「マランさんがこちらにやってきたと知ってから、ずいぶん陰気になったね」と母が答える。「さあ、湿気が強くなってきたよ。中へ入ろう。」

二人の女がマントルピースの傍に座った時、クローの吠える声が聞こえた。

「あの人が戻ってきたわ！」とマルトが声を上げた。

実際、ミシュは階段を上がろうとしているところだった。不安に駆られた妻は部屋まで一緒に付いていった。

「誰もいないな」と彼はマルトに言ったが、声がうわずっている。

「誰も」と妻は答えた。「マリアンヌは牝牛を連れて畑に行っているし、ゴシェは……」

「ゴシェはどこだ」とミシュが返した。

「わからないわ。」

「あいつはどうも信用ならん。屋根裏に上がって、中を探すんだ。この建物のほんのわずかな隅っこまであいつを探すんだ。」

マルトは部屋から出て探しに行った。彼女が戻ってくると、ミシュは跪いてお祈りをあげている。

「いったいどうしたの？」と彼女は慄《おのの》いて言った。

管理人は妻の身体をつかんで、わが身に引き寄せると、額に口づけし、声をうわずらせて答えた。

「もし俺たちがもう二度と会えなくなるとしても、いいか、お前、俺はお前をずっと愛してきた。これから一つ一つ間違いなく、あの植え込みにあるカラマツの根元に埋めてある手紙に書いてある通りにするんだぞ。」こう言って彼は少し黙った。それから、一本の木を示して言った。「手紙はブリキの筒の中に入っている。それに触れるのは俺が死んでからだぞ。最後に言っておくが、俺に何が起ころうと、また人がどんな不当なことをしようと、いいか、俺は神の正義のために力を尽くしたのだ。」

マルトの顔は次第に青ざめていって、彼女の肌着のように真っ白になった。夫をじっと見つめる目が、恐怖で大きく開き、口をきこうとしても喉が干からびている。クローをベッドの脚に結わえ付けて、ミシュは影のようにそこから立ち去った。犬はまるで絶望した犬が吠えるような声で再び唸り始めた。

第三章　マランの悪企み

ミシュのマリオン氏に対する怒りには正当な根拠があった。しかし彼の怒りは、彼の目から見ていっそう罪ある人間に向けられていった。すなわちマランに対してである。マランの数々の秘密は、管理人の目にははっきりと暴き出されていた。参事院議員の振る舞いを、どの立場にいる人間以上に見きわめることができたからだ。ミシュの舅は、政治的に言えば、グレヴァンの骨折りで国民公会のオーブ県代表に任命されていたマランの信頼を得ていた。

　ここでシムーズ家とサン＝シーニュ家とがマランと対決するにいたった状況について説明するのは、おそらく無駄ではないだろう。それは双子の息子たちとサン＝シーニュ嬢の運命、いやそれよりもマルトとミシュの運命に重くのしかかったものだからだ。

　トロワの町で、サン＝シーニュの館はシムーズの館と向き合って建っていた。狡知に長け、用心深くもあった者たちの手によって放たれた民衆が、シムーズの館を略奪し、敵方と内通していたとして告発されていた侯爵と侯爵夫人を見つけだして、国民軍兵士の手に引き渡した。二人が連行されて入獄させられると、次に民衆はこう叫んだ。

「今度はサン＝シーニュの奴らだ！」

　彼らはサン＝シーニュ家がシムーズ家の犯罪には関係のないことをわかっていなかった。貴族の名に恥じぬ、勇気あるシムーズ侯爵は、十八歳になる二人の息子が血気に逸《はや》って事件に巻き込まれないように、この騒動が始まる少し前、二人の伯母であるサン＝シーニュ伯爵夫人に彼らを託しておいた。シムーズ家の召使い二人が彼らをしっかりと屋敷に閉じこめていた。老人は自分の名跡が絶えるのをわが目に見たくなかったから、万一の場合、すべてを隠しておくよう息子たちに言っておいた。

　ロランスは当時十二歳。兄弟二人から愛されていたが、彼女もまた二人を愛していた。双子によくあるように、シムーズ兄弟はまったく瓜二つと言って良かったから、長い間母親は取り違えないようにそれぞれ別な色の衣服を与えていた。先に生まれた兄はポール＝マリという名で、弟がマリ＝ポール。事情を打ち明けられていたロランス・ド・サン＝シーニュは、本来の女性らしい役割をきわめて巧みに果たすことになった。いとこ二人によく言い聞かせ、宥《なだ》め、下層の民衆がサン＝シーニュの館を取り囲む時まで、二人をしっかりと保護した。その時は二人の兄弟も危険を悟り、お互い目と目で言葉を交わした。心はすぐ決した。自分たちの召使い二人とサン＝シーニュ伯爵夫人の召使いたちにも武器を取らせ、扉にバリケードを作ると、鎧戸《よろいど》を閉めて窓に出た。五人の召使い、それにサン＝シーニュの親族であるドートセール司祭が一緒だった。八人の勇敢な戦士は群衆に向かって発砲、攻撃してくる敵を一撃ち毎に殺傷した。ロランスは悲嘆にくれるどころか、きわめて冷静に弾丸を銃に込めたり、弾丸や火薬が足りなくなった者にそれらを手渡していた。サン＝シーニュ伯爵夫人が跪《ひざまず》いた。

「どうなさったの、お母様」とロランスが聞く。

「お祈りしているのよ」と夫人は言った。「あの人たちのために、あなたたちのために。」崇高な言葉だ。それこそはスペインのド・ラ・ペ公爵の母親が、同じような状況で言った言葉と同じものだった。[44]

たちまち十一人が殺され、それに負傷者たちが折り重なった。こうした状況は民衆の熱を冷まし、また憤激させた。われとわが所業にいきり立ったり、攻撃を続けるのを止めよ

F.COSSE

うとしたりする。誰よりも前に突進してきた者は、辟易《へきえき》して退却した。しかし殺戮と略奪をしようと押し寄せていた群衆の全体は、死んだ連中を見ると一斉に叫んだ。「人殺し！殺人鬼！」慎重な人々は人民の代表マランを迎えに行った。

二人の兄弟は、その日起こった不吉な事件をその時知らされると、国民公会が自分たちの家の消滅を望んでいるのではないかと思い始めた。そしてその疑いは確信に変わった。復讐の気持ちが沸いてきて、馬車門の下に身を置き、銃に弾丸を込めて、マランが現れればすぐ撃ち殺そうと狙いをつけた。伯爵夫人はすっかり頭が混乱していた。自分の館が灰となり、娘が殺されている光景が自分の目の前に浮かんだ。彼女は自分の甥たちがこの一週間フランス中の関心を集めるほど英雄的に闘っていることを激しく呪った。マランの「開門！」という声に、ロランスは門を半開きにした。彼女の姿を認めた派遣議員は、自分が畏怖される存在であり、か弱い少女と思って乗り込んできた。

「いったいどういうことなのですの？」なぜ抵抗するか、と聞かれた彼女はすぐさま応じた。「フランスに自由を与えたいとおっしゃるあなたが、自分の家にいる人間を庇護しないなんて！　私たちの館が壊され、私たちは殺されようとしているのですよ。だのに、私たちには力には力で対抗する権利など無いっておっしゃるのですか！」

マランの足は釘付けになった。

「あんたは大侯爵がお城を建てる時雇った石工の孫息子じゃないか」とマリ＝ポールが言

った。「あんたは私たちの父を牢獄へ引っ張って行かせたばかりだ。中傷をうまく利用してね！」

「すぐ釈放されるようにしますよ」とマランは答えた。痙攣したように銃を動かしている若者たちを目の前にして、彼は自分が窮地に陥っていることに気づいた。

「その約束が本当なら命は助けてあげよう」と重々しくマリ＝ポールが言った。「だが、もしその約束が今夜のうちに果たされなければ、痛い目に会いますよ。」

「大声で叫んでいるあの者たちに」とロランスが言う。「引き返すように命じなかったら、最初の一発はあなたに向けられますよ。さあ、マランさん、出てお行きなさい！」

　国民公会議員は外に出ると群衆を前に演説した。神聖にして冒すべからざる家族の諸権利、人身保護法《ハベアス・コルプス》やイギリスでは住居が侵すべからざる権利として認められていることなどを彼は話した。いわく法と人民とは至上のものであって、法は人民であり、人民は法に基づいてのみ行動すべきで、畢竟《ひっきょう》法律には力がある、と。

　否応なしの状況が彼を雄弁にさせた。彼は集会を解散させた。しかし彼はけっして忘れはしなかった。あの二人の兄弟の侮蔑の言葉も、「出てお行きなさい！」というあのサン＝シーニュ嬢の言葉も。それゆえ、ロランスの兄であるサン＝シーニュ伯爵の財産が国家によって売りに出された時、遺産の分割は厳格になされることになった。郡の役人たちがロランスの取り分として残したのは、城館と荘園、屋敷の庭とサン＝シーニュの農地だけだった。マランの差し金で、ロランスは嫡子としての取り分しかなかった。亡命者となり、しかも共和国に武器を持って刃向かった彼女の兄の取り分を国家が差し押さえたのだ。激しい嵐が吹いたかのようなその夜、ロランスは二人のいとこにこの土地から出るように懇々と説いた。派遣議員のマランが二人を裏切り、罠を仕掛けるのではないかと心配してのことだった。そこで兄弟は馬でプロシャ軍の前哨地まで行くことになった。二人がゴンドルヴィルの森に達した時、サン＝シーニュの館は包囲されていた。議員自身が力ずくでシムーズ家の相続人である二人を逮捕しようとやってきた。流石にサン＝シーニュ伯爵夫人を連行することはなかった。夫人は神経から来る恐ろしい熱にうなされて病床にあったし、ロランスは十二歳の少女だから引っ立てるわけにはいかない。召使いたちは共和国政府の苛酷さを恐れてすでに姿を消していた。

翌朝には二人の兄弟の反逆とプロシャへ逃亡したという噂が近隣に広まっていた。三千の群衆がサン＝シーニュの館の前に集まり、城はあっという間に壊されてしまった。サン＝シーニュ夫人はシムーズの館に運び込まれたが、また熱がぶり返して帰らぬ人となった。

ミシュが政治の舞台に現れるのは、そうした数々の事件があって以後のことだ。というのもシムーズ侯爵夫妻がおよそ五カ月も監獄に入れられていたからだ。その間オーブ県の代議士は特命を帯びていた。しかしマリオン氏がゴンドルヴィルをマランに売り渡すと、地域の住民は皆あの民衆の熱狂の結果を忘れてしまっており、その時になって、ミシュはマランのことがすっかりわかった。いやミシュは、少なくともわかったと思った。というのも、マランはフーシェのように多くの顔をもち、しかもそれぞれの顔の下に何か底の知れぬものを持つ人間の一人なのだ。そういう人間は、勝負をしている最中には何を考えているか判らず、勝負が終わった遥か後にその意図が了解される。

これまで人生で重大な状況が生じると、マランは必ず忠実な友であるグレヴァンに相談してきた。少し距離を置いているだけに、物事や人間についてアルシの公証人の彼が下す判断は、きっちりと、明晰で、正確だった。こうした習慣は智恵と言うべきもので、それが二流の人間に力を与えるのである。

さて一八〇三年十一月、参事院議員にとって情勢はきわめて深刻なものになった。[45]手紙一通でも出せば、彼とその友の二人ながら事件に巻きぞえになる恐れがある。マランは元老院議員に選ばれるはずだったので、パリで話し合いをするのは危ないと思った。彼はパリの屋敷を出て、ゴンドルヴィルにやってきた。第一執政には自分がゴンドルヴィルに行かなければならない幾つかの理由のうち、たった一つだけを書き送って、ボナパルトの目には彼が国事に熱心な様子を示しておいたのだが、それは国家に関わる問題というより、彼自身に関わる問題のためだった。

さて、ミシュが広い荘園の中で、未開人がやるように復讐に好都合な時を窺い、探し求めていた間、自分の利益のために情況をうまく作り上げることに慣れている政治家のマランは、友人をイギリス風庭園の小さな草地に連れて行った。人気《ひとけ》のない、密談をするのに恰好の場所だ。そうして、ちょうど中程あたりまで行って小声で話した。たとえ誰かが隠れて聞き耳を立てようとしても、相当距離があり、もし不遠慮な連中が現われたら、話題を変えることができる。

「どうして城の部屋でじっとしていないんだ？」とグレヴァンが言った。

「君は警視総監が僕のところに送りこんできた二人連れを見なかったのか？」

ピシュグリュ、ジョルジュ、モロー、そしてポリニャックの陰謀事件において、[46]フーシェは執政政府の精神的主柱ではあったが、警察省を指揮しておらず、マランと同様、単なる参事院議員であった。

「あの二人はフーシェの手足となって働いている。一人は若い伊達者で、顔がレモネード入れの瓶そのままに、唇には酢、目にも酸っぱい葡萄の汁のある奴だが、例の革命暦七年に起きたフランス西部の暴動を[47]二週間でけりをつけた。もう一人はルノワールの息子みたいな奴だ。[48]あいつだけが警察のいろいろ重要な従来のやり方を知っている。僕が頼んでいた密偵は大物の役人の後ろ盾はあるが、大した奴じゃない。しかし実際に寄越してきたのはあの二人だ。ああ！　グレヴァン、フーシェはたぶん僕の動きを読もうとしている。だからやってきた二人が城館で食事している最中に僕は出てきたのだ。勝手に何もかも調べたらいい。どうせ見つけられんさ、ルイ十八世のことも[49]、なんの手がかりもな。」

「ああ！　なるほど」とグレヴァンが言った。「いったいどういう勝負に出るつもりなんだ？」

「ふむ！　なあ、君。二股《ふたまた》がけの勝負はとても危ない。ところがフーシェが関わると、三《み》股《また》がけになる。それに僕がブルボン家の機密事項に関わっていることを彼は嗅ぎつけたらしい[50]。」

「君がか！」

「そう、僕が、だ」とマランが答える。

「覚えていないのか、あのファヴラのことを[51]？」

この言葉は参事院議員に強く響いた。

「で、いつからなんだ？」とグレヴァンは少し黙ってから尋ねた。

「終身執政制になった時からだ[52]。」

「しかし証拠は無いだろう？」

「そんなものはないさ！」とマランは親指の爪を上顎の前歯の一つに当てて鳴らした。

マランはボナパルトがブーローニュに陣を構えてイギリスの息の根を止めようとしている重大な状況を、僅かの言葉で明確に描いてみせ、イギリス本土上陸の計画をグレヴァンに説明した。その計画をフランスやヨーロッパはまだ知らないでいるが、どうやらピットは疑っているらしい。[53] そしてマランはイギリスがボナパルトを追い込もうとしている危機的な状況も話した。すなわち大同盟したプロシャ、オーストリア、ロシアが七十万の兵士をイギリス金貨で雇って配置するはずだ。その同じ時に、恐ろしい陰謀が国内でその網を広げ、山岳派やふくろう党、王党派や大貴族たちを糾合する。

「ルイ十八世は三人の執政をよくよく観察した上で、まだ無政府状態が続くと思い、何らかの動きがあれば、ヴァンデミエール十三日とフリュクティドール十八日の取り返しができると考えておられるのだよ[54]」とマランが言った。「ところが終身執政制がボナパルトの腹のうちを暴くことになった。彼は皇帝になろうとしている。かつての少尉が王朝を始めようというのだ！　いや、今度は奴の命が狙われることになる。計画は例のサン＝ニケーズ街の時よりもうまく準備されている。[55] ピシュグリュも、モローも、アンギアン公爵[56]、それにポリニャック、リヴィエールといったアルトワ伯の友人二人もその一味だよ。」

「なんという寄せ集め《アマルガム》だ！[57]」とグレヴァンが声をあげた。

「そうした陰謀が物音を立てずにフランスを侵略しつつあるんだ。一斉蜂起で攻め立てる策だ。あらゆる手段を用いてな！　ジョルジュが百人の決死隊を指揮して、近衛兵と執政とを白兵戦で攻撃するはずだ。」

「よし、それを告発してやれ。」

「ここ二カ月、執政と警察大臣と警視総監、それにフーシェが、この大きな筋書きを紡ぐ糸の一部をしっかりと摑んでいる。しかしそれがどれほどの広がりを持っているかはわかっていない。だから彼らは今の時点ではあらゆる陰謀を自由に泳がせて、それを全部知ろうとしているのだ。」

「権利を論じれば」と公証人は言った。「ブルボン家がボナパルトに対するプランを思いついて指揮し、それを実行する権利は、ボナパルトがブリュメール十八日の陰謀を共和国に対して逞しくしたものより正当だ。ボナパルトは共和国から生まれた子も同然だからな。それが母親を殺そうとしていたのだ。ところが今度の連中はまた自分たちの家に戻ろうと思っているわけなのだから。

思うに、亡命者リストがいったん閉じられて、そこから多くの名前が削除され、カトリックへの帰依も回復されて、反革命的な法令がどんどん出てくるのを見て、大貴族たちは自分たちのフランスへの帰還が難しくなると思ったのだな、不可能と言わないまでも。ボナパルトだけが彼らが帰ってくる唯一の障害だから、その障害を取り除こうというのだ。これくらい単純なことはない。陰謀を企んだ連中は、負けたならならず者だ、勝てば英雄。だから君が戸惑っているのも、僕にはなるほど当然に思うよ。」

「問題は」とマランが言った。「国民公会がルイ十六世の頭を諸国の王たちに投げつけたように、ボナパルトにアンギアン公爵の頭をブルボンの一族に投げさせて、僕たちと同じくらい革命の流れの中にどっぷりあの男を浸してやるか、それとも今のフランスの民衆たちのアイドルであり、未来の皇帝でもある男を転覆させて、その残骸の上に本当の支配者を座らせるようにするかだよ。何か事件が起こるか、ピストルがうまい具合に一発当たるか、例のサン゠ニケーズ街の件を成功させるような爆弾か、僕の立場はそうした事件が起こるか起こらないかで決まる。僕は全部を聞かされているわけじゃない。危機的な状況になったら、参事院と結んで、ブルボン王政の復古に向けての法律上の仕事を進めるように言われている。」

「まあ、待ちたまえ」と公証人が答えた。

「いや、待てない！　もう今しかない、はっきりと決断する時は。」

「それはどうしてだい？」

「あのシムーズの兄弟が陰謀を企《たくら》んでいる。二人はこの国にいるんだ。二人の後を追わせるか、二人が何かしでかすのを待って片づけるか、それともこっそりと匿《かくま》うか、どちらかをやらないといけない。下っ端の役人を送って寄こせと頼んでいたのに、送ってきたのはよりにもよって大ヤマネコで、奴らはトロワを通って、憲兵を味方につけてやって来たんだ。」

「ゴンドルヴィルは今君が手にしている。そして陰謀はこれから君が手にするものだよ」とグレヴァンが言った。「フーシェやタレーランという君のパートナー二人はそこには加わっていない。正々堂々と渡り合うんだ。大体だな、ルイ十六世の首を切った連中は、皆今も政府にいるんだよ。フランスは国家の財産を買い取った連中で一杯だ。だのに君はゴンドルヴィルを返せと言う連中を連れてこようというのかい？　もしブルボンの連中が馬鹿でなければ、われわれがしたことをすべて水に流すに違いない。ボナパルトに警告してやればいい。」

「僕みたいな地位にいる人間には告発なんてできないよ」とマランは強く言った。

「君の地位だって？」と叫んでグレヴァンはにやりと笑った。

「法務大臣にしてくれるというんだよ。」

「なるほど、君がのぼせるのもわかるがね。だが僕にははっきりとそうした政治的な闇の中が見えるよ、そしてそこからどうやって出るかもわかる。ところでブルボンの連中を引っ張ってこれるような事件を予想することはできない。ボナパルト将軍は八十隻の軍艦と四十万の軍隊を持っているからな。成り行き任せの政治で、何より難しいのは、傾きかけの権力がいつ失墜するかを知ることだ。でも、ねえ君、ボナパルトの力はいま上り坂だ。まさかフーシェが君の腹の底を知ろうとして探りをいれて、君を厄介払いしようとしているんじゃあるまいな？」

「いや、僕はあの大使閣下58を信用しているよ。それにフーシェならあんな連中を僕のところに寄越しはしないさ。僕はあいつらをよく知っているから、いろいろ疑わずにはいないのだから。」

「僕はあの連中がどうも気にかかる」とグレヴァンが言った。「もしフーシェが君を疑ってはおらず、君を試すのではないとしたら、どうして彼は君の所にあいつらを送ってきたのだ？　フーシェは何か理由がなければそんな手は使わないが……」

「もう決めたことだ」とマランが声を高めた。「僕はあのシムーズ兄弟がいると落ち着かん。たぶんフーシェは僕の立場をよく知っているから、二人を取り逃がさないようにして、連中を使ってコンデ公のところまで手を伸ばすつもりなのだろう。」

「まあ、君！　ボナパルトが安泰なうちは、ゴンドルヴィルの持ち主を不安にさせるような者はいないよ。」

ふと目を上げたマランは、大きな菩提樹の葉の茂みに隠れたライフルの銃身に気がついた。

「思い違いじゃなかったな。誰かがライフルを構えてカチッという音をさせるのが聞こえたんだ」と彼は大きな木の幹の後ろに身を置いてから、グレヴァンに言った。公証人も友人の突然の動きに不安になって従った。

「ミシュだ」とグレヴァンが言った。「あの赤毛の鬚が見える。」

「怖がってるふりはしないでおこう」とマランが答えて、ゆっくりとその場を離れた。そして途切れ途切れにこう言った。「いったいあの男はこの土地を買った人間をどうしようと言うのだ？　あれは君を狙っているわけじゃない。もし僕たちの話が聞こえたのだったら、あの男に死んでもらわねばならん！　もっと広い野原へ行くべきだった。しかし誰も空気にまで警戒しようなどと思わないからな！」

「いずれは知られることになるさ！」と公証人が言った。「しかしあいつはずいぶん遠くにいたし、僕たちはひそひそ話だったから。」

「コランタンにはちょっと話しておこう」とマランが答えた。

第四章　投げ捨てられた仮面

それからしばらくして、ミシュが自分の家に戻ってきた。顔が蒼ざめ、歪んでいる。

「どうしたの？」と妻が動転して尋ねた。

「何でもないよ」と彼は答えたが、その時ヴィオレットの姿が目に入った。彼がいるとミシュは思ってもいなかった。

ミシュは椅子を取って暖炉の前に落ち着いて身をおくと、紙類を束ねておくために兵士たちに支給されるブリキの円筒から一通の手紙を引き出すと、火の中に投げ入れた。それを見たマルトは、大きな重荷を下ろしたかのようにほーっと息を吐いた。それがヴィオレットの好奇心を煽った。

管理人はあっぱれなくらい平静な様子でライフルをマントルピースの上に置いた。マリアンヌとマルトの母親はランプの明かりを頼りに縫い物をしている。

「さあ、フランソワ」と父親が言った。「寝ることにしよう。お前も眠いだろう？」

彼は乱暴に息子の身体の真ん中を摑んで引っ担《かつ》いだ。そして階段のところへ来ると「酒倉《カーヴ》に行け」と息子の耳に囁いた。「マコンのワインを二本、三分の一ほど空けて、瓶を並べた棚にあるコニャックのオー・ド・ヴィで一杯にするんだ。それから白ワインの瓶に半分オー・ド・ヴィを混ぜろ。[59] うまくやるんだぞ。そうして、その三本の瓶をカーヴの入り口にある空の樽の上に置いておけ。俺が窓を開けたら、カーヴから出て、俺の馬に鞍を置いて乗るんだ。さあ、馬を走らせて、ポトー＝デ＝グゥ〔処刑柱のある場所〕で俺を待っていろ。」

「あのチビはなかなか寝たがらない」と管理人は戻ってきて言った。「大人と同じことをしたいんだな。何でも見て、何でも聞いて、何でも知りたがる。あんたには俺の一家がずいぶん世話になってしまってるな、ヴィオレット爺さん。」

「何だって！ いやはや！」とヴィオレットが叫んだ。「なぜそんなにお喋りになった？ あんたがそんなに喋ったことはこれまでなかったぞ。」

「俺が気もつかず、あんたの好きなように探らせている、とでも思っているのか？ あんたは味方じゃないな、ヴィオレット爺さん。もし俺を恨んでいる奴に味方する代わりに、俺についていたら、小作地の賃貸契約の更新以上のことをあんたにしてやれるのにな……」

「それは何ですかい？」と言って農夫は欲に駆られて、大きな目を剝《む》いた。

「あんたに俺の土地を安く売ってやるよ。」

「安く、って言ったって、金を払わなきゃならんでしょう」とヴィオレットがもったいぶった様子で言った。

「俺はこの土地を出ようと思っている。だからムソーの農地をあんたにやるよ。建物も、蒔く種も、家畜も、一切合財五万フランで。」

「本当ですかい？」

「それで良いな？」

「いや、まあ見てみないことには。」

「それはいずれ話し合うことにしよう……が、まず手付けがいる。」

「わしは何も持ってないよ。」

「一言、言えば済むんだ。」

「またそんなことを！」

「言うんだ。いったい誰があんたをここへ寄越した。」

「わしは今しがた行ってたところから帰って来たばかりだよ。で、あんたにちょっと挨拶していこうと思ったんで。」

「馬にも乗らないでか？　いったい俺をどんな馬鹿と思ってるんだ？　あんたは嘘をついている。それじゃ農地はやれんな。」

「そうか、じゃ、言うよ。グレヴァンさんさ。なんとまあ！　あの人はこう言ったよ。ヴィオレット、ミシュに用がある。彼を呼んできてくれ。家にいなかったら、待つんだ……てね。こいつは今夜はずっとこっちにいないといけないな、って思ったんだよ……」

「パリのペテン師野郎どもは、まだお城にいるのか？」

「さあ！　そこまではわからんよ。でも客間に人がいたな。」

「俺の農地をやろう、話をつけよう！　おい、お前、行って契約成立を祝うワインを取ってくるんだ。ルションの一番良いワインを持ってこい。その酒は前の侯爵のだ……俺たちは子供じゃないからな。入り口の空の樽の上にワインが二本ある。それから白ワインが一本。」

「よしきた！」とヴィオレットが言った。彼はこれまで酔ったことがない。「飲みましょうや！」

「あんたは五万フラン、あんたの部屋の床下に持っている。ベッドの置いてあるところにな。その金をグレヴァンの事務所で契約書を交わしてから二週間後に俺に渡すんだ……」

　ヴィオレットはミシュをひたと見つめた。そして真っ青になった。

「ええ、どうだい？　掛け値なしのジャコバン、それもかつてはアルシのクラブを取り仕切っていた男を、あんたは見張りにきているんだ。それであんたはそいつがあんたをやっつけることはないって思っているのか？　俺様はちゃんと両の目があるんだ。俺はあんたの家の床のタイルが新しく塗り固められたのを見たぞ。で、その床を上げたのは、麦を蒔くためじゃないって、睨んだんだ。さあ、飲もう。」

ヴィオレットはどぎまぎしながらも、大きなワインのグラスをどれほどの度数かも知らずに飲んだ。熱い鉄が打ち込まれたように恐怖が彼の腹に入ってきて、オー・ド・ヴィが腹の中で、強《したた》かに焼け付いた。何もかも投げ出して家に帰りたいところだった。自分の宝の隠し場所を変えなければ。三人の女たちはにこにこ笑っている。

「どうだ、これは気に入ったか？」と言って、ミシュはヴィオレットのグラスをさらに満たした。

「そりゃ、もう。」

「気楽にやるんだな、爺さん！」

半時間ほど、いつから自分のものになるか、とか、あれやらこれやら、よく百姓たちが駆け引きをまとめる時にするあら探しの議論をしたり、そうだ、そうだと言い合ったり、グラスを何度も飲み干して、たくさん約束したり、否定したり、「まさか？——いや、本当だ！——誓ってもいいよ！——わしがこう言っているんだから！——もしなんだったら、わしの首が飛んでもいい……——このグラスのワインが毒になってもいい、もしわしのいうことが、正真正銘、ホントでなけりゃ……」といったような言葉のあとで、ヴィオレットはどさっと頭をテーブルに落として倒れた。ほろ酔いどころではなく、へべれけになったのだ。

やがて、ミシュはヴィオレットの目が白黒しているのを見届けると、急いで窓を開けた。

「いったいあのゴシェの馬鹿はどこにいるんだ？」と彼は妻に尋ねた。

「もう寝たわ。」

「おい、マリアンヌ」と管理人は彼の忠実な召使いに言った。「行ってあいつの部屋の扉の前に張り付け。あいつを見張るんだ。お母さん」と彼は言った。「あんたは下に残って、このスパイを見張ってて下さい。用心するんですよ。開けるのはフランソワの声だけにするんです。命に関わる大事なことですからね！」と彼は重々しい声で付け加えた。「この家にいるみんなは、いいか、俺が今夜、この家を一度も出なかったことにするんだ。首を賭けてもそう言い張るんだぞ。」「さあ」と彼は妻に言った。「お前、靴を履くんだ。頭巾を付けて。急いで出よう！　何も聞くな。俺も一緒に行く。」

一時間足らず前から、この男のしぐさや眼差しに、有無を言わさぬ、あらがいがたい威厳が備わっていた。その力の源泉は、ちょうど戦場の将軍たちが軍勢の士気をいやが上にも高めたり、偉大な演説家が集まった人々をぐんぐん引っ張っていったり、敢えて言えば、大犯罪人たちが大胆不敵な一撃を加えたりする時、彼らがとてつもない力を引き出す、あの何とも知れない源泉と共通するものがあった。その時彼の顔から発散するものがあり、言葉は抗し難い影響力を持ち、身振りはその人間の意思を他人に注入するように思われた。三人の女は自分たちが恐ろしい危機の真っ只中にいることを悟った。あらかじめ知らされてはいなかったが、彼女たちはその男の行動の素早さから予感するものがあった。彼の顔が輝き、額がものを言い、目はその時きらきら光って星のようだった。その髪の毛の根元に汗をかき、一度ならず彼の言葉が焦慮と怒りで震えるのが女たちにはわかった。だからマルトは口ごたえせず従うことになった。

ミシュは完全武装した形で、肩に銃を掛け、並木道に躍り出た。妻もそれに従った。たちまち四つ角に着くと、息子のフランソワが茂みに隠れていた。

「チビはよく分かってるようだな」とミシュは彼の姿を認めて言った。

これが彼が最初に口にした言葉だった。彼とその妻はそれまで一言も声に出すことができないくらい走り続けたのだ。

「小館《パヴィヨン》に戻るんだ。一番茂っている木に隠れろ。野原や庭園《パルク》をよく見るんだぞ」と彼は息子に言った。「家の者はみんな寝ていて、戸は誰にも開けないことになっている。お祖母さんが見張っていて、お前が話しかける声を聞くまでは動かない。俺の言うことを少しでも聞き漏らすなよ。お父さんの命とお母さんの命が懸かっている。警察に俺たちが家で寝ていないなんて、ぜったい悟らせてはならん。」こうした言葉を息子の耳元に吹き込むと、息子は泥中の鰻のように、森を横切って走っていった。ミシュは妻に言った。

「馬に乗れ！　そしてお祈りするんだ、神様が俺たちの味方をするようにってな。しっかりつかまるんだぞ！　馬がくたばるかも知れん。」

こういうと、たちまち馬の下腹にミシュは二蹴り入れ、二つの膝で強く締め付けると、馬はまるで競走馬のような早さで走り出した。馬も主人の気持ちを理解しているように、十五分ほどで森を駆け抜けてしまった。

ミシュは一番の近道を外さず、領地の境界に来ると、そこからサン＝シーニュ城の幾つもの尖塔が月の光に照らされているのが見えた。彼は馬を一本の木に繋ぐと、すばやくサン＝シーニュの谷間を見下ろす小さい丘に登った。

マルトとミシュは二人してその風景の中に魅力的な姿を現している城館をしばらく眺めていた。広さといい、建築としてそれほど立派なものではなくとも、この城館は考古学上の価値は確かにある。

十五世紀のこの古い建物は、小高い丘に位置していて、深く、幅広い壕《ほり》が水を今も湛《たた》えて周囲を囲んでおり、石とモルタルでできている城壁は七ピエ[61]ほどの横幅がある。その簡素な佇まいは、封建時代の戦いに明け暮れた荒々しい生活を思い起こさせて感慨を催させる。城はまことに素朴な造りで、赤みを帯びた二つの大きな塔から成り、石でできた本物の十字窓が幾つも穿《うが》たれた長い母屋がその間にある。十字窓は粗削りの彫刻が施されて、ちょうど葡萄の蔓《つる》に似ていた。階段は外側、尖塔アーチのついた小さい門がある五角形の塔の中にある。一階も二階もルイ十四世の時代に内部が時代に合わせて改装され、その上に葺かれた大きな屋根には、彫刻が施されたタンパン62に十字窓がいくつも付けられている。城の前には芝生が一面に植えられていて、そこにあった木々はつい最近切り倒されてしまった。入り口の橋の両端に、庭師たちが住んでいる粗末な家が二軒建っていて、貧相な、特徴のない、明らかに新しい鉄格子が二軒の仕切りとなっている。敷石を施した車道で二つに分けられている芝生の左右には、厩舎や牛小屋、穀物倉、薪小屋、パン焼き場、鶏小屋、おそらく現在の城館に似た両翼の跡に造られていた付属の建物などが広がっている。

かつてはこの城館も正方形で、四つの隅が砦となって、アーチ形のポーチのある大きな塔によって守られていたに違いない。塔の下には今ある鉄格子の代わりに跳ね橋があった。二つの太めの塔は、円錐形の物見櫓をつけた屋根もまだ壊されていず、中央にある塔の小鐘楼とあわせて、村の特徴的な情景となっていた。おなじように古い教会は、少し離れて尖った鐘楼を見せており、大きな城館の佇まいにうまく調和していた。月が尖塔や円錐型の屋根を輝かせ、そのまわりにきらきらと光を散らしている。

ミシュが領主の住まいを眺める姿に、彼の妻は考えをすっかり変えてしまった。というのも彼の顔は前よりも穏やかになり、希望と一種の自負の表情が見えたのだ。彼の眼は何かを疑っているように四方を見わたしている。平野の動きに耳を立てた。もう九時にはなっているはずだ。月はその明かりを森の端の方に投げかけている。そして小高い丘は中でもいっそう光に照らされていた。この位置は、総管理人ミシュには危なく思われた。人に見られるのではないかと、彼は急いで降りた。けれどもこのノデームの森の脇にある美しい谷間の静けさを乱す疑わしい音は聞こえなかった。

マルトは、疲れ切って、ぶるぶる震えながら、あんなにも走ってきた後で、いったい何が起きるのかと思っていた。いったい自分がどんな役に立つのだろう？　良いことになのか、それとも犯罪にか？　その時ミシュが妻の耳元に来て言った。

「今からサン＝シーニュ伯爵嬢のところに行ってくれ。お嬢様とお話がしたいと頼むんだ。お会いすることができたら、お人払いして欲しいとお願いしろ。もし誰も二人の話を聞く者がその場にいなかったら、お嬢様にこう言うんだ。〈お嬢様、あなたのいとこお二人の命が危のうございます。そのわけを説明する者があなたをお待ちしています〉とな。もしお嬢様が危惧されて、警戒されるようだったら、こう付け加えるんだ。〈お二人は第一執政に対する陰謀に加担されています。ところがその陰謀が発覚したのです〉と。お前の名前は言うな。俺たちはずいぶん警戒されているから。」

マルト・ミシュは顔を上げて夫の方を見た。そして言った。

「あのお方たちの味方をするのね、それじゃ？」

「そうさ、それがどうだと言うんだ？」と言って、彼は眉を顰《しか》めた。非難されたと思ったのだ。

「あなたは私を分かっていないのね」と声を上げると、マルトはミシュの大きな手を取り、その足元に身をかがめて彼の手に口づけした。その手にどっと涙が注がれた。

「さあ、走って。泣くのは後だ」と彼は言って、急に強く抱きしめた。

妻の足音が聞こえなくなると、鉄で出来たかと思われる男は涙を目に溢れさせた。彼はマルトをその父親の思想から警戒していたのだった。ミシュは彼女に自分の生きかたの秘密を隠していた。しかし妻の素朴な性格の美しさが突然見えてきたのだ。あたかも彼の性格の立派さが、今しも彼女に輝いたように。

マルトは自分がその妻となった男の汚名によって深く恥じる気持ちが強かったのが、いまやその男が輝かしい人間であることがわかって一挙に恍惚とした気分になった。気が遠くなっても当然ではないか？　のちに夫に語ったように、激しい不安に襲われた彼女は、小館からサン＝シーニュまでまるで血の海を歩いて来たように思っていた。それがたちまちにして、天使たちのいる天上に持ち上げられたように感じたのだ。

一方、夫はずっと自分がよく思われず、妻の哀しげで憂鬱な態度は、彼女の愛情が薄いからだと受け取っていた。だから彼は同じ住まいにいながら妻に構わず放っておき、愛情はすべて息子に注いでいたのだ。それが、この時、彼女の涙が何を意味するかを悟った。彼女は自分の美貌と、その美貌を役立てようとした父の意志とによって無理やり演じさせられていた役割を呪っていた。幸福がもっとも美しい炎となって、この嵐の最中、あたかも稲妻のように二人に輝いた。いや、まさしく稲妻に違いない！　二人それぞれがこの十年の誤解に思いいたり、それぞれおのれ一人を責めるのだった。

ミシュはそこに突っ立ったままじっと動かず、肘を銃に置き、その肘に顎を乗せて、深い物思いに耽っていた。そういう瞬間こそ過酷きわまる過去のあらゆる苦悩も甘受する気持ちを起こさせるものだ。

夫と同じように千々の思いに心乱れるマルトは、シムーズ家の危難に胸もつぶれるほどだった。というのも彼女には全てがわかった。あの二人のパリから来た男たちの顔つきの意味さえ理解できた。ただどうして銃が必要なのか、彼女には訳がわからなかった。彼女は牝鹿のように突進して城への小道に達した。と、自分の後ろに男の足音が聞こえたように思った。彼女はあっと叫び声を上げた。ミシュの大きな手がその口をふさいだ。

「あの丘の頂上から、遠くで飾り紐のついた憲兵たちの帽子が銀色に光るのが見えた。お嬢様のいる塔と厩舎の間にある濠《ほり》割りの狭間《はざま》から入るんだ。犬どもはお前には吠えないだろう。庭を通って行け。伯爵のお嬢様に窓から声をかけろ。お嬢様の馬に鞍をつけて、濠割りを通って乗ってくるように申し上げるんだ。俺がそこにいる。あのパリ野郎の計画がどんなものか探って、あいつらの手からうまく逃れる手だてを考えてからな。」

危険は雪崩《なだれ》のように押し寄せてくる。だから早く知らせなければ。その思いがマルトに翼を与えた。

第五章　ロランス・ド・サン＝シーニュ

サン＝シーニュ家やシャルジュブフ家に共通するフランク族の名はデュイネフである。サン＝シーニュ《五羽の白鳥》はシャルジュブフ家の分家の名で、その城を防御した戦いの後のことになる。その時城主の父親が留守で、それぞれみごとなくらい真っ白な肌の女性だった一家の五人の娘たちは、誰も予測しないような働きをした。シャンパーニュ伯爵家初期の当主の一人が、美しい名称によって家系が長く存続する限り、その記憶が存続するようにと名付けたのだ。世にも珍しいその武勲以来、一族の娘たちはつねに誇り高い気持ちでいた。もっとも必ずしも皆が色白の娘ばかりというわけではなかったが。

その末裔であるロランスは、ゲルマンのサリカ法典[63]に反して、一家の名も、紋章も、領地も相続することになった。フランス王はシャンパーニュ伯爵の文書を重んじて、この一族においては母親の血筋が貴族としての地位を与え、存続させる、と認めていたのである。したがってロランスはサン＝シーニュ伯爵嬢であった。その夫となる者が彼女の家名と紋章を持つことになり、紋章に読まれる銘句は、五人姉妹の長女が城の降伏警告を受けた時に答えとした崇高な言葉、「歌イッツ死ナム！」である。

かの美しいヒロインたちに劣らず、ロランスも白い肌をもっていた。それはたまたまそうであったにすぎないが、何か一つの運命が賭けられたもののようにも思われた。彼女の青みを帯びた静脈のごく細い筋が、繊細で、肌目《きめ》こまやかな皮膚の下から透けて見えた。髪はじつに美しい金髪で、深く濃い青色の目がすばらしく映える。彼女のすべてが愛らしかった。ほっそりした胴、乳白色の肌の色とは裏腹に、ひ弱そうな身体には、誰よりも立派な男にも遜色の無い強固な魂が息づいていた。とはいえ、誰一人、たとえ眼力鋭い者さえ、その穏やかな表情や、ちょっとしゃくれた顔の、どこか雌羊の頭を思わせるような顔つきから、そのことは見抜けなかったろう。この極端なまでの穏やかさのために、確かに気品はあったが、少し茫洋とした仔羊を思わせるところがあった。

「私は夢見る羊のようね！」と、ときおり彼女がにっこり笑いながら言うこともある。

口数は多くなく、といって物思いに耽るタイプとも思われず、どこか鈍い女性に見えた。いったん事が起こると、隠れていたユーディット[64]の本質がたちまち現れて崇高な姿となる。そして、実際そうした状況は、不幸なことに、ロランスにしばしば訪れたのだった。

先述の事件の後、十三歳でロランスは、その前夜までトロワに聳《そび》えていた十六世紀の建築で最も興味をそそる建物の一つであったサン＝シーニュ邸のあった場所に立ち、孤児となったことを知った。彼女の親類の一人であるドートセール卿が養い親となって、サン＝

シーニュの嫡子をすぐに田舎に連れて行くことになったのだ。この地方貴族は、農民の服をまとって逃れようとした弟のドートセール司祭が、その場で弾丸を一発食らって亡くなったのに恐れをなしてしまって、とても自分の養《やしな》い娘《ご》の利害を守れる状況ではなかった。二人の息子は貴族たちの軍隊に入っていて、わずかの物音にもアルシの警察が自分を逮捕にきたのではないか、と思う毎日を過ごしていた。

　包囲された時も立派に館を守り通し、先祖の娘たちの歴史的な白い肌であるのを誇りとしているロランスは、暴風に背を丸めている老人の分別ある臆病を軽蔑し、ひたすら自分の家名をあげることだけを考えていた。調度も乏しいサン＝シーニュの彼女の客間に、彼女は大胆にも樫の小枝を王冠のように編んだ飾りの付いたシャルロット・コルディの肖像[65]を掲げたりした。死刑に処されるかも知れぬ法律を無視し、特使を使って双子のいとこと手紙をやりとりもする。手紙を届ける男も、同じように命の危険にさらされながら二人の返事をもたらした。トロワでの惨憺たる事件の後、ロランスはひたすら王党派の大義のためにだけ生きていたのだった。

　ドートセール卿とその妻の人柄を的確に判断し、正直ではあるけれど気力のないことを見て取ると、彼女は二人を自分とは別の世界の人間と思いなした。ロランスは十分な才気と真に寛容さがあったから、彼らの性格に対して憤ることはなかった。二人には親切で、愛情ふかく、優しく接しはしたが、自分の秘密は何一つ打ち明けないでいた。一つの家族の中にあって、常に自分を偽って見せることほどその魂を強くするものはない。

成年に達しても、ロランスは自分の財産の処置を、これまで同様ドートセール老人に任せることにした。お気に入りの雌馬に十分ブラシが入れてあるか、召使いのカトリーヌが自分の好みの衣服を身につけているか、召使いのゴタール少年がきちんとした服装でいるか、といったことのほかは、何も気を配ることはなかった。時代が違っていれば、おそらく喜んだはずの日常の小さなことがらに考えが至るには、彼女はあまりに高い目的に思考を向かわせていたのだ。身づくろいなど彼女にとってはどうでもよかった。第一いとこたちがそこにはいない。ロランスは濃緑色の乗馬服を持っていて、それを着て馬で散策したが、散歩する時のドレスは袖の短い胴衣によくある生地で飾り紐の着いたものを、家では絹の部屋着をまとった。

厩舎番で機転のきく勇敢な十五歳の少年ゴタールが常に彼女に付き従った。というのも彼女は大抵いつも外出して、ゴンドルヴィルのすべての土地を狩りしてまわるのだ。農民もミシュもそれに反対しなかった。馬は見事に乗りこなし、狩りの手練も奇蹟に近い。この地方では、彼女のことを、どんな時期にも、革命の期間でさえお嬢様《マドモワゼル》と呼んだ。

かの素晴らしい小説『ロブ＝ロイ』[66]を読んだ者なら、きわめて稀なキャラクターをもった女性の登場人物たちの一人ダイアナ・ヴァーノンを思い出すはずだ。ウォルター・スコットがいつもの冷静な態度を脱して生み出したあのヒロインを思い出していただければ、ロランスがどういう女性か理解して貰えるだろう。スコットランドの女性狩人の持つさまざまな美点に、シャルロット・コルディの抑制された熱狂を付け加え、さらにダイアナを 67 きわめて魅力的にしている愛すべき活発さを取り除けばよい。若い伯爵嬢は母親が亡くなり、ドートセール神父が倒れ、シムーズ侯爵夫妻が断頭台で果てるのを目のあたりにした。たった一人の兄は受けた傷がもとで亡くなり、二人のいとこはコンデ公の軍隊に入って、いつ何時殺されるかわからない。結局シムーズ家とサン＝シーニュ家の財産は共和国に貪り尽くされることになったが、それは共和国にとって何の利益ももたらすものではなかった。表面の茫洋とした様子に隠された彼女の深刻さはよく理解していただけるに違いない。

ドートセール卿はそもそもきわめて実直で、じつにものわかりの良い後見人だった。彼の管理の下で、サン＝シーニュは農地の体裁を整えた。人物として勇敢な騎士というよりは農地を活用する地主といった方がよく、広さおよそ二百アルパンもある大庭園やいくつもの庭をうまく使って、馬の飼い葉や住人の食料、それに暖房用の薪を手に入れていた。

きわめて厳しい倹約のおかげで、成年に達した伯爵嬢はすでに農地からの収入を国家債券にして十分な財産を持つにいたった。一七九八年には、この女性相続人は年利収入二万フランになる国債を持っていた。実際を言えば、その利子を元金に加えて財産を増やしていったためだが、さらに一万二千フランをサン＝シーニュの土地から得ていた。しかもその土地の賃貸料は著しい上がり方で更新されてきた。ドートセール夫妻は、農地に隠遁して、トンティヌ・ラファルジュ国債の年金配当が三千リーヴル入って来た。68 彼らの財産の残りではサン＝シーニュ以外の土地には住めそうもない。そこでロランスは最初の法的処置として、夫妻が住んでいる小館を一生涯所有する権利を彼らに与えたのだった。

ドートセール夫妻は、自分たちばかりでなく後見人のために節約につとめて、自分たちの二人の息子たちのために毎年千エキュを蓄え、相続人にもあまりおいしいご馳走を作らない。サン＝シーニュの全支出は年五千フランを超えなかった。しかしロランスは細かいことには立ち入らず、すべて了承した。

後見人とその妻は、知らず知らずのうちに、ほんの些細なことにも発揮される彼女の性格に感化されて、彼らがその子供時代から知っている女性を、人には稀な感情を持つ人として崇めるにいたった。けれどもロランスの立ち居ふるまいや、しゃがれた声、威圧的な眼差しには、たとえ見かけばかりのものであっても、常に何かわからぬ、説明のつかない力があった。というのも、愚かな人間には単なる空虚も深淵に見えるものだし、俗人には奥深いものは理解しがたい。一般大衆が自分のわからないものを何でも崇めるのは、おそらくそんなところから来るのだろう。

ドートセール夫妻は、若い伯爵嬢が常に口数少ないことに心惹かれ、時にはその野性味が強く印象づけられて、何か大事をなさるのではないかと常に期待していた。見識を持って善を行い、決して欺かれることのないロランスは、彼女が貴族であるにもかかわらず、農民たちから大きな尊敬を得ていた。女性であること、名家の出や彼女を襲った不幸の数々、その独特な生き方、そうしたものすべてが、サン＝シーニュの谷間の住人たちに対する彼女の威信を与えることになった。時々、彼女は一日か二日ゴタールをお供に遠出をすることがある。しかし戻ってきた時、なぜ留守にしたのか、ドートセール夫妻は彼女に尋ねたことは一度もなかった。

ロランスに、――このことはよく注意していただきたいが――何も変わったところがあるわけではない。きわめて女性的で、きわめて弱々しい見かけの裏に男まさりの性格は隠されていた。すぐれて感受性豊かな心の持ち主だったが、その頭脳は男性的な決断とストイックな堅固さがあった。なにごとも見通さずにはおかない彼女の眼から涙がこぼれたことはない。青白い静脈が微妙な色合いを見せる白い手首を見れば、それがきわめて頑健な騎士の手首と拮抗すると想像する者は誰一人いないだろう。じつに柔らかく、流麗この上もない手は、ピストルやライフルを練達した狩人の力強さで操った。

外に出る時は常に普通の女性が馬に乗る時に被るようなビーバーの毛皮でできた小さな可愛い帽子で、緑のヴェールを垂らす。そして優美な顔や白い首を黒いスカーフで巻けば、野外で陽に焼けずにどれだけでも馬を駆けさせることができた。総裁政府時代も、執政政府の初期にも、ロランスはそのように行動できたし、彼女のことをとやかく言う者は誰一人なかった。ところが政治状況がだんだん正常にもどるにつれて、新しく権力をもった者たち、オーブ県の知事とか、マランの友人たち、それにマラン自身が彼女の悪い評判を広め始めた。

ロランスはひたすらボナパルトを倒すことだけを考えていた。ボナパルトの野心と勝利とが彼女の内にある憤怒を煽ったが、それは冷静で計算した上での怒りだった。栄光にみちたこの男に対抗する、目には見えない、影のような敵として、彼女は彼をその谷間や森の奥から、恐ろしいほどの執拗さで狙い続けていた。何度も彼を殺そうとサン＝クルーやマルメゾンの近郊[69]まで出かけていこうとしたこともある。計画が実行されていれば彼女の生活の中での訓練や習慣の説明となっただろう。しかしアミアンの和約[70]が破棄されて、ブリュメール十八日のクー・デタをもう一度ひっくり返そうとする人々が企てた第一執政に対する陰謀に彼女が加担した時から、ボナパルトを倒すために、国外では皇帝がのちにアウステルリッツでうち破ることになるロシア、オーストリアそしてプロシャの大同盟によって、国内ではそれぞれ相反する立場にありながら一つの共通する憎悪でもって結束する人々が提携した大規模な巧みに仕組まれた計画に、彼女の力や憎しみを合わせることにした。そうした人々のうちの幾人かは、ロランスのように、その男が死ぬことを思いめぐらせて、暗殺という言葉を使っても、それで怯《ひる》まずにいる人間もいた。

この少女は、見かけこそひ弱ながら、彼女をよく知る者には強靭そのもので、折しも、ドイツから来て本格的な攻撃をしかけようとする貴族たちの忠実で確実な案内者となっていた。フーシェはこのライン河を越えた亡命者たちの共同作戦に基づいて、アンギアン公爵をその陰謀に巻き込もうとしていた。ストラスブールから少し離れたバーデン領にこの王子がいたことは、後になっていろいろな推測に重みを与えることになった。アンギアン公が本当にその企図をご存じだったのか、成功したらフランスに乗り込んで来られることになっていたのか、という大きな問題は、他の問題と同じように、ブルボン家の王族たちが深く沈黙して語らないでいる秘密の一つである。この時代の歴史が遠くなればなるほど、少なくとも、不偏不党の歴史家であれば、今しも大きな陰謀が勃発するべき時に、国境に近づこうとした公の軽率さを見出すことだろう。その陰謀の秘密は、王家の一族のすべてがはっきりと共有していたものだった。

　マランが野外でグレヴァンと打ち合わせた時に取ったあの慎重さを、この少女も彼女と関係する人々とのほんの些細なことがらに適用していた。彼女は密使を迎え入れ、彼らと話し合った。それはノデームの森のさまざまな縁《へり》であったり、セザンヌとブリエンヌの間にあるサン＝シーニュの谷間を少し越えたところであったりした。彼女はしばしばゴタールと一回の旅程で十五里ほども出かけ、再びサン＝シーニュに戻ってきたが、その取り澄ました顔を見て、少し疲れているようだとか、心配ごとがあるのでは、などと思う者は誰もいなかった。

　彼女は、最初幼い牛飼いの九歳になる少年の眼が、並はずれた物に対して子供らしく素朴に驚いたりするのを見て取って、彼を馬丁にすると、馬にブラシを丁寧に注意深く掛けるイギリス人たちのやり方を教えた。彼がうまくやろうと心がけたり、賢いうえに損得を考えないのを彼女は知った。彼がどれだけ献身的かを探ってみて、単に気働きがあるばかりでなく、気高いところがあり、なんの報いも求めていないことが理解された。そこでまだ幼なすぎるこの魂を鍛えて、親切に、しかも威厳のある優しさで接したから、彼女が彼の世話をやけばやくほど、一心同体となって、少し野蛮だった彼の性格が磨かれていった。それでいて彼の若さや素朴さが損われることはなかった。彼の犬さながらの忠実さを育て、彼女が十分にその忠誠を験した末に、ゴタールは利発で、天真爛漫な仲間となった。

この農民の少年は、誰からも疑われることなくサン＝シーニュからナンシーまで出かけて行き、戻ってきても、時には彼がこの土地を離れたことさえ誰一人知らなかった。彼は密偵たちが使うあらゆる狡猾な術を実践していた。最初は極端なくらい警戒するように女主人は命じていたが、それでもその本性はまったく変わらなかった。ゴタールは女の狡猾さと子供の無垢とそれに陰謀家のように途切れさせることのない注意力を持っていたが、その驚嘆すべき美質を田舎の人間によくある並はずれた無知と無気力さを見せる裏に隠していた。少年は馬鹿で、か弱く、不器用と思われていたのだ。しかしひとたび仕事につけば、彼は魚のように敏捷で、鰻のようにするりと抜けだし、犬と同様相手の目つきでどういうことを言おうとしているのかを悟った。相手の考えが嗅げるのだ。彼の人の良さそうな大きく丸い顔、赤く、褐色のまどろんでいるような眼、普通の農夫のように刈ってある髪、着ている物や、彼の成長がとても遅いことから、十歳の子供のように思わせた。

ストラスブールからバール＝シュル＝オーブ[71]まで、警戒を怠らず彼女が庇護してきたドートセール兄弟やシムーズ兄弟は、何人かの亡命貴族と一緒にアルザス、ロレーヌ、そしてシャンパーニュを経てやってきた。一方、他の陰謀に荷担した人々も、勇敢にもノルマンディーの断崖を越えてフランスに近づいていた。労働者の衣服をまとったドートセール兄弟とシムーズ兄弟は徒歩だった。森から森へ、少しずつ、ここ三カ月の間、ブルボン家にもっとも忠実で、しかもいちばん疑われることのない人々が各県からロランスによって選ばれ、彼らを導いた。亡命貴族たちは、昼寝て、夜の間に旅した。

彼らはそれぞれ献身的な兵士を二人連れていて、一人は先行して物見をし、もう一人は後方に残って、もしもの場合に退路を守ることにしていた。こうした兵たちの慎重さによって、この貴重な分遣隊は、不幸な事件も起きることなく、待ち合わせの場所であるノデームの森に到着した。

彼らとは別に、二十七人の貴族たちもまたスイスから入ってブルゴーニュを横切り、パリに向けて同じような慎重さで導かれてきた。ド・リヴィエール卿は五百人の兵を頼みにしており、そのうち百人が若い貴族たちで、この聖なる大隊の将校であった。ポリニャック卿とド・リヴィエール卿[72]は、その行動など、将帥としてまことにみごとなものがあり、自分たちと陰謀を共有する者について、秘密をまもって水ももらさぬ警戒を示したから、誰一人発見されることはなかった。したがって王政復古の間に真相が明らかにされた今、こう言うことができよう。すなわち、ボナパルトはその時自分に迫っていた危険がどれほど大きなものであったかを知らず、一方イギリスもまたブーローニュにフランス軍の陣地が置かれて危なかったことを悟らなかった。しかもこの時ほど警察が狡知をきわめ、これほど巧みに指揮されたことはなかった、と。

この物語が始まった時、一人の臆病な人間が、――陰謀の仲間が等しく強靱な少数の人物たちに限られなければ、必ずそういう人間が現れるものだが――、陰謀に加担したものの、いざ死に直面するや、反逆人になってさまざまな情報を与えた。さいわいその規模について情報は不十分なものだったが、それでも企ての目的に関してはかなり正確だった。そこで警察は、マランがグレヴァンに話したように、見張っている策謀者たちを自由に泳がせておいて、陰謀の枝葉のすべてを一網打尽にしようとした。ところが政府はジョルジュ・カドゥーダル[73]という活動家に嫌でも手を割かなければならなくなっていた。独断専行のその男は、パリに二十五人の「ふくろう党[74]」と共に隠れひそんで、第一執政を攻撃しようとしていたのだ。

ロランスは頭の中で憎悪と愛を結びつけていた。ボナパルトを倒し、ブルボン家を復帰させること、そのことは、畢竟ゴンドルヴィルを取り返すことであり、自分のいとこたちに富をもたらすことではないか？　一方がもう一方を補完するこの二つの感情は、とりわけ二十三歳ともなれば、魂のあらゆる能力と生命のあらゆる力を発揮するために十分だ。そのために、ここ二カ月の間ロランスはサン＝シーニュの住人の目にこれまでよりもいっそう美しく見えた。彼女の頬はバラ色になり、期待が時にその額を誇り高く輝かせた。けれども夕方に『ガゼット』紙[75]が読み上げられて、第一執政の保守主義的な行動がそこで展開されていると、彼女は眼を伏せて、ブルボン家の敵がやがて失墜するという胸迫る確信を人に読みとられないようにした。

　したがって城にいる誰一人、若い伯爵嬢が、その前夜、いとこたちと再会したとは思ってもみなかった。ドートセール夫妻の二人の息子は、その伯爵嬢自身の部屋で、しかも彼らの父母と同じ屋根の下で一夜を過ごしていたのだ。というのもロランスは疑いを掛けられないように、ドートセール兄弟を午前一時から二時の間に睡眠を取らせてから、約束の場所に行って、いとこたちと落ち合い、彼らを森の中央まで連れてくると、今はうち捨てられた森林伐採監督用の小屋に潜ませたのだった。二人とまた会えるのを確信していながら、彼女は喜びの感情をいささかも表さなかった。期待しているという気持ちを表すようなことは何一つしなかった。つまり彼女は自分がいとこたちに再会したことの喜びの余韻をすっかり消し去ることができたのだ。彼女は冷静だった。

　乳母の娘である美人のカトリーヌも、ゴタールも秘密を知っていて、その行動を女主人に合わせていた。カトリーヌは十九歳。ゴタールと同じように、この年齢《とし》になれば若い娘は熱狂的になり、一言も白状せずに自分の首を切らせる。ゴタールにしても、伯爵嬢の髪と衣服に付けている香水を嗅ぐことができれば、一言も発せずに、途方もない拷問《ごうもん》に耐えたことだろう。

第六章　執政政府下の王党派の内部と表情

危険がすぐにも迫っていると知らされたマルトが、ミシュに教えられたとおり、さながら影となってすばやく濠割りの狭間に滑り込んだ頃、サン＝シーニュの城の客間は、これまでにない平穏な姿を呈していた。住人たちは自分たちに今にも降りかかる嵐などつゆ疑うこともなかったから、彼らの陥ろうとしている状況を少しでも知る人間から見れば、のんびりした彼らの様子は大いに哀れを催すものだったろう。

背の高い暖炉の上の羽目にはパニエ[76]をつけて踊る羊飼いの娘たちの鏡板がはまり、暖炉の中は炎で輝いている。その赤々とした火は森の近くに位置する城でしか見られないものだ。暖炉の片隅に大型の四角な安楽椅子があり、木枠は金箔が塗られて、緑の素晴らしいランパ織りが張ってある。若い伯爵嬢はすっかり疲労困憊《こんぱい》して、その椅子にどっと身を横たえていた。

ロランスはブリー[77]の国境《くにざかい》から六時に戻ったばかりだった。前線を偵察して、無事に四人の貴族をパリに入るまでの最後の野営地となるアジトに到着させるために、一行に先だって、道筋を辿ってきた彼女は、ドートセール夫妻が夕食を終ろうとしているところに不意に姿を見せると、ひどい空腹を訴えて、泥の付いた乗馬服も編み上げ靴も脱がず、すぐにテーブルに着いた。

夕食の後、疲労が極に達しているのを感じて、着替えるどころか、彼女は何も被らず、美しい顔をふさふさしたブロンドの巻き毛が覆うままに、大きな安楽椅子の背に身を投げかけていた。両足は足台《ストウール》に投げ出したまま。暖炉の火が泥の跳ねた乗馬服や靴を乾かしてくれる。スウェード革の手袋やビーバーの小さな帽子、緑のヴェール、それに彼女の鞭が小机《コンソール》の上に投げだされていた。彼女は時に銘匠ブールの古い置時計を見やったりした。時計は花模様の枝つき燭台二つの間にあるマントルピースの飾り枠の上にある。この時刻なら、もう陰謀に加わった四人は寝ているだろうかと思ったり、またマントルピースの前でボストン遊びをするテーブルにも眼をやったりした。ドートセール夫妻やサン＝シーニュの司祭とその妹が席に着いてカードに興じている。

この人々がこのドラマにそれほどの役柄を与えられていなかったとしても、一七九三年の敗北以来貴族が取ってきた顔の一つを、彼らが示している点で価値はあるだろう。こうした意味でサン＝シーニュの客間の情景は、普段着の歴史の味わいを見せてくれる。

主人は五十二歳。背が高くやせてはいるが、血色はよく、健康そのもので、青い陶器《ファイアンス》に見るような色艶の大きな目が無ければ、なにか大胆不敵なこともやりかねないように見えるが、その眼差しがじつに素朴なその性格を表していた。しゃくれた顎をもったその顔には、鼻と口の間に、デッサンのありきたりの法則に当てはまらない大きな空間があり、それがいかにも忍従する様子を示して、彼の性格と見事な調和を見せる。ほんの僅かの表情もその性格にぴったりと合っていた。

同様に、彼の灰色の髪の毛も、ほとんど毎日被っている帽子で押しつけられて、頭にキャロット[78]を載せている恰好になり、それが洋梨のような輪郭を形作っていた。田舎暮らしや、絶えざる心配のために皺のよった顔は、のっぺりとあまり特徴がない。鷲鼻がいささかその表情を引き立てている。力強さを見せるのは唯一もじゃもじゃした眉で、まだ黒い色を保ち、顔の色合いは活き活きしていた。けれどもその強さを示す徴は、決して伊達ではなかった。彼は素朴で優しかったけれども、王党派とカトリックの信義をもっていて、どんな事があっても節を枉《ま》げることはなく、もし逮捕されることがあったとしても、パリ市民護衛兵たちに向かって発砲などせず、従容《しょうよう》として断頭台に向かったことだろう。

三千リーヴルの終身年金が彼の唯一の収入源で、それだけでは亡命できなかった。そこで現政府に従ってはいるものの、王家の人々を愛することは止めず、また彼らがもう一度帰って政権につくことを願っていた。とはいえブルボン家のための企てに参加して、身を危うくするのはご免こうむるに違いない。ぶちのめされたり、掠奪にあったことを彼はいつまでも覚えており、その時からずっと沈黙を守り、倹約し、恨み事を言いつつ、意欲もなく、さりとて主義を捨てることも、犠牲を払うこともできないでいる王党派の一人だった。彼らは王家が勝利すれば、すぐにも歓迎の意を表するし、宗教や司祭たちの友として、不運から来るあらゆる蔑みを堪え忍ぶ決意を固めていた。それは意見を持っている、というのではもはや無く、頑固さといったものだった。行動こそどの立場を取るかの本質である。

才知はなかったが、誠実であり、農民のように吝嗇ながら、その振る舞いは貴族らしく、願うことは大胆だが、言葉と行動は慎重、あらゆることを利用しつつ、サン＝シーニュの村長に推されるのを待っている。ドートセール卿はこうした立派な紳士たちをみごとに代表する人物だった。すなわち神の手でその額に「ダニの類」と書かれた彼らは、田舎の屋敷に頭をすくめて革命の嵐を通り過ごさせ、王政復古の際、再び頭をもたげる時には、隠し貯めたもので金持ちになりおおせて、ブルボン王家に陰ながら忠実でいたことを自慢の種に、一八三〇年以後[79]自分たちの故郷に帰ってくる貴族たちの典型だった。

服装はそうした性格をよく示すもので、人物と時代とをよく表していた。ドートセール卿は淡褐色の、小さな襟が付いて、袖のゆったりした外套《ウプランド》を着ていた。オルレアン公爵家の最後となった人が、[80]かつてイギリスから帰ってきてから流行させ、大革命の間、みすぼらしい人民の衣服と貴族の上品なフロックコートのちょうど中間的なものとして用いられたものである。ビロードのチョッキは花柄を縞模様に散らして、ロベスピエールやサン＝ジュストのチョッキを思い起させる。小さな襞のある胸飾りの上のあたりがシャツから覗く。今でもキュロットを穿《は》いているが、粗い青色のラシャ地で、艶出しした鋼の留め金が付いている。靴下はフロス織りの黒色で、鹿のような脚の形を際立たせ、黒いラシャ地のゲートルを巻き、大きな靴を履いていた。沢山の襞のあるモスリンの襟を今も立てていて、それを首のところで金の留め金できっちりと締め付けている。農夫のようでもあり、革命家のようでもあり、また貴族のようでもある服装をしているのは、政治的中立を気取ってではない。ただ何ということもなく状況に従っていたのである。

　ドートセール夫人は、年の頃は四十歳、心労に窶《やつ》れはて、いつでも肖像画のポーズを取っているような色あせた表情だった。レースのボンネットは白い繻子のリボンで結ばれて、とりわけ彼女の重々しい雰囲気を醸し出していた。彼女は白い三角形のスカーフをつけながらさらに白粉をし、平たい袖のついた赤褐色の絹のドレス、ゆったりとしたアンダースカートといった王妃マリー＝アントワネットの哀しくも最後にまとった同じ衣装でいた。鼻は細く尖り、顎も尖っていて、ほぼ三角の顔、今しがた泣いていたような眼をしていた。しかし、うっすらと紅をさしているので、灰色の瞳が活き活きとして見える。煙草を嗜《たしな》んで、吸う毎にして見せる可愛く用心深い手つきは、かつておしゃれな女性たちがよくしたものだった。その嗅ぎ煙草を摘《つま》む細々《こまごま》とした動きは、いわゆる「自分は昔綺麗な手をしていたのだ」ということを相手に悟らせる一種の儀式のようなものと言っていい。

ここ二年ほど、ドートセール司祭の友人で、シムーズ兄弟の家庭教師をしていたグゥジェというミニモ修道会[81]出の司祭が、その職を辞してドートセール家と若い伯爵嬢の友情からサン＝シーニュの司祭館に来ていた。妹のグゥジェ嬢は年利収入七百フランあり、それと司祭のわずかな手当とを合わせて兄の家政を見ていた。

教会も司祭館も価値が低すぎたから競売に付されることがなかった。グゥジェ司祭はそこで城のつい近くに住むことになった。司祭館の庭の塀と庭園の塀がいくつかの箇所で共有になっていたのである。だからグゥジェ司祭と妹は週に二度はサン＝シーニュで夕食をとり、その度ごとにドートセール家のカードの勝負に参加することになった。ロランスはカード一枚持つ術すら知らなかった。

グゥジェ司祭は髪も白ければ、顔も白い老人で、老婆のような感じだったが、優しそうな笑みをたたえ、声も優しく、人なつっこく、少し人形に似た生彩の乏しい顔も、知性の息づく額ときわめて鋭い眼によって魅力的になった。中肉中背で姿もよく、フランス風に黒服を着て、キュロットと靴に銀の留め金をつけ、絹の黒靴下を穿き、黒のチョッキは胸飾りが掛かって、いかにも堂々と、それでいて品位を落とさぬ様子だった。

やがて王政復古の際にトロワの司教となる司祭は、昔取った杵柄《きねづか》で若い人たちの才能を判断する習慣があって、ロランスの立派な資質を見抜いていた。彼女の持つあらゆる価値を評価し、最初に恭《うやうや》しい尊敬を彼女に払った。それはサン＝シーニュにおいてロランスが自由自立の態度を取るのに大いに貢献したし、普通ならば彼女の方が当然従うべきところを、かの尊大な老婦人やその善良な夫の膝を曲げさせることにもなった。

六カ月前から、グゥジェ司祭は聖職者に特有の才を持ってロランスを観察していた。聖職者というものは、きわめて洞察力のするどい人種である。もとより彼はその二十三歳の娘が乗馬ズボンからはみ出た飾り紐をか細い手で弄んだりしているような時、ボナパルトの転覆を考えている、とまでは知るよしもなかった。しかし彼女が何か大きな意図をもって心を騒がせている、と考えてはいた。

グゥジェ嬢はその肖像を描くのに二言ですむ独身女性の一人だった。その二言だけでどんな想像力の無い者にも、どういう人間であるかを表すことができる。すなわち不格好で醜い大柄の女性の部類だった。彼女は自分が醜いことを承知していた。まず自分から長い黄色い歯を剝《む》いて自分の醜さを笑って見せた。顔の色も、骨と皮ばかりの手も黄色い。心《しん》底《そこ》善人で陽気だった。大昔の人も知るジャンパーブラウスを着て、その下のゆったりしたスカートのポケットにはいつも鍵がいっぱい詰まり、リボンの付いたボンネットをつけて、髪を巻き上げて高くしていた。彼女はずいぶん昔に四十歳を迎えていたが、彼女の言うことには、その年齢《とし》に追いついてから、ここ二十年、ずっとその年にしがみ付いているそうだ。貴族を尊敬しており、また自身の尊厳を守ることも知っていた。だから身分の高い人物には、それにふさわしい尊敬と讃辞を示した。

この二人は仲間になるのに実にいいタイミングでサン゠シーニュにやってきた。とりわけドートセール夫人は、夫と違って田園の仕事などすることが無く、またロランスのように憎悪の刺激剤でもって孤独な生の重みを堪えることもなかったから、すべてがなんらかの形でここ六年ばかり良い方向に進んできていた。

カトリック教の信仰が再び元通りになり、宗教的な勤めも許されるようになったが、特に田園の生活ではその他の地域よりもいっそう反響が大きかった。ドートセール夫妻は第一執政の保守的な行動に安心して、自分の息子たちと手紙のやり取りをして彼らの消息を知り、もはや二人のことで身を震わすほどの心配はせず、亡命者名簿からの取り消しを願い出て、フランスに帰ってくるように言うのだった。財務当局はすでに終身年金の定期支給額を精算していて、規則的に半期毎の支払いをしていた。ドートセール家はその頃終身年金の金利収入八千フラン以上のものを持っていた。老人は自分の予測があたった、と大いに自讃したのも、これまで貯め込んでいた二万フランを、彼が後見しているロランスのものと同時に、そっくりまた公債につぎ込んでいたからだ。ブリュメール十八日以前のことで、この事件の後、十二フランのものが十八フランにも上がったのは知ってのとおりである。

長い間サン＝シーニュに何一つ家具は置かれず、誰も住むこともない、荒れ果てたままだった。用心深い後見人は、計算した上で、革命の動乱の間はその状態を変えようとはしなかった。しかしアミアンの和約[82]が結ばれた後、彼はトロワに出かけて、略奪されたシムーズ、サン＝シーニュ両家の城館の残骸が古道具屋に買われていたのをまた買い戻してきた。

客間はドートセールのそうした心配りのもので飾られることになった。ランパ織りの美しい絹の白地に緑の花模様のカーテンは、シムーズの館からのもので、今皆がいる客間の六つの十字窓に付けられた。この大きな広間はいくつもの羽目板に区切られた鏡板で全体が覆われ、板は入念に仕上げられた玉縁で枠取られて、装飾用の怪人の面《マスク》が、灰色の塗料で濃淡が付けられた板のそれぞれの角に飾られている。四つの扉の上の方には浮き彫り模様で、ルイ十五世の時代に流行した物語がいろいろ描かれていた。

ドートセールがトロワで見つけたのは、金箔貼りのコンソールテーブル、緑のランパ織の家具やクリスタルのシャンデリア、寄木細工のゲーム用テーブル、そしてその他サン＝シーニュの復元に役立ちそうなものすべてである。一七九二年に館の家具はすべて奪い去られてしまった。というのも多くの城館が略奪され、その余波がこの谷間にまで及んだのだ。トロワに行く毎に、老人は昔の栄華を偲ばせる遺物のいくつかを持って帰った。ある時は現在客間の寄木張りの床の上に広げてある美しい絨毯とか、またある時はザクセンやセーヴルの古い陶磁器の食器の類とかである。ここ半年以来、彼は勇を奮ってサン＝シーニュにあった銀器を土から掘り起こしていた。城の料理人がトロワの長い街並みの外れにある自分の小さい家の下に埋めておいたものだ。

この忠実な召使いはデュリューという名前で、妻と一緒に常に彼らの若い女主人と運命を共にしてきた。デュリューは城では何でも屋を務め、妻は女中頭という恰好だった。デュリューは台所の手伝いをカトリーヌの妹にさせ、自分の技術を教え込んだ。そのおかげで妹はすばらしい料理女になった。

年老いた庭師と妻、そして日雇いの息子は、牛飼い女として仕えている娘とを加えれば、この城館に住んでいる人間のすべてとなる。ここ半年ばかり、デュリューの妻は、サン＝シーニュ家の色を染めたお仕着せを、息子にも、またゴタールにもこっそり作らせていた。主人から慎重さを欠くと小言を食らっても、聖ローランの祭日、すなわちロランスの洗礼名聖者の祝日に、昔と同じように晩餐を供することができたのを彼女は喜んだ。

こうして辛抱強く、ゆっくりとではあるけれど、さまざまな物が元の姿に戻るのを見て、ドートセール夫妻もデュリュー一家も喜んだ。ロランスはそうしたことを子供じみているとして微笑みながら見ている。けれどもドートセール卿は、不動産にも心を砕いていた。建物を修復し、壁を建て替え、育ちそうなあらゆる所に木を植えた。そして値打ちの出ない土地が一プース[83]も無いようにした。そこでサン＝シーニュの谷間の住人たちは、こと農業に関しては、彼を一つの権威者としてみなすようになった。

　異議申し立てしたために売られずにいた百アルパン[84]の土地が、行政当局によって公有地と混同されていたのを取り戻すことのできた彼は、手入れしてその土地を牧草地に変え、城の家畜の餌場とし、周りをポプラ並木で囲んだ。それが六年の間に驚くほど大きくなっている。彼はさらにいくつかの土地を買い戻すつもりでいて、城にある建物をすべて有効に利用して第二の農場を作り、彼自身で経営する夢を抱いていた。

　したがって、城館での生活はここ二年ほどはまず幸福といって良かった。ドートセール卿は日の出とともに屋敷を出て、農夫たちを見回りに出る。どんな時にも誰かが働いていた。昼飯を食べに戻って、小作人の小馬に乗り、まるで森の番人のように一回りすると夕食に帰る。そしてボストン遊びをして彼の一日が終わるというわけだった。

　城の住人全員がそれぞれ仕事を持ち、生活はまるで修道院のように規則正しい。ロランスだけがそこに波風を立てる。突然旅立ったり、いつの間にか居なくなったりして、あの娘のいつもの家出が始まった、とドートセール夫人に言わせることになった。

　けれどもサン＝シーニュでは二つの相対立する政治的意見、軋轢を生む原因があった。まずデュリューとその妻は、ゴタールとカトリーヌに嫉妬していた。彼らよりずっと以前に、二人はこの屋敷のアイドルである若い女主人と親密に暮らしていたからだ。それからドートセール夫妻は、グッジェ嬢と司祭の支持を得て、夫妻の息子たちがシムーズの双子の兄弟と同じく異郷の地で悲惨な生活をせずに戻ってきて、この平和な生活を分かち合ってほしいと願っていた。ロランスはこうしたおぞましい妥協を卑しいものとして、純粋で、戦闘的な、不屈の王党主義を代表していたのである。

四人の老人たちは、こういった幸福な生活が危うくなり、このわずかな土地が革命の奔流にふたたび押し流されるのを見たくはなかったから、ロランスの考えを自分たちの真に分別ある考えに転向させようと努めた。自分たちの息子やシムーズの二兄弟がフランスに帰ることに抵抗しているのは、彼女が大いに関与していると予感していたのだ。老人たちが「無分別な行動」と呼んで懸念するのは間違いではなかったが、自分たちの後見する娘が示す居丈高な侮蔑に、この心弱い人たちは肝を縮めるのだった。

こうした意見の対立は、サン＝ニケーズ街の仕掛け爆弾が炸裂した時にはっきりと現れた。これはマレンゴの戦いの勝利者がブルボン家と交渉することを拒絶した後、彼に対する王党派たちの最初の攻撃だった。ドートセール夫妻は、ボナパルトがうまくこの危険を脱したことを結構なこととした。共和派の連中がこの攻撃の仕掛け人と思ったからだ。ロランスは第一執政が命拾いしたことに憤激して涙を流した。絶望のあまり、いつもは感情を隠していることを忘れて、彼女は聖ルイ王の子孫を裏切る神を非難して、こうまで言ったのだ！

「私なら」と彼女は叫んだ。「きっと成功しているわ」こう自分が言った言葉に、皆が啞然としているのに気が付いて、グッジェ司祭に彼女はこう付け加えた。「誰だって、どんな手段を使っても簒奪者《さんだつしゃ》をやっつける権利はあるのじゃありません？」

「いや、お嬢様」とグッジェ司祭は答えた。「教会は、かつて哲学者たちからずいぶん攻撃され、非難されました。その昔、簒奪者たちが成功するために使った武器ならば、王位の簒奪者たちに対して武器を使うことは許される、と主張したことでね。けれども今日、教会は第一執政に負うところが多いので、あのイエズス会が申したとされる格言からボナパルトを擁護することも容認することもしない、と言うわけにはまいらないのです。」

「それじゃ、教会は私たちを見捨てるわけね！」と彼女は憂鬱な様子で答えた。

その日から四人の老人が神の摂理に従うべきだと話すたびに、若い伯爵嬢は客間を出ていくようになった。少し前から、司祭は彼女の後見人よりは頭の働く人間だったから、原則論に立ち入らずに、もっぱら執政政府の現実的な利点を強調して伯爵嬢の意見を変えさせるより、彼女の眼の動きでそのもくろみが彼に見えてくるのを捉えようとした。ゴタールがしばしば居なくなること、ロランスの度重なる遠乗りや、近頃はその顔つきにまで現れるようになった思いつめた様子、それに些細ないろいろの事柄まで、サン＝シーニュの静謐な生活の中で気づかれぬはずがなく、とりわけドートセール夫妻やグッジェ司祭、デュリュー夫婦の心配そうな眼に止まって、こうしたすべてが、今は屈従している王党派の人々の懸念を引き起こしていたのだった。

けれども事件は何一つ起こらず、ここ数日は政治を云々する人々の間でも、すっかり静まりかえった空気が支配していたし、この小さな城館も平和な雰囲気をとりもどした。伯爵嬢がしばしば遠乗りするのも狩りが大好きだから、と家にいる皆がそれぞれ思っていた。

サン＝シーニュの城の庭園や中庭、そしてその外側を支配する静けさが、夜九時ともなれば、どれほど深いか想像できよう。この時、物も人もうまく調和した色に染められて、これまでにない平和な気分がみなぎり、物資もふんだんにあるようになったこの時、善良で分別ある主人は、自分が後見する娘に、自分のようにじっと忍従していれば、こうして幸せな結果が得られるのだよ、と説得できるのではないかと期待し始めていた。

　この家の王党派の人々はそのままボストン遊びに興じていた。この遊びは、アメリカで決起した連中に敬意を表して発明されたもので、一見つまらぬ形でいながら、フランス全土に独立の思想を広がらせたものだ。[85] そのすべての用語はルイ十六世によって後押しされた戦いを思い起こさせる。「独　立《アンデパンダンス》」とか「悲惨《ミゼール》」とかいった手を使いながら、みんなはロランスをじっと見ていた。彼女はやがて睡魔に負けて、唇に皮肉に微笑を浮かべたままで眠り込んでしまっている。彼女がつい先ほどまで考えていたことは、このテーブルを囲む平和な光景全体に関わるものだった。たった二言、ドートセール夫妻にあなたがたの息子たちが、前夜同じ屋根の下で寝ていたのだ、と彼女が言えば、あっという恐怖を巻き起こすことになっただろう。いったい二十三歳の娘で、自らが「運命」となっていることに鼻高々とならず、自分が強く見下している人々にほんのわずかの同情を示す仕草さえ示さぬロランスのような者がいるだろうか？

「この人は眠ってしまっているよ」と司祭が言った。「こんなに疲れているのをこれまで見たことがないな。」

「デュリューの話では、この人の雌馬がへとへとになったそうですよ」とドートセール夫人が言った。「ライフルも使っていないし、銃の火皿も汚れていない。狩りはしなかったのね。」

「やれやれ、忌々《いまいま》しい！ それこそ何の役にも立たないことだよ」と司祭が答えた。

「本当にね！」とグゥジェ嬢が声を上げる。「私が二十三歳の時には、もう自分は娘のままでいることになるって判りましたけどね、馬とではちょっと違うけれど、私もあちこち走りまわって、疲れたりしましたよ。でも確かに伯爵のお嬢さんはこのあたりをうろうろされますが、獲物を殺そうなど思ってやしませんね。かれこれ十二年、この人はいとこのお二人にお会いになっていません。二人を愛していらっしゃるんです。そう！ 私がこの人だったら、それにこの人のように若くて、綺麗だったら、一息にドイツに行きますよ！だからこのお嬢さんも、かわいそうに、たぶん国境へ引き寄せられるんですよ。」

「ちょっと口がすぎるよ、お前は」と司祭は言って、微笑んだ。

「でも」と彼女は答える。「みなさん、二十三歳にもなる娘さんが、行ったり来たりするのを心配していらっしゃる。私がその理由を説明してるんですよ。」

「いとこたちも帰ってくるだろう。この人も金持ちになる。そうすれば落ち着きますよ」とドートセール卿が言った。

「どうぞ神の御心がそう願われるように！」と老夫人が声を上げて、終身執政の時代以来、また日の目を見た金の煙草入れを手に取った。

「この地方でちょっと目新しいことが」とドートセール卿が司祭に言った。「マランが昨日の晩からゴンドルヴィルに居るんですよ。」

「マランが！」ロランスは深く眠っていたのが、その名前を聞いて目が覚め、声を上げた。

「そうです」と司祭が答えた。「でもまた今晩発ちました。どうしてそんなに急いだのか、いろいろ推測しているのですが、わかりません。」

「あの男は」とロランスが言った。「私たち両家の疫病神です。」

若い伯爵嬢は今しもいとこたちやドートセール兄弟のことを夢見ていたばかりだった。彼らが命を脅かされているところを見たのだ。じっと美しい眼を据えてその眼を曇らせた。彼らがパリで遭遇する危険を思いやっていた。彼女はつと身を起こすと、一言も発しないで自分の部屋に上っていった。いつもは賓客用の寝室を使っていたが、その横に小部屋と祈禱室があり、森の見える櫓《やぐら》にしつらえられていた。

ロランスが客間を出た時、犬たちが吠え、小さい鉄柵で呼び鈴の音がする。デュリューが動転した顔つきでやってきて客間に声をかけた。

「村長が来ました！　何か事件が起こったんです。」

この村長は以前シムーズ家の馬丁だったから、時々城にやってきていた。政略からドートセール夫妻も彼には一種の敬意を払って応対したので、彼もそれを非常な徳としていたのだった。この男はグラールといって、トロワの金持ちの女商人と結婚していた。妻の財産はサン＝シーニュの地にあり、彼は自分が貯め込んだ金をつぎ込んで裕福な僧院の土地を全部手に入れ、それに加えた。そのヴァル・デ・プルーの広大な僧院は、城から四分の一里ほどのところにあり、ゴンドルヴィルと同じくらい広大な居住地となっていて、彼と彼の妻はカテドラルにいる二匹の鼠のような按配だった。

「グラール、あなたは大《おお》グラーイ《ら　い》だったわね！」と、伯爵嬢は彼に初めてサン＝シーニュのお城で出会ったときに、笑いながら言い放ったものだ。

革命に深く関わっていたから伯爵嬢には冷たく迎え入れられていたが、村長は常にサン＝シーニュ家やシムーズ家に対する尊敬の絆で結び付けられていると感じていた。だから彼は城で起こっていることに眼をつぶってきたのだった。彼が眼をつぶるというのは、ルイ十六世やマリー＝アントワネットやフランス王の子息たち、王弟、アルトワ伯、カザレス、シャルロット・コルディなどの肖像が客間の羽目板に掲げられているのを、見て見ぬ振りをすることだった。また彼の居る前で、革命政府の破滅を願ったり、五人の執政官や当時のあらゆる結託関係をからかったりするのを、悪くは取らずにいた。

こうした男の立場は、成り上がり者たちの通例として、一度財産が出来ると、また由緒ある家系のことを慮《おもんばか》り、それにぴったりとくっつこうとするものだから、いましも二人の人物にうまく利用されようとしていた。その彼らとはミシュにたちまち正体を見破られた男たちで、ゴンドルヴィルへ行くまでの間に、すべてその地方を嗅ぎ回っていたのである。

第七章　家宅捜索

かつての警察の誇るべき伝統を受け継ぐ男と、密偵の優れ者コランタンは、じつは秘密の使命を持っていたのだった。この二人の悲劇的笑劇《ファルス》の俳優たちが、裏表、二重の役割を果たす者だとマランが睨んだのは間違っていなかった。そこで、二人が仕事に着手するのを見る前に、彼らがその片腕となって働く頭目を紹介しておいた方がいいだろう。

ボナパルトは第一執政になって、フーシェが警察全体を牛耳っているのを知った。大革命は明確な形で、また当然の理由から警察を担当する特別な省を作り出していた。けれどもナポレオンはマレンゴから帰還するとパリ警視庁を創設し、そこに長としてデュボワを置いた。そうしてフーシェを国務諮問職に呼び寄せ、警察大臣の後継者としては国民公会議員でラパラン伯爵となったコションを充てた。大局的な見地と確固とした政治的立場から、警察省を政府の中で最も重要なものと見なしていたフーシェは、ボナパルトの不興を買ったか、あるいは少なくとも猜疑されて更送された、と考えた。

例の爆弾事件や今問題になっている陰謀事件で、この偉大な政治家の卓越した優秀さをはっきりと知ると、ナポレオンは彼を警察大臣にした。ところが、その後、自分の不在の間、例のワルヘレン島の英軍を撤退させるのにフーシェが発揮したさまざまな手腕に恐れを抱いた皇帝は、大臣職をロヴィゴ公爵に与えて、オトラント公爵（フーシェの称号）はイリリア地方の知事として出向させた。実際は追放である。

ナポレオンを一種の恐怖で打ちのめした特殊な才能は、突如フーシェに現われ出たわけではない。

この目立つところのなかった国民公会議員は、時代における最も傑出した、それでいて、最も不当な評価を受けている人物の一人だが、彼はさまざまな嵐の時代の中で自己形成したのだった。総裁政府の下に身を起こして、思慮深い人間ならその将来を過去から判断して見通すことのできる高みにまで上りつめた。そうして、突如、ありきたりの俳優が突然脚光を浴びて卓越した者として照らし出されるように、あのブリュメール十八日の慌ただしい変革の間に、自分が利《き》け者である証しをさまざまに示して見せたのである。青白い顔をしたこの男は、修道院の見かけとは裏腹な生活の中に育って、所属していた山岳派のさまざまな秘密を握り、次いで属した王党派の秘密をも握って、ゆっくりと、しかも静かに、政治的情景における人間や諸事、利害のありようを研究した。ボナパルトの秘密に入り込み、有益な助言や貴重な情報を彼に与えもした。自らの手腕と自分が役立つ人間であることを十分に示しはしたが、フーシェは己のすべてをさらけ出すことはしなかった。彼は事件の先頭で指揮する立場のままで残るのを望んだのだ。けれども自分に対するナポレオンの態度が不確かだったから、政治的な立場はいつでも自在に動けるようにした。ワルヘレン島の一件があった後に皇帝から受けた忘恩の仕打ち、あるいは猜疑の目を向けられたことは、この男がどういう人間であるかを説明するだろう。フーシェにとって不幸なことに、彼は大貴族というわけではなかった。そしてその行動はタレーラン公爵の猿真似にすぎなかった。

この時期、かつての仲間も新しい同僚も、フーシェにいかにも大臣にふさわしい、本質的に行政的な才能が豊かにあるとは思ってもみなかった。しかもあらゆる予見において正鵠《せいこく》を得て、信じられないほどの賢明さがあるなどとは。

確かに、今日すべての帝政期の歴史家は、ナポレオンの過度の自尊心こそが、数々の彼の過ちを残酷な形で贖《あがな》うことになった彼の失墜をめぐる幾千もある理由の一つとしている。

かの猜疑心の強い支配者には、若くして得た権力に執着するところがあり、それは彼の行動に大きく影響するとともに、大革命の貴重な遺産ともいうべき有能な人々を心の底で憎悪させることになった。そうでなければ自分の思想を託せる内閣を彼らと作ることもできたはずだ。タレーランとフーシェだけが、ナポレオンに不安の影を投げかけたわけではない。王位簒奪者たちの不幸は、彼らに王冠を与えた者たちと、彼らが王冠を奪った者たちの両者を敵に持つことだ。ナポレオンは彼よりも上位にあると思っていた者たち、同等とみなしていた者たち、さらにはそうした権利を持っていた者たちをも、彼の絶対的な権力をもってしても完全には承伏させることがなかった。彼になした誓約に従わなければならないと考えている者は誰一人なかったのである。

マランは凡庸な男だったから、表には現れないフーシェの才能に気が付いたり、素早く物事を見抜く彼の力を警戒することもできずに、彼の配下の人間をゴンドルヴィルへこっそり寄こしてくれるように頼みに出かけ、燭台に飛びこむ蛾のようにわが身を焼くことになった。陰謀の兆候をゴンドルヴィルでいくつも手に入れることができるとフーシェに吹き込んだのだ。

フーシェはいろいろ詮索して友人を怖がらせることはせず、なぜマランがゴンドルヴィルへ行こうとしているのか、自分が手にできる情報を、どうしてパリで、しかもすぐさま与えようとしないのか、と不思議に思った。これまでさまざまな欺瞞に育てられて、国民公会議員たちが演じた面従腹背の仕業をいろいろ知っていた元のオラトリオ会士[92]は、こう呟いた。「いったい誰からマランは聞いたのだ？　自分たちはまだ大したことはわかってはいないのに。」

　フーシェがそこで下した結論は、マランが隠れた共犯か、日和見をしているかのいずれかだった。だから彼は第一執政には何一つ言わぬようにした。自分がマランの道具となる方を選んで、マランを失う道は取らなかった。フーシェはこうしてたまたま手に入った秘密の重要な部分を自分の中にしまっておき、そしてボナパルトの権力よりも優れる力をいろいろな人物に対して巧みに行使する。彼のこうした裏表ある性格こそ、ナポレオンが自分の閣僚として遺憾とするところだった。

　マランがゴンドルヴィルの土地を手に入れるに際して策略をめぐらしたこと、そしてそのためにシムーズ兄弟を警戒する必要があることをフーシェは知っていた。シムーズ兄弟はコンデ公の軍隊に入っており、サン＝シーニュ嬢はそのいとこだから、彼らはその近くにいるかもしれず、その企てに参加しているかも知れない。彼らが加わっているということは、当然その陰謀にコンデ家が関わっていることを示すだろう。兄弟はコンデ家に忠誠を尽くしているからだ。タレーラン卿とフーシェはやっきになって一八〇三年の陰謀のきわめて分かりにくいこの暗部を明らかにしようとしていた。

　フーシェは素早く明晰にこうした考察を頭の中にめぐらせた。しかしマランとタレーランと彼の間にはいろいろ柵《しがらみ》があるから、細心の注意をしてことに当たらなければならない。完璧な形でゴンドルヴィルの城の内情を是が非でも知る必要があった。

コランタンはフーシェにとって全面的に付き従う部下だった。ちょうどタレーラン公爵にとってのド・ラ・ベナルディエール卿、またメッテルニッヒ公にとってのゲンツ、ピットにとってのダンダス、ナポレオンにとってのデュロック、さらにはリシュリュー枢機卿にとってのシャヴィニーがそうであったように[93]。コランタンはこの警察大臣の相談相手というより、彼にひたすら盲従する男だった。ルイ十一世を小型にしたようなフーシェに付き従う、黒衣《くろこ》のトリスタンといった役割だったのだ[94]。

だから当然のこととしてフーシェはコランタンを警察省に残しておき、自分の眼と腕の代わりにした[95]。噂ではこの青年は彼と表向きには決して明らかにされない血のつながりがあると言われていた。というのもフーシェは彼を働かせる時は必ずふんだんな報酬を与えたからだ。コランタンは旧王朝最後の警視総監のかつての生徒であったペイラードと友達になった[96]。しかし彼はペイラードに対して秘密をすべて明かすことはしなかった。

コランタンはフーシェからゴンドルヴィルの城を調査するよう命じられた。城の図面を頭に叩き込んで、そこにあるどんな小さな隠れ場所も見つけ出せと言う。

「われわれはおそらくもう一度そこへ戻って来なければならなくなるだろう」と前警察大臣がコランタンに言ったのは、退却することを考えていたナポレオンが自分の連隊長たちにアウステルリッツの戦場をよく研究しろと言った時の言葉とまったく同じだった。

　コランタンはさらにマランの行動も探り、その地方における彼の影響力を推し量り、彼が使っている人間たちを観察するように言われた。フーシェは確かにこの地域にシムーズ兄弟がいると見ていたのである。

　ペイラードとコランタンは、コンデ公が寵愛する二人の将校をうまく探ることによって、ライン河の向こう側で張り巡らされている陰謀の枝葉に貴重な光を当てることができる。どんな事態になっても、コランタンは資金も命令も、必要な手先も擁してサン＝シーニュを取り囲み、ノデームの森からパリまで、その地域を虱潰《しらみつぶ》しに調べることになった。

　フーシェはとりわけ慎重の上にも慎重を重ねるようにと言い、サン＝シーニュの城館の捜索は、マランから疑いをはさむ余地のない情報がある場合だけ認めるとした。最後にフーシェは、ここ三年ばかり見張っていたミシュという不可解な人物についての情報を与えた。コランタンの考えは主人のそれと同じだった。「マランは陰謀を知っている！」そして彼はこう思った。「しかしフーシェはそうでない、と誰が言えるだろう！」

　コランタンはマランよりも先にトロワに出発し、憲兵隊の指揮官に事情を打ち明け、一番頭のよさそうな部下を何人か選んで、練達の大尉を長とした。コランタンは待ち合わせの場所としてゴンドルヴィルの城館を大尉に示し、その夜、サン＝シーニュの谷間の、しかもそれぞれ警戒心を起こさせないように相当距離のある異なった四つの地点に、十二人の小隊を送るよう命じた。四小隊は、サン＝シーニュの城の周りで四角の枠を狭めていくことになる。

グレヴァンと相談している間、マランはコランタンに城の中で自由にふるまわせていたから、彼はその任務の一端を果たせることになった。荘園から帰った参事院議員はきわめて明確にシムーズ兄弟とドートセール兄弟がこの地方にいるとコランタンに話したから、二人の密偵は大尉を派遣した。貴族たちにとって幸いなことに、大尉は並木の大通りを通って森を横切って行った。ミシュがスパイのヴィオレットを酔わせていた頃だった。

参事院議員は、まずペイラードとコランタンに自分が今しも待ち伏せにあって、うまく逃げおおせたことの説明から始めていた。パリからの二人はその時例のライフル銃のエピソードを話した。そこで、グレヴァンがヴィオレットをやって館で何が起ころうとしているかについて何らかの情報を得ようとしたのだった。コランタンは公証人グレヴァンに、より安全を期して友人の参事院議員をアルシの小さな町にある彼の自宅に泊らせるように言った。

ミシュが森に飛び込んで、サン＝シーニュに向かって駆けだした頃、ペイラードとコランタンは、そういう経緯《いきさつ》から、駅馬車用の馬を付け、柳の木で編んだ幌のついた安物の二輪馬車でゴンドルヴィルを出発したのだった。先導するのはアルシの憲兵伍長、連隊の中で優れて抜け目の無い男たちのうちから、トロワの憲兵隊長が同行させるようペイラードたちに勧めた男である。

「一網打尽の一番良い方法は、連中にあらかじめ知らせることだ」とペイラードがコランタンに言った。「おじけづいて、書類なんかを安全なところに移そうとしたり、逃げようとするところを電光石火に襲うんだ。憲兵隊の包囲網を城の周りで段々に狭めていって、投網を一撃ち。こうすれば一人も逃がしゃしない。」

「村長を城の連中のところにやったらどうでしょう」と憲兵伍長が言った。「彼はこちらの言うことも聞くし、連中に悪いことなどしようとは思ってやしません。連中も彼のことを警戒しないでしょうし。」

村長のグラールがそろそろ床に就こうかとしている時、コランタンは小さい森の中で二輪馬車を止めさせ、村長の家に来ると、内々の話としてこう言った。もう少ししたら、政府の役人がドートセール兄弟とシムーズ兄弟を逮捕するために、憲兵が城を囲むから来てくれ、とあんたに言ってくることになっている。連中がいなくなっていた場合、前の晩連中がそこに泊まったかどうか確かめ、サン＝シーニュ嬢の持っている書類を探して、おそらくはその場の召使いや城の主人たちを逮捕することになるだろう。

「サン＝シーニュ嬢は」とコランタンが言った。「どうやら、何人か大物の後ろ盾があるようですな。というのも、私はこの家宅捜索を彼女に前もって知らせるよう、秘密に命令を受けているんです。そして彼女を救うためにはどんなことでもしろ、と。もっとも自分を巻き込まないようにしなくちゃいけませんがね。現場に立てば、私はもう自由勝手にはできません。他に人がいますからね。だから早く城に走って下さい。」

　夜中に村長がやってきたことは、トランプに興じている人たちを驚かせた。グラールの動転した顔を見たことも、その驚きをいっそう大きくした。

「伯爵嬢はどこです？」と彼は尋ねた。

「床に就いておられますよ」とドートセール夫人が言った。

疑わしく思った村長は、二階の物音に聞き耳を立てた。

「いったい今日は何があったんです？」とドートセール夫人が彼に聞く。

　グラールはすっかり訳が分からなくなってしまった。そこにいる人たちの顔は、どんな年齢になっても見られる真っ正直な様子が見て取れたからだ。この穏やかな様子と突然中断させられたままの罪のないボストン遊びを見て、彼はパリの警察が嫌疑を掛けていることがさっぱり分からなくなった。

　その時、ロランスは祈禱室で跪き、熱心に陰謀の成功を祈り続けていた！　ボナパルトの暗殺者たちに神の援助と加護を求めていたのだ！　神に愛を込めてあの不倶戴天の男を打ちのめすように懇願していたのだった！　ハルモディウスやユーディット、ジャック・クレマン、アンカスロエン、シャルロット・コルディ、リモエランといった人々の激しい意志《ファナティスム》[97]が、まだ汚されていない、この美しく純粋な魂を駆り立てていた。カトリーヌがベッドの用意をし、ゴタールが窓の鎧戸を閉めている。そこでマルト・ミシュがロランスの窓の下に辿り着き、小石をいくつか投げて、人の注意を引くことができた。

「お嬢さん。また何かあるようです」とゴタールが見なれぬ女がいるのを認めて言った。

「声を立てないで！」とマルトは小声で言った。「こちらへ来てちょうだい。」

小鳥が枝から大地に飛んでくるよりも早く、ゴタールは庭に降り立った。

「すぐにお城は憲兵たちに囲まれるわ。あんたは」と彼女はゴタールに言った。「音を立てないでお嬢さんの馬に鞍を付けて、この櫓《やぐら》と厩舎の間にあるお濠の裂け目から馬を下ろして」

マルトは身震いした。自分のすぐ傍にゴタールの後を追って来たロランスが目に入ったのだ。

「何があったの？」とだけ、動じる気配もなくロランスは言った。

「第一執政への陰謀が発覚したのです」とマルトが若い伯爵嬢の耳元で答えた。「夫はあなたのおいとこのお二人をお救いしようと考えて、私をここへ寄越しました。夫の話を聞いていただくように、と」

ロランスは三歩ほど後ずさりして、じっとマルトを見た。

「あなたは誰？」

「マルト・ミシュです。」

「どうして欲しいのか、わからないわ」と冷たくサン＝シーニュ嬢は返した。

「急がないと、おいとこ方を殺してしまうことになります。一緒にいらしてください。シムーズ家のためです！」とマルトは言ってひざまずき、両手をロランスに差し出した。「ここには書類などありませんね。あなたを巻き添えにするようなものは何も？　あの森の頂きから、夫は憲兵の飾り紐のついた帽子が並び、銃が光るのを見たのです。」

ゴタールがまず屋根裏によじ登ってみると、遥かに憲兵たちが並んでいるのが見えた。草原の深い静けさの底から彼らの馬の蹄の音が聞こえる。厩舎に駆け込むと、女主人の馬に鞍を付け、少年の一声でカトリーヌが馬の足に布の類を結び付けた。

「どこへ行けばいいの？」とロランスはマルトに尋ねた。マルトの眼差しと言葉が真情に溢れ、とても見せかけとは思えないことが彼女の心を打ったのだ。

「お濠の狭間です！」と彼女はロランスを誘《いざな》いながら言った。「気性の気高い私の夫がそこにおります。ユダと言われた者の本当の姿がおわかりになります。」

カトリーヌは急いで客間に入ると、女主人の乗馬鞭や手袋、帽子そしてヴェールを取りだして、外に出た。カトリーヌが突然現れ、その行動が村長の言葉をはっきりと裏書きすることになって、ドートセール夫人とグゥジェ司祭は眼を見交わして、お互い次のようなおぞましい考えを抱いていることを悟った。「これでわれわれの幸福もおさらばだ！　ロランスが陰謀をたくらみ、いとこたちもドートセール兄弟も破滅させてしまった！」

「いったい何事です？」とドートセール卿がグラールに言った。

「いやはや、お城は囲まれていますよ。いずれ家宅捜索を受けなければなりません。つまり、もしお宅の息子さんたちがここにいらっしゃるなら、二人を助け出してください。シムーズ兄弟もです。」

「私の息子たちが！」とドートセール夫人は動転して叫んだ。

「私たちは誰も見ていませんよ」とドートセール卿が言う。

「それは結構！」とグラールが言った。「でも私はサン＝シーニュ家を愛していますし、シムーズ家もそうですから、不幸なことなど起こって欲しくないのです。いいですか、よく聞いてください。もし何か陰謀に加担する書類をお持ちなら……」

「書類ですと？……」と主人が繰り返した。

「そうです。もしお持ちなら、それを焼いてください」と村長が答える。「密偵たちをごまかしてきますから。」

王党派の雌羊と共和派の男の両方の肩を持とうとするグラールが外に出ると、犬が一斉に激しく吠え立てた。

「時間がありませんぞ。憲兵がやってきます」と司祭が言った。「でもいったい誰が伯爵嬢に知らせられるだろう。あの人はいまどこにいらっしゃるのか？」

「カトリーヌがあの方の鞭や手袋、それに帽子まで取りに来たのは、まさかそれをうまく使おうというわけじゃないわね」とグゥジェ嬢は言った。

グラールはしばらく時を稼ごうと、二人の密偵にサン＝シーニュの城の住人は完全に無実であることを説明した。

「あんたはああいう連中のことを知らんのだよ」とペイラードは言ってグラールを鼻先でせせら笑った。

実に大人しげな姿をしながら陰険そのものの二人は、アルシの憲兵伍長と憲兵を一人従えて客間に入ってきた。穏やかにボストン遊びをしていた四人は、それを見て恐怖で凍り付いた。その場から動きもならず、強権発動の現場に恐れおののくばかり。十人もの憲兵隊が轟かせる音と、彼らの乗っている馬の嘶《いなな》きが芝生に響いている。

「ここにはサン＝シーニュ嬢だけがいませんな」とコランタンが言った。

「お嬢さんは寝んでおられますよ。きっとお部屋で」とドートセール夫人が言った。

「一緒に来てください。奥様方も」とコランタンが控えの間に素早く入ると、そこから階段に向かった。グゥジェ嬢とドートセール夫人が付き従う。「私に任せてください」とコランタンが老婦人の耳元で話した。「私はお味方です。先に村長を入らせたでしょう。私の連れには警戒してください。でも私は信用すること。皆さん全員、助けてさしあげます。」

「いったい何事です？」とグゥジェ嬢が尋ねた。

「生死に関わることです！　おわかりになりませんか？」とコランタンが言う。

ドートセール夫人は気絶した。グッジェ嬢はびっくりし、コランタンは大いに失望した。ロランスの居間は空っぽだったのだ。じっさい、誰一人庭園からも、城からも逃れられるはずはない。あらゆる出口が固められている。コランタンは憲兵を各部屋に入らせ、建物も厩舎も家捜しするように命じた。客間に戻ると、すでにデュリューと彼の妻、そしてすべての城の住人が驚いて、大急ぎで集まってきていた。

ペイラードはその小さい青い眼で、そこにいるみんなの表情をためつすがめつしながら、彼一人この混乱の中で冷静で平静な顔つきをしていた。

コランタンが誰も連れずに一人でまた客間に現れたが、それはグッジェ嬢がドートセール夫人の介抱にあたっていたためだった。その時、馬の蹄の音とそれに混じる子供の泣き声が聞こえた。何頭かの馬が小さい鉄格子の門から入ってきた。皆が不安に駆られている最中、一人の憲兵伍長が姿を現した。両手を括《くく》られたゴタール、そしてカトリーヌが二人の役人の前に突き出された。

「こいつらを捕まえました」と彼が言った。「このちびは馬に乗って逃げるところだったんです。」

「馬鹿め！」とコランタンはその伍長の耳元で言うと、伍長はあっけにとられた。「どうして逃してやらないんだ。奴の後をつけていけば、何かがわかったのに。」

ゴタールはまるで白痴のようにどっと涙を流してみせようと思っていた。カトリーヌはまったく無邪気で何も知らない様子でいる。それがベテランの密偵を考え込ませた。ルノワールの弟子はこの二人の子供を較べてみて、彼が抜け目無い男と考えた老主人の愚かしい様子と、トランプのカードを弄んでいる頭の良さそうな司祭、それからそこにいる全員とデュリュー夫婦のびっくり仰天の様をじっくりと見た後で、コランタンのところにきて、耳元にこう囁いた。「おれたちが相手にしているのは、馬鹿じゃないようだな！」

コランタンはその答えとして、まずゲームのテーブルに眼をやって示し、それからこう付け加えた。

「ボストン遊びをしていたんですよ！　この家の女主人の寝床が調えられていたのに、その彼女は逃げてしまった。この連中は出し抜かれたんです。連中をこれから締め上げましょう。」

第八章　森の一角

濠の狭間ができるには、必ずその原因と使い道がある。

どのようにして、また何故、現在「姫様《マドモワゼル》の」と呼ばれている塔と厩舎の並ぶ間にその狭間ができたかについて、これから説明しよう。

サン・シーニュに住むことになって、ドートセール卿は濠に森の水を流れ込ませている細長い細い溝を埋め立てて、城が予備地として持っていた土地の中央を通る小径にしたが、それはひたすら、そこに彼が苗床で見つけた胡桃《くるみ》を百本ばかり植えて育てるためだった。

十一年の間にその胡桃の木はよく繁って、その小径をほぼ覆うにいたった。六ピエの高さがある土手が道の両側から迫っていて、その小径を通れば、先頃買い取った三十アルパンの小さい森に行く。

城館に今の人々が住むようになると、皆が農地に続く小径に出るのに濠から庭園の壁に沿って通るようになって、鉄格子の門を通る遠回りをしなくなってしまった。皆がそこを通るために、思わず知らず、狭間を両側から、かなり大胆に押し広げてしまった。というのも十九世紀になって濠は何の役にも立たなくなり、ロランスの後見人もこの濠を何とか利用できないか、とよく話していたからだった。

こうして壊していくたびにできる土や砂利、石ころが、とうとう濠の底にいっぱい溜まることになった。この一種の土手ができたことによって、水がせき止められ、大雨の時以外、濠を満たすことがない。

土手が崩れていったのは、城の皆や伯爵嬢自身がそれに手を貸したためだが、それでも濠の狭間はずいぶん急な斜面になっていて、馬を狭間に下ろすのは難しく、とりわけ森に続く小径にまた登らせるのは困難だった。けれども危険が迫ったときには、馬といえどもその主人の考えに合わせるようになるらしい。

若い伯爵嬢がマルトに従うのをためらい、その理由を訊ねている間、ミシュは小さい丘の上から憲兵たちが描く戦列を辿って、密偵たちの計画を理解すると、誰もこちらにやって来ないのを見て、ことが成功しそうにないのに失望していた。

憲兵たちの警戒態勢は庭園の壁に沿って配置され、ちょうど歩哨を置く間隔に並ぶそれぞれの距離は、お互いの声や姿が聞こえ、見える程度の間隔で、ほんの僅かの物音も、ほんの些細なことがらも見逃さないようになっていた。

ミシュは腹這いになって、耳を大地に付けると、インディアンのやり方で、その音の強さでどれくらいここに居残れるかを考えた。

「来るのが遅かったか！」と彼は呟いた。「ヴィオレットの奴め、思い知らせてやる！　酔っぱらうのにずいぶん時間をとらせやがった。どうしたらいいだろう？」

警戒の兵が森から小径を通って降りてきて、鉄格子門の前を通るのが聞こえる。彼らは村道からやってくる兵たちと同様の展開で合流しようとしていた。

「まだ五、六分はある」とミシュは呟《つぶや》いた。

この時、伯爵嬢が姿を見せた。ミシュはその手で力強く彼女を捉えると、繁みに覆われた小径に押しやった。

「さあ、まっすぐ進んでいってください！　この方をお連れするんだ」と彼は妻に言った。「俺の馬のいるところへ。いいか、兵隊が聞き耳を立ててるぞ。」

カトリーヌが鞭と手袋、そして帽子を持ってきたのを見て、とりわけ雌馬とゴタールを目にすると、ミシュは危難の際に実に大胆なことを思いつく人間だったから、ちょうどヴィオレットをからかってやったのと同じように、憲兵たちを出し抜いてやろうと決めた。ゴタールはまるで魔法でも使うように雌馬に濠を乗り越えさせていた。

「馬の蹄を隠す布は？……よくやった！」と管理人はゴタールを腕に強く抱いて言った。

ミシュは雌馬を女主人のところに行かせると、手袋、帽子、鞭を手に取った。

「お前は頭が働くし、俺の考えもわかるだろう」と彼はゴタールに言った。「お前の馬もこの小径に登らせろ。鞍は無くていい。お前の後を兵隊が追っかけるようにして、全速力で野原から農地へと飛び出すんだ。あの兵隊どもをみんな引き寄せろ」と付け加えて、あとはこれから行く道筋を指し示して自分の考えを分からせた。

「ちょっと、娘さん」と彼はカトリーヌに言った。「サン＝シーニュからゴンドルヴィルへの道から他の憲兵たちがやってくる。いまゴタールが行った方角とは反対に走って行くんだ。そして連中をお城から森の方へ引き寄せてくれ。いいか。おれたちがこの窪道にいても安心なようにするんだよ。」

カトリーヌと幼いながら天晴《あっぱ》れな少年、彼はこの事件で知恵のあるところをたくさん見せることになるが、二人は案の如くうまく働いて、憲兵たちのそれぞれの隊列に、彼らの獲物が逃げだしたと思わせるようにした。

月の光がかえって背丈や衣服、男女の別、それに人数さえ模糊としたものにする。二人の後を追って全員が駆け出したが、それは次の公理に拠ったのだ。すなわち逃げ出す者は捕らえなければならない。高等警察がそれを愚行とするのは、今しがたコランタンが激しい口調で憲兵伍長に示したばかりのものだった。ミシュは憲兵たちの本能を当て込んでいたから、彼が森に到達することができたその少し前に、指示された場所にマルトが若い伯爵嬢を案内していた。

「小館《パヴィヨン》まで走って行け」とミシュはマルトに言った。「森はきっとあのパリの奴らが固めている。ここにずっといるのは危ない。俺たちはたぶんあちこち動き回ることになる。」

馬上となったミシュは、伯爵嬢に自分の後に付いてくるように頼んだ。

「もうこれ以上は進みません」とロランスが言う。「あなたが私にどうして好意を持っているかの証拠の品を見せないことにはね。だって、どのみち、あなたはミシュなんだから。」

「お嬢様」と彼は穏やかな声で答えた。「私の役目を説明しましょう。すぐ済みます。シムーズのご兄弟はご存じありませんが、私はお二人の財産をお守りしている者です。そのために、私はお亡くなりになったお二人の父上と私を保護してくださった母上からいろいろご指示を受けております。だからこそ過激なジャコバン党員になりすまして、若いご主人のお役に立とうとしたのです。残念ながら仕事を始めるのが遅すぎて、元のご主人夫妻をお救いすることができませんでしたが！」

ここでミシュの声が変わった。

「若いお二人が逃亡されてから、恥ずかしくない形で生活できるだけの額を、この私が渡してきました。」

「ストラスブールのブレンマイエール商会を通して？」と彼女が聞く。

「そうです。お嬢様。トロワのジレル氏の取引先です。彼は王党派ですが、彼の財産を守るために、私と同じようにジャコバン派を名乗ったのです。あなたのところの農夫がトロワを出る夜に拾った紙切れは、そのことと関係があって、それは私たちを巻き込みかねませんでした。私の命はもう自分のものではない。あの方々のものなのです、お分かりいただけますか？　私はゴンドルヴィルの土地を買って地主になることができませんでした。私の立場からしたら、どこでそんなにたくさん金を手に入れたのだと尋問されて、首を切られていたでしょう。私はもう少ししてから土地を買い戻そうとしました。けれどもあの悪党のマリオンが、もう一人の悪党マランの一味だったのです。ゴンドルヴィルは、いずれにしても、もとのご主人のものになるようにいたします。それが私の仕事です。四時間前に私はマランに銃を突き付けていました。いや、もうちょっとのところでしたよ。畜生め！　彼奴《きやつ》が死んでしまえば、ゴンドルヴィルは競売に付されます。それが売りに出される。そうすればあなたがお買いになれます。私が死ねば、妻が手紙を渡すことになっていました。そこに方策を示してあります。ところがあの悪党がもう一人の悪党仲間のグレヴァンに言うのに、シムーズのご兄弟が第一執政への陰謀を図って、今この地方にいる、二人を警察に引き渡して厄介払いした方がいい。そうすればゴンドルヴィルで安穏に暮らせる、と。その時、密偵の親玉が二人やってくるのが見えたので、私は銃を置いて、時を移さずここへ走ってきたのです。あなたなら、お二人にどこで、どのように知らせたらいいか、ご存じだろうと考えました。どうです。」

「あなたは貴族と言えますわ」と言って、ロランスはその手をミシュに差し出した。彼は跪いて、その手に口づけしようとした。

ロランスはその動きを見ると、彼を制してこう言った。

「お立ちになって、ミシュさん。」その声とまなざしは、この瞬間、彼をじつに幸福な気持ちにして、十二年にわたる不幸を帳消しにするものだった。

「私はこれからしなければならないことがあります。でも、お嬢様はそれを私がしおおせたと同然の報いを与えてくださいました」と彼は言った。「聞こえますか？　私たちをギロチンへ連れて行く軽騎兵たちがやってきます。さあ他の場所で話しましょう。」

ミシュは雌馬の馬勒《ばろく》を取ると、伯爵嬢の背の方に廻って、こう言った。

「ご自分の体だけ落ちないように、しっかりお願いしますよ。あとは馬に鞭をくれて、木の枝があなたの顔を打たないように気をつけるだけです。」

それから彼は令嬢を従えて半時間ほど全速力で走らせた。何度も回り道をしたり、戻ったり、林間の空き地へ来ると、その道を急に変えて走らせては跡をくらましたりした挙げ句に、とある場所に来て馬を止めた。

「どこにいるのか分からなくなったわ。あなたと同くらいこの森は知っているのに」と伯爵嬢は周りを見回して言った。

「ちょうど真ん中にいますよ」と彼は答えた。「憲兵が二人、私たちの後から来ていますが、もう安全です。」

管理人がロランスを連れてきた絵にも描かれるような場所は、このドラマの主たる登場人物たちにとって、またミシュにとってじつに運命的なものとなるはずのもので、物語作者の義務としてそれを書かなければならない。いずれおわかりになるとおり、ここの風景は、何よりも帝政期の裁判記録の中で有名となった。

ノデームの森はノートル＝ダムと呼ばれる僧院に属していた。この修道院は乗っ取られ、略奪され、壊されて、修道僧も諸物も完全に消えてしまっていた。森は皆が欲しがったが、シャンパーニュ伯爵領に入れられた。伯爵はそののち、森を抵当に入れて売りに出されるままにした。六世紀の間に自然が廃墟を豊かで力強い緑のマントで覆い、すっかり影も形も無くしてしまったから、世にも美しい僧院の一つがあったことを辛うじて悟らせるのは、せいぜいやや小高い丘が、美しい木々の影になり、足も踏み入れられないような厚い茂みに囲まれていることだけだ。一七九四年から、ミシュが自分の楽しみのために灌木の生えていない空地に棘のあるアカシアを植えたので、その茂みはいっそう深いものになった。沼が一つその小高い丘の麓にあって、昔、泉が湧いていたことを示している。おそらく、かつて僧院の位置がそれで決まったのだろう。ノデームの森の権利を持っている者だけが、八世紀を経たこの言葉の語源を認め、かつてその森の中心に僧院があるのを発見できたのだった。

大革命の最初の雷がとどろくや、ある訴訟事件で土地の権利書などを持ち出す必要が出てきて、偶然この特殊な土地のことを知っていたシムーズ侯爵は、そんな場合誰でも思いつくことだが、元の僧院のありかを探すことにした。森の番人であるミシュは、森をよく知っていたから、当然主人を助けた。そして森に住む人間の知恵で僧院の位置を見つけることができたのだった。森の五つの主要な道は、多くが消えてはいたが、その方向をよく見ると、その全部が丘、そして沼の方へ続いていることが彼にはわかった。かつてはトロワから、アルシの谷間から、またサン＝シーニュの谷間から、バール＝シュル＝オーブから、人がやって来ていたのだ。

侯爵はその小高い山を調べてみたいと思った。しかしその作業をするのに土地の人間を雇うことはできない。当時の情況に差し迫られて、彼はその探索をあきらめたが、ミシュの頭にはその小高い山に僧院の宝物か基金か何かが隠されていることが彫り込まれた。

ミシュがその考古学的な探索を続けることになった。彼が気づいたのは、沼と同じ高さのところの二本の木の間、小山でただ一カ所、急に険しくなっている下の地面が、何か空洞になっているような音を立てることだった。ある晩のこと、彼は鶴嘴《つるはし》を持ってやって来て、仕事を続けるうちに、地下倉の出入り口が出てきた。そこから石の階段で降りる仕掛けになっている。

沼はもっとも深い所でも三ピエほどだが、箆《へら》のような形をしていて、その柄に当たる部分が丘から出ているように見えた。そして人工の岩場から湧き水が流れ出て、それがこの広漠とした森の中に浸み込んで消えていくように思われる。

沼地は水辺に生える木々、榛《はん》の木、柳やトネリコの木で囲まれていて、小道や昔の道路、そして森の小径などがそこで合流するところだったが、いずれも今日では誰一人通るものはない。沼の水はこんこんと湧いてはいたが、眠っているようにも見え、広葉の植物やクレソンが覆い、水面《みなも》は緑色を呈している。細かく生え茂った草でその岸もはっきりしないくらいだ。人の住む地からは遠く離れているから、野獣を除いて、他の獣がやってくることはない。

沼地の下には何もないと思い込んでいたし、小丘は乗り越えることができないような垣根に遮られているので、そこを持ち場とする番人や狩人たちは、その森の一番古い一角に属するこの場所に行くこともなければ、探すことも、また掘ってみることもしなかった。ミシュはその地が大木の森として十分に育つまで、そのあたりを伐採する順番が来た時も手を着けずにいたのだ。

地下倉の奥にはアーチ形に天井のついた、清潔でさっぱりとした小さい穴倉がある。すべて切り石でできていて、いわゆる教会の地下牢《イン・パーケ》と呼ばれる修道院の牢獄といったものだ。この地下倉が清潔に保たれ、階段の残りや天井が保存されているのは、教会を壊した者たちが、泉を残しておいたことと、非常な厚さをもった壁のおかげだった。ローマ人たちの作る壁と同じように、煉瓦とセメントで作られていて上からの水をしっかり防いでいる。ミシュはその避難所の入り口を、幾つもの大きな石で塞いだ。それから秘密を自分だけのものにして、それを他人《ひと》に悟られないために、樹木で覆われた方から小丘を登って、急な崖から地下倉に降りて行くようにして、沼地の方からは近づかないことにした。

憲兵隊から逃れた二人がその場所に着いた時、月は美しい銀の光を小丘の中心に繁る百年を経た木々の梢に投げかけていた。まるで月がそれぞれの道で区切られたさまざまな木々の見事な葉の茂みの中で戯れているようで、ある葉叢《はむら》は丸く、ある葉叢は尖って、一方は一本の木の先に、またもう一方は植え込みのところに見えた。

そこから、いやおうなしに眼は遠くに広がっていく光景に投げかけられる。視線は時には丸くうねる小径や、森の長い杣道《そまみち》のすばらしい眺め、あるいはまたほとんど黒色に見える緑の壁に注がれた。この十字路に生える木々の茂みを通して漏れてくる光が、まばらに生えるクレソンや蓮の間に射し込んで、まるでダイアモンドのように、静かで人目に付かない水面を輝かせている。蛙の鳴き声がこの森の美しい一角の深い静謐を乱して、野生の香りが心の中に自由でありたいという気持ちを引き起こすのだった。

「私たち、助かったの？」と伯爵嬢がミシュに言った。

「そうです、お嬢様。でもこれからやらなければならないことがあります。二頭の馬をこの丘の高いところにある木に繫いでください。そして馬の口を布切れで結《ゆ》わえるんです」こう言って、彼はスカーフを差し出した。「私の馬もあなたの馬も賢いから、しっかり声を出さずにいられるでしょう。仕事が終わったら、まっすぐにこの崖から水のある方へ降りてきて下さい。乗馬服を引っかけないように。私は下にいます。」

伯爵嬢が二頭の馬を木の下に隠して、繫ぎ、猿ぐつわを嚙ませている間に、ミシュは石を取り除いて、地下倉の入り口を露わにした。

伯爵嬢は、この森のことは何でも知っていると思っていたのが、その地下倉のアーチ形の天井の下に入って、啞然とした。

ミシュは出入り口の上に石工さながらの巧みさで再び石をドーム状に積み上げる。仕事を終えた時、軍馬が立てる音と憲兵隊の声が、夜の静寂《しじま》を破って響き渡った。けれども彼はだからといって慌てることなく火打ち石を擦ると、糸杉の小さい枝に火を点して、伯爵嬢を例の地下牢へと誘《いざな》った。そこには彼がこの穴倉を見つけた時に使った蠟燭の端がまだ残っていた。

鉄の扉は数リーニュ[98]の厚さのもので、所々錆で穴があいていたが、番人のミシュが使える状態に直していた。その両側から穴に合わせて、外側からバールで閉じられるようになっている。

伯爵嬢は死ぬほどに疲れ切って、石のベンチに腰掛けた。そのベンチの上には壁にはめ込まれた鉄の輪がまだ付いていた。

「ここは話をするのにおあつらえ向きの客間です」とミシュが言った。「今なら憲兵の連中が好きなだけ嗅ぎ回ってもらっても大丈夫。もしまずいことがあるとしたら、せいぜい連中に馬を奪《と》られることくらいです。」

「私たちの馬を奪って行く」とロランスが言う。「それじゃ、私のいとこやドートセール兄弟を見殺しにすることになるわ！　さあ、いったいあなたは何をご存じなの？」

ミシュは手短にマランとグレヴァンが話をしているところを自分が立ち聞きしたことを語った。

「あの人たちはいまパリに行こうとしているんです。今朝にもパリに着くでしょう」と伯爵嬢はミシュが話し終えると言った。

「しまった！」とミシュが声をあげた。「おわかりでしょう、入る者も出ていく者もパリの域門で監視されるはずです。マランにしてみれば、ご主人たちが事に巻き込まれて殺されれば、大いに有り難いわけですよ。」

「だのに、この私はこの事の全体のプランは全く知らないのよ！」とロランスは声をあげた。「どうやってジョルジュやリヴィエール、それにモローに教えたらいいのかしら？　いまどこにいるのかしら？　いえ、今はとにかく、いとこたちやドートセール兄弟のことだけを考えましょう。何としてでもあの人たちに追いついてください。」

「信号機[99]ならどんな素晴らしい馬よりも早く行きますがね」とミシュが言った。「陰謀に加担している貴族たちみんなの中でも、あなたのおいとこたちは一番追いまわされることになるでしょう。私があの人たちとお会いすることになれば、ここに匿うのが一番です。事が収まるまで私たちがここでお守りしましょう。お二人のお父上は、おそらくあらかじめ感じるところがあって私にこの隠れ家を探させなすったんです。ご子息たちがここで命を助かることを見通していらしたのですね！」

「私の馬はアルトワ伯[100]の厩舎の出です。イギリス馬の一番素晴らしいのから生まれました。でも、もう三十六里も走っています。あなたを目的の場所まで乗せて行くまでに死んでしまいますわ」と彼女は言った。

「私の馬は大丈夫です」とミシュが言った。「あなたが三十六里駆けさせられたわけですから、私はせいぜい十八里駆けさせればいいだけでしょう?」

「二十三里ね」と彼女が言う。「だって五時からあの人たちは行進しているんです! ラニーの北のクーヴレであの人たちに会えます。そこから朝早くに船頭に身をやつして出発することになっています。船でパリに入ろうとしているのです。ほら、これなら」と彼女はその指から母親の結婚指輪の片方[101]をはずして言った。「あの人たちがあなたを信用する唯一の品になります。私は二人にもう片方を渡していますから。クーヴレの番人はいとこたちの兵卒の父親です。あの方たちを匿って、今夜は森の中にある誰も住んでいない炭焼き小屋で過ごさせています。皆で八名、ドートセール兄弟と四人の部下と私のいとこたちです。」

「お嬢様、兵卒たちなど誰も追いかけません。シムーズのご兄弟だけのことを考えましょう。他の人については自分たちでどうにかしてもらいましょう。こう叫ぶだけでいいんじゃありませんか? あぶないぞ、気をつけろって。」

「ドートセール兄弟を見捨てるですって。とんでもない!」と彼女は言った。「死ぬも生きるもみんな同じでなければ!」

「あのしがない貴族連中も一緒に、とおっしゃるんで?」とミシュが返す。

「あの人たちは騎士の位でしかない、それは承知しています」と彼女は答えた。「でもあの人たちはサン＝シーニュ家やシムーズ家の者とずっと連携してきました。だから私のいとこたちとドートセール兄弟を連れてきてください。よくあの人たちと相談して、この森までたどり着く一番良い方法を取ってください。」

「憲兵たちが来ていますよ！　聞こえるでしょう。連中もいろいろ相談しているようです。」

「でも、あなたは今夜二度も運がよかったんです。だから、出発して。あの人たちを連れて帰って、この地下倉に匿うのよ。ここならどんなに追っかけられていても助かるわ！　この私はあなたの何の役にも立てやしない」と彼女は苛立って声をあげた。「私が灯台の光になって敵の姿を照らせれば。警察は私の縁者たちがこの森に戻ってくるなんて思ってもみないでしょう、私が何事も無いようにしているのを見たらね。だから問題はただ良い馬を五頭見つけて、六時間以内にラニーからこの森に連れて来れるかどうかだけ。辿り着いた五頭の馬が死んだら茂みの中に置いておいて構わないわ。」

「で、お金はどうしましょう？」とミシュは返した。彼は伯爵嬢に耳を傾けながら、深い思案にくれていたのだった。

「私は今夜いとこたちに百ルイを渡してきました。」

「あの方々については私が請け合います」とミシュが声を高めた。「一度ここに匿えば、あなたはあの人たちにお会いになってはいけません。私の妻と息子に食べ物を週二回運ばせます。しかし、この私については、どうなるかはわかりませんから、いいですか、もし万一の場合となれば、お嬢様、私の館の屋根裏の主桁《しゅげた》に錐《きり》で穴が開けてあります。その穴は太いボルトで塞いでありますが、そこにこの森の一角の地図が入れてあります。地図に赤い点の付けてある、そこに何本か木があって、それぞれ根元に黒い印が付いています。こうした木の一本一本が目印です。それぞれの目印の左側にある古い三番目の樫の木の幹から二ピエ前のところにブリキの筒が七ピエの深さに埋め込んであって、それぞれ金貨で十万フラン入っています。木が十一本あって、というか十一本しかないのですが、シムーズ家の全財産です。ゴンドルヴィルが奪われてしまった今となっては。」

「貴族たちが受けた打撃から回復するのに百年はかかるでしょう！」とサン＝シーニュ嬢はゆっくりした口調で言った。

「合い言葉はありますか」とミシュが尋ねる。

「〈フランス〉と〈シャルル〉が兵隊用。〈ロランス〉と〈ルイ〉がドートセール兄弟とシムーズ兄弟への合い言葉よ。まあなんてこと、あの人たちに昨日、十一年ぶりに会えたというのに、今日にはその人たちが死の危険にさらされているのがわかるなんて。しかもなんて恐ろしい死、ミシュ」と彼女は憂鬱な表情を浮かべて言った。「どうかこれからの十五時間、十分気を付けてね。これまでの十二年間、ご立派で、献身してこられたあなたですもの。もし私のいとこに万一のことがあれば、私も死ぬわ。いいえ」と彼女は言った。

「私は生き抜いてボナパルトと差し違えるわ！」

「私たち二人でそれを一緒にやりましょう、何もかも駄目になった時には。」

ロランスはミシュのごつごつした手を取り、イギリス風にその手をしっかりと握りしめた。ミシュは懐中時計を取り出した。午前零時だ。

「何としてもここを出ましょう」と彼は言った。「気をつけろよ、憲兵ども。俺の行く手をさえぎるつもりならな。さあ、あなたにご命令するわけではありませんが、伯爵嬢、とにかく急いでサン＝シーニュにお戻りください。連中がやってきてますよ。連中の気をそらせておいてください。」

穴倉を塞いでいたものを取り除いたが、ミシュには何も聞こえなかった。耳を大地に付けると、彼はすぐ跳ね起きた。

「連中はトロワ側のはずれにいます」と彼は言った。「あいつらの鼻をあかしてやりますよ！」

彼は伯爵嬢が外に出るのを助けると、もう一度石を積み戻した。仕事が終わった時、ロランスの優しい声音が自分を呼んでいるのが聞こえた。自分が馬に乗る前に、彼に先に馬で発たせようというのだ。あらくれ男は眼に涙を浮かべて、その若い女主人と最後の眼差しを交わした。彼女は泣いてはいなかった。

「連中をうまくあしらってやりましょう、ミシュの言うとおりだわ」と彼女は何の音も聞こえなくなってから呟いた。そして彼女はサン＝シーニュに向かって全速力で飛び出して行った。

第九章　警察の憂鬱

ドートセール夫人はまだ大革命が終わったとは信じず、その時代は裁判が即決されたことを知っていたから、息子たちに死の危険が迫っていることを知って、それまで苦悩のあまり失っていた感覚と力を、その苦悩の激しさによって再び取り戻すことになった。怖いもの見たさから、彼女が客間に降りていくと、そこはまさしく風俗画を得意とする画家たちの筆にふさわしい光景となっていた。

相変わらずゲームのテーブルに座ったままで、司祭は機械的にゲームの点数棒を弄びながら、こっそりとペイラードとコランタンの方を盗み見る。二人は暖炉の一方に立って小声で話していた。

コランタンの抜け目ない眼差しが、それに劣らず抜け目のない司祭の眼差しと何度も交差する。けれどもちょうど腕も互角の好敵手が、刃《やいば》を交えてはまた構えの姿勢を取るように、お互いその眼をすぐそらせてしまう。

ドートセール老人は鷺《さぎ》そのままにぼうっと突っ立ち、びっくり仰天したままの姿で、太って、脂ぎり、大柄でしかも吝嗇漢であるグラールの傍らにいる。ブルジョワの服装はしているが、村長はいつまでも貴族の下僕の風がある。二人共うつろな目で憲兵たちを見ていた。彼らに挟まれてゴタールが泣き続けている。両手が強く縛られているので、紫色にふくれあがっていた。

カトリーヌはあいかわらずその素朴で純真な姿をみせていたが、何を考えているのかはわからない。

コランタンに言わせれば愚かにもこの小童《こわっぱ》どもを捕まえてしまった憲兵伍長は、他の者を追いかけに出るか、ここに残るかの判断ができないでいる。彼は客間の真ん中で、サーベルの柄に手を置いたままますっかり考え込んで、パリから来た二人の男に目を向けていた。デュリュー夫婦は呆然としており、城の人間たちはひと塊りになって、じつに不安げな姿をまざまざとしめしていた。ゴタールのしゃくりあげるような泣き声がなかったら、蠅の飛ぶ音さえ聞こえただろう。

ドートセール兄弟の母が、恐怖にとらわれ、蒼い顔をして扉を開け、グゥジェ嬢にほとんど引っ張られるように姿を見せた時、そこにいた皆がその顔を二人の女に向けた。

ロランスが入ってきたのでは、と二人の密偵が期待したくらい城の住人たちは震え上がった。使用人たちや主人たちが同時に見せた動きは、木の人形たちが一斉に同じしぐさと瞬《まばた》きをしてみせる機械仕掛けさながらだった。

ドートセール夫人はコランタンに向かって大きく三歩ほど走り寄ると、途切れ途切れに、けれども激しい声音で言った。

「後生です。あなた。いったい私の息子たちに何の罪があるのです。本当にあの子たちがここへ来たと思ってらっしゃるんですか？」

司祭は、老夫人の姿を見た時、（これはまずいことをやらかすぞ！）と呟いたようだったが、すぐ眼を伏せた。

「私の義務と使命を果たすために、それをあなたにお明かしするわけには参らないのでして」とコランタンは愛想よく、同時にからかうような様子で答えた。

この拒絶が、洒落者の慇懃《いんぎん》無礼《ぶれい》な態度でなされたことで、いっそう冷酷な感じがして老夫人は凍りついた。彼女はどっとグゥジェ神父の隣の安楽椅子に倒れこむと、両手を合わせて祈り始めた。

「この泣き虫小僧をどこで捕まえたんだ？」とロランスの幼い馬丁を指して、コランタンは憲兵伍長に尋ねた。

「農地に行く道です。庭園の垣根に沿って、こいつはクロソーの森へ行こうとしてました。」

「で、この小娘は？」

「この娘ですか？　これはオリヴィエが捕まえました。」

「どこへ行こうとしていたんだ？」

「ゴンドルヴィルの方へ。」

「二人は正反対の方に向かったわけだな？」とコランタン。

「そうです」と憲兵が答える。

「これはサン＝シーニュ嬢の下僕と小間使いですな？」とコランタンが村長に尋ねた。

「そうです」とグラールが答えた。

ペイラードはコランタンの耳元で二言三言交わすと、すぐ憲兵伍長を伴って出て行った。

この時アルシの憲兵伍長が入ってきた。コランタンの方に近づいて声をひそめてこう言った。

「私はこのあたりの事情は詳しいのです。近くの村々は虱潰《しらみつぶ》しに調べました。連中が地に潜ったのでないかぎり誰もいません。これから銃の台尻で壁や羽目板を叩いてみるつもりです。」

ペイラードが戻ってきて、コランタンにこちらへ来いと合図した。そして濠の狭間を見せると、穴に応じてそこに道が掘られているのを示した。

「どうやら仕掛けがわかったよ」とペイラード。

「僕もですよ！　僕から説明しましょう」とコランタンが返した。「あのチビと小娘はあの馬鹿な兵隊たちをまいて、獲物に逃げ道を確保してやったんですな。」

「まあ明るくならないと真相はわからん」とペイラードが答えた。「この道は湿っている。今憲兵二人に上手と下手の道をふさがせたところだ。道がはっきり見えるようになったら、足跡でわかるよ。どんな連中がここを通って行ったか。」

「馬の蹄《ひづめ》の跡がありますよ」とコランタンが言った。「厩舎に行きましょう。」

「ここには何頭の馬がいるんです？」とペイラードは、コランタンとともに客間に戻ると、ドートセール卿とグラール村長に尋ねた。

「さあ、村長さん、ご存じでしょう、答えてくれますよね？」とコランタンは、この役人が答えるのをためらっているのを見て声を高めた。

「いや、いるのは伯爵嬢の雌馬とゴタールの馬とドートセール卿のが一頭ですよ。」

「牡馬一頭しか見なかったよ、厩舎には」とペイラードが言う。

「お嬢様がいま乗っていらっしゃいます。」とデュリューが言った。

「そんなにしょっちゅう夜中に乗るのかね、あなたが養っている女《ひと》は？」と女好きのペイラードがドートセール卿に尋ねる。

「いや、そんなことはしょっちゅうですよ」と素直そのもので主人が答える。「村長さんが請け合ってくれます。」

「みんな知ってますよ。あのお方は気まぐれなんです」とカトリーヌが答えた。「おやすみになる前に、空模様をご覧になってました。だから皆さんの銃剣が遠くで光っていましたから、何かな、と思われたんですよ、きっと。それで、お出になるときに私におっしゃったんです、また新しい革命の動きがあるのじゃないか、それを見てくるって。」

「いつ出かけたんだ？」とペイラードが聞く。

「鉄砲をご覧になった時ですよ。」

「じゃ、いったいどこから出て行ったんだ？」

「存じませんよ。」

「それからもう一頭の馬は？」とコランタン。

「へい…たい…さんが、ぼ……ぼ…ぼくの…馬を…と…取って……行ったんだよ……」とゴタールが言った。

「それじゃ、お前はどこに行こうとしていたんだ？」と憲兵の一人が言った。

「僕…は…、ごしゅ……じんの…あとを追って、は…はた……けに。」

憲兵は顔をコランタンの方に向けて指図を待つ形になった。けれども子供の言葉が、嘘と真実がまぜこぜになり、無邪気とまた抜け目なさが裏腹になっていたから、二人のパリ人も、ペイラードの漏らした先の言葉を繰り返すかのように。お互い顔を見合わせた。

「こいつらは馬鹿じゃないぞ。」

老人はそれほど頭の働きが良くなくて、辛辣《しんらつ》な言葉の意味がわからないようだった。村長も馬鹿だったし、ドートセール夫人も母親ゆえの愚かさで、密偵たちに無邪気そのものの愚かしい質問を繰り返す。使用人はみんな寝入りばなをだしぬけに起こされた感じだった。

こうしたこまごました事柄や人間模様から判断して、コランタンはたちまち自分の唯一の敵はサン＝シーニュ嬢だということを理解した。

どれほど警察が巧妙に動こうと不利な点も多々ある。陰謀を企む人間が知っていることをどうしても悟る必要があるばかりでなく、たった一つの真実に到達する前に、たくさんの事柄を警察は推察しなければならない。陰謀を企む者は絶えず身の安全を考えている。警察はその時が来ないと動きが取れないのだ。裏切り者さえ出なければ、陰謀をたくらむほど楽なものはないのだろう。

たった一人の陰謀家の方が、行動の手段を数知れず持っている警察よりも頭が働く。開いていると思っていた扉が閉まっていて、それをやっとのことでこじ開けるとその扉を後ろで大勢の人間が一言も云わずに押さえつけている、といった物理的な形に、精神的にも阻まれているように感じて、コランタンもペイラードも、誰とも知れぬ者に出し抜かれ、からかわれているように思った。

「断言しますが」とアルシの憲兵伍長が二人の耳元で言った。「もしシムーズ兄弟とドートセール兄弟が、ここで一夜を過ごしたなら、父親と母親のベッドと、サン＝シーニュ嬢のベッド、それに小間使いと召使たちのベッドを使ったんです。そうでなければ、連中は庭園を歩いていったのです。というのも連中が通った跡が少しもありませんから。」

「いったい誰が連中に知らせることができたんでしょうね？」とコランタンがペイラードに言った。「今何かを知っているのは、第一執政と、フーシェ、大臣たち、警視総監とマランしかいませんよ。」

「この地域に羊たちを残しておくことにしよう[102]」とペイラードがコランタンの耳元で言った。

「うまく行くでしょうな。羊はシャンパーニュにもいますからね」と司祭が答えた。彼は「羊」という言葉を耳にして思わず笑いを禁じ得なかった。たまたま耳に入ったその一言で、すべてを察したのだった。

「おやおや！」とコランタンはにやりと笑いを司祭に返しながら思った。「たった一人気の利く奴がここにいる。話がわかるのはこの男だけだな。こいつの口を開けてやることにしよう。」

「お二人さん《メッシュー》……」と村長が、どうかして第一執政への忠義立ての証しをたてようと思って、二人の密偵に話しかけた。

「同志《シトワィヤン》、と呼んでください。いやフランス共和国はちゃんと存在しているのですからね」とコランタンが彼に答えたが、その目はからかうように司祭の方を見ていた。

「同志《シトワイヤン》」と村長が言い直した。「私が客間に入ってきて、口を開く前にカトリーヌが入ってきて、急いで女主人の鞭と手袋と帽子を取っていきましたよ。」

恐怖のあまり、くぐもった呟きがゴタールを除いた皆の胸の奥底から出た。憲兵たちと二人の密偵を除く皆の眼が、告発者であるグラールに向かって、今に見ておれと言わんばかりの怒りに燃えた炎を投げかけた。

「よくおっしゃった、同志の村長」とペイラードが彼に言った。「いずれはっきりさせましょう。ちょうどいい時に同志《シトワイエンヌ》サン＝シーニュに誰かが知らせたわけだ」と彼は言ったが、明らかにそんなことは信じていない目つきでコランタンの方を見た。

「伍長、この小僧に指錠をはめるんだ」とコランタンが伍長に言った。「別の部屋に連れていきたまえ。この小娘も閉じ込めておくんだよ」彼はカトリーヌを指さして付け加えた。「あなたは書類を捜し出す指揮をとってください」と今度はペイラードに言って、耳元でこう話した。「すべて探りを入れて、手を抜かないように。」

「神父さん、」と彼はいかにも心を許したようすで、司祭に声をかけた。「あなたにぜひ大事な話があるんですが。」

　こう言って彼は司祭を庭に連れ出した。

「よく聞いてくださいよ、神父さん。あなたはどうやら司教でも務まるほどの知恵がおありのように思います。（誰も私たちの話は聞こえません。）私とは話が合いそうですね。あなたより他に二つの家族を救う望みを託す人がないのですよ。ご両家がともに馬鹿なことをしでかして、取り返しのつかない地獄の淵に転げこもうとしているんです。

シムーズ兄弟やドートセール兄弟は、卑劣な密偵の一人にしてやられたんです。政府はあらゆる陰謀の中に連中を忍び込ませて、その目的や方法、人間たちをよく知ろうとしていますからね。

あそこにいる私と一緒に来たろくでもない男と、この私とを同じにしないでください。あれは警察の人間です。が、私は執政政府から立派に信を得て、従っている者です。その最終的な命も得ています。シムーズ兄弟を破滅させたくないというのです。たしかにマランは二人を銃殺刑に処したいでしょうが、第一執政は二人がここにいても、悪いたくらみを持っているわけでなければ、破滅の淵にいるのを止めたいのです。というのも第一執政は立派な軍人を愛しているんです。私と一緒に来た警官はあらゆる権力を握っています。この私は何も持っていない。表面上はね。けれども私は陰謀がどこにあるか知っているんです。あの警官はマランの言いつけで来ました。マランはたぶん面倒をみてやると彼に約束したんでしょう。出世と、たぶん金ですな。もし彼がシムーズ兄弟を見つけて引き渡せばね。」

「第一執政はじっさい立派な人物ですから、金銭欲にかられた考えを良しとしません。私は二人の若者がここにいるのかどうか、知ろうとする気はさらさらないんです」と彼は司祭が何か言おうとするそぶりを見て言った。「でも二人が助かるとすれば、道は一つしかありません。共和暦十年フロレアル六日の法律をご存じでしょう。外国にいる亡命者が革命暦十一年ヴァンデミエール一日までに帰国すれば大赦する、というやつです。つまり去年の九月までにね。けれどもシムーズ兄弟はドートセール兄弟同様、コンデ公の軍隊で指揮を取っていましたから、その法律の適用外です。彼らがフランスにいるのは、だから、犯罪なんです。その上われわれの見るところ、ある恐ろしい陰謀の共犯と考えてもいいわけです。

第一執政はそういう例外を設けると、かえって政府にとって和解できない敵を作ることになると思われたのです。シムーズ兄弟の追訴は今後ないことを二人に知らせようとなさっています。もしお二人が請願書を書いて、フランスに帰国して憲法を守り、遵守すると約束すれば、です。お分かりでしょう。この証書は二人が逮捕される前に第一執政の手の中になければならないし、その何日か前の日付でないといけません。私ならそれを持って行けます。」

「いや、あなたにお聞きしようとしているのは若者たちがどこにいるかじゃないんです」とコランタンはまた司祭が否定するようなしぐさをするのを見て言った。「われわれは、遺憾ながら、きっとお二人を見つけだしますよ。森は警護されているし、パリへの入り口は監視されています。もちろん国境もです。よく聞いてください。もしあの人たちがこの森とパリの間にいるのならいずれ捕まります。パリにいるにしても、やがて見つかるでしょう。またたとえ後戻りしていても、連中は不運にも逮捕ということになるでしょう。

第一執政は革命政府のために追いやられた貴族たちを愛しているのです。共和主義者には我慢がならないのです。だから、ことはきわめて単純です。もし彼が玉座を望むなら、「自由」の首を掻き切らないといけません。これはここだけの話にしてください。というわけですから、いいですか！　明日までお待ちしましょう。眼をつむりますよ。でもあの警官には気をつけてください。あのいまいましいプロヴァンスの男は悪魔の手先ですから。あれはフーシェの命令で来ています。私は第一執政の命令です。」

「もしシムーズ兄弟がここにいるとしたら」と司祭が言った。「よろこんで私の血を十リットル、いや腕一本も惜しまず二人をお助けしますよ。でもサン＝シーニュ嬢が二人と示し合わせているのなら、決して彼女は、永遠の救いにかけて私は誓って言いますが、これっぱかりも洩らすことはなかったし、私にわざわざ相談することもなかった。私はあの方の口の固さにとても満足しています。もし口を閉ざさねばならぬことがあるとしたらですが。

私たちは昨日の晩、いつもと同じように、ボストンで遊んでいました。十時半まで、それこそ静まりかえった中です。それでも私たちは何も見なかったし、何も聞こえもしなかった。誰かが此の谷間を通れば子供だってたちまち皆に見つかり、知られてしまうんです。

それにここ二週間だれもよそ者は来ていません。で、ドートセール兄弟やシムーズ兄弟は四人で一味を組んでいるのでしょう。

ここの主人夫婦は政府の言うとおり従っておりますし、お二人ともできる限りの努力でお子さんたちを自分たちの手元に呼び寄せようとしています。一昨日も二人に手紙を書いていました。だから私の魂と良心にかけて、あなた方がここにやってきて、初めてあの人たちがドイツにいるというこの私の固い信念が揺らいだくらいです。ここだけの話ですが、ここでは若い伯爵嬢だけが第一執政のすばらしい価値を正当に評価しないのですよ。」

「こいつ、食えない奴だ！」とコランタンは思った。「もしあの人たちが銃殺されたら、つまりそれこそ自業自得、というわけですな」と彼は声を高めて答えた。「それでは私は手を引くことにしましょう。」

彼はグゥジェ神父を月の光が皓々《こうこう》と照らす所に連れていっていた。そして彼は不意に神父をじっと見据えると、その決定的な言葉を言ったのだった。司祭はずいぶん胸を痛めた様子だったが、それは思いもかけないことを聞き、しかもまったくそんなことを知らずにいたからのように見えた。

「よくおわかりでしょう、神父さん」とコランタンが言葉を続ける。「ゴンドルヴィルの土地についての権利が、あの方たちに二重に罪があると下っ端の人間には思わせるってことが。つまり、私はあの人たちに使い走りを相手にするのではなく、肝心の主役を相手にしてもらいたいんです。」

「それじゃ、陰謀があるんですか？」と素朴そのものの調子で司祭が尋ねた。

「卑劣で、おぞましく、卑怯千万な陰謀ですよ。それも国民の寛大な精神にまったく反したものですからね」とコランタンが答えた。「こぞって不名誉だとするものです。」

「なるほど。サン＝シーニュ嬢はそんな卑劣なことができる人じゃありません」と司祭は叫んだ。

「神父さん」とコランタンがまた言う。「いいですか。私たちには（私とあなた、ということですよ）はっきりした証拠があって、彼女が絡んでいると言っています。でも裁判にかけるほど十分なものじゃない。われわれが来たので、彼女は逃げ出しました……で、それでも私は村長をあなた方のところへ知らせに行かせたんですよ。」

「おっしゃる通り。でもあの人たちを救おうと思っている者にしては、あなたは村長の後から来るのが少しばかり早すぎましたな」と神父。

　この言葉の後、二人は顔を見合わせた。そして二人の間ではすべてが了解されたのだった。お互い人の考えを深いところにまで分析する能力を持った人間だったから、ちょっとした声音や、視線、片言隻句《へんげんせつく》で、十分に人間の心の動きが理解できるのだ。ちょうど未開の人間が、ヨーロッパの人間の眼には見えない指標を見て、自分の敵であることを悟るのと同じである。

「この男から何かを引き出せると思っていたのに、すっかり自分をさらけ出してしまった」とコランタンは思った。

「ああ！。馬鹿なことをした！」と司祭は司祭で心の内で自嘲した。

折から午前零時を告げる教会の古い大時計が鳴り響いて、コランタンと司祭は客間に帰った。あちこちの部屋の扉や箪笥の引き出しが開かれる音がしている。憲兵たちはベッドまでひっくり返していた。ペイラードはスパイのすばやい勘を働かせて、ありとあらゆる物をさぐり、検査しまくった。

こんな風に荒らし回されて、城館の忠実な使用人たちも恐怖と怒りに駆られていた。彼らはじっと動かず、突っ立ったままでいた。

ドートセール卿は妻とグッジュ嬢に悲しい思いで視線を交わしていた。恐いもの見たさに皆が眠さも忘れて眼を凝らしている。

ペイラードが降りて来て客間に入ってきた。彫刻が施されている白檀の手箱を持っている。昔シムーズ提督が中国から持ってきたものに違いない。この美しい箱は平たくて、四ツ折判の大きさがあった。

ペイラードはコランタンに合図すると、十字窓の近くに彼を連れて行った。

「わかったよ」と彼はコランタンに言った。「あのミシュは、八十万フラン、それも金貨でゴンドルヴィルをマリオンから買おうとしていて、ついさっきもマランを殺そうとしていたのだ。奴はシムーズ一派に違いない。マリオンを脅したというのも、きっとマランを銃で狙ったのと同じ理由だ。あいつはいろいろ考えを巡らせることのできる男だと思うが、一つのことだけしか考えていなかった。奴は事情を知っている。だから連中に急を告げにここへやって来ていることになる。」

「マランは友達の公証人と陰謀について話をしていたんでしょう」と言って、コランタンは相棒の推測を引き継いだ。「で、待ち伏せしていたミシュは、おそらくシムーズ兄弟のことを聞いたんです。じっさい、彼がライフル銃を撃つのを止めたとしたら、大事を知らせるためのほか無い。彼にとってはゴンドルヴィルを失うこと以上に思えたんですな。」

「あいつは俺たちがどういう人間か、よく分かっていたんだ」とペイラード。「だが、あの時の百姓野郎の頭の働かせ方は奇蹟的だって思ったよ。」

「いや、それは奴が用心していたということですよ」とコランタンが答えた。「が、いずれにしても、ね、あまり買いかぶらないようにしましょう。裏切りの臭いはとても強いからすぐわかる。それに未開の人間は遠くからでも鼻が利くんです。」

「俺たちは連中よりはもっと鼻が利くじゃないか」とプロヴァンス出の男が答えた。

「アルシの憲兵伍長を寄こしてくれ」とコランタンが憲兵隊の一人に言った。「彼をあの男の小館にやりましょう」と彼はペイラードに言った。

「ヴィオレットが俺たちの耳代わりにあそこに行っている」とプロヴァンス出の男が言う。

「私たちは彼から何も知らせを受けないままに出てきましたから」とコランタンが答える。

「サバティエを一緒に連れてくるべきでしたね。二人じゃ足りない。」

「伍長」と彼は憲兵が入ってくるのを見て声をかけると、ペイラードと自分の間に引き寄せた。「さっきのトロワの伍長のように甘く見てはだめだよ。ミシュがどうやら一枚嚙んでいるらしい。奴の館に行って、あらゆる場所に眼を光らせて、報告するように。」

「部下の一人が森で馬が何頭か走っていくのを聞いてます。あの召使いのチビどもを捕らえようとしていた時です。だから森に隠れようっていう連中の後を、腕に覚えの連中四人追いかけさせます」と伍長が答えた。

彼が出ていくと、早足で駆けていく馬の足音が芝生の敷石に響いたが、やがてすぐに消えた。

「さあ！　連中はパリに向かうか、ドイツに後戻りするかだ」とコランタンは呟いた。

彼は椅子に腰掛けると、短外套《スペンサー》のポケットから手帳を取り出すと、命令を二通鉛筆で書き、封印すると憲兵の一人に合図して呼び寄せた。

「全速力でトロワに行くんだ。知事をたたき起こして、夜が明けたらすぐ信号機で送れるように手配して欲しいと言うんだ。」

兵が全速力で出発する。この動きの意味とコランタンの目論見はあまりに明瞭だったから、城のすべての住人たちは胸しめつけられる思いがした。けれどもこの新しい不安は、なにかまた彼らの責め苦に更なる打撃を加えることになった。というのもこの時、例の貴重な小箱が彼らの眼に止まったからだ。話をしながらも二人の密偵は、人々の眼が光っているのが何を意味しているかを探っていた。

一種の冷たく激しい情念が二人の冷血漢の心を動かして、そこにいる人々を支配している恐怖を、彼らは舌なめずりしながら見ているのだった。

警察の人間というものは、猟師のもつあらゆる情念を持っている。けれども猟師が肉体と智恵の全力を振り絞って、野ウサギ、山鶉《うずら》、小鹿とかを殺そうとするが、警察の人間は国家とか君主を救って大きな賞与を得ることが大事なのだ。したがって人間狩りは実際の狩りよりも高級であって、それは人間と動物の間にある距離と比例するわけだ。それに密偵は自分が身を粉にして働くさまざまな利害を、うんと大きく、また重要とするために、自分の役どころを持ち上げる必要がある。

こうした仕事に手を染めなくとも、その場合猟師が獲物を追いかける情念と同じくらい、魂が情念を浪費することがわかるだろう。したがって光の兆しのある方へ進めば進むほど、二人の密偵はいっそう熱くなっていった。とはいえ、彼らの様子、その両の眼は穏やかで冷静なままだった。つまりそれだけ彼らが何を疑っているのか、何を考えているのか、どんな計画なのかはうかがい知れなかった。

けれども、誰にも知られず、秘匿された諸事実を密かに嗅ぎ回るこの二人の密偵《イヌ》の精神的嗅覚の結果を追ってきた者、さまざまな可能性を素早く験して真実を発見しようとする犬にも似た彼らの素早い動きを理解できた者をぞっとさせる何かが、そこにはあった。どのようにして、またなぜ才にあふれた人間が、これほどまでに卑しくなるのだろう、十分に高潔にもなれるはずなのに。どんな欠陥が、どんな悪徳が、どんな情念が、彼らをこんな形に呑み込んでしまったのか？　生まれついて警察の人間なのか。ちょうど思想家や作家や政治家や画家や将軍が、ただ語り、記し、管理し、描き、闘うしか知らないように、密偵をすることしか能がないのだろうか？　城の召使いたちが心のうちに思ったのは、天からの雷《いかずち》がこの卑劣な二人に落ちてはくれないか、というたった一つの願いだった。皆は復讐の思いに駆られていた。だから憲兵たちがそこにいなければ、暴動が起こったに違いなかった。

「この箱を開ける鍵を持っているものは誰もいないのか？」と道徳など屁とも思わぬペイラードが尋ねて、あたりを見回した。そして言葉で言うのと同じにその大きな赤い鼻をうごめかした。

このプロヴァンス出の男は思わずびくっとした。憲兵が近くにいないことに気が付いたのだ。コランタンと彼だけだ。コランタンはポケットから小さい短剣を取り出して、その箱のすき間に突っ込もうとした。その時、まず街道で、ついで芝生の小さい敷石に恐ろしい、破れかぶれの全速力で馬の駆ける音が聞こえた。しかしさらにいっそうの恐怖をかき立てたのは、馬がどっと到着するや、鼻を鳴らして城の中央にある小さな塔の足元に四つ足を折って倒れこんだことだ。

　雷が落ちたのと同じような衝撃がそれを見た人々の心を揺るがした。その時ロランスが姿を現した。彼女の乗馬服の擦れる音がすでに聞こえてはいた。召使いたちが大慌てで垣根のように並んだ前を、彼女は通っていった。

　大急ぎで駆けて来はしたが、彼女は陰謀が発覚したことで非常な苦しみを感じていた。あらゆる彼女の希望が崩れてしまった残骸の中を全速力で走らせながら、彼女は執政政府に屈服しなければならないのか、と考えていた。

　四人の貴族が危機に瀕していることが、彼女の疲労と絶望を和らげる特効薬であり、それがなければ、彼女はばったり倒れて眠り込んでしまっただろう。雌馬を乗りつぶしてしまうほど、いとこたちと「死」の間にわが身を差し入れようと帰ってきたのだ。蒼ざめ、疲れた表情で、ヴェールを横ざまに、鞭を手にしてこの女丈夫が敷居の上に立ち、燃えるような眼差しでその場の光景を見わたし、じっと見すえるのを見て、皆ははっきりと理解した。目に見えない動きながらコランタンがとげとげしい顔を歪めたことで、本当のライバルが今顔を合わせたことを。

　恐ろしい決闘がこれから始まろうとしていた。

第十章　ロランスとコランタン

例の手箱がコランタンの手にあるのが眼にはいると、若い伯爵嬢は鞭を振り上げ、彼に向かって激しく突進した。彼の手にくれた一撃が実に激しいものだったから、手箱が地面に落ちた。彼女はそれをつかむと暖炉の火に投げ込んで、その前に身を置いて脅すような姿をみせた。二人の密偵がその驚きを解く暇などとてもなかった。ロランスの眼に燃えさかる侮蔑、青白い額、いかにも軽蔑したような唇が、コランタンを毒獣のようにみなす有無を言わさぬ身振り以上に二人の男を傷つけた。ドートセール老人は自分も騎士の身分であることに気づくと、全身の血を顔に集めたように真っ赤になりながら、自分が剣を帯びていないことを口惜しがった。召使いたちも始めは喜びに打ち震えた。こうした逆襲は当然あるものと願ってはいたが、今やっと相手の男の一人にうち下ろされたのだ。

とはいえ、彼らの幸福な気分は、また恐ろしい心配のために心の奥底に追いやられることになった。耳に依然として憲兵たちが屋根裏にある穀物置場のあたりを行ったり来たりしているのが聞こえたのだ。

警察の人間を特徴づけるあらゆるニュアンスが混同している「密偵」という強い意味を

持つ名詞は、というのも一般の人々は、政府機関にとって不可欠な策謀の巣に紛れ込む輩の多様な性格を言葉の上で明示しようと思わなかったからだが、その密偵という者は、したがって、決して腹を立てないという、あっぱれかつ不思議なものを持っている。密偵には神父たちにみるキリスト教的な謙《へりくだ》りがあり、軽蔑されるのに慣れてはいるものの、また逆に自分を理解しない馬鹿な民衆に対しては、軽蔑の柵を立てて対抗する。冷徹な顔で罵りに耐え、目的に向かって、固い甲羅をまとう動物のように進んでいく。その甲羅に穴をあけられるのは大砲によってでしかない。しかしちょうどそんな動物そのまま、自分の甲羅が突き通ることがないと信じているだけに、それが傷つけられれば猛り狂うことになる。

鞭の指への一撃は、痛さはともかく、コランタンにとって甲羅を射抜く大砲だった。崇高で、高貴な娘の嫌悪に満ちたこの一挙が、彼には屈辱的だった。それも、そこにいる連中の眼前だけでない、自分自身が見ているところでの仕打ちだったのだ。

プロヴァンス出の男ペイラードは暖炉に突進した。それをロランスが脚で蹴りあげる。しかし彼は彼女の脚を摑むと、ぐっと持ち上げたから、彼女は羞恥からつい先ほど眠り込んでいた大型の安楽椅子に倒れ込むことになった。

恐怖の最中のこの茶番は、人間にはよくあるコントラストの妙で、ペイラードは火の中にある手箱を摑もうとして手に火傷してしまった。しかし彼はそれを摑んで床に置くと、その上に座り込んだ。

こうした小さな出来事はアッと言う間に起こって、声を出す者は一人もいない。コランタンは鞭の一撃の痛みから立ち直って、サン＝シーニュ嬢の両手をしっかりと摑んだ。

「どうか、美人の同志《シトワイエンヌ》、力ずくで、ということにならないように願いたいものですな」と彼はいかにも相手を卑しめるような丁寧さで言った。

ペイラードが座り込んだために、空気が封殺されて手箱についた火を消すことになった。

「おい、兵隊たち、ここへ」と彼は尻もちをついた奇妙な格好のまま叫んだ。

「大人しくすると約束しますな」とコランタンは短剣を拾いあげながら、横柄な口調でロランスに言ったが、それで彼女を脅すことまではしなかった。

「この手箱の秘密の品は、政府とは関わりありません」と彼女は答えたが、その様子にも口調にも憂鬱な感じが混じっていた。「そこにある手紙をお読みになったとしても、いくら恥知らずのあなた方だって、お読みになったことを恥ずかしく思いますよ。でもいったい恥ずかしいと思うようなことがおありかしらね？」彼女はちょっと黙った後で尋ねた。

司祭はロランスにまるでこう言うかのように、視線を投げかけた。

「後生だから、大人しくなさるんです。」

ペイラードが立ち上がった。手箱の底は熾《おき》が付いていて、ほとんど完全に燃やされて、絨毯の上に焦色の染みを付けていた。箱の蓋も黒焦げになっており、両の側面も崩れている。この滑稽なスカエヴォーラ[103]は、警察の神である「恐怖」に、杏色のキュロットの尻を捧げたばかりだったが、その箱の両端をまるで一冊の本であるかのように開いた。そしてゲーム台のクロスの上に、三通の手紙と髪の毛の二束を転がした。彼はコランタンを見て、にやりとしかけたとたん、その二束の髪の毛が異なる白色であることに気が付いた。コランタンはサン＝シーニュ嬢を離すと、髪の毛が落ちてきた手紙を読もうとした。

ロランスもまた立ち上がって、二人の密偵の傍に身を置くとこう言った。

「どうぞ、大きな声でお読みになって。かえって恥をかくことになるでしょうよ。」

彼らはひたすら眼でその手紙を読むばかりだったから、彼女は自分で以下の手紙を読み上げた。

「愛しいロランス、

私たちは知っています。私たち、夫と私とが逮捕されたあの哀しい日のあなたの振る舞いを。あなたが私たちの大事な双子の息子たちを、当の私たちと同じくらい愛してくださっているのを知っています。だからあなたにこそ、あの子たちにとって、貴重でもあり、哀しくもある遺品を託そうと思うのです。刑の執行人が私たちの髪の毛を今切り取りました。これから私たちはもうすぐ死ぬことになるからです。でも執行人は私たちに約束してくれました。あなたに私たちの唯一の思い出となるものを持たせてくれることを。できればそれを私たちの愛する孤児たちに与えて欲しいのです。どうか二人のために、この私たちの形見を大事に持っていてください。もっと時代が良くなったらこれを二人に渡してください。今私たちはそれに二人への最後の口づけをし、祝福の言葉も合わせてしました。いまわの際に思うのは、まず私たちの息子たちのこと、あなたのこと、そして神様のことです。どうかあの子たちを愛してくださいますように。

ベルト・ド・サン＝シーニュ

ジャン・ド・シムーズ」

みんな目に涙を浮かべて、その手紙が朗読されるのを聞いた。

ロランスは相手を凍りつかせる眼差しを二人の密偵に投げて、ぴしりと言った。

「あなたたちはこの死刑執行人の方よりも人の情がないのね。」

コランタンは平然と髪の毛を手紙の中にしまった。そしてそれをテーブルの脇にやると、飛んでいかないように点数棒の入った籠を置いた。皆が感動しているさ中にあって、この冷然とした様子は恐ろしいものがあった。ペイラードが他の二通の手紙を広げようとすると、

「ああ、それはね」とロランスが言った。「それもほとんど同じようなものよ。いま遺言をお聞きになったでしょう。それがその結果。もうこれからは私の心は誰にも秘密を持たなくなるわ。これですべてよ。」

「一七九四年、アンデルナッハ[104]、戦いに先立って

いとしいロランス、あなたを一生愛します。そのことをぜひ知っておいてほしい。けれどもやがて死が訪れたときに、兄のポール＝マリーも僕と同じくらいあなたを愛していることを知っておいてください。死のうとしている今の私のたった一つの慰めは、あなたが何時の日か私の愛する兄を夫とすると確信できることです。私が嫉妬で窶《やつ》れるのを見ることなしに。実際もし私たちが二人とも生きていて、あなたが私よりも彼を選んだとしたら、きっとそうなったでしょう。それはともかく、その選択は僕には当然のように思われます。だっておそらく彼の方が僕よりも立派だし、その他もろもろの点で。

マリー＝ポール」

「これがもう一通の方」と言って、ロランスが顔を朱に染めたところはじつに魅力的だった。

「アンデルナッハ、戦いに先立って

やさしいロランス、何となく哀しい気分です。でもマリー＝ポールはとても陽気にふるまうことができるので、あなたには僕よりも彼が気に入るでしょうね。いつか二人のうちのどちらかを選ばないといけませんが、ともかく、僕は情熱を込めてあなたを愛してはいますが……

」

「あなたは亡命者たちと文通しておられたのですな」とロランスが読んでいる最中にペイラードが遮《さえぎ》り、用心のためにそれらの手紙を明るいところに持ってきて、行間になにか炙り出しのインクで書かれた文字がないかを確かめようとした。

「そうよ」とロランスはそのすでに黄ばんでいる貴重な手紙を折り畳みながら答える。「でも、いったいどんな権利があって、あなた方は私の住まいに土足で入っていらしたの？　私の個人の自由も私の家庭の美徳を踏みにじってまで。」

「ああ、なるほど」とペイラードが答えた。「何の権利があって？　と。それを申さねばなりませんね。べっぴんの貴族様。」こう言って彼はポケットから司法大臣発行の、司法大臣が副署した命令書を取り出した。

「ほら、ね。あなた。大臣閣下たちがちゃんと責任をもって……」

「あなたにもお尋ねしてよろしいでしょうね」と彼女の耳元でコランタンは言った。「いったいどんな権利があって、第一執政の暗殺者どもをあなたの家に住まわせるのか？　あなたは私の指に鞭を食らわせましたが、それはいずれ私が平手打ちを一発、あなたのおとこたちの件を片づけるときに食らわせて、おあいことさせてもらいますよ。私はあの人たちを助けにきているんですよ。」

コランタンの唇の動きとロランスが彼に投げかける視線の二つだけで、司祭はこの無名の名優が何を言っているかを理解した。だから伯爵嬢に警戒するよう合図を送ったが、それに気が付いたのはグラールだけだった。ペイラードは箱の上蓋をコツコツ叩いて、二重底になっているのか知ろうとしていた。

「まあ、とんでもない！」と彼女はペイラードからその上蓋を取り上げると言った。「壊さないでください、ほら。」

彼女はピンを取って、蓋に彫られた像の頭を押すと、二つの板がバネ仕掛けで離れ、窪んだ板にはド・シムーズ兄弟のコンデ公の軍隊の制服を着た二枚の細密画《ミニアチュール》とドイツで象牙に彫らせた肖像画が二点出てきた。

コランタンは満腔《まんこう》の怒りをぶつけたくなるような敵と面と向かい合う位置にいたが、ペイラードに身振りで合図すると部屋の隅に連れて行き、こっそり打ち合わせした。

「これを暖炉の火に投げ込もうとしたのですね」とグッジェ神父はロランスに言うと、目線で侯爵夫人の手紙と髪の毛を示した。

答えるかわりに、若い娘はいかにも意味ありげに肩をすくめてみせただけだった。司祭は彼女がすべてを犠牲にして、密偵たちの気をそらせ、時間を稼ごうとしたことを理解した。彼は感嘆のあまり天に眼をあげた。

「それじゃ、いったい、どこでゴタールは捕まえられたんです？　今泣いている声が聞こえますが」と彼女は司祭に尋ねたが、他にも聞こえるように大きな声だった。

「わかりませんね」と司祭が答える。

「畑に行っていたのかしら？」

「畑だ！」とペイラードがコランタンに言った。「誰かをあそこにやろう。」

「だめです」とコランタンが言った。「あの娘はいとこたちの安全を農夫風情《ふぜい》に任せることはありませんよ。彼女にからかわれているんですよ。今から私の言うようにしてください。こっちへ来てしまったヘマの後ですから、少なくとも何かの手がかりは持って帰らないといけません。」

コランタンは暖炉の前に身を置くと、燕尾服の長い、尖った裾を持ち上げて暖を取った。その態度や調子、しぐさはまるで訪問客さながらだった。

「ご婦人方は、お寝《やす》みになって結構です。あ、召使いの人たちもどうぞ。村長さん、お手伝いいただきましたが、今はもう結構ですので。どうも貰った命令が厳しいので、こういう形でしか動けないのです。でもこの壁全部、どうも随分厚いようにみえますが、これをちゃんと調べてから退散することにします。」

村長は一行に一礼すると出ていった。司祭もグゥジェ嬢も身動きしなかった。みんな大いに不安になっていたから、自分たちの女主人がどうなるのかを最後まで見届けようとした。ドートセール夫人はロランスが帰ってきてからというもの、絶望した母親の穿鑿《せんさく》するような眼で彼女を見ていたが、すっと立ち上がると、その腕を取り、片隅に連れて行って小声でこう聞いた。

「で、あなたはあの子たちに会ったの？」

「どうしてお子さんたちをあなたにお知らせせずに、この家に来させることができるでしょう？」とロランスは答えた。

「デュリュー」と彼女は言った。「私の可哀想なステラを助けられるかどうか、見てきて。まだ息をしているわ。」

「ずいぶん走らせたんですね」とコランタンが言った。

「三時間で十五里」と彼女は司祭に言った。司祭は驚いて彼女をうち眺めた。「九時半に出たの。私が帰ってきたのは一時をずいぶん過ぎていたわ。」

彼女は掛け時計を眺めた。二時半を指していた。

「ということは」とコランタンが言った。「十五里分、馬を走らせたことは否定なさらないんですね？」

「もちろん」と彼女は言った。「はっきり申しますが、私のいとこたちとドートセール兄弟はまったく無実ですから、あの特赦令に洩れないように請願するつもりでいました。だからサン＝シーニュに帰ろうとしていたのです。マランさんがなにか裏切り行為にあの人たちを巻き込もうとしているのは確かだと思った時、私はドイツに引き返すように知らせに行ったのです。トロワからの信号機によってあの人たちを国境で告発するまでに、四人はドイツに辿り着いているでしょう。もし私が何か罪を犯していたとしたら、どうぞ幾らでも罰してくださいな。」

この返答は、ロランスが熟慮していたものだったし、どの点から見ても納得のいくものだったから、コランタンの確信を動揺させた。そのコランタンを若い伯爵嬢は横目で見ていた。

じつに決定的なこの瞬間に、しかも居合わせた皆が二人の顔を見て、どうなるかと落ち着かない気持ちでいる時となればなおさら、あらゆる視線がコランタンからロランスへ、ロランスからコランタンへと行きつ戻りつした、その時、早足で駆けてくる馬の蹄の音が森の方から街道を響かせ、鉄格子の門を経て芝生の敷石を響かせて聞こえてきた。恐ろしい不安が皆の顔に現れた。

ペイラードが喜びに眼を輝かせて入ってきた。急いで連れのところに行くと、伯爵嬢に聞こえるほどの声でこう言った。「ミシュを捕まえたよ。」

苦慮や疲労、またその知力のすべてを緊張させていたロランスの頬はバラ色になっていたが、それがさっと蒼ざめて、彼女は雷に打たれたようにばったりと安楽椅子に倒れこむと気絶せんばかりになった。

デュリューの妻やグゥジェ嬢、そしてドートセール夫人が、すぐに彼女のところに駆け寄った。彼女は息も絶え絶えで、乗馬服の飾り紐を外すように身振りで指示した。

「彼女、うまくひっかかりましたね、連中はパリへ向かっていますよ」とコランタンはペイラードに言った。「段取りを変えましょう。」

二人は客間の戸口に憲兵一人を残して出ていった。彼らのいつもの手管の一つである罠にロランスを引っかけることによって、彼ら二人の奸佞《かんねい》な術策がこの対決に恐ろしいほどの優位をもたらすことになった。

朝の六時、夜明け頃になって二人の密偵が帰ってきた。窪んだ道をよく見て回って彼らが確信したのは、何頭かの馬がここを通って森へ行ったということだった。彼らはこの地方を偵察に行っている憲兵隊の隊長からの報告を待っていた。城の方は伍長の指揮下に包囲しておいて、二人は朝飯を取りにサン＝シーニュの居酒屋に行った。その前に、どんな質問にも大泣きするばかりだったゴタールと、黙ったまま身じろぎしないカトリーヌを命じて自由にしてやった。カトリーヌとゴタールが客間にやってきて、ロランスの手に口づけをしたが、彼女は安楽椅子にぐったりと動かずにいた。デュリューがやってきて、いろいろ手当が必要だが、ステラが死んではいないことを告げた。

村長は、不安にもなり、また好奇心もあって、村に戻ってペイラードとコランタンに会った。高級官僚が安っぽい居酒屋で食事をすることを心苦しく思った彼は、二人を自分の家に連れて行った。例の僧院はそこから四分の一里ほどにある。歩きながら、ペイラードはアルシの伍長がミシュについても、ヴィオレットについても何も言ってこないことに気が付いた。

「われわれの相手はなかなか腕のいい奴ですよ」とコランタンが言った。「連中はわれわれよりもしたたかです。あの神父が多分一枚嚙んでますよ。」

グラールの妻が二人の役人を大きな、しかし火の気の無い食堂に招じ入れた時、憲兵隊の中尉が到着した。かなり慌てふためいている。

「アルシの憲兵伍長の馬を森で見つけました。乗っている人間がいないのです」と彼はペイラードに言った。

「中尉」とコランタンが声をあげた。「ミシュの小館に走れ。何が起こっているか見てきて欲しい！　その伍長は殺されたのだろう。」

この知らせは村長宅での朝食を台無しにした。二人のパリ人は猟師が大急ぎで食べるようにすべて口に押し込むと、また柳の幌のついた二輪馬車を駅馬に牽かせて城館に戻った。自分たちを必要とする場所に、すぐどこへでも行けるようにするためだった。

二人が客間に現れた時、つい先程、動揺と恐怖と苦痛、それに耐え難い不安を投げ込んでいったその場には、部屋着姿のロランス、老人とその妻、グゥジェ神父と妹が暖炉のまわりに固まっていた。表面上は平静な様子をしている。

「もしミシュが捕まえられたのなら」とロランスは心の内に思った。「ここへ連れてこられているだろう。ほんとに忌々《いまいま》しい、自分の気持ちを抑えられずに、あの恥知らずの連中に疑わせるようなヒントまで与えてしまった。でも取り返しはつくわ。」

「いったいいつまであなたたちに捕まっていなければいけないのかしら？」と彼女は二人の密偵にくだけた様子で、からかうように尋ねた。

「どうして俺たちがミシュを気に掛けていることをこの女は知っているんだろう？　外からは誰も城に入っていなかったぞ。この女は俺たちをコケにしている」と二人の密偵はお互い目でそう言い交した。

「それほど長くは煩わせませんよ」とコランタンが答えた。「三時間くらいで、せっかくみなさん方だけでいらっしゃるところをお騒がせしてまことに相済みません、とでも申すことになるでしょう。」

誰も答える者はいなかった。いかにも軽蔑したようなこの沈黙が、さらにコランタンのはらわたを煮えくり返させた。彼についての評価がこの小さな世界での切れ者であるロランスと司祭の二人によってあからさまにされてしまったのだ。

ゴタールとカトリーヌは炉の近くで食卓を用意し、司祭とその妹もそれに相伴することになった。主人も召使いもまったく注意を向けなくなった二人の密偵は、庭園や中庭、また通りの道を歩き回った。そして時々客間に帰ってきた。

午後二時半になって中尉が戻った。

「伍長を見つけましたよ」と彼はコランタンに言った。「サン＝シーニュの小館と言われる所から、ベラーシュの農地へ行く街道で横たわってました。傷といってはひどい打撲傷が頭にあるだけですが、きっと馬から落ちたためです。馬から急に落とされて、後ろに激しく投げ出されたから、自分でもどうなったのか、訳がわからなかった、と言っています。足が鐙から外れていました。それがなかったら彼は死んでましたよ。馬が驚いて野原をひきずりまわしますからね。彼のことはミシュとヴィオレットに頼んできました……」

「なんだって！　ミシュが小館にいるのか？」と言ってコランタンはロランスを見やった。伯爵嬢は悪戯《いたずら》っぽい目つきでにやりとした。してやったりという時、女性がよくするものだ。

「私が彼を見たのはちょうどヴィオレットと昨日の晩から始めていた取引のケリをつけようとしているところでした」と中尉が答える。「ヴィオレットとミシュはどうも酔っ払っているようでした。でも別に何も驚くことはありません。二人とも一晩中飲んでいたんですから。ですが、まだ話は決まっていませんでした。」

「ヴィオレットが君にそういったのか？」とコランタンが声を高めた。

「そうです」と中尉。

「ああ、なんでも自分でやるべきだなあ！」とペイラードが叫んでコランタンを見た。彼もまたペイラードと同じくらい中尉の頭の働きに疑いをもっていた。

若い方がそのヴェテランに肯いて見せた。

「いったい何時にミシュの館に着いたんだ？」とコランタンが聞いた。サン＝シーニュ嬢が暖炉の上の掛け時計を見ていたのに気がついたのだ。

「二時頃です」と中尉が答えた。

ロランスは先ほどと同じ眼でドートセール夫妻、グゥジェ神父とその妹を見回した。その眼差しを浴びると、彼らは何か紺碧《こんぺき》のマントに覆われたような思いがした。勝利の喜びがその目にきらきらと輝き、彼女の顔が赤くなると瞼に涙がこぼれた。これ以上ないほどの不幸に際しても強靭なこの若い娘は、喜びによってでしか泣かないのだ。この瞬間彼女は崇高そのものだった。ことに神父は、これまでロランスの男まさりの性格を痛々しく思っていたのだったが、今、女性らしさに溢れた優美さを彼女に見出していた。けれども彼女の持つそうした感受性の強さは、いわば宝石が花崗岩の塊の下に埋もれて、計り知れぬ程の深さに隠されているのと同じなのだった。

その時、憲兵がやってきて、ミシュの倅を入れていいかどうか訊ねた。子供は父親から言いつかって、パリからのお役人に話がしたいと言っているという。

コランタンは良しとうなずいた。

親ゆずりのしっかり者の抜け目ない子犬、フランソワ・ミシュは、中庭にいて、今は解放されたゴタール少年と、憲兵の見張り付きながらちょっとの間話をすることができた。

子供のミシュが言われた本当の役割は、憲兵の気づかぬうちにある物をゴタールの手に滑り込ませることだった。ゴタールはフランソワの後をそっと通り抜けて、サン＝シーニュ嬢のところに来ると、いかにも何気なさそうに彼女の結婚指輪を渡した。彼女はそれに熱く口づけした。こうした使いを寄越すことによって、ミシュが四人の貴族の無事を告げていることを彼女は理解したのだ。

「父さんは、あの兵隊さんをどこへ置けば？って聞けって言ってる。どうも具合がよくないみたいだよ。」

「どこが具合が悪いって言ってるんだ？」とペイラードが言う。

「頭をやられたんだよ。ドンと土に頭をぶっつけたからね。兵隊さんだからちゃんと馬に乗れるのに。運が悪かったんだ。ドンと当たったんだよ！穴があいちゃった。頭の後にゲンコツみたいな大きいのを。きっとひどい石ころの上に落ちたんだと思うよ。かわいそうに！立派な兵隊さんなのに、苦しがっているよ。ほんとにかわいそうだ。」

トロワの憲兵隊の隊長が中庭に入ってきて、馬から降りるとコランタンに合図をした。コランタンは彼を認めると、時間を取る手間を省いて、急いで十字窓のところに行くと窓を押し開いた。

「どうした？」

「ピシュグリューに捕まったオランダ艦隊さながら、あちこち引っ張り回されましたよ！

馬が五頭、へばって死んでいました。馬の毛が汗で逆立ってました。森の大きな並木道のど真ん中です。馬はそのまま確保して、どこからやってきたのか、誰が馬を出したのか調べます。森はすっかり囲んであります。森に入れば出られやしません。」

「何時頃、その馬に乗った連中は森に入ったと思いますか？」

「昼の十二時半ですね。」

「その森から野菟一匹も出さないようにしてください」とコランタンは彼の耳元で言った。「ここにペイラードを残して、その伍長を見に行きます。」

「村長の家にいてください。気の利いた男を呼びに行かせて、また来てもらうようにします」と彼はプロヴァンス出の男にも耳元で言った。「いずれこの地の連中を使わないといけないことになります。そこでみんなの顔をしっかり見ておいてください。」

彼はそこにいる一同の方を振り向くと、こう言った。「では御機嫌よう！」ぞっとさせる口調だった。

出ていく密偵たちに礼を返す者は誰一人いなかった。

「家宅捜索で獲物なしと言ったら、フーシェは何と言うだろうな？」とペイラードはコランタンが柳の幌の二輪馬車に乗り込むのを助けながら声を上げた。

「いや、すべてが終わったわけではありませんよ」とコランタンがペイラードの耳元で言った。「あの貴族どもはきっと森にいます。」

彼はロランスを指し示した。彼女は客間の大窓の小さい窓ガラス越しに二人を眺めている。

「あの娘に匹敵するような女を存分にやっつけたことがありますよ。そいつが私のはらわたを煮えくり返すような真似をしましたんでね[105]！ 今度あの娘が私の思う壺にはまったら、あの鞭の返礼はさせてもらいますよ。」

「その女というのは娼婦だったが」とペイラードが言った。「今度のは身分がある……」

「どちらでも一緒ですよ。皆同じ穴の狢《むじな》だ！」こう言ってコランタンは先導する憲兵に合図して、駅馬に鞭を入れさせた。

十分後には、サン＝シーニュの城は、いたるところ、完全に兵は退去していた。

「どんな風にその憲兵伍長を片づけたの？」とロランスはフランソワ・ミシュを座らせ、食べ物を与えて尋ねた。

「父さんと母さんが僕に言ったんです。人の命に関わることだって。誰も家に来させてはいけないって。だから、森で馬が駆ける音がしたとき、あの憲兵隊の連中とやりあわなくっちゃいけないないなって分かった。僕はあの連中が家に入らないようにしようと思ったんです。屋根裏にあった太い縄をもって、それぞれの道の出口にある木の一本にそれを結わえました。その時、馬に騎る人の胸の高さに張った縄を引っ張って、しっかり道の正面にある木のまわりに締めて、そこで馬が駆けてくるのを待ってたんです。道はとおせんぼうですよ。失敗なしでした。お月さんももう隠れてしまってるし、伍長が地面に倒れたけど、死にはしませんでした。仕方ないですよね？　兵隊さんは頑丈だから！　で、できるだけのことしかできなかった。」

「あなたのおかげでみんな助かったわ！」と言って、ロランスはフランソワ・ミシュに口づけすると、鉄格子門のところまで送って行った。そこでは誰も見えなかったので、彼女は彼に耳元で尋ねた。

「あの人たち、食べ物はあるの？」

「十二リーヴルのパンと葡萄酒を四本持って行ったばかりです。六日間はじっとしてもらいます。」

　客間に帰ると、若い娘はドートセール夫妻やグゥジェ神父兄妹が無言ながら自分の話を聞きたそうにしているのがわかった。みんな感嘆と不安の入り交じった様子で彼女を見つめていた。

「では、あなたはあの子たちに会ったのね？」とドートセール夫人は叫んだ。

　伯爵嬢は口に指を当てると微笑んで、自分の部屋に上がって寝に行った。というのもひとたび勝利が得られると、今度は疲労がどっと彼女を襲ったのだ。

第十一章　警察の反撃

サン＝シーニュからミシュの小館への一番の近道は、この村からベラシュの農地へと続くもので、その道は前日密偵二人がミシュの前に現れたあの円形広場へと達する。当然憲兵はコランタンを導いて、アルシの憲兵伍長が取ったその道を進んでいった。

街道を進みながらコランタンはどんな方法で伍長が落馬させられることになったのか、それを見つけようとしていた。彼が自らを責めて後悔したのは、そんな大事な地点にたった一人だけしか送り込まなかったことだった。そして彼はこの失敗から自分仕様の警察法典の一項に入れるべき公理を引き出していた。

「もしその伍長を厄介払いしたのだったら」と彼は考えた。「ヴィオレットも同じようにやっつけているだろう。五頭の馬が死んでいることから、パリの近郊からあの森に連れてこられたのははっきりしている。四人の謀反人とミシュだ。」

「ミシュは馬を持っているのかね？」と彼はアルシの部隊から来ている憲兵に言った。

「そりゃ、もちろん！　それも噂の小馬ですよ」と憲兵が答えた。「狩猟用の馬で元貴族のシムーズ侯爵の厩舎で生まれた奴です。もう十五歳になりますが、そいつはますます立派になります。ミシュは二十里も走らせますが、私の軍帽の毛みたいに乾いた毛のままです。ああ！　世話もしっかりしています。お金を積まれても、きっぱり売るのを断りましたよ。」

「どんな馬だ？」

「黒味を帯びた褐色の毛並みで蹄《ひづめ》の上に白い斑点が付いていて、ほっそりしてますが、全身これ腱《けん》といっていい、アラブの馬みたいです。」

「君はアラブの馬を見たことがあるのかね？」

「エジプト帰りですよ。一年前にね。マムルーク騎馬近衛兵[106]の馬に乗ったことがあるんです。騎兵隊に十一年いましたよ。スタンジェル将軍[107]と一緒にライン河まで行きました。そこからイタリアに入って、さらに第一執政に従ってエジプトに行ったんです。それで憲兵伍長に昇進するんです。」

「ミシュの小館に着いたら、君は厩舎に行ってくれ。十一年も馬と一緒に暮らしたんだから、はっきりわかるはずだね、馬が走ったどうか。」

「ほら、あれがわれわれの伍長がひっくり返った場所ですよ」と言って、憲兵は道が円形広場にかかるところを示した。

「隊長に私を迎えにあの館まで来るように言ってくれ。一緒にそこからトロワまで行くことになる。」

　コランタンは馬車から降りると、しばらくの間そのまま地面を見ていた。正面にある二本の楡の木を仔細に眺めた、一本は庭園の壁を背に、もう一本は村道が横切っている円形広場の茂みに立っている。すると、これまで誰も見つけることができなかった制服のボタンが道のちり埃《ぼこり》の中にあるのが眼に入った。彼はそれを拾い上げた。館に入ると、ヴィオレットとミシュが台所でテーブルに向き合って、あいかわらず口論し続けている。ヴィオレットが立ち上がって、コランタンに挨拶し、まあ一杯と差し出した。

「どうも有り難う。ちょっとその怪我をした伍長に会いたいんですがね」と青年は言ったが、一目でヴィオレットがもう十二時間以上も酔っぱらっているのに気が付いた。

「女房が上で看護していますよ」とミシュ。

「どうです、伍長、具合は？」とコランタンがさっと階段を上ると言った。憲兵は頭に湿布をされて、ミシュの妻のベッドに横たわっている。

軍帽やサーベル、それに装具の一式が椅子にあった。マルトは女性として当然の感情で、また息子の勇敢な行為は全く知らず、母と一緒にその伍長を看護していた。

「ヴァルレ先生をお待ちしているんです。アルシのお医者さんの」とミシュの妻が言った。

「ゴシェが呼びに行っています。」

「二人だけにしてください。ちょっとの間です」この光景に驚いてコランタンは言った。それくらい二人の女は罪を犯している感じはなかったのだ。

「どうだ、どんな具合にやられた？」と彼は制服を眺めながら尋ねた。

「胸を」と伍長が答える。

E.L.

「君の革の装備を見てみよう」とコランタンが言った。

その少し前にできた法律で「国民」兵には、制服のほんのささいな事柄も規程通りにされており、彼の白い縁取りをした黄色の革バンドの上にも、農村保安官が付けている今の記章と同じようなものが付いているが、法律でその上に以下の奇妙な句「国民と財産を尊重せよ！」が刻印されていた。装備の革にある紐がひどく汚れている。コランタンがその服を取って見ると、それが道で見つけたボタンが取れたところだった。

「何時頃君は見つけてもらったんです？」とコランタンが聞く。

「さあ、夜明けです。」

「すぐにこの二階に運ばれたのかね？」と言って、コランタンはベッドの状態が乱れていないのに気が付いた。

「そうです。」

「誰が運んだ？」

「奥さんたちとミシュの息子です。その子が意識を失った私を見つけました。」

「なるほど！　連中は寝てはいないのだな」とコランタンは呟いた。「伍長は鉄砲で撃たれたわけではなく、棒で殴られたわけでもない。彼をやっつけるのなら相手はもっと高いところに身を置く必要がある。つまり馬に乗った形でだ。彼が武器を取れなくなったのは行く道に何か邪魔な物を置かれたからに違いない。木切れか？　まさか。鉄の鎖か？　何かぁとが残るだろう。」

「何か感じたものがあったか？」と彼は声を高めると伍長の方に来て彼をじっと見た。

「ひっくり返ったのが不意だったもので……」

「顎の下の皮が剝《む》けているね。」

「どうやら」と伍長が答えた。「紐のようなものが顔に食い込んだようです……」

「判ったよ」とコランタンが言った。「誰かが木と木の間に紐を張って、君の行く手を阻んだんだな……」

「そうかも知れません」と伍長が言った。

コランタンは階下に降りると客間に入った。

「さあ、さあ、爺さん、もうおしまいにしようや」とミシュが言ったが、ヴィオレットに話しながら、同時に密偵にも眼をやる。「全部で十二万フランだ。そしたら、俺の土地はあんたのもんだ。それで俺は年金で暮らせるよ。」

「神様が一人きりしかないのと同じだ。わしがもっているのは、六万フラン、無い袖は振れねえ。」

「だから、俺があんたに地代を奉ろうじゃないか、その上にな！　これで昨日から交渉に進展無しだぞ……土地は一級品なのに。」

「土地は確かにいいもんだ」とヴィオレットが答える。

「酒だ！おい女房」とミシュが叫んだ。

「まだ飲み足らないのかい？」とマルトの母親が声をあげた。「これでもう十四本目だよ、昨日の九時から……」

「あんたは今朝の九時からそこにいるんですか？」とコランタンがヴィオレットに聞く。

「いや、おあいにく様、昨日の夜からだよ。ここにずっといたけど、何にも得することがない。俺に飲ませれば飲ませるほど、高い値をふっかけやがる。」

「商売では、杯を持つ肘を上げて飲む奴が値段を上げる、って言いますからね」とコランタンが言った。

一ダースほどの空き瓶がテーブルの端に並んで、年老いた女の言葉を証明していた。その時憲兵がコランタンに外に出るように合図し、戸口に来て耳元で言った。「厩舎に馬は一頭もいません。」

「あなたは息子さんを馬に乗せて町までやりましたね」とコランタンは戻ってきて言った。

「こんなに遅くなることはないはずだが。」

「いえ、あなた」とマルトが言った。「あの子は自分の脚で。」

「なるほど、じゃ、あなたは馬をどうしたんです？」

「貸してやりましたよ」とミシュは素っ気ない調子で答えた。

「ちょっとこちらへ来てもらいましょうか、聖人面《づら》の悪党君」と言うとコランタンは管理人にこう話した。「ちょっと耳の穴に吹き込みたいことがあるんですがね。」

コランタンとミシュは家の外に出た。

「あんたが昨日の四時に弾丸を込めていた銃は、参事院議員を殺すはずのものだった。グレヴァン、あの公証人があんたを見ている。でもそれだけであんたを押さえる訳にはいかない。動機はちゃんとあるが、証人がほとんどいない。どのようにしてかはわからないが、ヴィオレットを眠らせて、そしてあんたと上《かみ》さんと子供は家の外で夜を過ごして、われわれが到着した事をサン＝シーニュ嬢に知らせ、彼女のいとこたちを救うようにさせて、あんたが連中をここへ連れてきたんだ。それがどこなのか、まだわからないがね。あんたの息子か、あんたの上さんがあの伍長を地面にうまくひっくり返したんだ。つまりあんたはわれわれをぶちのめしたわけだ。あんたは確かに根性のある男だ。しかしこれで万事めでたし、っていうわけにはいかない。最後がお楽しみってやつだな。話に乗る気はないかい？　あんたのご主人方にとっても得な話なんだがね。」

「こっちへ。話を誰にも聞かせたくない」とミシュは言って、密偵を庭園から沼の方へ連れて行った。

コランタンの目に沼の水面が見えた時、彼はじっとミシュを見つめた。ミシュはおそらく力任せにこの男を深さ三ピエの水の下にある七ピエにおよぶ泥の中に叩き込もうと思っていたのだ。ミシュもまた同じようにきっと見つめ返した。さながら肉のぶよぶよとして冷たい大蛇が、赤褐色のブラジルのジャガーに立ち向かう姿そのものだった。

「私は喉は渇いていないんでね」と伊達男が草原の縁から動かずに言うと、片側のポケットから小さな短剣に手をかけた。

「どうも話はつかないようだな」とミシュは冷たく言った。

「あんた、大人しくしていた方がいいですよ。警察がいずれあんたに眼を付ける。」

「もし警察があんたと同じくらいものが見えないのだったら、世間も災難だぜ」と管理人が言う。

「じゃ、断るのか?」とコランタンは意味ありげな口調で言った。

「俺は百回首をちょん切られるほうがましだよ。もっとも百回も切れるもんならだが。俺があんたみたいな奴と話が合うって言われるくらいならな。」

コランタンはさっと馬車に乗り込んだが、ミシュと小館、それから彼に吠えつくクローを挑戦するような目つきで睨むのは忘れなかった。彼は途中トロワに寄っていくつか指図を与えるとパリに帰った。憲兵のすべての連隊が命令を受け、秘密の指令がなされていた。

十二月、一月、そして二月と捜索は熱心に、ほんの小さな村々まで絶えず行われ、居酒屋という居酒屋で聞き込みが行われた。

コランタンはそこで三つの重要な報告を受けた。ミシュの馬と似たようなのがラニー近郊で死んでいるのが見つかった。馬が五頭、ノデームの森の中に埋められていて、一頭五百フランで農夫や粉ひきたちがある男に売ったが、その男の体つきからミシュと思われる。ジョルジュ・カドゥーダルの隠匿者とその共犯者たちに対する法律が成立した時[108]、コランタンは警戒をノデームの森だけに制限した。さらにモローや王党派、そしてピシュグリュが逮捕されると、もうこの地方で見かけない顔がいなくなってしまった。ミシュはその地位を失うことになった。アルシの公証人が彼のところに手紙を持ってきた。それには参事院議員が――その時は元老院議員になっていたが――管理人から帳簿類を受け取り、その彼に暇を出すように公証人に依頼すると書いてあった。

三日経ってミシュは業務管理履行証書を作成すると職から離れた。土地の人々がもっと驚いたことに、彼はサン＝シーニュに行き、ロランスから城の残りの農地すべての耕作を任せられたのだ。彼がそこに住み着いた日は、運命のいたずらか、ちょうどアンギアン公処刑の日であった。フランスの各地で王子の逮捕、裁判、死刑宣告、そして処刑が一度に知られることとなる。それは、ポリニャックやリヴィエール、モローの裁判に先立つ恐ろしい報復だった[109]。

ミシュに宛てがわれた小作地に家が建てられるまで、ユダの仮面を脱いだ彼は、城に附属する建物に住むことになった。それは例の濠の狭間の脇にある厩舎の上に位置していた。ミシュは馬を二頭、一頭は自分に、もう一頭は息子に買い入れた。二人ともゴタールと一緒にサン＝シーニュ嬢が馬を乗り回すお供に付く。その遠乗りも、察しがつくように、実は四人の貴族に食糧を運び、何か不自由なものはないかを見て回るためだった。フランソワとゴタールは、犬のクローや伯爵嬢の猟犬たちを使って隠れ家の周りを偵察し、あたりに人影がないことを確かめた。

ロランスとミシュがもたらす食糧は、秘密が保たれるよう、マルトやその母親、カトリーヌが城の他の住人の目に付かぬように用意したものだ。というのも彼らは皆、村には必ず密偵がいると思っていたからだ。だから慎重を期して、こうして出張るのは一週間に二度以上はなかったし、常に時間を変えて、ある時は日中に、ある時は夜にというようにした。こうした慎重な作業は、リヴィエールやポリニャック、モローの裁判の間続けられた。

帝室にボナパルト家を戴き、ナポレオンを皇帝として指名した元老院決議が、フランス人民の賛否に委ねられた時、[110]ドートセール卿はグラール村長が持ってきた賛成者名簿に署名をした。

その上戴冠するナポレオンを教皇が讃えにやって来るということも知らされた。

その時以来、ドートセールの息子二人と彼女のいとこたちの名前で亡命者のリストから彼らを抹消してもらい、市民権利を回復してもらえるよう要求することに、サン＝シーニュ嬢はもう反対しなくなっていた。ドートセール卿はすぐにパリに馬車を走らせて、タレーラン卿に近づきのある元[111]侯爵シャルジュブフに会いに行った。

外務大臣は、その頃はナポレオンの覚えもめでたかったから、請願書をジョゼフィーヌ后のもとに届けさせ、ジョゼフィーヌは人民投票の結果を知る前に、皇帝と称され、陛下、閣下と呼ばれている夫の手にそれをゆだねた。シャルジュブフ卿やドートセール卿、さらにグゥジェ司祭もまたパリに来ていて、タレーランの謁見を得た。大臣は彼らに援助を約束した。

すでにナポレオンは彼に対してなされた王党派の大規模な陰謀の主だった人々の恩赦を行っていた。しかしその四人の青年貴族は関与を疑われているだけだったが、参事院の会議が終わると皇帝は自分の執務室に元老院議員のマラン、フーシェ、タレーラン、カンバセレス、ルブラン、そして警視総監のデュボワを呼んだ。

「諸君」と未来の皇帝は、まだ第一執政の制服を着て、こう言った。「コンデ公の軍隊の将校だったシムーズ、ドートセールの息子たちから、彼らのフランス帰還を公式に認める請願が来ているのだが。」

「連中はフランスにいますよ」とフーシェが言った。

「同じようなのが沢山いて、僕もパリで出会っているよ」とタレーランが答えた。

「私の見るところ」とマランが応じる。「あなたはその連中にはお会いになっていませんね。だって、連中はノデームの森に隠れていますから。彼らはすっかり我が家に戻ったも同然と思っている。」

マランは、彼がグレヴァンに漏らして、かえって命拾いしたあの森での話は、第一執政やフーシェには十分用心して洩らさなかった。けれどもコランタンからの報告を根拠に、その四人の貴族がリヴィエールおよびポリニャックの陰謀に加担していることを、その会議の席にいる人々に認めさせ、ついでにミシュも共犯者に仕立て上げた。

警視総監は元老院議員の主張を確認した。

「しかし、どうしてその土地管理人は陰謀が発覚したことを知ったんですかね。その時には皇帝や、内閣、それに私、この者たちだけしかその秘密を知らなかったんですよ」と警視総監が訊ねた。

誰もデュボワのこの指摘に注意を払うものはいなかった。

「連中が森に隠れていて、この七ヵ月間君たちに見つかっていないということは」と皇帝がフーシェに言った。「もう十分にその過ちの償いをしたことになるな。」

「確かに」とマランは警視総監の炯眼に恐れを抱いて言った。「彼らが自分の敵であるということだけで、私も皇帝陛下に倣うことにいたしましょう。したがって彼らを亡命者名簿から削除するよう、またその際には陛下に対して彼らの弁護をさせていただきたいと存じます。」

「連中は亡命者として扱われるより、権利を回復してもらった方が、あなたにとって危険ではなくなるでしょう。なぜなら帝政の憲法や法律を守ると誓約することになるのだから」とフーシェがマランをじっと見つめながら言った。

「いったいどうして、その連中がこの元老院議員を脅かすようなことをすると言うのだ？」とナポレオンが言う。

タレーランはしばらくの間小声で皇帝と話をした。シムーズとドートセールの両兄弟を亡命者名簿から削除し、故郷への帰還を許すことがその時認められたように見えた。

「陛下」とフーシェが言った。「その者たちのことで、いずれお耳に入れることもあろうかと存じます。」

グランリュー公爵の要請に従って、タレーランが両兄弟の代わりに、皇帝に対して何事も企てず、また二心なく臣従すると約束を、彼らが貴族として誓約する、というナポレオンの心を和らげる言葉を用いて、ついさきほど申し出たばかりだった。

「ドートセール兄弟とシムーズ兄弟は、この間の事件の後、もはやフランスに武力を行使する意思はありません。確かに彼らは帝国政府に好感を寄せるところはほとんどありませんし、いずれ陛下が屈服させるべき輩《やから》の仲間ではあります。けれども彼らは喜んで法律にしたがい、フランスの地で生活することを肯《うべな》うものでございます」と大臣が言った。

そうして彼は皇帝の目の前に自分が受け取った一通の手紙を置いた。そこには彼らがそうした気持ちでいることがはっきりと書かれてあった。

「これほど率直にものを言っているのは、それだけ真剣ということだ」と皇帝はルブランとカンバセレスを見ながら言った。「何かほかに異議申し立てする者はいるかね？」と彼はフーシェに尋ねた。

「陛下のことを思ってのことですが」とこれから警察大臣に就くことになる男が答えた。「彼らに亡命者名簿から削除する旨の書面を、私に交付しに行かせてください。削除がはっきりと決まってからのことになりますが」と彼は声を高めて言った。

「よろしい」とナポレオンはフーシェの顔つきに何か懸念する色を見て言った。

小人数の会議は懸案の事項が決着したようには思われないままに終わることになった。けれども結果として、ナポレオンの記憶の中にその四人の貴族に関する疑わしい事柄が残った。

ドートセール卿はことが成功したと信じて、良い知らせだと手紙を書き送った。

サン＝シーニュの住人たちは、したがって数日後、グラール村長がやってきたのを見て驚くことはなかった。村長はドートセール夫人とロランスに例の四人をトロワへ遣っていただかなければならないと伝えに来たのだ。帝国の法律を遵守すると誓約すれば、あらゆる彼らの権利を回復する命令書を知事が交付するという。

ロランスはいとことドートセール兄弟に伝えると村長に答えた。

「ここにはいらっしゃらないのですか」とグラールが言った。

ドートセール夫人は不安げな様子で若い娘を見つめていた。村長をそこに残したまま、娘はミシュに相談に出かけた。ミシュの見るところ、すぐに亡命者を解放することに何の不都合もない。ロランスとミシュ、そしてその息子とゴタールは森に向って馬で出発したが、馬をもう一頭引き連れて行った。というのも伯爵嬢はトロワに四人の貴族を連れて行って、その後彼らと一緒に戻って来ることになるからだ。嬉しい知らせを受けた城の住人全員が、騎馬の一隊が喜び勇んで出発するのを見送ろうと芝生に集まってきた。

四人の若者たちは隠れ家から出ると、人に見られないように馬に乗りトロワへと向かった。サン＝シーニュ嬢がつき従う。ミシュは息子とゴタールに手伝わせて、地下壕の入口を塞ぐと、三人とも馬に騎《の》らずに帰ってきた。道すがらミシュは地下倉に彼の主人たちが使っていた皿や銀のコップを残してきたことを思い出して、一人で戻ることにした。沼の縁に来た時、地下倉の中で人の声が聞こえる。急いで茂みを横切って入口の方に向かった。

「あんたが来たのはたぶん銀の器を探しにだな」と言って、ペイラードがにやりと笑い、その大きく赤い鼻を草むらから見せた。

若い貴族たちはすでにそこを立ち去っているとは思いながら、何とも知れずミシュは関節という関節に痛みが走る感じがした。何か不幸が訪れるのでは、というういわく言いがたい、漠然とした不安が強く湧き上がった。けれども彼は前に進んだ。コランタンが階段にいて、手に紐《ひも》ロウソクを持っている。

「僕たちは性悪な人間じゃない」と彼はミシュに言った。「一週間前から、あんたのあの元貴族たちを捕まえようとすれば捕まえられたんだ。しかし、あの連中が亡命者名簿から削除されたのを知っていたんでね……あんたはまったくしたたかな男だな。ずいぶん手ひどくわれわれを扱ってくれたから、いろいろ教えてもらわないことには簡単には引き下がれないよ。」

「俺も何でもするぞ」とミシュが叫んだ。「いったい誰が、どんなことから俺たちを売ったのか知るためにな。」

「そいつが本当に知りたいのなら、お前さんよ」とにやにやしながらペイラードが言った。「あんたの馬の蹄鉄を見なよ。そうすりゃ、わかるだろう、あんた自身が裏切り者だってな。」

「恨みっこなしだよ」とコランタンは言うと、憲兵隊長に馬を引き連れてくるように合図した。

「あの惨めったらしいパリから来た職人は、ずいぶんうまくイギリス風の蹄鉄を馬につけて、サン＝シーニュを出て行ったが、あれは一味の一人だったんだな！」とミシュは叫んだ。「樵《きこり》か、密猟者のように変装させた仲間の一人に、雨の降った後《あと》にでも、俺たちの乗る馬の滑り止め付きの蹄鉄の跡を見つけさせて、あとを辿るだけでよかったのに。これで貸し借りなしだ。」

しかしミシュはすぐ思い返した。この隠れ家が発見されても、今となっては何の心配もない。なぜなら四人はフランス人の身分に戻ったのだし、自由を回復しているのだから安心だ。

それでも彼がいろいろ予感するところがあったのは正しかった。警察とイエズス会は、自分の敵も、味方も決して見捨てることがない、という美徳を持っているのである。

第十二章　二つの、そして同じ愛

パリから戻ったドートセール卿は、自分が第一に良い知らせをもたらしたと思っていたのに、そうでなかったことにずいぶん驚かされた。デュリューは特に念入りの夕食を用意してくれていた。

全員正装して、今か今かと追放者たちが到着するのを待った。四人は四時頃に到着したが、喜びと屈辱感とを同時に示していた。なぜなら彼らはこれから二年間というもの、高等警察の監視に置かれ、毎月県庁に出頭しなければならず、さらにサン＝シーニュの村に二年間ずっととどまっていなければならないからだ。

「皆さんに署名していただく登録簿をお届けしますよ」と知事は彼らに言っていた。「それから数カ月のうちに、ピシュグリューの共犯者全部に科せられている諸条件の削除を願い出てください。皆さんのご希望に添いたいと思います。」こうした制限が加えられるのは、まあ当然のこととは言え、いささか若者たちを悲しませた。ロランスはどっと笑い出した。

「フランス人民の皇帝は」と彼女は言った。「かなり育ちの悪い人間ね。まだ人を許す習慣を持っていないなんて。」

鉄格子門のところで城の住人が勢揃いし、街道には村人の大半が見物にやってきているのが貴族たちに見えた。彼らの勇敢な行為が、この県では彼らをすでに有名にしていたのだ。ドートセール夫人は長い間、そしてしっかり息子たちを抱きしめ、涙で顔を濡らしていた。一言も言えず、胸締めつけられる思いでいながら、その夕べは彼女は幸せな気分でもあった。

シムーズの双子の兄弟が姿を現して馬から降りると、一斉に驚きの声が上がった。あまりに二人がよく似ていたからだった。

　同じ目つき、同じ声、同じ仕草で、全く同じように鞍から身を起こし、馬の尻の上から脚を回して降りる。そして同じような動きで手綱を投げた。その服装もまったく同じで、まるで実在するメネクム[112]かと思わせる。二人とも足首に細工をしたスヴァロフ風の長靴を履き、足にぴったり張り付くような柔らかい白革のズボン、メタルのボタンのついた緑の狩猟用の上着《ヴェスト》、黒いスカーフとバックスキンの手袋である。

　この双子はその時三十一歳、当時の言葉を使えば、実に魅力的な騎士であった。

　背丈は普通だったが均整が取れ、眼は活き活きと睫《まつげ》が長く、まるで子供の眼のように潤《うる》んで、黒い髪、美しい額、そして少しオリーヴがかった白い肌。話し方も女のように優しくて、言葉が優美にその赤い唇から落ちてくる。物腰は地方の貴族たちよりもいっそう上品で、洗練されている。人間や物事をよく知ることが、彼らが最初に受けた教育よりも貴重な第二の教育となって、二人を完璧な人間にしたことがわかる。ミシュのおかげで、亡命している間も金銭に不自由することはなく、あちこち旅行もできて異国の宮廷でもずいぶん歓迎された。老人と司祭には二人がすこしお高くとまっているように思われたが、彼らの身分柄からすれば、それはおそらく彼らの美質からくるものなのだろう。入念な教育が些細な点にまで及んで、見事な成果を示していたが、二人は肉体のあらゆる訓練においても他よりも優れた巧みさを発揮するのだった。

たった一つ目にとまる相違はその考え方にあった。弟の方は陽気なところが魅力であり、兄の方は憂鬱なそぶりが魅力的だった。しかし、このコントラストは純粋に精神的な面だけで、長く親しく接して初めて気づかされる。

「なあ、お前」とミシュはマルトの耳元で言った。「あのお二人を見ていたら身を捧げたくなるのも道理だよな。」

マルトは女性としても、母親としても双子の兄弟をうっとりと眺めていたが、可愛く夫にうなずくと、その手を握った。

召使たちは新しい主人に挨拶の口づけをすることを許された。

否応なく隠れていなければならなかった七カ月の間、四人の青年は、幾度となく、止むに止まれぬ形で不用心にもあちこち散策に出たが、もちろんミシュやその息子、そしてゴタールが付き添ったものだった。幾夜か月明かりの中に散策する間、ロランスはこれまで三人が一緒に暮らした過去の生活と今とを思い合わせながら、この二人の兄弟のうち、どちらかを選ぶことなど到底できそうもないと感じていた。双子の兄弟への同等で純粋な愛が彼女の心を占めている。自分が二つの心を持っているかのように思えた。二人のポールも、敢えて自分たちが決着の差し迫ったライバルであることを互いに話し合おうとはしなかった。おそらく三人とも偶然の成り行きに任せることにしたのだろうか？　そうした精神状態が、おそらくロランスに作用したのだろう。というのも明らかに少したためらったあと、彼女は両腕を一方ずつ兄弟に委ねて客間に入ってきた。そしてその後にドートセール夫妻が続いて、彼らの息子たちを引き留めていろいろ尋ねたりした。この時すべての召使いが叫んだ。「サン＝シーニュ家、シムーズ家万歳！」

ロランスは二人の兄弟に挟まれたまま振り向くと、彼らに魅力あふれるしぐさで感謝を示した。

こうしてその場の九人が、やっとお互いの顔を見合わせた時、というのもどんな会合でも——たとえ家庭の中においても——長く留守をしていた後は、お互いじっと見つめる瞬間があるからだが、アドリアン・ドートセールがロランスに投げかけた最初の視線に、その母親とグゥジェ司祭が気づいた。二人にはこの青年が伯爵嬢を愛しているように思われた。

ドートセール兄弟の弟アドリアンは、感じやすく、優しい魂の持ち主だった。男としてさまざまな災厄を体験したにも拘わらず、彼の心はまだ思春期のままだった。その点ではいろいろ危険が続いても、多くの軍人たちの魂が汚されることがないのに似て、いかにも青年らしい内気さから息苦しい思いをしていたのだった。ところが彼とは全く違って、兄は見るからに粗野で、狩猟の名手であり、大胆不敵、決断に富んだ軍人だった。ただ物質的で知性の閃きがなく、心の問題については繊細さに欠けていた。一方はこれ魂であり、もう一方はこれ行動だった。とはいえ二人とも貴族として生きていくのに十分な名誉を重んじる気持ちを同じ程度に持っていた。アドリアン・ドートセールは、髪は褐色、小柄で痩せ細っていたが、いかにも力がありそうに見えた。一方兄は、背の高い、蒼白い顔をした金髪の男で、弱々しそうに見える。アドリアンは神経質ながら、精神は強靭だった。ロベールは粘液質だったが、もっぱら肉体的な力を示してみせるのを好んだ。

いろいろな家族でこういう奇妙なことはあるもので、その原因はなかなか興味深いのだが、ここで問題なのは、どうしてアドリアンが兄を恋敵と思っていないのかということだろう。ロベールはロランスに対して近親としての愛情は持っていて、同じ階層の貴族として若い女性への尊敬はある。ただ感情という点からすると、ドートセールの兄の方は、母としての権利をその肉体に限定し、女性に多くの美点を望みながら、それについてはまったく考慮せず、女性を男性に従属すべき者と考える男の一派に与《くみ》していた。そうした男たちにとっては、社交界や政治の場、そして家庭において女性を容認することは、社会を転覆させることになるのである。

われわれは今日、こんな未開人たちの古い意見からは、ずいぶん隔たった所にいるから、ほとんどすべての女性、たとえ新しいセクト[113]から提示される不穏当な自由を望まない女性たちでさえ、そんな古い考えには気を悪くするだろう。しかしロベール・ドートセールは不幸にもそう考えていたのだ。ロベールは中世の男であり、弟は現代の男である。こうした違いは、愛情を妨げるどころか、かえって二人の兄弟の仲を強く結びつけたのだった。最初の晩から、こうした機微は司祭やグゥジェ嬢、ドートセール夫人が気づき、察していたことだった。彼らはボストン遊びをしながらも、いずれ近いうち問題が生じることに、すでに気がついていた。

二十三歳になって、孤独のうちにさまざまに考えを巡らし、大規模な企てが潰《つい》えたことに深い悲しみを味わったあと、ロランスは一人の女性に戻って愛情を強く欲するようになった。彼女は才知のあらゆる美点を発揮し、魅力的だった。十五歳の娘のような素直な優しさが相まって、いっそう魅惑的にした。

この十三年というもの、ロランスが女性らしくあったのは、苦しみ悩むという点でしかなかった。彼女はその埋め合わせをしたかった。だからこれまで立派で強い女であったのが、今度は愛らしい、可愛い女の姿を見せた。そこでまた客間に最後まで残っていた四人の老人たちは、魅力的なこの娘の新しい態度に何となく不安を覚えるのだった。

こうした性格と気高さをもった若い女性の情熱が、いったいどれほど力を持つものか？二人の兄弟は同じ一人の女を同じように愛した。それも盲目的に愛している。二人のうち、どちらをロランスは選ぶのか。一人を選ぶということは、もう一人を殺すことになるのではないのか？

伯爵嬢は一族の長だから、その夫となる者に、称号と申し分のない特権の数々、長年にわたる名声をもたらすことになる。おそらくそうした利点を考えて、兄であるシムーズ侯爵は、自らを犠牲にしてロランスを弟と結婚させるだろう。古い法律に従えば、弟には財産がなく、また称号もないからだ。けれども弟がロランスを妻にするという大きな幸福を、自分の兄から奪おうとするだろうか？

　遠くにいた時は、こうした愛の戦いはそれほど厄介ではなかった。それに二人の兄弟が多くの危険を冒しているうちに、戦いの場で、たまたま困難な問題に決着が付けられたかもしれなかった。しかし二人がこうして一緒にいれば、どんなことが持ち上がるだろう？　マリ＝ポールとポール＝マリが、お互いに情熱が全力をあげて猛威をふるう年齢に達して、いとこロランスの視線や表情、心づかい、言葉の数々を共有するようになった時、二人の間に嫉妬がわき上がらないだろうか？　そしてその嫉妬に続いて起こるのは、きわめておぞましいものになる恐れがある。双子の兄弟が等しく、同時に共有している美しい人生はどうなるのだろう？

　こうした想定の一つ一つを、ボストン遊びの最後のゲームで各人が問いかけていたが、ドートセール夫人はそれに答えて、ロランスはいとことは結婚しないと思うと言った。老夫人はその宵の間、いわば母親と神の間だけの秘密といえるような何とも知れない予感を覚えていた。

　ロランスはいとこたちと顔を合わせるのを、心の底では恐れていないわけではなかった。

陰謀が企てられた際の心躍るドラマや、二人のいとこが経験した危険、亡命していた間の不幸な出来事の後に、彼女のこれまで思ってもいなかったドラマが待っていたのだ。

この気高い娘はいとこのいずれとも結婚しない、といった手荒い手段に走ることはできないでいた。といって彼女はあまりに誠実な女性だったから、自分の心の奥底にある、どうしようもできない情念をそのままに、ありきたりの結婚に踏み切ることはできなかった。結婚せず、自分が決心しないことで、いとこ二人の気持ちを萎えさせ、わがままな自分に忠実である人間を夫にする、それが、そう願っているというより、漠然とそうなるのでは、と思う結論だった。

まどろみながら、彼女はこう呟く。いちばん賢いのは、成り行きにまかせることだわ、と。恋愛においては、偶然が女性にとっての摂理なのである。

翌朝、ミシュはパリに発って、数日後新しい主人のために四頭の立派な馬を連れてきた。六週間の間、狩りが行われることになる。城館の中で顔を突き合わせている苦しみを救ってくれるだろうと、若い伯爵嬢が賢明にも考えを巡らせ、狩りという激しい運動を伴う気晴らしを思いついたのだった。

最初から予想もしない効果が現れて、常とは異なるこの恋愛を見まもっている周囲の者たちを驚かせ、讃歎の声を上げさせることになった。あらかじめ申し合わせているわけではまったくなかったが、二人の兄弟は競っていとこを気遣い、優しくふるまって、そのことを心から喜んで二人とも満足しているように見えた。彼らとロランスとの生活は、ちょうど兄弟二人の仲と同じように、愛情豊かなそれだった。

これほど自然なことはなかった。ずいぶん長い間この地にいなかったので、彼らはゆっくりといとこのロランスを観察し、彼女のことをよく知って、また自分たちのことも彼女にそれぞれよく知ってもらい、どちらを選ぶか決めてもらう必要があったのだ。そしてこの試練をお互いの愛情が支えて、二人のそれぞれの人生を一つの同じ人生としていたのである。

母の愛と同じく、彼女の愛情は二人の兄弟の間に分け隔てはなかった。ロランスは二人を見誤らないように、それぞれ違う色のスカーフを与えなければならなかった。白を兄に、弟は黒色。皆が見間違うほどよく似ていて、同じ生活をしていなかったら、こうした状況はとてもあり得ないだろう。それは事実においてしか説明できず、それを目の当たりにして初めて信じられるものの一つだ。しかも実際に見たとしても、信ずべきだとした時よりも、なぜそうなのかと説明をつけようとする時の方が、精神はいっそう困惑するだろう。

ロランスが何か話すとしようか？　彼女の声がまったく同じ形で、等しく忠実で、等しく恋する二つの心に響くのだ。気の利いたこと、面白いこと、美しいことを彼女が言うとしようか？　彼女の視線が止まると、彼らの眼がいかにも嬉しそうに、彼女のすべての動きを追い、彼女のほんの僅かの望みもすぐ理解し、いつも新しい表情で彼女にほほえみかけ、一方は陽気になり、またもう一方はメランコリックな優美さを示すのだった。

恋人のこととなると、二人の兄弟はたちまち心情をみごとに働かせて、その心情にふさわしい行動に及ぶ。それは、グゥジェ神父の言葉を借りれば、崇高の域にまで達していた。したがって何かを探しに行く必要があったり、愛する女性に男が喜んでする細々した気遣いが問題になる時には、しばしば兄がそれを実行する喜びを弟に譲って、ほろりとさせるような、かつ誇らしげな眼差しをいとこのロランスに向けるのだった。弟は弟でそのような負い目を返すことを誇りとした。人間が動物の執着する激しい獰猛さにまで達する感情の場で、気高さを競う争いは、それを見守っている老人たちのあらゆる考えを戸惑わせることになった。

以上述べた細々した事柄は、しばしば伯爵嬢の眼に涙を浮かべさせた。

たった一つの感覚、しかしおそらくそれは、ある種特別に恵まれた体質の人たちには大きなものだが、その感覚だけがロランスの心の動きがどんなものか説明できるだろう。そのことを理解するには、あのゾンタークとマリ＝ブランの声のように[114]、美しい二つの声が完全に一致したのを思い出す必要があるだろう。二人が二重唱でハーモニーを醸し出し、天才的な演奏家たちが二つの楽器を弾いて十全な斉奏を行い、その旋律ゆたかな音が、情熱に燃える一人の吐息のように魂に入りこむ、そのようなものなのだ。

時折、シムーズ侯爵が安楽椅子に身を沈めて、ロランスとおしゃべりしながら笑っている弟の方に、深く、メランコリックな視線を向けるのを眼にして、司祭は彼なら大きな犠牲を払うことができるだろうと思ったりするが、たちまちその兄の目にどうしようもできない情熱の炎が輝くのに出くわすことになる。双子の一方がロランスと二人だけでいる度ごとに、自分が特別に愛されているのだと思いこむ。

「だから二人は結局一人に思えてくるんです」と伯爵嬢の心の状態を問うたグゥジェ司祭に、彼女は答えるのだった。

それで、彼女に変な気取り《コケットリー》などまったく無いことを司祭は理解したのだった。自分が実際に二人の男から愛されているなど、ロランスには思えなかった。

「でも、ねえ、あなた」と、ある晩ドートセール夫人がロランスに言った。夫人の息子の一人は彼女への密かな恋にやつれて死にそうになっている。「それでも、いずれどちらか良い方を選ばなくちゃなりませんよ。」

「このまま私たちを幸せでいさせて下さい」と彼女は答えた。「神様がいずれ私たちをお救いくださいますわ！」

アドリアン・ドートセールは彼の心の奥底に自分の心を苛む嫉妬の感情を押し隠して、身を裂く苦悩については固く秘密を守っていた。自分にほとんど希望がないことはよくわかっていたからだ。彼は魅力的な彼女を眼にする幸せだけで満足していた。そうした葛藤が続くこの数ヵ月の間に、彼女の美しさは今を盛りと輝いていた。

じっさい、ロランスは艶《なま》めかしくなって、愛される女性が皆そうするように、あらゆる身づくろいに気を配った。時の流行にも従い、一度ならずパリまで馬車を走らせて、おしゃれな装身具や新奇なものを求めて、いっそう美しく装った。

その上長い間楽しみを奪われていたいとこたちが自分の館にいる間は、喜びとなるものならほんのわずかででも提供しようと、後見人の老人が声高に文句を言うのを振り切って、ロランスは彼女の城館をシャンパーニュ地方でもいちばん快適な住まいにした。

ロベール・ドートセールには、こうした無言の悲劇《ドラマ》は何一つ理解できなかった。ロランスに対する弟の恋心さえ気づいていなかった。一方相手の娘に対しては、そのおしゃれな態度をよくからかったりした。というのも彼はこの厭うべき媚《こ》びの欠点を人に喜んでもらいたい願望と混同していたのだ。こんな風に彼は感情や好みや高等な知識に関わるあらゆることがよくわかっておらず、そのためこの中世期の男が登場すると、ロランスはたちまち本人は気づかぬままに、彼をそのドラマの道化役にしてしまうのだった。自分のいとこたちを陽気にさせようと、ロベールに議論を吹きかけては、彼をすこしずつ沼地の真っ只中まで連れ込んで、愚かで無知な姿を沈めてやったりした。彼女はこうした頭を使ったいたずらに長けていたが、いたずらはその生け贄となるものが幸せな気持ちになるほど完璧なものだった。

けれども、どれほどロベールが粗野な性質であったとしても、魅力あふれるシムーズ兄弟とロランスが味わい得た唯一の幸福な時代、その楽しい時期《ベル・エポック》の間、彼は三人の間に男らしい言葉を差し挟んで、問題に決着をつけるさせるようなことは一度もしなかった。彼は二兄弟の真剣さに打たれていたのだ。

一方の男に愛の証しを与えれば、それを得られなかった男が悲しむのを、一人の女がどれほど心配することになるか、ロベールはおそらく察していた。兄弟の一方が他のもう一人に舞い込んだ吉事にどれほど喜ぶことか、そしてまたその彼がどれほど心の底で苦しむことか。ロベールが示した配慮はみごとなほど三人の状況を説明するものだ。確かにローマ教皇がきわめて不可解な、神秘に近い稀な現象を一挙に解決して見せた信仰のあった時代であれば、こうした状況は教皇からの允可《いんか》状も得られたかもしれない。

フランス大革命は彼らの心を再びカトリックの信仰に浸らせた。だからこそ信仰心はこの危機をいっそう恐ろしいものにした。というのも彼らの立派な性格が状況をさらに拡大することになったからだ。ドートセール夫妻も司祭も、またその妹も、双子の兄弟やロランスが卑俗なことをするなど、まったく思ってもみなかった。

このドラマは一族の範囲内に密かに閉じこめられたまま、それぞれが黙ったまま見まもっていたが、その進行はきわめて早くもあり、また同時にきわめて遅くもあった。思いかけず喜んだり、小競り合いがあったり、愛されたかと思えば、裏切られたり、期待が失望に変わったり、いつまで待っても報いられなかったり、訳がわかるのに翌日まで延ばされたり、眼が口ほどにものをいったり、といったことがいろいろ続いたから、サン＝シーニュの住人たちにとって、皇帝ナポレオンの戴冠式[115]などはまったく関心の外だった。

　狩りの楽しみは、こうした恋愛感情を休戦状況にして、激しい運動による気晴らしをさせ、肉体を極度に疲労させて、魂が夢想のきわめて危険な荒野原《ステップ》にさまよう危険から救ってくれた。ロランスもいとこたちも世間の諸事は考えないでいた。というのも毎日が心のときめくほど面白かったからだ。

「本当のところ」とある晩、グゥジェ嬢が言った。「いったいあの三人の中で、いちばん恋しているのは誰なのかしら。」

　アドリアンはぽつんと一人、客間でボストン遊びをしている者たちと一緒だった。彼らの方に目をやった彼の顔色は蒼ざめている。

　数日前から、日常的にロランスを見たり、彼女が話すのを聞く喜びによって、彼はこの世にとどまっていたのだった。

「私は」と司祭が答えた。「伯爵嬢が女性としてはずいぶん自由奔放に恋しているように思いますな。」

　その後しばらくしてロランスや二兄弟、それにロベールが戻ってきた。新聞が届いたところだった。

国内での陰謀が不首尾に終わったのを見て、イギリスが全ヨーロッパをあげてフランスに挑もうとしていた。

トラファルガーの敗戦は、天才が考え出したもっとも破天荒な計画の一つをひっくり返すことになり、皇帝はフランスでの選挙で選ばれた見返りに、イギリスの勢力を破壊することができなくなった。この時ブーローニュの陣地が引き上げられた。ナポレオンは麾下《きか》の兵卒が例によって数の点で劣っていたが、自分がまだ顔を出したことがないヨーロッパの陣地で戦いを始めるつもりだった。全世界がこの戦争の結末に関心を寄せていた。

「まあ、今度は彼も負けるだろう」とロベールが新聞を読み終えると言った。

「彼は一手にオーストリアとロシアの軍隊を引き受けるわけだからね」とマリ＝ポールが言った。

「彼は一度もドイツで作戦を展開したことがないしね」とポール＝マリが付け加える。

「だれのことを話しているの？」とロランスが尋ねた。

「皇帝のことさ」と三人の貴族がいっせいに答えた。

ロランスは二人の恋人に侮蔑の一瞥を投げかけ、彼らを閉口させたが、それはアドリアンを狂喜させた。いつも無視されている男はうっとりと彼女を見た。そして彼の得意げな視線は、今やその彼がロランスしか考えていないことをはっきりと物語っていた！

「彼をご覧になりましたか。恋が彼の憎悪を忘れさせたのを」とグッジェ司祭は小声で言った。

ロランスの侮蔑の一瞥は、二人の兄弟が彼女から受けた最初で、最後、唯一の非難だった。しかしこの時、彼らは愛情の点でロランスに劣っていると思った。彼女がその二カ月後、アウステルリッツの驚くべき勝利を聞いたのは、ドートセール卿が二人の息子と交わした議論からだった。

自分が思い描いた計画をひたすら追っている老人は、息子たちに軍役を志願させたがっていた。二人はおそらく元の階級のままで軍に入れるだろう。そしてもっとすぐれた軍歴を上げるかも知れない。純粋な王党派が、サン＝シーニュでは一番強力だった。四人の青年貴族とロランスは、なにか将来に不安なものを感じているように見える慎重な老人をあざ笑った。

慎重さはおそらく美徳というより、精神《エスプリ》の感覚――もしこの二つの言葉をくっつけられるとしたらだが――の行使である。しかし生理学者や哲学者たちが、感覚というものが、精神から発する活発で、浸透する作用を収める鞘のようなものだ、ということを容認する日が、おそらくは来ることになるだろう。

第十三章　良き忠告

一八〇六年二月の末頃、フランスとオーストリアの間で和平が結ばれた後、亡命者登録簿からの消去申請がされた時、領地がセーヌ＝エ＝マルヌ県とオーブ県に広がる元貴族で、縁者の一人としてシムーズ兄弟のために働き、のちに彼らへの大きな愛情の証しを示すことになるシャルジュブフ侯爵が、サン＝シーニュの地に到着した。一種の四輪馬車《カレーシュ》で来たのだが、その時代にはぼろ馬車《ベルランゴ》と馬鹿にされたものだ。

このみすぼらしい乗り物が狭い敷石道に入ってくると、今しも食事中だった城の住人たちはどっと笑い出した。しかし老人の禿頭がぼろ馬車の革の二枚のカーテンの間から覗くのを認めると、ドートセール卿がその名を呼び、皆は席を立ってシャルジュブフ家の長を迎えに出た。

「まずいことに、ぼくたちは先を越されてしまったな」とシムーズ侯爵が弟とドートセール兄弟に言った。「まずこちらから行ってあの人にお礼を言うべきだった。」

農夫の服を着て、車体に付けられた上の席から御者役の召使いが、荷車用の鞭を粗末な革の筒に差し込むと、侯爵が降りるのを手伝おうと降りてきた。しかしアドリアンとシムーズの弟が彼より先に出て来て、銅の把手がかかっている扉を開くと、それには及ばんよ、などと言う老人を外に引っぱり出した。侯爵は見栄を張って、革の扉の付いた黄色い小型ベルリン馬車を、立派で便利な乗り物に見せようとしていたのだ。

　召使いがゴタールに助けられて、艶の良い臀の二頭の肥えた馬を車からすでに外していた。馬はおそらく馬車とおなじくらい農作業にも使われているようだった。

「こんなに寒いのに？　でもかつての勇者でいらっしゃるものね」とロランスは親戚の老人に声をかけると、その腕を取って客間の方に導いていった。

「あんたたちはわしのような老人に会いには来んからな」と彼はこんな風に言って、若い親戚の男たちをちらと小粋にやっつけた。

「どうしてあの人はやってきたのかな」とドートセール老人は自問した。

　シャルジュブフ卿は六十七歳の老人で、薄い色のキュロットを穿き、細く小さい足にまだら模様の靴下、蟾蜍《クラポー》と呼ばれる絹の垂髪袋で頭の後髪を収め、髪粉を振りつけ、鳩の翼と呼ばれる髪形だった。[116]彼の狩猟用の衣服は、緑色の羅紗で、ボタンは金、ボタンホールには金色飾り紐《ブランドブール》が付いている。彼の白いチョッキは金色の巨大な刺繍で輝いていた。

　こうしたいでたちは老人たちの間ではまだ流行していたが、フリードリヒ大王[117]にすこしばかり似た彼の顔つきによく似合っていた。彼は持っている三角帽を決して被ったことはない。それは彼の頭に髪粉で描いた半月形の効果を損なわないためだった。右手で鷲のくちばし《ベック・ア・コルバン》様に曲がったステッキをつき、同時に持っている帽子も合わせて、ルイ十四世の堂々とした姿を思わせた。

この尊敬に値する老人は絹の外套を脱ぐと、安楽椅子に身を沈め、両脚の間に三角帽とステッキを置くと、ルイ十五世の宮廷の道楽貴族だけにわかるポーズ、つまり両手を自由にして、当時からも貴重な宝物である煙草入れを玩《もてあそ》ぶポーズを取った。で、侯爵は金糸でアラベスク模様に刺繡のある留め口のついたチョッキのポケットから豪華な煙草入れを取り出した。

煙草を一つかみ取り出して周りの者たちに煙草を勧める仕草は愛想よく、まなざしは愛情が溢れている。自分の訪問に皆が喜んでいることが彼にはわかった。そしてどうして若い亡命者たちが自分に対して訪問の義務を果たさなかったか、理由がわかったような顔をした。彼はこう言っているようだった。「恋をしている最中に人など訪ねはしないわな。」

「当分の間はお帰ししませんよ」とロランスが言った。

「それはちょっと無理だよ」と彼は言った。「もしああいう事件がいろいろ起こって、われわれがお互いこんなに遠く離れることにならなかったら、いや、じっさいお互い離れて住んでいる距離以上に、あんたははるかに遠いところまで出かけて行ったのだからな、ねえ、あんたもわしにはたくさんの娘、嫁、孫娘や孫息子たちがおることがわかるはずだよ。その子たちが今晩帰らないと心配するだろうて。これから十八里行かなきゃならん。」

「ずいぶん立派な馬をお持ちですね」とシムーズ侯爵が言った。

「ああ！　わしはトロワから来た。そこで昨日用事があったんでな。」

彼の家族のことやシャルジュブフ侯爵夫人のこと、そのほか礼儀上いかにも興味あるように見せながら、実はどうでもいいような質問が続いたが、ドートセール卿はシャルジュブフ卿が若い親族たちに無分別なことをしでかさないように忠告しにやってきたのではないかと思った。侯爵の考えるところでは、時代はどんどん変わっている。だから皇帝だってどこまでいくものか、知れたものでない。

「まあ！」とロランスは言った。「あの男は神様になりますよ。」

この人の好い老人は譲るところは譲らないといけないと話した。自分がいろいろ意見を言うより、はるかに断固たる口調で、威厳をもって譲歩の必要なことが説かれるのを聞いて、ドートセール卿はほとんど懇願するかのように自分の息子たちを眺めた。

「では、あなたはあの男に仕えてもいい、とでもおっしゃるんですか？」とシムーズ侯爵がシャルジュブフ侯爵に言った。

「もちろんだよ。自分の一族の利害が絡まっている場合にはな。」

最後に老人は、はるかに見える危険をそれとなく垣間見せた。おじさまは何を言いたいのか説明してほしいとロランスが言うと、彼は四人の若者にもう狩りをするのは止めて、家で大人しく謹慎しているように促した。

「あんたたちはいつまでもゴンドルヴィルの領地が自分たちのものだと思っとる」と彼はシムーズ兄弟に言った。「それでまた憎しみが恐ろしいほどに燃えさかるんだ。そんなに驚くところを見ると、トロワであんたたちを良く思っておらん連中がいることを知らんな。あの町であんたたちの勇敢なふるまいは有名だ。どんな風にして警察の追及を逃れたか、みんなが勝手なことを喋っておる。或る者は立派だと言い、また或るものは皇帝の敵と見なしておる。ナポレオンを信奉する者には、ナポレオンがあんたたちに慈悲を示したことに驚いておるのもいる。それは大したことじゃない。あんたたちより気が利くとうぬぼれていた連中をからかったまでだ。しかし低い地位にある連中は決して許さんものだ。裁判所といっても、ここの県では敵のマラン元老院議員の息がかかっていて、ご承知の通り奴《やっこ》さんは自分の手下を至るところに置いておる、裁判所付属吏までもそうだから、あの男の裁判所と言ってもいいが、遅かれ早かれ、あんたたちを何か事件に巻き込ませて大満足する、ということになるじゃろう。農夫が自分の畑だと言って、そこへ入ったあんたたちに喧嘩を売る。あんたたちは弾丸を込めた武器を手にしておるし、元気がいい。たちまち災難が降りかかるというわけだよ。あんたたちの立場では、道理を通そうとすればまず百も理由がいる。わしがこんなことを言うのはちゃんと訳がある。警察がいつもあんたたちのいるこの区域を見張っていて、アルシのこんな片田舎に警視を常駐させてもおる。つまりあんたたちが帝国元老院議員を襲うのを防ごうというわけだな。奴はあんたたちを恐れとる。じっさい本人がそう言っておるのだ。」

「それは彼が私たちを中傷しているんです！」とシムーズの弟が叫んだ。

「あんたたちを中傷しとると。そりゃ、そうだろう、このわしもそう思う。だが一般の者はどう思う？　それが肝心だ。ミシュは元老院議員に銃を構えて狙ったりした。彼《あれ》はそのことを忘れやせん。あんたたちが帰ってくると、伯爵嬢がミシュを自分の家に引き取った。大抵の人間には、つまりは大部分の一般の人間には、マランの言うことが正しいということになるんだよ。あんたたちはわかっとらん、亡命した貴族の立場が、その亡命者貴族の財産をもっておる者にとって、どれだけ微妙か、ということを、な。県知事は頭の働く男だから、わしに二言、三言あんたたちのことで突っつきよった。昨日のことだよ。それでわしは心配になったのだ。いいかい、わしはな、あんたたちがここにいない方が良いと思う……」

この答えを聞くと、皆は茫然自失の態となった。マリ＝ポールは急いで呼び鈴を押した。

「ゴタール」少年がやってくると彼は言った。「ミシュに来てもらってくれ。」

ゴンドルヴィルの管理人だった男は、待たせることなくすぐ現れた。

「ミシュ、いったい君が」とシムーズ侯爵が尋ねた。「マランを殺そうとしたなんて、本当なのか？」

「その通りです。侯爵。また彼が舞い戻ってきたら奴を狙いますよ。」

「知っているかい、僕たちが君を待ち伏せさせたと疑われているんだ。それに君を農夫として雇い入れたことで、いとこのロランスも君の企てに一枚嚙んでいるように思われている。」

「こりゃ、驚いた!」とミシュが叫んだ。「私はそれじゃ呪われた奴ってわけですかね? そうなると私はいつまで経っても、あなた方のためにマランを厄介払いすることはできないことになるんですか?」

「駄目だよ、君、それは駄目だよ」とポール=マリーが言った。「だから君はこの土地を出て、私たちとも離れる必要がある。君のことは十分に配慮するよ。君が財産を増やせるようにするつもりだ。今ここで持っているものを売って、現金に換えるんだ。君はトリエステの僕たちの友人のところに行ってもらう。彼はきわめて有力な知り合いの多い男だから、君をずいぶん重宝がって使ってくれるよ。ここがわれわれ皆にとって都合がよくなるまでの辛抱だ。」

涙がミシュの眼に浮かんだ。彼は寄木張りの床に釘付けされたように動かなかった。

「いったい誰か見ていたのかね、あんたがマランに引き金を引こうと待ち伏せしていたところを?」とシャルジュブフ侯爵が尋ねた。

「公証人のグレヴァンが奴と話していました。それであいつを撃ち殺せなかったんです、それがかえってこちらにとってもよかったんですが! 伯爵嬢がその理由をご存じです」とミシュは言って女主人の方を見た。

「そのグレヴァンだけしか知らないわけじゃないだろう?」とシャルジュブフ卿が言った。

彼は親類同士の間とは言え、こんな訊問の形になったのに当惑しているように見えた。

「あの密偵がちょうどその時ご主人たちをだまそうとやってきていました。奴も知っていました」とミシュが答えた。

シャルジュブフ卿は庭でも見るかのように立ち上がると、こう言った。「しかし、お宅はうまくサン＝シーニュの土地を活かしましたな。」彼は二兄弟とロランスに送られて出ていった。三人ともにこの質問の意味をよく理解したのだった。

「みんな率直で勇敢だ。だが相変わらず不用心だな」と老人が言った。「わしが世の中の噂を、まあ中傷には違いなかろうが、それをあんたたちに教えるのもそれは理の当然というものだ。その噂をあんたたちはここにいるドートセール夫妻やその息子たちのような弱い人間にとって本当のことにしてしまうんだ。まあ、まあ！　お若い人たちに言っておく。ミシュはここに残してあんたたちが出て行くんだ。じっさい、ことがどうなれ、もしあんたたちがここに残るのなら、一筆、元老院議員にミシュに関して手紙をお書きなさい。そしてわしからミシュについて流れている噂を聞いたと書く。彼には暇を出した、ともな。」

「僕たちが、ですか！」と兄弟二人ともに叫んだ。「マランに手紙を書くなんて。父や母を殺し、僕たちの財産を奪い取ったあの図々しい男に！」

「確かに、それは本当のことだ。しかし、あの男は今帝国の宮廷での重要な人物の一人になっておって、オーブ県の王様だ。」

「あの男は、コンデ公の軍隊がフランスに入ろうとしている時に、ルイ十六世の処刑に賛成の票を投じたんですよ。そうでない場合は無期懲役ということに」とサン＝シーニュ伯爵嬢が言った。

「おそらくアンギアン公の死罪を進言したのもあの男だよ」とポール＝マリーが叫ぶ。

「なるほど。いや、あの男が貴族としてどう成り上がったか、もしあんたたちが思い出してみたいと言うのなら」と老侯爵は声を上げた。「あの男はロベスピエールのフロックコートの裾を引っ張って倒そうとした。奴はロベスピエールをひっくり返そうと大勢の者が立ち上がったのを見てそうしたんだ。もしあのブリュメール十八日が失敗したら、ボナパルトだって撃ち殺しかねない男だ。ナポレオンがぐらつきだしたらブルボン家を呼び戻すだろう。いつも一番強い奴が彼を傍に置いて、もしなにか心配の種にでもなりそうな敵が現れたら、彼にピストルかサーベルかを渡して、その敵を亡き者にするかもしれん！　いや、だからこそ……いよいよもってわしのいうことが道理だろう。」

「私たちもずいぶん堕ちるものですね。」

「なあ、あんた方」と言うと、シャルジュブフ老侯爵は三人の手を取って、ちょっとその場から、薄く雪の積もった芝生のところまで連れて行った。「あんたたちは分別のある男の忠告にはすぐ腹を立てるようだが、このわしにはあんたたちに忠告する義務がある。いいかね、わしならこうするつもりだ。仲裁に都合の良い年寄りを使う。つまりこのわしみたいな男だな。その男に頼んでマランにゴンドルヴィルの売り立てを認めるかわりに百万フランを出してもらう……まあ、まあ。奴はそれを秘密にすることで承知するだろうて。そうすれば今の利率で年十万リーヴルの年利収入があんたたちに入ることになる。そうしてフランスの別の土地で立派な地所を買うんだ。サン＝シーニュの土地はドートセールさんに管理しておいて貰えばいい。あんたたちはくじ引きでもして、二人のうちどちらがこの美人の相続人の夫となるかを決める。とは言うものの年寄りのおしゃべりは、若い人たちの耳にとって、年寄りの耳が若い人の話を聞くようなものだから、音だけ聞こえて意味は右から左へと抜けていくだけだろうがな。」

三人に対して老侯爵が返事には及ばないという顔をしてまた客間に戻ると、その話の間にグゥジェ司祭と妹がやってきていた。

いとこと結婚するのにくじ引きするという提案は、シムーズ兄弟を憤慨させた。ロランスは親戚が処方した薬の苦さに辟易した様子だった。そこで三人とも老人に対して礼を失するまではいかなかったけれど、それほど愛想よくしなくなり、親密な感情が水を差された感じになった。

シャルジュブフ卿は冷ややかな空気に気が付いて、三人の魅力的な若者たちに何度も思いやりに満ちた視線を送った。会話はありきたりな話題に移ったけれども、老人はまた時勢に従う必要を説いて、ドートセール卿が息子たちに執拗に軍務に就くように説得するのを褒《ほ》め称えた。

「ボナパルトはたくさん公爵家を作るぞ」と彼は言った。「もう帝国の封領地をいくつも作っておる。伯爵の爵位も作るだろう。マランはゴンドルヴィル伯爵になりたいと思っているかも知れん。これはあんたたちにとっても都合のいいことかもな」と彼はシムーズ兄弟を見ながら付け加えた。

「あるいは都合が悪いかも」とロランスが言う。

馬が馬車につながれると、侯爵は客間を出て、皆が見送ることになった。ぼろ馬車に乗り込んだ彼は、ロランスにちょっとおいでと合図した。ロランスが小鳥のような身軽さで足かけ台に身を置いた。

「あんたは並の娘じゃない。だからわしの言うことをわかって貰わにゃならん」と彼は彼女の耳元で言った。「マランはずい分良心の呵責《かしやく》に苦しんでおるから、あんたたちをそのまま安穏にはしておかん。何か罠を仕掛けるだろう。少なくともあんたたちの行動によくよく用心することだな。ほんのちょっとのことでも、な。折り合いをつけなさい。これがわしの最後の忠告だよ。」

二人の兄弟はいとこのすぐ傍、芝生の中央に突っ立ったままでじっと動かず、馬車が鉄柵を曲がりトロワの方に向かって勢いよく走っていくのを眺めていた。ロランスが老人の最後の言葉を二人に繰り返して伝えていたからだった。なまじ経験があると、ぼろ馬車で来たり、まだら織りの靴下、うなじに垂髪袋《クラボー》を付けて姿を現すような間違いをすることになる。

いずれの若者の心にもフランスで起こっている変化を受け入れる余地などなかった。憤慨が彼らの神経を苛立たせ、誇りが彼らの貴族の血脈をたぎらせることになった。

「あれでシャルジュブフ一族の長だと！」とシムーズ侯爵が言った。「〈ヨリ強キ者来タレ！〉（Adsit fortior!）という戦いの素晴らしい雄叫びを家の銘句とする人なんだぞ。」

「あの人は去勢された雄牛《ブフ》になったのよ」とロランスが苦笑いしながら言った。

「今は聖王ルイの時代じゃないから」とシムーズの弟が答えた。

「〈歌イッツ死ナム！〉」と伯爵嬢が叫んだ。「私たちの家の基を築いた五人の若い姉妹のこの叫びは、そのまま私のものになるわ。」

「僕たちの家の銘句は〈此処デ死スベシ！〉だったよね。だから命乞いなどまっぴらだ。」とシムーズの兄が答えた。「確かに、よく考えれば、ブフ（去勢牛）の伯父さんは、僕たちのところまで来て言おうとしたことを、よくよく反芻《はんすう》してきたことはわかるけれど。ゴンドルヴィルがマランのような男の称号になるなんて。」

「あの屋敷もだよ」と弟が叫ぶ。

「マンサールが貴族のために設計したものを、平民がそこで子孫を作るってわけだ」と兄。

「もしそんなことになったら、私はゴンドルヴィルなど焼けてしまった方がいいわ」とサン＝シーニュ嬢が叫んだ。

ドートセール卿から売ってもらう仔牛を見にやって来ていた村人が家畜小屋を出る時、その言葉が聞こえた。

「家に戻りましょう」とロランスが微笑みながら言った。「油断して、仔牛のことで去勢牛《ブフ》の意見が正しいと思わせるところだったわ。」客間に戻ると彼女はミシュに呼びかけた。「ねえ、ミシュ。私、あなたが悪さをしたことを忘れていたわ。私たちはこの地方で嫌われているみたいなの。だから私たちを危険にさらさないようにしてね。他になにか悪いことをしてしまったと思っていることはない？」

「私がしまったと思っているのは、ここへみなさんを救いに駆けつけなければならなかったので、年老いたご主人様ご夫妻を殺したあの男を撃ち殺せなかったことです。」

「おい、おい、ミシュ！」と司祭が叫んだ。

「それに、私はこの土地を離れるようなことはしません」と彼は司祭が声をあげたのも意に介しないように続けた。「あなた方がこの土地にいらして安全なのか、そうでないかを得心するまでは。あんまり気に入らない連中があたりをうろうろしているのを見ているんです。この間みんなで狩りをしたときも、私に取って代わったゴンドルヴィルの番人みたいな男が私のところにやって来て、自分の土地にいるつもりで狩りをしているのかと聞いたんです。こう答えてやりましたよ、〈ああ、二百年も続けてやってきたことを二カ月で止めるのは難しいものだからな〉ってね。」

「それは君が間違っている、ミシュ」と嬉しそうに微笑みながらシムーズ侯爵が言った。

「その男はなんて答えたんだね」とドートセール卿が尋ねた。

「私たちの言い分を元老院議員に伝えておく、と」ミシュが答えた。

「ゴンドルヴィル伯爵、にか」とドートセール兄弟の兄が言った。「まったくとんだ茶番だ。じっさいボナパルトは陛下と呼ばれているんだから。」

「それにベルク大公[118]は殿下ですよ」と司祭。

「誰だい、それは？」とシムーズ侯爵が聞く。

「ミュラだよ。ナポレオンの妹婿の」とドートセール老人が言った。

「結構ね」とサン＝シーニュ嬢が応じる。「で、ボーアルネ侯爵の未亡人[119]は皇后陛下ってわけね？」

「そのとおり」と司祭。

「パリに行かなくっちゃならないわね。どんなことが起きているか、すべて見ないと」とロランスが叫んだ。

「いや！　お嬢様」とミシュが言った。「息子を中学校《リセ》にやるのに私はパリに行きましたよ。はっきり言いますが、あの近衛騎兵と呼ばれるものを馬鹿にしてはいけません。もし軍隊全部があの形の通りだったら、私たちよりも長生きするかも知れませんよ。」

「貴族の子弟でも軍務に就くものがいるという噂だよ」とドートセール卿が言った。

「それに、今の法律に照らしても、息子さんたちはいやでも軍務につかざるをえなくなります」と司祭が言った。「法律の下、身分も名跡もありませんから。」

「あの男は革命が斧でやった以上に、自分の作った宮廷で私たちを痛めつけているのだわ」とロランスが声を高めた。

「教会は彼のためにお祈りを捧げています」と司祭が言った。

こうした言葉の数々は、ああ言えばこう言う形で応酬されたが、それは老シャルジュブフ侯爵の分別ある言葉についての注釈となった。じっさい若者たちはあまりに自らを信じ、名誉心もあったから、和解など受け入れられるはずはなかった。彼らが口々に言い合ったことは、どんな時代でも敗北した側が言い合ったことだった。勝利した側の天下もいつまでも続くものではない、とか、皇帝を支えるのは軍隊だけだ、とか、「事実」は、「権利」の前には遅かれ早かれ滅びることになる、等々。

さまざまな意見を言い合ったあげく、彼らは自分たちの前にぽっかりと空いた、ドートセール老人のように慎重で大人しい人間ならきっと避けて通ったはずの溝に落ち込んでしまった。もし人間が率直でありたいと思えば、不幸な出来事が自分に降りかかってくる場合には、はっきりしているか隠されているかはともかく、何かの予感が必ずあると認識するだろう。多くの人間が、この不思議な、しかし目に見える予告の深い意味に気づくのは、つねに災厄を経験した後からでしかない。

「いずれにしても、伯爵嬢は私がちゃんと会計報告しないことには、この土地から出ていくことができないのはご存じですね」とミシュは小声でサン＝シーニュ嬢に言った。

彼女がその答えとして、わかったと顔でだけ知らせると、農夫はそこから出ていった。

第十四章　事件の状況

ミシュはすぐに自分の土地をベラーシュの農夫であるボーヴィザージュに売り払ったが、三週間ほどは払って貰えなかった。

老侯爵が訪ねてきてから一カ月経って、ロランスは先に二人のいとこに教えておいた森に埋められている彼らの隠し財産を、四旬節の中日《なかび》[120]に取り出すことを提案した。雪がどっさり降りつもっていたので、ミシュもその時までその財宝を取り出しにいけなかったのだ。しかしその作業をするなら、主人たちと一緒にしたいと思っていた。ミシュはこの土地からきっぱりと出ていくつもりだった。そうしないと何をしでかすか、自分でも心配だったのだ。

「マランがゴンドルヴィルにだしぬけにやってきたんです。どうしてなのか誰にもわかりません」と彼は女主人に言った。「私は、持ち主が亡くなればゴンドルヴィルをすぐに競売に掛けるようにしたくて、うずうずしているんです。どうしても自分がピンと来たとおりにしないと、何か罪を犯している気がするんですよ。」

「いったいどんな理由で、この冬の最中あの男はパリから出てくるのかしら。」

「アルシの皆がそのことを話題にしています」とミシュが答えた。「家族はパリに残して、一緒に連れて来たのは身の回りの世話をする従僕だけです。アルシの公証人グレヴァン、オーブ県の総徴税官マリオンの奥さん、それからマリオンの奥さんの妹、彼女はマランにその家の名義を貸しているんですが、そういう人たちが彼の相手をしています。」

ロランスは四旬節中日を格好の日と見なしていた。というのも使用人たちに暇を出せるからだった。カーニバルの仮装行列が村人を町に集め、誰も野にいなくなる。

しかしその日にちの選択は、多くの犯罪におけるのと同じく、まさしく致命的なことになった。偶然はサン＝シーニュ嬢と同じくらい巧みな計算をしたのである。

森の周辺に位置する城の中に、金貨で百十万フランもあると知れば、ドートセール夫妻の不安があまりに大きくなるため、ロランスから相談されたドートセール兄弟は、両親には何も話さないことに意見が一致した。こうして宝探しの一行は、ゴタール、ミシュ、四人の青年貴族、そしてロランスに限られた。よくよく検討してみると、四万八千フランを長い袋にいれて、それぞれの馬の背に乗せることができるように思われる。三回往復すれば十分だった。

慎重の上にも慎重を期した。好奇心をつのらせて後の災いの元となるようなすべての召使いたちをトロワに行かせて、四旬節中日の馬鹿騒ぎを見物させることに衆議一決した。カトリーヌとマルト、そしてデュリューは信用がおけたから城に残らせる。召使たちは一日暇が与えられるのを喜んで、夜が明ける前から出かけて行った。

ゴタールは、ミシュが介添えして、朝早くから馬にブラシをかけ鞍をつけた。一行はサン＝シーニュの荘園を通って、そこから主従は森の方へ向かう。

さて、皆が馬に乗る段になって、というのも荘園の門がとても低かったので、目立たぬように、それぞれ馬の手綱を引いて徒歩で行くことにしたからだったが、その時ベラーシュの小作人ボーヴィザージュ老人がたまたま通りかかった。

「あれえ！」とゴタールが叫んだ。「誰か人が来ますよ。」

「いや！　わしですよ」と正直に農夫が、顔を出して言った。「ごきげんよう、皆さん。また狩りにお出かけですかな。県庁から止められているんじゃ？　私は何もそれで文句をいう筋合いはありませんがね、でもお気を付けなされ。友達はおられるでしょうが、敵もまたいますぞ。」

「ははは！」と大男のドートセールが笑いながら言った。「神様の御心でわれわれの狩りが成功するように、そうすればまたあんたの主人たちが無事に戻ってくることになるよ。」

こうした言葉は事件が起きると別の意味を持つことになるから、たちまちロランスは厳しい目つきでロベールを睨み付けることになった。シムーズ兄はマランが賠償金と引き換えにゴンドルヴィルの土地を返すだろうと思っていたのだ。兄弟はシャルジュブフ侯爵が彼らに忠告したこととは逆のことをしようとしていた。ロベールは二人の期待するところと同じ思いだったから、そのことを思ってついこの致命的な一言を言ってしまったのだ。

「いずれにしても、内緒だよ、爺さん！」とボーヴィザージュにミシュが言った。彼は扉の鍵を持って最後に出た。

三月も末の良い日和だった。空気は乾き、大地は清潔で、空は晴れ、木の葉を落とした木の姿からは想像できないような暖かさだ。天気がとても良かったので、田園の緑の沃野が所どころに広がっている。

「僕たちは宝物を取りに行くが、あなたこそわが家の本物の宝物なのにね」と笑いながら、シムーズ兄がいとこに言った。

ロランスは馬を進めていた。その両横にいとこ二人がそれぞれ並んだ。ドートセール兄弟がその後に続き、ミシュが最後に付く。ゴタールは一番先頭で、道を偵察する役目だ。

「僕たちの財産はもうすぐ見つかる。すくなくとも、その一部はね。兄と結婚なさい」と弟が小声で言った。「兄はあなたをとても愛しています。あなたがた二人で、今の貴族たち同じくらい金持ちになれますよ。」

「いえ、財産はそっくりこの方にお渡しなさい。私はあなたと結婚しますわ、私は二人で暮らせるくらいの財産はありますから」と彼女が答えた。

「それがいい」とシムーズ侯爵が叫んだ。「僕は君をあきらめて、君の姉にふさわしい女性を探すよ。」

「じゃ、あなたは私が思ってたほど私を愛してくださってないのね」とロランスは答えて、彼を嫉妬しているような目で見た。

「そうだよ。君が僕を愛している以上に、僕は君たち二人を愛しているんだ」と侯爵が答えた。

「じゃあ、あなたはご自分が犠牲になる、っておっしゃるの」とロランスはシムーズ兄に尋ねる。そのまなざしは一瞬兄の方を愛するかのような思いに溢れていた。

侯爵は黙ったままだった。

「じゃあ、いいわ。私はこれからあなたのことだけを想うことになると思うわ。そうなると夫になる人には耐えがたいわね」とロランスは、侯爵が黙っているので、じれったいそぶりで言った。

「兄さんがいなくなったら、僕はどうやって生きていけばいい？」と弟が兄を見て言った。

「でも、そうはいっても、あなたが僕たち二人と結婚することはできないからね」と侯爵が言った。「それに、いまこそ決断する時だよ」と彼はぐっと胸に応えた男のぶっきらぼうな口調で付け加えた。

侯爵は馬を前に進めてドートセール兄弟の耳に何も聞こえないようにした。弟とロランスの馬もそれぞれ同じように進んで行く。

彼ら三人が後の三人と十分な距離が取れた時、ロランスは口を開こうとしたが、涙が出て言葉にならなかった。

「私は修道院に入るわ」と彼女はやっと言った。

「それじゃ、君はサン＝シーニュ家を終わらせるつもりかい？」とシムーズ弟が言った。「それに不幸になるのを承知している一人を不幸にする代わりに、二人とも不幸にすることになるんだよ。いや、僕たち二人のうち、君の兄弟になるしかない不幸な人間があきらめればいいんだ。僕たちが、思っていた以上に貧乏ではなかったことを知って、僕たちの間で話を付けたよ」と彼は兄の侯爵を見ながら言った。「もし僕が選ばれたなら、僕たちの財産は兄のものにする。もし僕が不幸せな方になれば、兄が僕にシムーズ家の称号と同じく全財産をくれるよ。彼はサン＝シーニュを名乗るんだから。いずれにしても、幸福な運命を得られない者も、身を立てることができるわけさ。もっと言えば、悲しみに耐えられなくなって死にそうに思えば、軍隊に入って死ねばいい。新しい夫婦を悲しませないために、ね。」

「僕たちはまさしく中世の騎士そのものだ。父祖に対しても恥ずかしからぬ者だよ」と兄が声を高めた。「さあ、何か言ったら、ロランス！」

「僕たちはもうこのままじゃ嫌なんだ」と弟。

「いいかい、ロランス、わが身を犠牲にするのも、快く感じることがあるんだよ」と兄が言った。

「二人を愛している私に、どちらを取るかなんて言えないわ。あなた方二人をまるで一人のように愛しているんです。それはあなた方のお母様が二人を思う気持ちと同じだわ。神様にお任せしましょう。私から選ぶようなことはしません。偶然で事を決めましょうよ。

私は一つ条件をつけるけれど。」

「どんな条件だい？」

「あなた方のうち、私が結婚しなかった方も、私がそうしていい、というまで、決して私の傍を離れないこと。その人が出ていっていいかどうか、私だけが決めるの。」

「わかった」と言ったが、兄弟二人とも、ロランスが何を考えているのか、はっきりわからずにいた。

「今晩食卓に着いて、食前のお祈りを唱えたあとに、ドートセール夫人が先に話しかけた方を夫にします。でも二人ともインチキをしてはだめよ。それに夫人に質問させるように仕向けてもだめ。」

「勝負は正々堂々とやるよ」と弟が言った。

兄弟二人はロランスの手に口づけした。それぞれ彼女にとって良かれと思われる決着を確信できたことが、二人を陽気にした。

「いずれにしても、ロランス、サン＝シーニュ伯爵を作ることになるね」と兄が言う。

「どちらがシムーズにならないかの勝負だ」と弟。

「どうやら、今度ばかりはお嬢さんもいつまでも娘のままでいられることはないようですな」とドートセール兄弟の後ろにいたミシュが言った。「ご主人がたがずいぶん陽気だ。もしロランス様がどちらかをお選びなさったら、私はまだ出ていきませんよ。結婚式を拝見したいですからね！」

ドートセール兄弟は二人ともそれに返事はしなかった。

鵲《かささぎ》が一羽、突然ドートセール兄弟とミシュの間から飛び立った。ミシュは素朴な人間によくあるように縁起担ぎだったから、なにか葬礼の鐘が響くのが聞こえるように思った。その日はたしかに恋人たちにとって陽気に始まった。というのも森の中に一緒にいる恋人たちは鵲など滅多に見ないからだ。

地図を携えていたミシュは、それぞれの隠し場所を確認した。貴族たちは鶴嘴を持っており、全額取り出されることになった。森の中の財産が隠されているあたりには人気が無かった。通り道や人家からほど遠かったから、金貨を担った一行を見とがめるものは誰もなかった。それが不幸の始まりだった。うまく事が運んだことに味をしめて、サン＝シーニュから最後の二十万フランを取りに行くのに、それまで通っていた道よりもっと近道を行くことにしたのだ。その道の一番小高いところからはゴンドルヴィルの荘園が見わたせた。

「火事だわ」とロランスが青白く光る火柱《ひばしら》を見つけて言った。

「なにか祝いの篝火《かがりび》ですよ」とミシュが答えた。

ロランスは森のどんな細い道も知っていたから、一行をそのまま残して拍車を入れると、かつてミシュが住んでいたサン＝シーニュの小館に駆けていった。小館は人気《ひとけ》がなく、閉め切ってあるのに鉄柵門は開いている。そこに馬が何頭か通った跡のあるのがロランスの目を驚かした。煙の柱が英国風の荘園の草むらから立ち昇っていたから、ロランスは草を焼いているのだと思った。

「やあ。あんたも来なさったか、お嬢様」とヴィオレットが声を上げた。彼は例の馬を全速力で走らせて荘園からやって来ると、ロランスの前で馬を止めた。「いや、こりゃ、カーニバルの茶番ですかな。あの人を殺す訳じゃないでしょう。」

「殺すって、誰を？」

「あなたのおいとこさんたちは、なにもあの人に死んで貰おうとは思ってやせんよね。」

「誰に死んで貰うって？」

「元老院議員さんですよ。」

「馬鹿なことを、ヴィオレット！」

「まあ、それじゃ、いったいあんたはそこで何をしてらっしゃるのかな？」と彼は尋ねた。

いとこたちに危険が迫っていると考えた大胆不敵の女騎手は、拍車を入れるとまた元の場所にもどった。彼らはちょうど袋に金貨を詰めているところだった。

「気を付けて。何かがおかしいわ。サン＝シーニュに戻りましょう！」

亡くなった老侯爵が救った財産を運ぶのに青年貴族たちが懸命になっていた折しも、ゴンドルヴィルの城館では不思議な光景が展開していた。

午後の二時、元老院議員と友人グレヴァンが一階の大広間の暖炉の前でチェスをしていた。グレヴァン夫人とマリオン夫人は、暖炉の片隅にある長椅子に座ってお喋りしている。城の召使いたちは、アルシの郡でずいぶん前から面白いと言われていたカーニバルの行列を皆で見物に行っており、ミシュに代わってサン＝シーニュの小館の管理人を勤めている男もまた一家揃ってそこへ出かけていた。

元老院議員の身の回りの世話をする下僕とヴィオレットだけがその時城にいた。門番も、二人いる庭師も、夫婦ともに自分たちの持ち場にいた。けれども彼らの住まいはアルシの大通りの端に面した中庭の入り口にあったし、この別棟と城を隔てる距離では、銃声などが聞こえるはずがなかった。それに彼らは自分の持ち場を守っていて、半里ほどあるアルシの町の方向を見ながら、カーニバルの行列がやってくるのが見えないかとばかり思っていたのだった。

　ヴィオレットは広い控えの間で元老院議員とグレヴァンに面会を許されるのを待っていた。彼の小作地年限の延長をしてもらうためだった。

　その時、あたかもドートセール兄弟やシムーズ兄弟、それにミシュと似た背丈と物腰、態度で、仮面をつけ、手袋をはめた五人の男が、下僕とヴィオレットに襲いかかって来た。彼らはハンカチーフで二人に猿ぐつわをはめると配膳室の椅子に括り付けた。

　電光石火に襲っては来たが、下僕とヴィオレットが叫び声を上げるのは止められなかった。

　叫び声が客間に聞こえた。二人の夫人はそれを危険を知らせる叫びだと思った。

「聞いて！　泥棒だわ」とグレヴァン夫人が言った。

「ははは！　あれは四旬節のカーニバルで騒ぐ声だよ」とグレヴァンが言う。「仮面を被った連中が城にやってくる頃だ。」

　こんな問答をしている間に、五人の侵入者は正面の前庭に面した扉を閉めて、下僕とヴィオレットを閉じこめることができた。

　グレヴァン夫人は、なかなか自分の言うことを翻さない女性だったから、その物音が何なのかをはっきりと確かめようと思った。立ち上がって進むと、たちまち五人のマスクの男たちの手にかかって、ヴィオレットや下僕と同じ憂き目にあった。そうして彼らはどさどさっと客間に入り込むと、中でも屈強な男二人がゴンドルヴィル伯爵を摑んで猿ぐつわを嚙ませると、庭園の方に担ぎ出した。残る三人もマリオン夫人と公証人に猿ぐつわを嚙ませて、それぞれ安楽椅子に括り付けた。

襲撃はせいぜい半時間もかからなかった。

三人の侵入者はやがて議員をひっさらった二人と合流し、城館を地下倉から屋根裏部屋までひっくり返して探し回った。彼らは錠前をこじ開けることもなく箪笥の類を開けたり、壁を探るなど、夕方五時まで好き放題にしつくした。

この時下僕がやっと自分の歯でヴィオレットの手首を縛っていた綱を断ち切った。ヴィオレットは猿ぐつわを外して大声で助けを呼んだ。

この叫び声を聞くと、五人の侵入者は庭に戻って、サン＝シーニュの馬によく似た馬に飛び乗り、逃げ去ったが、それほど速くというわけでもなくヴィオレットには彼らの姿が見えた。

下僕の縛《いまし》めを解くと、下僕は夫人二人と公証人の縛めを解き、ヴィオレットは自分の小馬に跨《またが》って悪漢どもの後を追った。小館に到着した彼は、鉄格子の門がいっぱいに開いているのに啞然としたが、さらにサン＝シーニュ嬢が見張りでもするようにそこにいるのにも驚いた。

伯爵嬢の姿が見えなくなった時、グレヴァンが馬でヴィオレットに追いついた。ゴンドルヴィル地区の農村保安官を連れてきている。門番が彼に城の厩舎の馬を貸してやったのだ。門番の妻はアルシの憲兵隊に知らせに走っていた。

第十五章　共和暦四年[121]ブリュメールの法律の下での裁き

ヴィオレットはすぐさまグレヴァンに、ロランスと出会ったが彼女は大胆にも逃げ去った、と話した。ロランスの慎重で、断固とした人となりは彼らもよく知っていた。

「あの人は見張りをしていたんですよ」とヴィオレットが言った。

「いったいサン＝シーニュの貴族ともあろうものが、そんなことをしでかすかね？」とグレヴァンが声を上げた。

「何ですって！」とヴィオレットが答えた。「あんたはあの太っちょのミシュだってわからなかったんですか。あいつがこのわしに襲いかかってきたんですよ！　あいつの手首だとピンと来ました。それにあの五頭の馬は、確かにサン＝シーニュの馬でさあ。」

　馬の蹄鉄が円形広場の砂の上と庭園に付けた跡を見つけると、公証人は農村保安官に鉄柵を見張らせて、貴重な足跡をちゃんと保存しておくように言って、ヴィオレットにアルシの治安判事を呼びに行かせ、その跡をはっきりと確認してもらうことにした。

そうして彼はすぐにゴンドルヴィルの城の客間に急いで戻ったが、すでに帝国憲兵隊の中尉と少尉が、部下四人と伍長を連れて到着していた。

お察しのとおり、この中尉は二年前にフランソワがその頭に穴を開け、コランタンがフランソワのいたずらにしてやられたことを指摘してやった伍長だ。

名はジゲといい、その兄は軍隊に行って砲兵隊の優秀な大佐の一人となっていた。彼自身憲兵隊の士官として能力があると評判の男だ。のちに彼はオーブ県の騎兵中隊を指揮することになる。

少尉はヴェルフと言い、かつてコランタンをサン＝シーニュからあの小館へ、そして小館からトロワに案内した男だ。その道すがらパリから来たコランタンが、エジプト帰りのこの男にロランスとミシュの奸計だとして彼らの仕業を十分に教えてやったのだった。

したがって二人の士官がサン＝シーニュの住人たちに対して大いに張り切って当然だし、また実際にその通りにしてみせた。

マランとグレヴァンは、二人そろってそれぞれの利益のために革命暦四年のブリュメール法と呼ばれる法律に力を注いだことがあった。この法律は執政政府によって公布された国民公会の法的産物である。したがってグレヴァンはこの法律を隅から隅まで熟知していたから、今度の事件でもきわめて迅速に事を行った。けれどもそれはミシュやドートセールおよびシムーズ兄弟が犯行に確実に関わっている、という推測から出発していた。

今日では老裁判官の何人かを除いて、誰一人この裁判制度がどのようなものであったか思い出す者はないだろう。ナポレオンはまさしく当時自身の法典を公布してこれをくつがえし、彼の作った司法制度によって今のフランスを牛耳ることになった。

革命暦四年のブリュメール法は、県の陪審委員長にゴンドルヴィルでなされた「不法行為」を直接訴追する権利を委ねている。

ついでながら言っておくと、国民公会が法律用語から「犯罪」という語を削ったのだ。国民公会が法に対する違反行為を認めているのは、罰金、投獄、加辱あるいは体刑のみであって、死刑は体刑となる。

しかし、体刑としての死刑は平時となれば削除されることになっており、二十四年間の強制労働がそれに代わるとされた。すなわち国民公会は二十四年間の強制労働が死刑と同じ重さになる、としたのである。終身強制労働を科す現刑法について何と言えばいいだろうか？

ナポレオンが参事院によって準備させた裁判制度は、陪審委員長職を廃止するものだった。そのポストはじっさい強大な権力を集めていたのである。

違反行為の捜査や告訴に関しては、陪審委員長は警察官、主席検察官、予審判事および控訴院をいわば同時に兼ねるところがあった。ただ訴追の手続きと行為は、行政府の司法官が同意した証明と、予審の事実を陪審委員長から示された八人の陪審員が証人や被告の意見を聞いて、最初の評決、すなわち起訴を承認することを宣言して初めて有効となる。陪審委員長は、彼の執務室に集まった陪審員に対して、彼らがせいぜいその協力者にしか成りえないくらいの大きな影響力を発揮することになる。

この陪審員たちは起訴陪審員団を形成する。それとは別に刑事裁判における被告を裁く役割の陪審員団がある。起訴陪審員に対して、彼らは判決陪審員と呼ばれた。

刑事裁判はナポレオンによって刑事法廷と名づけられたが、裁判長一人に四人の判事、検察官、そして政府検察委員で構成される[122]。

とはいえ一七九九年から一八〇六年にかけて、いくつかの県ではいわゆる特別法廷というのがあった。これは陪審員無しにある種の襲撃行為に対して裁くもので、民事裁判所から選ばれた判事たちで構成され、特別法廷を開く。特別裁判と刑事裁判との間に起こる衝突は、管轄の問題を引き起こし、破毀裁判所が決着をつけることになる。

もしオーブ県に特別法廷があれば、帝国の元老院議員に対して行われた襲撃行為の裁判は、おそらくそこに付託されていただろう。けれども平穏無事なこの県では、こうした例外的な法廷はなかった。

そこでグレヴァンは少尉をトロワの陪審委員長のところに急いで行かせた。このエジプト帰還兵は全速力で馬を走らせ、ゴンドルヴィルに戻ってきたが、その時先に述べたほとんど絶対的な権力を持つ司法官を大急ぎでつれてきたのである。

トロワの陪審委員長は、かつての国立裁判所の裁判長補佐を務め、国民公会のある委員会に雇われて書記となったが、これはマランの友達だったことから今の地位につけたのだ。

この司法官はルシェスノーといって、かつての刑事裁判を実際に取り扱い、グレヴァンと同様、国民公会での法律制定の仕事でマランを大いに助けた人物だった。そこでマランはルシェスノーをカンバセレスに推薦し、彼はイタリアの高等裁判所の主席検事に任命された。不幸なことにその出世の途上で、ルシェスノーはトリノの貴顕の夫人と関係ができて、ナポレオンは彼を転勤させなければならなくなった。不倫でできた子を奪い取ったとして夫が起こした軽罪訴訟から彼を免れさせるためである。

ルシェスノーは、マランにすべてを負う立場であり、この襲撃の重大さを理解していたから、憲兵隊の大尉と十二人の兵を引き連れてきたのだ。

出発の前に彼は県知事と当然話し合って意見の一致を見ていた。知事は夜中に知らされたから信号機を使うことができず、パリに向けて伝令をやって警察大臣と法務大臣、それに皇帝にこの前代未聞の犯罪を知らせた。

ルシェスノーがゴンドルヴィルの客間で会ったのはマリオンとグレヴァンの両夫人、ヴィオレット、元老院議員の下僕、それに治安判事とその書記だった。すでに城の家宅捜索は終わっていた。

治安判事はグレヴァンの協力で、慎重に予審の証拠固めとなるものを集めていた。ルシェスノーはまず犯行の日も、犯行の時間もみごとにうまく組まれていることに驚かされた。その時間だと手がかりも具体的な証拠もすぐに探すのは難しい。五時半と言えば、ヴィオレットも犯人たちを追いかけることができたが、その季節ではほとんど夜に近い。悪人共にとって夜はしばしば罪を逃れさせるものとなる。

みんながアルシのカーニバルの行列を見物に行くお祭りの日で、元老院議員が自分の城に一人いる日が選ばれたのは、目撃者を避けるためだったのではないか？

「いずれこうなると考えていた警視庁の密偵たちの目の鋭さを評価しましょう」とルシェスノーが言った。「あのサン＝シーニュの貴族たちに対して警戒するよう、絶えず言っていました。遅かれ早かれ、何か悪いことをするだろうとも話してましたな。」

オーブ県の知事がすぐに動いて、トロワの隣県すべてにわたって、仮面を付けた五人の男と元老院議員の跡を探すよう伝令を飛ばすことを確信していたルシェスノーは、まず証拠調べの基本的なところから着手した。

この作業はグレヴァンと治安判事の二人の司法的な援助で速やかに行われた。治安判事はピグーといって、マランとグレヴァンがパリで訴訟手続きを勉強していた弁護士事務所の首席書記をしていた男で、この三カ月後にアルシの裁判所長に任命されている。

ミシュに関して、彼が以前にマリオンをいろいろ脅したことや、元老院議員を待ち伏せして、議員が荘園からミシュの手を逃れることができたことなど、ルシェスノーは知っていた。

この二つの事実は、後の事件が前の事件とのつながりで起こったこととして、当然今度の襲撃の前提となるもので、元の管理人が悪人共の首魁《しゅかい》であることを示すとともに、グレヴァンやその夫人、ヴィオレットとマリオン夫人も、ミシュと瓜二つの男を仮面を付けた五人の男のうちに認めた、とはっきり言明している。頭髪や頬髯の色、がっちりしてそれほど高くない背丈から、変装していてもほとんど意味を成さなかったという。

それにミシュ以外の誰が、サン＝シーニュの館に入る鉄柵門を鍵で開けることができたのか？　門番もその妻もアルシから帰って訊問されたが、ちゃんと二つの鉄柵は鍵で閉めたと証言した。

その鉄柵は、治安判事が農村保安官と書記の立ち会いの下で調べたところ、むりやり押し開かれた跡はなかった。

「われわれがあの男に暇を出した時に、城館の合い鍵を持っていたんだな」とグレヴァンが言った。「いや、彼はきっと必死で何かやろうと考えていたに違いない。彼は土地を二十日後を期日に売り飛ばして、一昨日私の事務所でその金を受け取ったんだ。」

「あの連中は何もかも彼に責任をおしつけてしまおうという腹ですな」とルシェスノーは、そうした事情を聞くと驚いて叫んだ。「彼が連中の手足となったのがばれましたよ。」

シムーズ兄弟やドートセール兄弟以上に、いったい誰が城の有様を知り得よう？ 襲撃した男たちがいずれも過つことなく探し回り、確信をもっていたる所を往来したことは、一味がするべきことをちゃんと知っており、とりわけどこで奪うかを知っていたことを証明している。開けっ放しになっている家具の類は、けっして無理やりこじ開けられたものではない。

つまり犯人共は鍵を持っていたのだ。そしてまことに奇妙なことに、ほんの僅かも掠《かす》め取っていない。つまり物盗りの類《たぐい》でないのだ。

その上ヴィオレットがサン＝シーニュの城の馬を認めたあと、伯爵嬢が門番小屋の前で見張りをしているのを見てもいる。

こうした事実と証言を積み重ねてみると、まったく先入観を持たない裁判でも、シムーズ兄弟、ドートセール兄弟、それにミシュが有罪であるという推測が出てくる。そしてそれは陪審委員長にとっては確信に変わっていった。

ところで、ゴンドルヴィル伯爵と呼ばれることになる人物を、連中はどうしようというのか？ その土地の再譲渡を彼に迫るのか、それを得るための資金はある、と一七九九年からあの管理人は言っていたが？

ここですべての事態が変ってきた。

犯罪に詳しいこの刑法学者は、いったい城館で一生懸命になされた捜し物とは何だったのかといぶかった。もし復讐のためだったら、犯人たちはマランを殺すこともできたはずだ。おそらく議員は殺されて埋められてしまっている。しかし誘拐したということは、当然、監禁することを意味する。どうして城館をすっかりかき回して探したあとに監禁するのだろう？

確かに、帝国の顕官の誘拐が、いつまでも秘密のままにされると考えるのは馬鹿げている！　当然この襲撃はたちまち一般の人の知るところとなって、その利得が無に帰するのだ。

こうした異議に対して、ピグーは、これまで裁判では悪人どもの動機をすべて明らかにできたことなどない、と答えた。いかなる刑事訴訟においても、判事から犯人を見た場合でも、犯人から判事を見た場合でも、それぞれわけのわからない部分がある。人間の心には深い深淵があって、それを人知が見抜こうとするには犯罪者の告白によるしかない。

グレヴァンとルシェスノーは、それを聞いてなるほどと頷《うなず》いたが、だからといって二人とも黒々と横たわる闇に目をやって、その闇を照らし出そうとすることはやめなかった。

「皇帝陛下はあの連中に恩赦を与えましたね」とピグーがグレヴァンとマリオン夫人に言った。「陛下はあの者たちを亡命者リストから削除しました。つい先頃、陛下に対して陰謀を企んだにもかかわらず、です。」

ルシェスノーは、すぐさまサン＝シーニュの森と谷間に全憲兵を出動させた。そしてジゲを治安判事に同道させた。これで判事は法律用語で言うところの司法警察員補佐官となり、サン＝シーニュの村で証拠となるものを集め、必要となればあらゆる訊問を行うことになった。そしていっそう迅速に進めるべく、不利な証拠が明白に思われるミシュの逮捕状を口述すると、それに署名した。

憲兵と治安判事が出発した後、ルシェスノーはシムーズ兄弟とドートセール兄弟に対する逮捕状を作るという重要な仕事にかかった。法律にしたがって逮捕状作成には犯人たちに対して不利になるあらゆる証拠を並べ立てる必要があった。

ジゲと治安判事はサン＝シーニュに向かってずいぶん急いだから、トロワから帰ってくるサン＝シーニュの城の使用人たちに出くわすことになった。彼らを逮捕して村長のところに連行して訊問したが、みんな自分の返答がそれほど重要とは思わなかったので、それぞれ素直に、トロワで一日過ごすことはその前日に許可を得ていると言った。

治安判事の尋問に対して、それぞれ一様に伯爵嬢がちょっと気晴らしをしたらどうかと提案したので、それまで思ってもいなかったが、それに従ったと答えた。

こうした供述は治安判事にとってきわめて重大に思われたから、エジプト帰りのジゲをゴンドルヴィルにやって、同時に事を遂行するために、ルシェスノー氏自身が来てサン＝シーニュの貴族たちの逮捕請求をするよう彼に伝えることにした。というのも治安判事はミシュの農地にある家に行って、悪党共の首魁と思われる彼を不意打ちしようと考えたのだ。

　そうした新しい証拠の数々があまりに決定的であるので、ルシェスノーはすぐさまサン＝シーニュに向かった。彼はグレヴァンに荘園に残っている馬の足跡を大切に残しておくように忠告を忘れなかった。

　かつて人民の敵であり、今現在は皇帝の敵となった旧貴族たちを、自分が訴訟手続きすることが、どれほどトロワで大喜びされるかを陪審委員長は知っていた。こうした状況に身を置けば、司法官は単なる推測を明白な証拠として容易に採用する。

　けれども、元老院議員の馬車でゴンドルヴィルからサン＝シーニュに向かっている時、礼儀にうるさかった皇帝の不興を蒙った例の恋愛沙汰さえ無ければ、ルシェスノーは本来は法務大臣にでもなっていた男だったから、青年貴族やミシュが向こう見ずに事を行ったのはあまりに愚かすぎるし、日頃のサン＝シーニュ嬢の頭の良さとはどうもしっくり来ないことに気が付いた。ゴンドルヴィルの土地の再譲渡を元老院議員から引き出すのとは別の意図があるのではないかと彼は考えた。

　どんな職業にも、たとえ司法官でも、職業的良心と呼ばれるものが存在する。ルシェスノーがあれこれ惑うのは、あらゆる人間が快く自分の義務を果たすにあたっての良心の発露に由来する。それは学者では学問において、芸術家では芸術において、判事では裁判において果たす際の良心である。そのために、おそらく判事たちは陪審員たちよりも被告には信頼できるように見えるのだ。司法官が恃《たの》むのは理性に裏付けられた法律のみで、陪審員たちは感情の波に引きずられるままになる。

陪審委員長は自分自身に何度も問いかけて、軽犯罪の人間の逮捕においてさえ自分で満足すべき解決策を求めようとした。

マランの誘拐の知らせは、すでにトロワの町を揺るがせていたが、アルシの町では午後八時にはまだ知られていなかった。というのも憲兵と治安判事がその町に呼ばれた時には、皆夕食を取っていて、サン＝シーニュでは誰一人このことを知らなかった。サン＝シーニュの森も谷間も、再び取り囲まれることになったが、今度は警察ではなく裁判所によってだった。警察の場合は折り合いをつけるのは可能だが、裁判所となるとしばしば和解がなしえなくなる。

第十六章　逮捕

ロランスは、自分の言うことをきっちりと守れるように、マルトやカトリーヌ、そしてデュリュー夫婦に対して、城に残って外には出ず、また外を見ることもしないで、と言っておくにとどめた。

森と屋敷との往復の度ごとに、あの濠の裂け目の前にある窪んだ道に馬を止め、そして一番力の強いロベールとミシュが濠の裂け目からこっそりと入口を抜けて「姫様の塔」の階段の下にある地下倉に、金貨の入った袋を運びこむことができた。

城館に到着したのは五時半ごろだったが、四人の貴族とミシュはすぐに金貨を地下に埋める作業にかかった。ロランスとドートセール兄弟はその地下倉を塗りこめてしまうのが良いと判断した。

ミシュがゴタールに手伝わせて、その作業をすることになり、ゴタールは農地にあるミシュの家に走って、工事の際に残っていた漆喰《しっくい》の袋を取りに行った。マルトは家に戻ってこっそりと漆喰の入った袋をいくつか彼に与えた。

ミシュが建てた家はかつて彼が憲兵隊の群れを遥かに認めた高台に位置していて、そこへは窪んだ道から行く。ミシュは、ずいぶん腹が空《す》いていて、とにかく早く終わろうしたから、七時半ごろには仕事が済んだ。要ると思っていた漆喰がいらなくなったので、急いで戻って、ゴタールに最後の一袋は持ってこないでいいと言おうとした。

彼の家はその時すでにサン＝シーニュの農村保安官や治安判事、書記、そして三人の憲兵に囲まれていた。姿をひそめていた彼らは、ミシュがやってくるのを聞きつけると、そのまま彼を家に入って来させた。

ミシュはゴタールが肩に袋を担いでやってくるのを見て、遠くの方からこう叫んだ。

「終わったぞ、坊主。それは元に戻しておけ。一緒に飯にしよう。」

ミシュは額に汗をかいて、衣服も漆喰と裂け目の残骸から出る石の粉の泥のようなもので汚れたまま、上機嫌で妻のいる台所に入ってきた。マルトとその母親がスープを作って待っている。

ミシュが水がめの栓をひねって手を洗おうとした瞬間、治安判事が現れた。後に書記と農村保安官もいる。

「いったい何事です？　ピグーの旦那」とミシュが尋ねた。

「皇帝陛下と法の名のもとに、お前を逮捕する！」と治安判事が言った。

三人の憲兵もその時姿を見せた。ゴタールを拘引している。

憲兵の縁飾りのついた軍帽を見て、マルトと母親は怯えて目を見交わした。

「ああ！　そりゃ、とんでもない！　でも、どうしてです？」とミシュは尋ねた。そしてテーブルに座ると妻に言った。「飯を出してくれ、腹がすいて死にそうだ。」

「われわれよりもお前さんがご存じだろう」と言って、治安判事は逮捕状を彼に示したあと、書記に合図して調書を取るように促した。

「おいおい！　お前もびっくりしてるのか、ゴタール。夕飯を食べるだろう、ええ、どうだい？　連中には勝手に馬鹿を書かせておけばいい」とミシュが言った。

「お前さんの服がどんな状態か、ちゃんとわかっているだろう？」と治安判事が言った。

「いまさっきゴタールに中庭で言った言葉も否認せんだろうな。」

　夫の冷静さに驚いている妻に給仕させて、ミシュは空腹でたまらぬという様子で食べて、何一つ答えないでいた。口は食べ物でふさがっているし、心は何の疚《やま》しいところもないからだ。

　ゴタールの方は何が起こるのかと心配になって食欲が起こらない。

「いいかね」と農村保安官がミシュの耳元で言った。「いったい元老員議員をどうしたんだ？　裁判所の人たちの話を聞くと、あんたは死刑になるというぞ。」

「まあ。神様！」とマルトはおしまいの言葉を聞いて驚き、雷に打たれたように倒れこんだ。

「ヴィオレットが俺たちに汚い手を使ったんだな！」とミシュはロランスの言葉を思い出して叫んだ。

「ああ。それじゃ、あんた方がヴィオレットに見られたことはわかっているんですな」と治安判事が言った。

　ミシュは唇を嚙んだ。そしてもうこれ以上はしゃべるまいと決めた。ゴタールもそれにならってだんまりを決め込む。

　口を割らせようとしても無駄とわかり、この土地で噂されているミシュの悪辣さを知っていた治安判事は、ミシュとゴタールに縄をかけてサン＝シーニュの城に連行するように命じた。そして彼もまた陪審委員長と合流するためにそこに向かった。

貴族の青年たちとロランスもひどい空腹を訴えていた。服装を改めると夕食が遅くなるから、と言うほどひどく食事をしたがった。ロランスが乗馬服、男たちは白い革のキュロットに乗馬靴を履き、ラシャ地の緑のヴェストを着て居間に現れると、ドートセール夫妻が心配そうに迎えた。

ドートセール老人は、彼らが何度も往復していたことや、なによりも自分を警戒して避けているのに気がついていた。ロランスは老人を召使いたちに命じた禁足状態にしておくことはできなかったからだ。だから息子の一人が老人に問いかけられて答えるのを避けて逃げ出した時、彼は妻の所に来てこう言った。

「どうもロランスがまた私たちを困った立場に追い込むのじゃないかと心配だ。」

「今日は何の狩りだったの？」とドートセール夫人はロランスに尋ねた。

「ええ。もう何日かたてば、あなたの息子さんたちも一緒に加わった悪さをお知りになりますわ」と彼女はにっこり笑いながら答えるのだった。

もちろん冗談で言った言葉だったが、老夫人は震え上がった。

カトリーヌが夕飯の支度ができたと告げた。ロランスはドートセール卿に腕を貸し、そうしていとこたちにいたずらっぽく微笑んでみせた。そうすれば否応もなくそのうちの一人が先ほど彼らの間で交わした取り決めの神託となった天の声の決定により、老婦人の腕を取らなければならなくなる。

シムーズ侯爵がドートセール夫人を食卓に導いた。その場の雰囲気は何か荘重なものとなり、食前の祈りがすむと、ロランスと二人のいとこは胸の動悸が激しくなるのを感じた。ドートセール夫人は食事を供しながら、シムーズ兄弟の顔に浮かんだ不安な様子と、ロランスの羊のように柔和な顔つきに変化が現れているのに驚いた。

「いったい何か特別なことがあったの？」と三人の顔を見て彼女は声を上げた。

「誰にお話しになっているの？」とロランスが言う。

「あなたたちみんなによ」と老婦人が答えた。

「僕はね、お母様」とロベールが言った。「ものすごくお腹がすいているんですよ。」

ドートセール夫人は不安なままにシムーズ侯爵に皿を渡したが、それは本来弟の方へ渡すものだった。

「あなたたちのお母様と同じね、いつも間違ってしまう。巻いているスカーフでわかるのにね。弟さんにお給仕していると思ったのですよ」と彼女は兄の方に言った。

「いや、あなたは兄に良い給仕をなさったんです」と弟が蒼白になった顔で言った。「これで彼はサン＝シーニュ伯爵です。」

弟はかわいそうにこれまであれほども陽気でいたのが、哀しい気分を永遠に味わうことになった。しかし精一杯ロランスに微笑んでみせて、絶望的な口惜しい気持ちを抑えた。

一瞬のうちに、恋人としての彼は、弟としての境遇に沈んでしまうことになったのだ。

「まあ！　伯爵嬢がお選びになったということ？」

「いえ、そうじゃないわ」とロランス。「私たちは運を天にまかせたのよ。そしておばさまがその役を代わってなさったのだわ。」

彼女は今朝の取り決めを話した。

シムーズ兄は弟の顔がますます青ざめてくるのを見て、何度もこう叫びたい気持ちになっていた。「この人と結婚しろ。私は死ぬことにするよ、この私は。」

デザートが供されるとき、サン＝シーニュの住人たちに食堂の庭側の十字窓が叩かれるのが聞こえた。ドートセール兄が戸を開けに行くと、司祭が入ってきた。庭園の垣根をよじ登ってきた時にキュロットが金網で裂かれてしまっている。

「お逃げなさい！　逮捕されますよ！」

「どうしてです？」

「まだわかりません。でもあなたたちは起訴されています。」

この言葉を聞くと、皆どっと笑った。

「私たちは何もしていませんよ」と貴族たちは声をあげた。

「無実なのか、そうでないかはともかく」と司祭が言った。「馬に乗って国境までお行きなさい。そこででもあなたたちは無実を証明できます。欠席裁判ということでやり直せますが、民衆の熱狂によって、しかもそれが偏見からでてきた対審の有罪判決が出たらやり直しがききません。〈もし私がノートルダム寺院の塔を持ち去ってしまったと訴えられたら、私はまず逃げ出す〉って言ったアルレ裁判長の言葉[123]を思い出して下さい。」

「しかし、逃げるって言うのは、有罪だと認めることになるのでは？」とシムーズ侯爵が言う。

「逃げちゃいけないわ」とロランス。

「相変わらずの崇高な馬鹿さ加減ですな」と司祭は絶望して言った。「もし私に神様ほどの力があるなら、あなた方を引っ担いでいくのだが。でも、こんな状況にあって、私がここにいるのが見つけられたら、この訪問が奇妙だと、あなた方だけでなく、私まで悪く取られてしまいます。こんな時にやってきた、と言ってね。私は元の道を引き返しますよ。よくお考えなさい！　まだ時間はあります。裁判所の人間は、まだ司祭館との境界の垣は思いついていませんが、あなた方は四方を囲まれているのです。」

司祭が出て行って間もなく、大勢がやってくる足音が響き、中庭に満ちた憲兵たちのサーベルの音が食堂まで届いた。かわいそうに司祭の忠告は、あのシャルジュブフ侯爵の忠告と同じように効き目がなかった。

「僕たちがいつも一緒にいるのはおぞましいものだし、またおぞましい恋も経験することになる」とシムーズ弟が陰鬱な調子でロランスに言った。「このおぞましさがあなたの心をつかんだんだ。おそらく、自然の法則がひっくり返ったために、双子というものは、僕たちが知っているだけでもみんな不幸だった。僕たちにしても、知ってるでしょう、どれほどしつこく運命が僕たちを追い詰めているか。あなたの決断が遅くなったのも当然と言えば当然なんだ。」

ロランスは呆然としていた。その時まるで何かが唸《うな》っているような言葉が聞こえた。彼女にとって不吉な、陪審委員長の声だった。

「皇帝陛下と法の名のもとに！　ポール＝マリおよびマリ＝ポール・シムーズ、アドリアンおよびロベール・ドートセールを逮捕する。これらの者は」と彼は自分に続く者たちに被疑者たちの衣服に付いた泥の跡を示して言った。「今日の何時間か、乗馬していたことを否認することはありますまいな。」

「どんな罪でこの方たちを起訴するのです？」とサン＝シーニュ嬢が胸を反らせて尋ねた。

「このお嬢さんは逮捕しないのですか？」とジゲが言った。

「保釈にしておく。彼女について不利な証拠をもっと十分に検討するまでな。」

グラール村長が伯爵嬢に決して逃亡しないと約束させて、保証人となることを申し出た。

ロランスはシムーズ家のかつての厩舎番を、いかにも見下したような視線で見やって怒りを表したが、そのため彼はロランスを不倶戴天《ふぐたいてん》の敵と思いこむことになった。怒りの涙が一筋、彼女の目から溢れ、地獄の苦しみを味わっていることが知られた。

四人の貴族は凄まじい視線を互いに交わすと、そのままじっと動かなかった。

ドートセール夫妻は四人の若者たちとロランスに騙《だま》されているのではないかと心配しながら、啞然として言葉も出ないありさまだった。それぞれ安楽椅子に釘づけされたようになって、あれほども心配し、やっと取り戻せた子供たちをまた奪われるのを見て、見れども見えず、聞けども聞こえぬ状態となった。

「あなたに私の保証人をお願いしていいですか。ドートセールさん？」とロランスが彼女の元の後見人に大声でいった。ドートセールは最後の審判のラッパのような、はっきりとつんざくようなその声で、はっと意識がもどった。

老人は目に溢れた涙をぬぐうと、すべてを理解して、かすかな声で自分の親戚の娘にこう言った。

「失礼、伯爵嬢、身も心も、すべてあなたに捧げていることはご承知でしょう。」

ルシェスノーは、最初、食事を取っていた犯罪人たちの平静さに驚き、両親たちの驚きや、誰かが自分に罠を仕掛けたのではないかと思いをめぐらせているロランスの考え深そうな様子を見て、彼らが有罪かどうかについて考えた最初の気持ちにまた立ち帰った。

「皆さんはずいぶん育ちの良い方たちだから、無駄な抵抗はなさらないでしょう」と彼は丁重に言った。「四人とも私について厩舎まで来てください。あなた方がいられるところで皆さんの馬の蹄鉄を外す必要があります。訴訟に重要な証拠となりますからね。あなた方が無罪か有罪かを示してくれるでしょう。あなたも一緒に来ていただけますか、お嬢さん！……」

サン＝シーニュの蹄鉄工とその徒弟が、鑑定人としてルシェスノーに呼ばれて来ていた。厩舎で作業がなされている間に治安判事がゴタールとミシュを連れてきた。馬の蹄鉄を一頭一頭はずして、その型を取りながら集め、襲撃を行った者たちの馬がつけた庭園に残る跡と照合するための作業は時間がかかった。

けれどもルシェスノーはピグーが到着したと聞いて、被告たちを憲兵たちに見張らせてそこに残し、食堂にやってくると調書を口述した。すると治安判事は彼にミシュの衣服の状態を示し、逮捕時のいろいろな状況を話した。

「彼らは議員殿を殺して、壁に塗り込めたのでしょう」と結論的にピグーはルシェスノーに言った。

「今となっては、そういう恐れがありますな」と司法官が答えた。

「お前はどこへ漆喰を持っていったんだ？」と彼はゴタールに聞く。

ゴタールは泣き出した。

「裁判と聞いて怖がっているんだ」とミシュが言った。その目が網に掛かったライオンのように炎と燃えている。

村長の家に留めておかれた屋敷の召使い全員が、その時に到着した。控えの間に集められたが、そこにカトリーヌとデュリュー夫妻が泣いていて、彼らが先に答えたことがどれほど重大なものだったかを知らされた。

陪審委員長と治安判事からどんな詰問を受けても、ゴタールは啜り泣きをするばかりだった。泣くばかりでなく、最後にはなにか痙攣に襲われたようになったから、二人とも怖くなって放免することにした。

このしたたかな少年は、監視の目が無くなったと知ると、ミシュを見てにやりと笑った。ミシュもまたよくやったと言わんばかりに目くばせして見せた。ルシェスノーは治安判事をそこに残して鑑定人たちを督促しに出かけた。

「もし、あなた」とドートセール夫人がピグーに声をかけた。「私たちに説明していただけますか、どうして逮捕など？」

「あの人たちは武装して元老員議員殿を誘拐した廉《かど》で起訴されたんです。それと監禁というのも、議員殿は殺されてはいないように思うからです。見た目はそう見えますが。」

「で、どんな刑になるんです。その犯罪を犯した人間は？」とドートセール卿が聞いた。

「いや、これまでの法律は、現行の法典に違犯していませんから有効です。まあ死刑ですね」と治安判事が答えた。

「死刑ですって！」とドートセール夫人は叫んで気絶してしまった。

この時司祭が妹と一緒に姿を見せた。妹はカトリーヌとデュリューの妻の名を呼んだ。

「まったく俺たちは奴を見てもいないんだよ。あんたの忌々しい議員殿をな！」とミシュが叫んだ。

「マリオン夫人やグレヴァン夫人、グレヴァン氏、議員殿の下僕、それにヴィオレットも、あんたと同じようには言わんよ」とピグーは、確信した司法官が見せるあの人を刺すような笑いとともに答えた。

「何がなんだかさっぱりわからん」とミシュはその答えを聞くと呆然として言った。そしてやっとその時、自分たちに対してたくらまれた陰謀に、主人たちと一緒に巻き込まれたことがわかったのだった。

その時皆が厩舎から戻った。

ロランスはドートセール夫人のところに駆け寄ると、夫人は意識を取り戻してこう言った。

「死刑なんですよ。」

「死刑？……」とロランスはオウム返しに言うと、四人の貴族を見た。

この言葉でたちまち恐怖に捉われた雰囲気が広がり、そこをコランタンに仕込まれたジゲがうまく利用した。

「まだ取り返しがききますよ」と言って彼はシムーズ侯爵を食堂の一角に連れてきた。

「たぶんふざけただけでしょう？　どうして、また！　あなたは軍人でいらしたのですよね。軍人は相身互いです。議員殿をどうなさったのです？　もし殺してしまったのなら、万事休すですよ。でも監禁なさっているのだったら解放なさい。失敗したのはおわかりでしょう。あの陪審委員長は議員殿と腹をあわせて訴追を押えてくれますよ。」とシムーズ侯爵が言った。

「君が何をいっているのだか、僕たちにはさっぱりわからない」とシムーズ侯爵が言った。

「そんな調子でいると大変なことになりますよ」と憲兵中尉が言った。

「ねえ、ロランス」とシムーズ侯爵が言った。「僕たちは監獄にいくことになるよ。でも心配しないでいい。数時間もすればまた帰ってくる。これには何か誤解があって、それはすぐわかるはずだから。」

「そう願っていますよ、皆さん」と司法官は言うと、ジゲに合図をして四人の貴族とゴタールル、そしてミシュを連行させた。「トロワへ連れて行くんじゃない」と彼は中尉に言った。「アルシの君の持ち場に留めて置くんだ。明日、朝になって彼らの馬の蹄鉄の跡を荘園についていた跡と照合する時、立ち会わせることにするから。」

ルシェスノーとピグーが出立したのは、カトリーヌとドートセール夫妻、それにロランスを訊問してからとなった。

デュリュー夫婦とカトリーヌそれにマルトは、主人たちを見たのは昼食の時からだとはっきりと言い、ドートセール卿は彼らを見たのは午後三時だと答えた。

午前零時頃、ロランスがドートセール夫妻に挟まれて、グゥジェ神父と妹の前にいた。

ここ一年半、一緒にこの城で暮らした四人の若者がいなくなり、その愛も喜びもなくなってしまった今、彼女は長い間じっと黙ったままでいたけれど、その場の誰一人、彼女の口を開かせようとするものはいなかった。

悲しみがこれ以上ないほどに深く完璧になったことはなかった。やっと何かため息のようなものが聞こえた。皆その方を見た。

マルトが皆から忘れられた形で部屋の片隅にいた。彼女は立ち上がるとこう言った。

「死刑ですって！　お嬢様？……　私たちにとって大事なあの方々が殺されるのですね、無実なのに。」

「何をされたんです？」と司祭が声をあげた。

ロランスが何も答えずに外へ出ていった。思いがけなく降りかかった災厄の最中にあって、彼女は独りきりになり自分の力をもう一度取り戻す必要があったのだ。

第三部　帝政時代の政治的裁判

第十七章　私選弁護人たち[124]の疑い

三十四年も経つと、その間三つの大きな革命が起こっているから、今日老人ぐらいしかフランス帝国の元老院議員の誘拐という、ヨーロッパでも前代未聞の騒動を思い出すことができない。

帝政下のサン＝ミシェル広場の食料品店主トリュモーやモラン未亡人の裁判、また王政復古下のフュアルデスおよびカスタンの裁判、現代のラファルジュ夫人とフィエシの裁判[125]を除いて、マランを誘拐した廉で起訴された青年たちの裁判ほど、興味と好奇心をそそったものはなかった。

自分が統括する元老院のメンバーにこのような危害が及んだことで怒りをあらわにした皇帝は、犯行が行われてほぼ同時に犯人たちが逮捕され、議員の行方を捜索したが無駄に終わった、と報告を受けた。

森はその隅々まで捜索がなされた。それはオーブ県とその周囲の県のすべてにわたったが、ゴンドルヴィル伯爵がどこを通ったのか、彼がどこに監禁されているのか、めぼしい手がかりは何一つ得られなかった。

ナポレオンに呼ばれて、法務大臣は警察大臣からいろいろ情報を得て出頭し、皇帝にシムーズ兄弟とマランの関係について説明した。皇帝はその時重大事をいろいろ抱えていたが、当該の事件を解決するのは過去の事実にあると考えた。

「その若い連中は馬鹿だな」と彼は言った。「マランのような法律の専門家なら、暴力で奪った証書なんか否認するはずだよ。その貴族たちを監視して、連中がゴンドルヴィル伯爵を解放するのにどんな手を使うのか監視するのだ。」

皇帝はその事件の解決をとにかく迅速にせよと厳命した。これは彼が作った諸制度に対する攻撃であり、大革命の結果に対する反抗のまがまがしい例であり、国家財産という大問題に対しての攻撃、彼の内政においてつねに心を占めていた各党派の融和に対する障碍だと彼には見えた。要するに、彼は自分がその若者たち、平穏に暮らすと約束した若者たちに嬲《なぶ》られたように思ったのだ。

「フーシェが以前に言っていたことが実際に起きたな」と、彼は現在警察大臣となっている男が二年前に洩らした言葉を思い出して叫んだ。ロランスについての報告をコランタンから聞いて受けた印象だけで、フーシェはそう言ったのだった。

現在の立憲君主制の政府の下では、今は何も見ず、何も聞かず、恩知らずで、冷淡でいる国務に誰もが関心を抱かないから、皇帝の言葉が当時の行政や政治機構にどれほどの熱意を与えるものか、想像など出来ないだろう。この強い意志は人間に対してと同様、事物に対しても伝わるように思われた。

一度それについての命を下してしまうと、思いがけず一八〇六年の対仏欧州同盟が出来たために、皇帝はこの事件は忘れてしまった。新たに戦いを始めることを考え、その軍隊を集結させてプロシャ王国の心臓部に大打撃を与えようと専心したのだった。

けれども迅速な裁決が行われるのを見たいという彼の望みは、帝国のあらゆる司法官たちの地位を脅かしていた不安定さを、一気にうち破る手段となった。

この頃、大法官となっていたカンバセレスと法務大臣のレニエ[126]が、初審裁判所、帝国裁判所および破毀院[127]の制度を準備していた。彼らはナポレオンが執着し、かつその執心も尤もと思われる服装に関して検討していた。またどんな人材がいるか審査し、廃止された高等法院の生き残りの人間について調査もしていた。

当然のことながらオーブ県の司法官たちは、ゴンドルヴィル伯爵の誘拐事件に対して熱心に対処している証しを見せることで、自分たちを大いに売り込もうとした。

ナポレオンがいろいろ推測してみせたことが、廷臣や大衆にとっての確信となった。

平和はなおヨーロッパ大陸で続いており、フランスではみな口を揃えて皇帝を褒めそやす。皇帝は皇帝で、さまざまな利害関係や虚栄心、人間や事物の一切合切、かつての記憶にまでおもねっていた。かの誘拐の企ては、従って、誰の目にも公共の幸福への攻撃と受け取られたのだ。そのため哀れにも四人の貴族は無実でありながら、皆から非難を受けることになった。

数も少なく、自分たちの土地にひっそりと閉じこもっている貴族たちは、仲間うちでは悲しんではいたが、誰一人として口を開こうとするものはいなかった。じっさい、どのようにして、世論というものの猛威に対抗しようというのだ？

全県にわたって、一七九二年にサン＝シーニュの館の鎧戸越しに撃ち殺された十一人のことを口にする者が出てきた。そしてまたそのことで被告たちが非難された。そうなると勢いを得た亡命貴族たちが、彼らの財産を取り上げた者たちを襲い、その不当な収奪に対して抗議して返還させようとするのではないかと心配する者も出てきた。そこで、あの貴族連中はならず者で泥棒、人殺しとされ、それにミシュが共犯だということが、彼らにとって致命的となった。かつての恐怖政治の時代に、彼か、その舅かはともかく、この県でギロチンに掛かった者のすべてを手に掛けたこの男は、馬鹿げた作り話の主人公となっていたのだ。

マランがオーブ県の役人のほとんどを配置していただけに、そうした怒りはいっそう激しいものがあった。高潔な声は、そうした世論に対して何一つ上がらなかった。要するに、被告たちは不運にも偏見に満ちた世論と戦う何らの合法的な手段が無かったのだ。というのも起訴の諸項目やその当否を陪審員たちに委ねる革命暦四年ブリュメール法は、判決の公正を疑わしいとする正当な理由によって上告する大きな保証を、被告たちに与えることができなかった。

逮捕の二日後、サン＝シーニュの主人や使用人たちは、起訴陪審の場に出頭するよう要請された。

サン＝シーニュには農地の番人を残して、その地に居住するグゥジェ神父兄妹が、その監督に当たった。

サン＝シーニュ嬢とドートセール夫妻は、トロワの市街を取り巻く大きく広い郊外の地の一角にデュリューが持つ小さな家に住むことになった。大衆の怒り狂う様、ブルジョワたちの悪意、役人たちの敵意を知ると、ロランスは胸締めつけられる思いがした。犯罪が裁かれる地方都市では、そうしたものが事件に関わる人間の家族に、ささいなことにまで降りかかってくる。励ましや同情のこもった言葉の代わりに、復讐の恐ろしい欲望が爆発し、端正な礼儀作法や気品からの控えめな態度に代わって、憎しみをそのまま表に示す。とりわけ、普通の人間なら辛くてたまらない疎外感は、不幸が人間への猜疑心を引き起すだけに、ますます直ぐに感じてしまうのだ。

ロランスは自分の本来の強靭さを取り戻すと、被告たちの無実は明らかだと考え、群衆たちを大いに軽蔑していたから、皆が沈黙したままの非難でもって自分を迎えることに驚きはしなかった。彼女はドートセール夫妻の気持ちが萎えるのを持ちこたえさせ、訴訟の手続きがこれほど迅速なことから、きっと近いうちに刑事裁判所の法廷で戦いの火蓋が切って落とされると考えていた。けれども彼女は思いもかけない打撃を受けて、その勇気も挫けようとしていた。

この災厄の最中、皆からも怒りを向けられて、悲しみに沈む一族が、まるで砂漠の中にいるように思っていた時、一人の男がにわかにロランスの目に大きく映り、その人物の崇高な性格をまざまざと示したのだ。

陪審委員長が起訴状の末尾に「然リ、起訴至当」というおきまりの一句を書き添えることで、起訴が発効となり、訴追官[128]に送り返されて、被告たちに対して発せられていた逮捕状が拘禁の命令に変わった翌日、シャルジュブフ侯爵が親族の若い娘を救おうと、例の古ぼけた馬車で勇ましく乗り込んできた。

裁判が迅速に進むのを予測して、この名家の当主は急いでパリに出向き、かつて最も敏腕で信用のおける代訴人[129]だったボルダンを連れてきた。彼はパリでここ十年ほど貴族たちの代訴人を勤めていて、その後継者が高名なデルヴィル[130]である。

この名うての代訴人は、すぐノルマンディーの高等法院の元の院長の孫息子を弁護士として選んだ。その男はいずれ裁判官になるつもりでボルダンのもとで勉強していたのである。弁護士という称号は一旦廃されていたが、また皇帝が復活させたもので、今問題となっている裁判が終わった後、この弁護士はパリ高等法院の主席検察官代理に任命され、われわれの物語中で最も有名な裁判官の一人となる。すなわちグランヴィル氏である。彼はこの機会に華々しいデビューを飾ろうと弁護を引き受けたのだった。

当時、弁護士の役割を非公式の私選弁護人が執り行っていた。つまり弁護の権利は制限されておらず、すべての市民が無実である被告を弁護することが出来た。しかし一般に被告は旧制度下の弁護士を頼んで弁護してもらっていたのである。

ロランスがよほど苦しんだとみえて、ずいぶん窶《やつ》れていることに老侯爵は驚き、あっぱれな趣味の良さと思いやりをみせた。彼はかつて与えた忠告を思い出させるような野暮なことはしなかった。ボルダンを紹介して、彼の言葉は神託の如きものだから文字通りにきちんと従うように言い、若いグランヴィルを全き信頼のおける弁護士だと述べた。

ロランスは老侯爵に手を差し出して、その手をしっかりと握りしめ、侯爵を感激させた。

「伯父様のお言葉通りでしたわ」と彼女が言った。

「それじゃ、今はわしの忠告を聞くというわけだね」と彼が尋ねる。

若い伯爵嬢はドートセール夫妻がしたのと同じように、こくりと頷いた。

「よろしい。それじゃ、わしの家においで。町の真ん中にあって裁判所の近くだ。あんたも弁護のお二人も、こんなぎゅうぎゅう詰めでいて、しかもいざ戦いというとき、そこからうんと遠くにいるよりはるかに居心地がいいだろう。そうでなきゃ毎日一つの町を端から端まで往復せにゃならんぞ。」

ロランスはその親切を受け入れた。老人はロランスとドートセール夫人を自分の屋敷に連れて行き、裁判の間弁護士とサン＝シーニュの住人たちの住まいとした。

夕食のあと、部屋の扉がすべて閉じられると、ボルダンはロランスに正確に事件の状況を語るように言った。ボルダンも若い弁護士も、それまでの事実の幾つかはパリからトロワまで来る間に侯爵から聞かされてはいるけれど、どんな些細なことも省かないように、と念を押した。

ボルダンは、暖炉に足を投げ出して、もったいぶったところがまったくない。

青年弁護士の方は、サン＝シーニュ嬢にうっとりとした眼差しを向けるのと、訴訟の要点を注意して聞くのと、その両方にならざるを得なかった。

「それで全部ですか？」とボルダンは、これまで物語で述べてきた通りに、ロランスが悲劇の一部始終を話したのを聞いて尋ねた。

「そうです」と彼女は答えた。

シャルジュブフの屋敷にしばらく深い沈黙が続いた。一生のうちで起こりうるもっとも深刻で、またとない光景がそこで展開されていた。

戦いを始める前に、訴訟のすべてが、判事たちに先んじて弁護士たちによって判断されるのは、自然の摂理と法律の戦いという違いはあるが、ちょうど病人の死が医者たちによって予感されるのと同じだ。

ロランス、ドートセール夫妻、それに侯爵は、老いた代訴人の小さな深いあばたのある黒いしなびた顔にじっと目を凝らしていた。生死に関わる彼の言葉をこれから発しようとしている。ドートセール卿は額にじっとり吹き出た汗を拭った。

ロランスが青年弁護士の方を見ると、彼の顔は何か憂わしげだった。

「どうです、ボルダンさん？」と侯爵が言って彼の煙草入れを差し出しても、代訴人は上の空でそこから煙草をつまみ出した。

ボルダンは黒い釜糸織りの粗い靴下を穿いたふくらはぎをこすった。彼は黒い羅紗地のキュロットを穿いていて、フランス式と呼ばれる形に近い上衣を着ている。彼はいたずらっぽくその視線を依頼人たちに向けると、いかにも不安げな様子を示して、皆の心胆を寒からしめた。

「あなた方に詳しく説明して見せないといけませんかな？」と彼は言った。「しかも率直に、ね。」

「ええ、どうぞ、おっしゃってください」とロランスが言った。

「そちらが良かれと思ってしたことが、かえってそちらに不利な証拠となっているんですよ」と老練な法律家が彼女に答えた。

「今のところ、ご親族の人たちを救うことはできませんな。できるとしたら罪を軽くすることだけです。ミシュに彼の土地を売らせたことは、元老院議員に対しての犯罪の意図を一番はっきり示す証拠とされるでしょう。あなたはわざと使用人たちをトロワに行かせて、あなたたちだけになろうとされた、それは真実であるだけに説得力を持つことになります。ドートセール卿のご長男がボーヴィザージュに言った恐ろしい一言は、あなた方全員を危うくするものです。またもう一言、城の中庭でおっしゃってますな。それはずっと以前からゴンドルヴィル伯爵に対して、悪意を持っていたことを証明することになります。それにあなたの場合、襲撃が起こった時に、見張りをしているような格好で鉄柵のところにいらした。あなたが起訴されないのは、この事件を興味本意のものにさせないためです。」

「この裁判は持ちこたえられませんね」とグランヴィル氏が言った。

「本当のことが言えなければ言えないだけ、ますますそうなりますな」とボルダンが引き取って言った。「ミシュとシムーズ兄弟、それにドートセールの兄弟は、その日あなたと一緒に森へ行って、サン＝シーニュに戻って食事をしたのだ、とだけ、ひたすら主張しなければならん。けれども、たとえ皆さんが三時に一緒にいたことが証明できても、というのもその間に襲撃が行われたわけですからな、誰か証人はいますか？　被告の奥さんのマルトとデュリュー夫婦とカトリーヌは、あなたに仕える人たちだ。それとご主人夫妻、これは被告の両親となると、こうした証人は認められません。法律はその人たちがあなた方に反する証言をしても認めないし、あなた方に有利な証言をしても、良識からいって受け入れられないでしょう。もし、うっかり、皆は百十万フランの金貨を探しに森に行ったのだ、とあなたが言ったとしたら、被告になった全員を盗人として懲役に送ることになるでしょう。検事も、陪審員団も、判事たちも、傍聴席も、さらにはフランス中が、あなた方こそゴンドルヴィル伯爵からその金貨を奪ったと思いますよ。そしてそのためにあなた方が議員を監禁したのだ、とね。まあ、起訴を今のままの形のもので認めれば、この事件は曖昧なままです。ところがありのままの真実を言うと、この事件の底まで明らかなものになってしまうでしょう。陪審員たちは、今さっぱりわからない闇の部分を窃盗として説明しようとするでしょうな。というのも、今日の王党派と言えば、ならず者のことですから。現状は、この政治的状況において復讐も無理からぬことだと思われる。被告たちは死刑ということになります。しかもそれは皆の目には決して不名誉なこととは映りません。ところが、そこへ自分のものとは思えないお金を盗み出したことを加えてしまうと、あなたは死刑を宣告された人々に向けられた同情という利益を失うことになります。せっかく彼らの罪が止むにやまれぬものと思われている時ですからな。始めの頃に、つまりあなた方が隠し場所や、森の地図、ブリキの筒、金貨というものを示して、その日の行動を正当なものと言うことができていたら、司法官たちが公正無私であれば、うまく難局を乗り越えられたかもしれませんがね。しかし情況から見て、黙秘する必要があります。その六人の被告のうち、一人もこの裁判でヘマをしないように願いますな。とにかく皆の訊問をどのように利用できるか、考えてみましょう。」

ロランスは絶望して両手を揉《も》み、天に悲しみに満ちた目を向けた。彼女はその時初めていとこたちが落ち込んだ危険の淵の深さに気づいたのだった。

侯爵と若い弁護士は、ボルダンの厳しい解説をもっともなものとして聞いた。ドートセール卿は泣き出していた。

「どうしてグゥジェ司祭様の言うことを聞かなかったのでしょうねえ。お逃げなさい、とおっしゃったのに」とドートセール夫人が苛立って言った。

「その通り」とかつての代訴人が叫んだ。「もし皆さんがあの人たちを逃すことができて、そうしなかったとしたら、あの人たちをあなたたちご自身が殺したも同然です。裁判に当の被告がいないと時間がかかります。時間が経てば、無実の者は事件についてはっきり身の明かしが立てられる。この事件はどうもこれまで私の見てきた中でも一番訳のわからないもののように思われますな。この私は、これまでそんな事件も巧く切り抜けてきたものですがね。」

「この事件はどんな人間にとっても訳がわかりませんよ。われわれにとってもね」とグランヴィル氏が言った。「もし被告たちが無実なら、襲撃は他の人間がやったことになる。五人の人間が魔法みたいに突然この地にやってくるわけもないし、被告のものと同じ蹄鉄をつけた馬を手に入れるわけがない。そして似たような格好をして、地下牢にマランを押し込めるわけがない。ミシュやドートセール、シムーズの人たちを破滅させようとしているのでなければね。その誰かわからぬ連中、それこそ本当の犯人ですが、無実の五人になりすまして、何か得することがあったのですよ。その連中を見つけること、彼らの後を追い求めるためには、政府の立場と同様に、われわれも多くの人手と眼が必要です。半径二十里の範囲で村が点在していますからね。」

「それはできない相談だよ」とボルダンが言った。「そんなことを考える必要もない。社会が裁判という制度をこしらえた時から、その犯罪について無実を訴える者にも、司法官が行使する権力と同等の権力を与えるような手だてなど、これまで一度も考えられたことなどないからね。司法がどちらの側にも付くということはない。弁護側は密偵も警察も持っていないから、そうした社会的に認められた権力を依頼人のために使えないんだ。無実には無実のための論理しかない。そしてその論理を述べ立てて判事たちを動かすことはあっても、それは陪審員たちの先入観に対しては無力であることが多い。この地方の人間はこぞってあなたたちを敵視している。起訴状を認可した八人の陪審員は、みんな貴族の財産を没収した国家財産を取得した人たちだ。また他の陪審員にも、その八人と同じように、これから国家財産を手に入れたり売ったり、あるいは役人になったりする人たちがいて、そういう連中の判決を聞くことになる。要するにマランの、文字通り悪意ある陪審員団が相手なんですよ。[131] だからこそ必要なのは弁護する完璧な方法であって、そこからはみだしちゃいかん。あなた方の無実を最後まで主張するんです。あなた方は有罪ということになる。そこで今度は破毀院に上告する。そしてそこでなるべく長く議論できるようにする。もしその間に、私があなた方に有利な証拠を集めることができれば、恩赦の請願をすることもできる。それがこの事件をよく分析した結果で、私の見解でもある。もし私たちが裁判に勝ったら（裁判ではどんなことも起こり得ますからな）、まあ奇蹟という奴ですな。しかしあなたがたの弁護士は、私の知っている弁護士の中で、そういう奇蹟を起こすことのできる一番能力の高いお方だ。私も応援しますから。」

「元老院議員がそうした謎を解く鍵を握っていますね」とその時グランヴィル氏が言った。「だって、誰がこちらに敵意を持っているか、なぜ敵意をもっているかは、よくわかっていることですからね。議員がこの冬の終わりにパリを発ち、ゴンドルヴィルに一人で、供も連れずにやってきて、公証人と自分の家に籠もり、言わば、どうぞそうして下さいと言わんばかりに、その五人の男たちに捕まるんですよ。」

「確かにそうだな」とボルダン。「彼の行動は、少なくともわれわれの被告と同様に、普通では考えられないところがある。けれどもこの地方の皆がわれわれの被告を敵視している、その連中の目の前で、被告側のわれわれがどうして告訴する側になれます？　われわれには政府の好意や援助が必要で、普通の時よりももっと多くの証拠が要る。私にはどうもそこに何かあらかじめ企まれた感じがするんですよ。それにその誰かわからない敵は、なかなか強《したた》かな奴だ。どうやらミシュやシムーズ兄弟とマラン卿との間のことをよく知っている。それに、一言も口を利いていないし、物も盗っていない、それだけ慎重なんです。どうも私には、その仮面の下に、単なる強盗とはまた違ったものがあるように思えるんですがね。いや、これから私たちが対決することになる陪審員の連中に、こんなことを言ってもごらんなさい、とんでもないことになる！」

個人の事件においてみせるこうした洞察力は、弁護士や代訴人をきわめて偉大に見せるものだが、間近にそれを見て、ロランスもすっかり感動し、また困惑してしまった。彼女はこうした驚くような論理の冴えを聞いて、また胸つぶれる思いがしたのだ。

「百の刑事事件があれば、そのうち裁判所が十分に議論できるのは十もない」とボルダンが言った。「おそらく三分の一くらいはその秘密が知れないものですよ。あなた方の場合、被告にとっても、告訴した人間にとっても、裁判所にとっても、一般の人々にとっても、謎の解けないものの中に入ります。一方皇帝陛下からすれば、たとえシムーズ兄弟が彼を転覆させようとしなかったとしても、その兄弟を救う前に、彼を縛りつける重要な任務がある。それはともかく、いったい誰がマランを恨んでいるんだろう。彼をどうしようというのだ。」

ボルダンとグランヴィル氏はお互い顔を見合わせた。どうやらロランスの話が本当なのかどうか疑わしいように思っているようだった。このことは若い娘にとって、この事件が起きてから沢山の苦痛を味わっている中でも身を焼くような苦痛の一つだった。そこで彼女は二人の弁護人をじっと見つめた。その眼差しは彼らの疑念をすっかり晴らすことになった。

翌日、訴訟手続きの書類が弁護人の元に届き、彼らは被告たちと面会することができた。ボルダンは家族に、六人の被告は皆誠実で、実に神妙にしていた、と業界用語で報告した。

「グランヴィル氏がミシュの弁護をします」とボルダンが言った。

「ミシュを……？」とシャルジュブフ卿がその変更に驚いて聞き返した。

「彼こそが事件の中心なんです。そして、だからそれが危ないんですよ」と老練な代訴人は答える。

「もし彼が一番危ない立場とおっしゃるなら、それは正しい判断だと思います」とロランスが叫んだ。

「いろいろチャンスがあることがわかりました」とグランヴィル氏が言った。「これから十分に検討します。もしあの人たちを救うことができるなら、それはドートセールさんがミシュに窪んだ道の垣根の柱一本を直しておけと言ったことと、森でオオカミを一頭見つけた、ということです。刑事法廷では、すべてはどんな弁論をするかに懸かっています。弁論はほんの小さい事柄について展開していきますが、いずれそれが大きなことになってくるのがお分かりになるでしょう。」

　ロランスはうちひしがれてしまった。行動と思考に長けたどんな人間でも、その行動と思考が意味を成さないことが示されたとき、その魂が痛めつけられるのだ。

　今や献身的な男たちの助けと秘密の闇に覆われた狂熱的な同情によって、一人の男や権力を転覆させることなど問題ではなくなっていた。彼女の眼には自分と自分のいとこたちに、社会全体が刃向かっているのが見えた。

　自分一人で監獄を襲うことも、皆が敵視している最中に、しかも大胆不敵さを売り物にしている被告たちを監視する警察の目の前で、囚人たちを解放することもできない。そんなことから高貴で勇気ある娘が呆然とした顔つきになって、成すところ無くいるのを、若い弁護士がその勇気を奮い起こすように励ますと、彼女はこのように答えた。

「もう口をつぐみます。苦しさに耐えて、待ちますわ。」

　その口調、身振り、そして眼差しゆえに、その答えはいっそう崇高なものとなった。もしもっと大きな舞台であったなら、名場面の一つになったに違いない。

　それからしばらくして、ドートセール卿がシャルジュブフ侯爵にこう言った。

「私は不運な二人の息子のために身を粉にしてきました。二人のために国債で八千リーヴルに近い年利収入を取れるようにしたんです。もし二人が軍務に就きたいと言っていたら、うんと階級も上がり、今なら有利な結婚もできていたのに。私の計画も絵に描いた餅になってしまいました。」
「よくもまあ、あなた」と彼の妻が言った。「あの子たちの名誉と命が問題になっているときに、そんな損得勘定ができますね。」
「ドートセールさんは万事に心を配っておられるのですよ」と侯爵が言った。

第十八章　マルト、巻き添えとなる

刑事裁判の論戦が開かれるのを待ちつつ、サン＝シーニュ城館の住人たちが囚人たちとの面会を願い出て却下されている間、城館ではきわめて隠密な形できわめて重大な事件が起こっていた。

マルトは起訴陪審の席に呼び出されて供述した後、すぐサン＝シーニュに戻ってきていた。供述は取るに足らない程度のものだったから、彼女は検事から刑事裁判には呼ばれないことになったのだ。

感受性の強すぎる人間は誰でもそうだが、彼女もかわいそうにじっと客間に座ったままでいた。グゥジェ嬢が傍についていたが、放心状態のマルトの姿は哀れを誘うものだった。彼女にとって、いやグゥジェ神父やその他の者にとっても、あの日一日を被告たちがどのように過ごしたかを知らない者たちにとっては、彼らが無実なのは疑わしいように思えたのだ。

ミシュやその主人たち、そしてロランスが元老院議員に何か復讐のようなものを実行したのだ、と時にはマルトも思うことがあった。ミシュがどれほど献身的な人間であるかを十分知っていたから、この不幸な女性は、夫が被告たちの中でもっとも危険な立場になることを知っていた。彼の前歴のこともあり、彼が復讐を実行する際の役割からすると、ますますそう思われた。

グゥジェ司祭と妹、そしてマルトは、こうした考えから浮かんでくるあれやこれやに思いめぐらせていた。けれども一生懸命考え抜いた挙げ句、いつの間にか彼らの精神は或る一つの方向にまとまっていった。

デカルトのいう絶対的懐疑は、自然界における真空と同じく、人間の脳の中で存在しえない。もしあるとすれば、排気ポンプの効果と同様、そこで行われる精神の操作は、きわめて例外的な、おぞましいものになるだろう。それがどんな形であろうと、人間は何かを信じているのである。

マルトについて言えば、彼女は被告たちが有罪であることをとても恐れていて、心配はまた一つの思いこみの元となった。そしてこういう精神の状態が、彼女にとって運命を決したのだ。

貴族たちの逮捕から五日後、床につこうとしている午後十時頃、母親が農地の家から歩いて来て、中庭で彼女を呼んでいるのが聞こえた。

「トロワの職人さんが一人、ミシュに頼まれてあんたに話があると言って、あの窪みの道で待っているんだよ」と母はマルトに言う。

二人は例の濠の狭間を抜ける近道を取った。

夜も暗く、行く道も暗い中で、闇から浮かび上がる一人の男の影だけがマルトに見えた。

「おっしゃってください、奥さん。あなたは本当にミシュの奥さんですか?」とその人間が不安げな声で聞いた。

「ええ、そうです」とマルトが答えた。「いったい何の御用ですか?」

「わかりました」とその誰とも知れぬ男が言った。「手を出してください。怖がることはありません。私はミシュさんに言い付かって来たんです」と彼は身をかがめると、マルトの耳元で付け加えた。「私は監獄で働いている人間です。だからもし私がいないことに上役が気がつくと一大事です。私を信用してください。昔あなたのお父さんにこの仕事につけてもらったんです。だからミシュさんも私を頼りにしています。」

彼は一通の手紙をマルトの手に渡すと、その答えを待たずに森の方へ消えていった。マルトはなにか身が震えるような気がした。これで事件の秘密を知ることができると考えて、彼女は母親と一緒に家の方まで走って行き、戸を閉め切って手紙を読んだ。そこにはこう書いてあった。

「愛しいマルト。この手紙をもってきた男が秘密を守ることは安心して良い。彼は読むことも書くこともできない。バブーフの陰謀事件[132]の際の共和主義者の筋金入りの一人だ。お前のお父さんもよくこの男を使っていた。それで彼は元老院議員を裏切り者のように思っている。

いとしいお前、議員は俺たちが地下倉に押し込めておいた。ご主人方を隠しておいたあの地下倉だ。

奴は惨めなことに五日間の食べ物しかない。しかし奴が生きているのが俺たちにとって得なのだ。この伝言を読み終えたら、すぐ奴に食べ物を少なくとも五日間分持って行ってほしい。森は見張られているに決まっている。俺たちがご主人方の時に注意したように、うんと用心するように。

マランに会っても一言も言わぬように。話しかけてはいけない。俺たちが付けていた仮面《マスク》が地下倉の階段のところにある。それを一つ付けるように。

もしお前が俺たちの命を危ない目にあわさないようにしようと思うなら、今俺がお前に頼むほかないこのことは、秘密にして一言も喋ってはいけない。ロランス嬢にも一言も言わないように。尻ごみしかねないから。

俺のことは心配しないでいい。今回の事件は良い結果で終わるのは確かだよ。それに、もし必要なら、マランに俺たちを救ける役割をやらせるつもりだ。
いいか、この手紙を読み終えたら、言わないでも分っているだろうが、焼き捨てること。たった一行でも他人が見たら俺の首が危ないから。

お前にたくさんの接吻を送る。

ミシュ」

森の中央にある小高い丘の下に地下倉があることを知っているのは、マルトとその息子、ミシュ、それに四人の貴族とロランスだけだ。少なくともマルトは、夫がそこでペイラードやコランタンに出会ったことは、彼から聞かされていなかったから、当然のことに手紙の言葉を信じた。それに手紙はミシュが書いて、署名もしてあるように彼女には見えた。彼以外から来るはずがない。

たしかに、もしマルトがすぐに女主人と二人の弁護士に相談していれば、彼らは被告の無実を知っているから、ぬかりのない代訴人は彼の依頼人たちを巻き込んでいる危険な企みについて、何らかの手がかりを得たことだろう。けれどもマルトは、たいていの女性がそうするような、とっさの反応で、目に入った注意書きをまったく当然と思い、その手紙を暖炉に投げ入れた。

とはいえ、何かは知れずハッと慎重にしなければならないという思いが閃いて、彼女は暖炉から文字の書かれていない手紙の側[133]を引き上げた。最初の五行を読み取って、それは誰も巻き添えにする内容ではなかったが、その端切れを彼女は自分の服の裾に縫い付けた。

押し込められている人間が、もう一日以上も何も食べていないことを知ると、怖くなった彼女は、葡萄酒やパン、それに肉をその晩に持っていってやろうと考えた。何があるのか知りたいという気持ちが、人情以上に明日まで待たせなかったのだ。

彼女は竈《かまど》を温めて、母親の助けも借りて野兎《のうさぎ》とアヒルのパテ、ライスプディング、ローストチキンをこしらえると、葡萄酒三本を取り出し、パンは自分で丸い形のものを二つ焼いた。

午前二時半ごろ、彼女はそれらすべてを負い籠に入れて、クローを連れて森に向った。犬のクローはどんな時にも優れた知恵を示して、りっぱな案内の役割を果たしてくれる。ずいぶん離れた距離でも、何か得体の知れないものを鼻で嗅ぎ分け、そういうものがいたら、女主人のそばに来て低い声で吠え、彼女を見上げてその鼻先で危険な方向を指し示した。

マルトは午前三時ごろ沼地に到着した。そこでクローを見張りに残すことにした。

半時間ほど入り口を開ける作業をしたあとで、彼女はフード付きのランタンを持って地下倉の扉の前に出た。顔には階段で確かに置いてあった仮面《マスク》を付けた。

元老院議員の監禁は、どうもずいぶん以前からあらかじめ考えられていたもののように思われた。マルトがまったく知らぬ間に、地下倉を閉じている鉄の扉の上に一ピエ四方の穴が雑な仕方で付けられている。しかし囚人ならだれでも持つことになる忍耐と時間とがマランにあれば、扉の鉄の閂《かんぬき》を動かせるから、さらに南京錠で固く締められてあった。

苔むした地面をベッドにしていた元老院議員は、起き上がると、仮面を付けた人間を見て、大きなため息を一つついた。まだまだ自分は解放されないのだなと悟った。彼はマルトをじっと見つめた。ただランタンの不安定な明かりでやっとみえるばかりで、マルトと知ったのはその着ているものと体つき、そしてその動きだった。彼女が穴を通してパテを渡すと、その手を取ろうとして彼はパテを落としてしまった。そしてあっと言う間に、両手の指から指輪を二つ取ろうとした。ひとつは結婚指輪で、もう一つはサン＝シーニュ嬢がくれた小さい指輪である。

「あんたは間違いなくミシュの奥さんだな」と彼は言った。

元老院議員の指を感じると、マルトはすぐ拳を握って彼の胸を激しく一撃ちした。それから一言も言わずに、彼女はかなり丈夫な棒きれを折ると、その端に食料の残りをぶらさげて議員に与えた。

「私をどうしようというのだ？」と彼は言う。

マルトは何も答えずに逃げ出した。

そして自分の家に戻る途中、五時頃森から出る境にかかると、何か邪魔が入ったと見えてクローが彼女に吠え声で知らせた。

彼女は引き返すことにして、かつて長い間自分が住んでいたあの小館の方へと向かった。けれども並木のある大通りへ出た時、遠くからゴンドルヴィルの農村保安官に見とがめられたので、まっすぐ彼の方へ向かって行った。

「ずいぶん早起きですな、ミシュの奥さん？」と彼は彼女に近づくと話しかけた。

「私たちはずいぶん惨めなことになりましたからね、召使いの仕事もしなくちゃならなくなったんですよ」と彼女は答えた。「ベラッシュに行くところです。穀物の種を取りに。」

「サン＝シーニュには種はないんですか？」と保安官が聞いた。

マルトは答えなかった。

彼女はそのままその道を歩いて行った。そしてベラッシュの農地に着くと、ボーヴィザージュに頼んで、種蒔き用に少し欲しいと言った。そしてドートセール卿が種を改良するのに、ボーヴィザージュのを貰ってくるようにと言われたことも付け加えた。マルトが立ち去った後で、ゴンドルヴィルの保安官は農地まで行って、マルトが何を取りに行っていたのか確かめた。

六日後、マルトは慎重になって、真夜中に出て食料を持っていくことにして、森を監視しているに違いない保安官に見つからないように気をつけた。

議員に食料を持っていくのも三度を過ぎた頃、被告たちに対する公判訊問調書を司祭が読み上げるのを聞いて、マルトは何かしら恐ろしい感じがした。公判での論戦がすでに始まっていたのである。彼女はグゥジェ神父をそっと呼んで、これから言うことについては告解と同じように秘密を守ることを誓わせてから、ミシュから受け取った手紙の切れ端を示すと、その内容も語り、またどこに元老院議員が閉じ込められているかも司祭に打ち明けた。

司祭はすぐに筆跡を比較することができるように、マルトに夫の手紙を持っているかと尋ねた。マルトが家に戻ると、法廷に出頭せよとする召喚状が来ていた。彼女が城館に戻ったときには、グゥジェ司祭やその妹も同じように被告側の要請で召喚されていた。

そこで三人ともトロワにすぐに行かねばならなくなった。こうしてこの悲劇のあらゆる登場人物たちが、たとえその一部は台詞もないような端役であっても、二つの名家の運命が描かれる舞台に集合することになる。

第十九章　公判

フランスの各地で、司法が当然それに常に伴うべき威信をさまざまな事物を借りて示すことは、ほとんどない。宗教と王権に次いで、司法はさまざまな社会を動かす最大のものではないか？

大建造物に関して、最も見栄っぱりで、最もこけおどしの好きな今日の国家において、いたるところで、パリにおいてでさえ、その地域の卑俗、設置場所の悪さ、さらに装飾の欠如が、この巨大な権力の行使を低下させている。

建物の間取りもあらゆる都市においてまったく同じなのだ。

まず長方形の部屋の奥に、緑のサージで覆われた法廷席が、演壇の上にあり、その後ろにごく普通の肘掛け椅子に裁判官たちが座っている。左側に検事の席、その席の側の壁に沿って陪審員たちの椅子を備えた長い特別席がある。陪審員たちの正面にまたもう一つ特別席があり、そこに被告たちおよび彼らを警護する憲兵たちの長椅子がある。

書記は陪審員の前に置かれた席の下におり、その傍らに証拠物件書類を載せたテーブルが置かれる。

帝政期の裁判制度以前では、政府公安委員と陪審委員長が、それぞれ法廷席の右と左に椅子とテーブルを与えられていた。

二人の廷吏が証人を召喚するために裁判席の前に空けてある場所で行ったり来たりする。弁護人たちは被告席の下方に陣取る。

部屋の両端にある被告、検事の双方の特別席が木製の手すりでつながれて一種の囲い席を作り、聴取を終えた証人や物見高い傍聴人が座るベンチが置いてある。それから法廷の真向かいの入り口の扉の上に、法廷維持の権限を有する裁判長が選んだ県のお偉方やご婦人方用の貧弱な席がしつらえられてある。

普通の傍聴人は、入り口の扉と手すりの間にある残りのスペースに立ちん坊だ。

現時点でのフランスにおける法廷や重罪院では当たり前のこうした光景は、すなわちトロワの刑事裁判所でもまったく同じである。

一八〇六年四月、裁判を取り扱う四人の判事に裁判長、また検事、陪審委員長、政府側公安委員、さらには廷吏たちも、また弁護人たちも、憲兵たちをのぞいて誰一人むき出しの事物や人間たちの貧相な外観を際立たせるような制服や、はっきりと身分のわかる記章を付けているものはなかった。キリスト磔刑の十字架も掛けられていなかったから、その刑死の模範を裁判に携わる人間にも被告にも示すことがなかった。

すべてが陰鬱で、俗っぽい。

外観は社会の利益にとってじつに必要なもので、おそらく犯罪者にとって慰めである。風俗が改められない限り、また傍聴の許可が裁判の公開をもたらさず、審理のための公開があまりに法外な苦痛となり、たとえ立法者がその苦痛を推し量ることができたとしても、とてもそんな痛苦を課することはできないことをフランスが認めぬ限り、公衆の熱狂は、この種のいかなる場合においても、かつてそうであったように、いつまでもそのままの状態だろう。風俗というものはしばしば法制度よりも残酷なものである。風俗とはすなわち人間そのものだ。法律は一国の理性である。風俗はしばしば理性を持たないから法律を凌駕することになる。

裁判所のまわりには大勢が詰めかけていた。評判になった裁判の場合はすべて同じだが、裁判長は兵士たちを門に立たせて警備させた。傍聴の者たちは手すりの後ろに立って、ぎゅうぎゅう詰めで息が出来ないほどだ。

グランヴィル氏はミシュを弁護し、ボルダンはシムーズ兄弟を、トロワの弁護士はドートセール兄弟とゴタールという六人の被告のうち、もっとも罪の軽い者の担当で、それぞれ公判が始まる前に席に着いた。その表情はいかにも信頼に足るものだった。

医者が自分の患者に対して不安な態度を決して見せないように、弁護士もまた自分の依頼人に対して、常に希望に満ちた表情を見せる。まさしく嘘が美徳となるきわめて稀なものだろう。

被告たちが入廷したとき、四人の若者の様子を見て思わず同情するようなさざめきが聞こえた。彼らは不安の内に過ごした二十日間の拘留の後だったから、わずかに青白い顔つきをしていた。

双子の兄弟のあまりに瓜二つであることが一番の関心を惹いた。天の配剤で、これほど珍しく稀なことがらには、また特別な加護があるだろうと皆思っただろうし、そこにいる者はすべて、運命が二人に対して素知らぬ顔をしているのをなんとか埋め合わせしたいという気持ちになる。気高く、素朴な、そしてまったく恥じるところのない、といって空威張りするわけではない二人の態度が、とりわけご婦人方の心を打った。

四人の貴族たちとゴタールは、逮捕された時に着ていた服装で登場した。しかしミシュは衣服が証拠物件の一つとされていたから、青い燕尾服にロベスピエール流の茶色のビロードのチョッキ、白いスカーフという、彼の一番良い服を着ていた。

この男はかわいそうに自分の人相の悪さのために損をすることになった。

彼が黄色いながら奥深くまで澄んでいる眼を、集まった人々に向けると、思わずわっと動揺が起こった。そしておお怖い、とでも言うような囁きがその眼に対して向けられた。被告がベンチに引き据えられるのを、傍聴人たちは天罰が下ったのだと思った。そこは彼の舅が沢山の犠牲者を座らせたところだった。

この男は文字どおり堂々とした態度で、苦い笑いがこみ上げてくるのを抑えて自分の主人たちを眺めた。まるで彼らに向かってこう言っているようだった。

「私のせいであなた方をこんな目に！」

五人の被告たちはそれぞれ自分の弁護人と心のこもった挨拶を交わした。ゴタールは相変わらず馬鹿の振りをしている。

まず判事たちに対する忌避申し立てが賢明にも弁護人たちによってなされたが、これはボルダンとグランヴィル氏の間に堂々と座っているシャルジュブフ侯爵の入れ知恵によるものだった。それから陪審員たちが任命され、起訴状が読まれると、被告たちはそれぞれ尋問に応じるために、別々に引き離された。

全員それぞれ答えたが、みごとに同じものだった。

朝に乗馬を楽しみに森に出かけ、午後一時に食事のためにサン＝シーニュへ戻った。食事のあと午後三時から五時半までまた森に出かけていた、と。

いろいろ立場が違うから少しずつ異なってはいたが、以上が被告の各々に共通する言い分だった。

どうしてそんな朝早く出たのか、裁判長がシムーズ兄弟にその理由を述べるように命じた時、両人共、こちらに帰還してからゴンドルヴィルを買い戻すことを考えており、その前日やってきていたマランと交渉するつもりで、いとこのロランスとミシュと一緒に出て森を検分し、どのくらいの値段になるものか見ようと思った、と証言した。

二人がそうしている間、ドートセール兄弟やロランス、それにゴタールは、農夫たちが発見していた狼を狩ろうとしており、もし陪審委員長がゴンドルヴィルの庭園を通っていった馬の蹄鉄跡を集めるのと同じくらいの細心さで、森にある彼らのものを集めていたら、城からずいぶん離れた場所で、自分たちが馬を走らせていた証拠が得られたはずだ。

ドートセール兄弟を尋問すると、シムーズ兄弟の証言が確認された。そして四人の供述がその証拠調べで一致した。彼らの散策がありきたりのものであったということを示す必要から、被告たちは狩りのためということにしたのだ。農夫たちがその数日前に森に狼がいることを言っていたから、被告全員がそれを口実にしたのだった。

しかしながら、検察官は、最初の尋問での狩りを皆で一緒にした、というドートセール兄弟の証言と、ドートセール兄弟とロランスが森にいて、シムーズ兄弟は森の価値を検分に行ったという弁論の間に見られる矛盾を追及した。

グランヴィル氏は、この犯罪が午後二時から五時半までの間で行われており、被告たちが午前中をどう過ごしたかという説明は、信じ得ることを主張した。

検事はそれに応えて、被告たちは元老院議員を監禁するため、いろいろ準備をしたことを隠す必要があるからだと反論した。

弁護人はそこで敏腕だとだれの目にも思われた。

判事たちも、陪審員たちも、傍聴人も、どちらが勝つか、熱い戦いがこれから繰り広げられることを悟った。ボルダンとグランヴィル氏はすべて見通しているように見えた。無実と言うためには、彼らのさまざまな行為について、明晰で説得的な説明ができなければならない。弁護側がしなければならないのは、したがって検察側のありそうもない小説仕立てに、本当らしい話で対抗することにある。依頼人が無実であると考える弁護人にとって、起訴は作り話にほかならない。

四人の貴族の審理は、彼らに有利な事柄を十分説得的に示したそこまでは順調だった。ところがミシュの審理は彼らより深刻で、論戦となった。そうなって初めて各人が、どうしてグランヴィル氏が主人たちの弁護よりもその従僕の方を弁護するのかを理解した。

ミシュはマリオンへの恫喝《どうかつ》を認めた。しかし言われているような暴行はしていないと否定した。マランに対する待ち伏せについては、単に庭園を散歩していただけだと言う。元老院議員とグレヴァン氏は、ライフルの銃身の先を見て怖くなり、まったくこちらに危害を加えるつもりはなくても、なにか敵対するような構えをしているように思ったのだろう。そしてミシュはまたこう言った。狩りをする習慣のない男だったら、夕方のこととて銃が自分に向けられていると思ったかも知れないが、銃は肩に担がれていて撃てる状態ではなかった、と。

彼が逮捕された時の衣服の状態についても、自分の家に戻るときに濠の狭間に落ちたためだと弁じた。

「暗くてはっきり見えなくて、よじ登ることができず、崩れかかってくる石垣でもがきながら、なんとか窪んだ道に上がってきたんです」と彼は言った。

ゴタールが持ってきた漆喰については、これまで供述したのと同じように、窪んだ道の垣根の柱を塗るために使ったのだと答えた。

検事と裁判長は、ミシュが城の濠の狭間にいて、同時に窪んだ道の上手に垣の柱を塗るためにいることができるのか、ミシュに説明するよう求めた。第一、治安判事や憲兵たち、そして農村保安官は、彼が道の下手の方からやってきたと証言しているのだ。

ミシュは答えて、ドートセール卿がその道のことで村と揉《も》める可能性があるので、自分に小さな修理を頼んでいたのに、まだしていないではないかと彼から叱られていたので、垣根が直ったことを彼に知らせに行こうとしていたのだと言った。

ドートセール卿はじっさい窪んだ道の上手に垣根を作らせて、村人たちがその道を自分たちのものだと言わせないようにしていた。自分の衣服の状態や漆喰がどれほど重要であり、また漆喰を使ったことも否定できないことを見て、ミシュはこういう言い逃れを考えたのだ。たしかに、裁判において真実は作り話のように見える場合がある。けれども作り話もまた大いに真実に近いものがある。弁護側も検事側も、お互いその状況に大きな価値を置くことになった。それは弁護人の努力と検察官の猜疑から、いよいよ議論の中心となった。

それまでゴタールは質問されるといつも泣きだしていたのだが、尋問に立つと、おそらくグランヴィル氏に知恵をつけられたのだろう、ミシュに漆喰の袋を持ってきてほしいと頼まれたと答えた。

「あなたもゴタールも、どうしてすぐに治安判事や農村保安官をその垣のところへ連れて行かなかったんです？」と検事が聞いた。

「それが死刑になるような告訴に関わるとは思ってもみなかったからですよ」とミシュが言う。

ゴタールを残して、他の被告は全部退廷させられることになった。

ゴタールが一人になると、裁判長はもうその馬鹿を装うのは止めにした方がいい、よく自分の損得を考えて本当のことを述べるように、と強く言った。陪審員のだれもが彼を馬鹿とは思っていない。法廷に出てもずっと黙ったままでいれば重罪になる可能性がある。しかし本当のことを言えば、たぶん無罪にしてやれるだろう。

ゴタールはまた泣き出し、倒れそうになった。そうしてやっとこう言うのだった。ミシュに漆喰の袋をいくつか持ってこいと頼まれた。けれども持っていくたび、ミシュは家の前まで来て彼を迎えた。いったい何袋運んだのかと聞かれて、

「三度です」と彼は答えた。

口論がゴタールとミシュとの間で行われた。逮捕の時にゴタールがミシュに持って行ったのを数えて三度なのか、そうなると使われた袋は二つになり、その後を含めて三度となると三袋ということになる。

この審理はミシュに有利に終わった。陪審員たちは二袋しか使われていないとしたが、しかしすでにこの点に関して確信をもっているようだった。ボルダンとグランヴィル氏は、

漆喰のことで彼らをうんざりさせ、疲れさせて何もわからなくなるように仕向ける必要がある、と考えたのだ。

グランヴィル氏は結論として、その垣の状態を検査するための専門家を任命する必要があると説いた。

「陪審委員長は」と弁護人が言った。「現場に行っただけで満足されて、ミシュの言い逃れを確かめることを優先して厳密な調査をしなかったのです。けれども私どもに言わせれば、彼が職務をなおざりにした、その過ちは私たちの主張には有利に働くものです。」

法廷はじっさい専門家を任命して垣の柱の一つが最近塗られたばかりかどうかを知ることにした。一方検事側は鑑定の前にこの状況について勝利を収めたいと思ったから、検察官がミシュにこう聞いた。

「あなたは暗くならない時刻を選んだと言ったが、五時半から六時半ですか、あなた一人で垣を修理に行ったのは？」

「ドートセール卿がうるさく文句をおっしゃるんでね！」

「しかしね」と検察官が言った。「もし垣に漆喰を使ったとしたら、桶《おけ》や鏝《こて》を使ったでしょう？　ところで、あなたがすぐに戻って言いつけられたことを実行したとドートセール卿に報告したのなら、どうしてゴタールがまた漆喰をあなたのところへ持ってきたのか、説明ができなくなりますな。つまりあなたは家の前を通ったはずだ。そしてそこで道具類を置いてゴタールに知らせたはずなんです。」

こうした矢つぎ早の議論に、傍聴する人たちは息をひそめて聞き入った。

「さあ、白状なさい」と検察官が繰り返した。「あなたが塗り込んだのは柱なんかじゃない。」

「それじゃ、検事さんは元老院議員さんを塗り込めた、と思っていられるんですかね？」とミシュはいかにも皮肉な様子で答えた。

グランヴィル氏は検察官に向かって、その尋問の真意を説明してくれるようはっきりと要求した。ミシュは誘拐と監禁で起訴されているのであって殺人ではない。この詰問は他の何よりも重いものがあった。革命暦四年のブリュメール法典は、検察官が審理に新しい要件を持ち込むことを禁じている。起訴状に書かれてある通りに従わなければ無効となるのだ。

検察官は反論して、ミシュが襲撃の主犯であり、主人たちのために自分が全部罪を引っ被るようにしているから、議員が苦しんでいる今だに知れない場所の入口を塞ぐ必要があったのかもしれない、と言う。

矢継ぎ早の質問とゴタールの前で問い詰められて、自身の言い分にも矛盾が出てきたミシュは、被告人席の手すりをその拳で大きく叩くとこう言った。

「私は元老院議員の誘拐になんの係わりあいもない。あの人の敵があの人を閉じ込めただけの話だ。それにもしあの人がまた姿を現わしたら、そんな漆喰なんか何のことでもなかったことが分かりますよ。」

「そのとおり」と弁護士が検事に向かって言った。「あなたは私の依頼人を、私がしようと思っていた以上にかえって弁護することになりましたよ。」

第一回の審理はこの大胆な申し立てで終わることになった。この主張は陪審員たちを驚かせ、弁護側に有利に働くものだった。したがって町の弁護士たちやボルダンは、この若い弁護人を大いにほめそやした。

検事はこうした断固とした主張に不安になって、何か罠に落ちたのではないかと心配した。じっさい彼は弁護人たちが巧妙に張り巡らせた網に引っ掛かったのだ。それにはゴタールがじつに見事にその役割を演じることになった。

町のからかい好きが噂して、事件《こと》が糊塗《こと》され、検事は立場を台無しに塗りつぶし、シムーズ兄弟は漆喰そのまま真白だ、と言いふらした。

フランスではどの地域でも冗談が流行《はや》る。冗談がこの国に君臨する。死刑台に昇る時でも、モスクワ退却の際のベレジナ渡河の際も、市内でバリケードが築かれる場合も冗談をいう。そしてフランス人なら最後の審判の法廷でもたぶん洒落のめすだろう。

翌日、検察側の証人として以下の者が陳述した。マリオン夫人、グレグヴァン夫人、グレヴァン、元老院議員の下僕、ヴィオレットである。彼らの供述は事件の推移に基づいて、簡単に理解し得るものだった。

証人全員が被告たちを犯罪人たちと認めた。四人の貴族に対しては多少のためらいを示したものの、ミシュについては断固としてそうだとした。ボーヴィザージュはロベール・ドートセールが口にした言葉を繰り返して見せた。仔牛を買いにきた農夫は、サン＝シーニュ嬢の言葉をもう一度繰り返した。

鑑定人たちは蹄鉄の跡と四人の貴族の馬の跡との照合を行った報告をし、起訴状でまったく同一のものとされたものについて、そのことを認めた。これは当然グランヴィル氏と検事との間で激しい論議となった。

弁護人はサン＝シーニュの蹄鉄工を非難し、同じような蹄鉄が、その地方で見かけぬ人たちに数日前に売られていたことを口頭弁論の際に明らかにした。蹄鉄工はサン＝シーニュの城の馬ばかりでなく、郡の他の馬にも同じような形のものを自分が作っていることをはっきり証言した。

ところがふだんミシュが使っていた馬は、何か特別のことがあってトロワで蹄鉄をつけていた。だからこの蹄鉄の跡が庭園で見つかった足跡の中には見当たらなかったのだ。「ミシュの替え玉はこのことを知らなかったのです」とグランヴィル氏は陪審判事たちを見ながら言った。「被告たちが城館の馬を一頭使ったということを、起訴状では証明していません。」

さらに彼は馬がよく似ていたというヴィオレットの証言も、遠くから、しかも後からしか見ていない、として屈服させた。弁護人の信じられないくらいの努力にも拘わらず、起訴を裏付けるような証言が、山とミシュに浴びせられた。

先に弁護人たちが予感していたとおり、検察官、傍聴人、裁判官や陪審員たちが、ミシュを有罪として、そのことから彼の主人たちも有罪になるだろうと感じていた。ボルダンは裁判の核心をしっかりと見抜いていて、グランヴィル氏をミシュの弁護人としたのだった。しかし弁護側もその秘策の数々をこんな形で明らかにしていた。

したがって、ゴンドルヴィルのかつての管理人に関する事柄は、すべて手に汗握るようなものだった。ミシュの態度もまた見事だった。彼は審問においてその明敏さを駆使して、それが彼の身に備わったものであることを示した。そうした彼を見れば見るほど、みんなは彼が優れた人間であることを認めた。けれども驚くべきことに、そのためにいっそう襲撃の張本人と思われたのだった。

法律の専門家である陪審員たちの目には、弁護側の証人は検察側の証人よりも信頼できないように見えたから、判事たちは彼らの義務を果たすといった感じで、仕方なく尋問を聞く形になった。まずマルトもドートセール夫妻も宣誓をせずともよかった。それからカトリーヌとデュリュー夫婦が召使として同様の扱いを受けた。

ドートセール卿は、確かにミシュにひっくり返った垣の柱を直しておけ、と命じたと証言した。

　鑑定人たちは、その報告書を読みあげて、老人の証言を裏付けた。けれども彼らはまた陪審委員長に有利な証言をして、修理がいつなされたのかを特定することはできない、その時から二十日から数週間くらい日が経っているとも述べた。

　サン＝シーニュ嬢の登場が、最も人々の目をそばだてさせた。けれども二十三日を隔てて被告席にいるいとこたちと再会した彼女は、激しい心の動揺を覚えて、彼女もまた有罪であるかのように見えた。どうかしてあの双子の兄弟の隣にいたいという気持ちを抑えきれず、後に彼女の語るところでは、検察官を殺して、世間の眼の前でいとこたちと同じに犯罪者となろうという激しい気持ちを抑えるのに全力を振り絞ったという。

　彼女は素直な調子でサン＝シーニュに帰る途中、庭園に煙の上がるのを見て、火事だと思ったと述べた。長い間彼女はその煙が雑草を焼いたものと考えていた。

「ところが」と彼女は言った。「あとで思い出したのですが、どうも何か特別なことがあるような気がするので、この法廷で審議していただきたいと思います。私の乗馬服の飾りボタン紐と飾り襟の中に、風に運ばれて何か書類の焼け殻のようなものがあるのを見つけたのです。」

「その煙は大きいものでしたか？」とボルダンが聞く。

「そうです」とサン＝シーニュ嬢。「火事と思ったくらいですから。」

「これはこの裁判の局面に大きく作用するかも知れません」とボルダンが言った。「法廷にすぐその火事が起こった場所を調査するように要請します。」

裁判長は調査を命じた。

弁護人たちからの要請で公証人グレヴァンが証言に立ち、そのことについて聞かれると、それについては全く知らないと答えた。

しかしボルダンとグレヴァンはお互い視線を交わしあった。その目はそれぞれ次のように言っていた。

「この裁判はここが勝負だ」と老代訴人。

「連中は核心をついているな!」と公証人。

しかし、お互い腹に一物あり、頭も切れる二人ともが、調査は無駄だろうと考えていた。ボルダンはグレヴァンが壁のように秘密を漏らさぬだろうと思っていたし、またグレヴァンは火事の痕跡を消してしまっていたことで自らに喝采していた。

この審理では付随的で、しかも子供じみたものに見えながら、じつはそれが若い貴族たちの話を正しいものとするのに重要となる。この点を解決するために鑑定人たちと庭園にやってきていたピグーが証言して、火事があった痕跡のある場所は一つもなかったと言った。

ボルダンは二人の農夫を出廷させた。かれらは番人に命じられて、草が焼かれた畑の一部を掘り返したことを証言した。けれども彼らはまたどんなものを焼いて灰ができたかは、注意して見なかったことも述べた。

番人が弁護人からの要請で出頭し、彼がアルシのカーニヴァルを見に行く途中で城を通った時、元老院議員が朝散歩のときに草地で見つけたその部分を掘り返しておいてくれと議員から言われたと述べた。

「そこでは草が燃やされていましたか。それとも書類ですか？」

「書類を焼いたと思われるようなものは、何も見ませんでしたよ」と番人は答えた。

「つまり」と弁護人たちが言った。「もし草を焼いたのだったら、だれかが草をそこへ持って行って、火をつけたに違いないわけです。」

サン＝シーニュの司祭の証言とグゥジェ嬢の証言は、被告たちに有利な印象を与えるものだった。

夕べのお祈りを終わってから外に出て、森の方に歩いていて、馬に乗って城を出た貴族の青年たちとミシュが森に向かって進もうとしているところを見た、とする証言は、グジェ神父の地位、それに品行によって、その言葉に重みが加わることになった。

検察官の口頭弁論は、当然有罪の判決が出るものと確信しているために、いつもの論告と変りないものになった。

被告たちはフランスの、さらには法と制度の懲りない敵である。かれらは騒動を常にもくろんでいる。皇帝陛下の命を狙う企みに与し、コンデ公の軍隊に属したことがありながら、かの偉大な支配者は彼らを亡命者リストから削除された。しかるに陛下の慈悲に対して彼らが報いたものが今回の事件である。

要するに、それはすべてかつてブルボン王家の名の下にボナパルト家に対して繰り返され、今日では共和主義者や正統王朝主義者たちに対して、王家の傍流の名前の下に繰り返されている演説口調の宣言だった。こうした決まり文句は、固定した政体の場合には多少の意味をもつだろうが、歴史を見れば、そうした言いぐさはいつの時代でも検察官が口にすることがわかるから、少なくともそんな言葉は滑稽に見えよう。これについてはもっと昔の動乱の時から使われている以下のような言に尽きている。「ラベルは変わった。しかしワインの味は同じ！」

検事はナポレオン帝国のもっとも抜きんでた検察官の一人だったが、帰還した亡命貴族が、自分たちの財産が占拠されているのに対して抗議するために、その犯罪を計画したものだとした。彼は元老院議員の現状について傍聴席を震え上がらせた。それから証拠や証拠に近いもの、それらしく思われるものなどを数々積み重ねて、これだけ熱心に弁ずればきっと出世の道が開けると、さらに腕を奮って述べ立てたのだった。そして彼は悠々と席に着くと、弁護人側の反論の矢を待った。

グランヴィル氏が扱ったのはこの刑事訴訟だけだった。けれどもそれが彼の名を高からしめたのだ。

まず彼の口頭弁論には、今日われわれがベリエ氏[134]に感嘆して見る、あの潑剌として立て板に水を流すようなものがあった。それに彼には被告たちが無罪であるという確信があった。これは彼の言葉を駆る最も強力な手段の一つだった。

以下が当時の新聞がその全容を報告した彼の弁護の主たる要点である。まずミシュの生涯を述べて彼の真実の姿を示した。それはりっぱな感情に溢れる美談で、多くの同情心を目覚めさせた。

その滔々《とうとう》たる声音によって自分の名誉が回復するように思われて、その瞬間ミシュの黄色い眼から涙がこぼれ、恐ろしげな顔の上に流れた。彼の実際の姿がその時現れた。子供のように単純で、しかも食えない男、しかしまたその人生を、ある一つの考えだけで生きてきた男だった。彼は、とりわけ涙を流したことでたちまち理解された。それは陪審員たちに大きな効果をもたらした。

練達の弁護人はこの動きをうまくつかんで、告訴の要件の議論に入っていった。

「犯罪を犯したその事実はどこにあるのか。元老院議員はどこにいるのです?」と彼は問うた。「彼を監禁し、石と漆喰で封じ込めさえしたということですが!

しかし、被告だけが彼の居所を知り、そして被告たちは二十三日間も拘置されているのだから、議員は食べ物も無くなって死んでいる。それでは被告たちは殺人者ということになる。ところが殺人の罪では起訴されていません。

けれどももし彼が生きていたら、被告たちには共犯がいるわけです。共犯がいるとしたら、そして議員がまだ生存しているとすれば、どうして被告たちは、彼の姿を見せるようにしないのです？

検察が提起されている犯行の企図がひとたび失敗したら、どうして被告たちはその立場をさらに深刻にするようなことをするでしょうか？　復讐に失敗すれば、後悔して許しを乞うこともできるでしょう。しかも何にも自分たちにとって得にならない人間を、いつまでも監禁しておくでしょうか。馬鹿げているではありませんか？」

「漆喰の件は撤回してください。その意味はなくなりました」と彼は検事に向かって言った。「なぜなら、被告は馬鹿な犯罪者か、そんなことはあなたも思っていませんよね、それとも無実かです。ただ私たちにとっても、またあなた方にとっても説明のつかないような状況の犠牲者というだけです。むしろ議員の屋敷で焼かれた大量の書類について、すぐに調査すべきです。それこそあなたのおっしゃる証拠より、はるかに強い興味をそそるものです。そして、それでこの誘拐の意味がわかるのです。」

彼はみごとな巧妙さでさまざまな仮説を論じていった。被告側の証人のモラルの高さも強調した。彼らの信仰は強いもので、未来を信じ、永劫の罪というものを信じている、と。こうした場面になると、彼の弁舌は素晴らしかった。そして深く皆を感動させることができた。

「ところが、どうしてなのです！」と彼は言った。「犯罪を犯した、と言われているこの人たちは、なんら動揺することもなく食事をとり、いとこのロランスから議員が誘拐されたのを聞いている。憲兵隊の将校が、すべてうまく済ませるやり方をほのめかした時でも、彼らは議員を返すのを拒んでいる。何の話かわからなかったのです！」

彼は何か秘密めいた事柄がこの事件にあるようにほのめかした。それを解く鍵は、「時間」の手の中にあり、時間がたてば、告訴が不当であったことが明らかになるだろう。

ひとたび拠って立つ場所を決めると、彼は大胆かつ精妙な才を示して、自分が陪審員であるかのように、同じ陪審員仲間と交わすように議論を始めた。もし残酷な判決を下すその張本人となって、しかもその間違いが後でわかった時、どれほど自分がみじめな思いをするか、と言い、そうなったときの後悔をこまごまに描いて見せ、そしてもう一度、これまでの弁論を聞けば聞くほど疑念が強く浮かび上がってくる、と言って、陪審員たちを恐ろしいほどの不安に陥れた。

陪審員たちはこうした弁舌に鈍感なままではいられなかった。新しく聞くことがらに惹き入れられて、彼らはすっかり目をくらまされてしまった。

グランヴィル氏の熱意あふれる弁論が済むと、陪審員たちは犀利《さいり》で専門的な代訴人がさまざまな論理を重ねていくのを聞かねばならなかった。それらはかえってこの訴訟の闇の部分を際立たせることになり、訴訟を説明のつかないものにしてしまった。グランヴィル氏は心情と想像力に働きかけていたのに対して、代訴人は知性と理性とに訴える方法を取ったのだ。

とうとうボルダンは断固たる信念で陪審員たちを籠絡してしまったから、検事は組み立ててきた証拠の土台が粉々に砕けるのを見る思いがした。

そのことがきわめてはっきりと見えたので、ドートセール兄弟とゴタールの弁護士は、陪審員たちにどうか慎重に判断してくださいと言い述べ、これで彼らに関しての起訴は断念されると思った。

検事は明日に反論は延期してほしいと申し述べた。陪審員たちが先ほどの口頭弁論の衝撃を考えているなら無罪だ、と彼らの目から読んだボルダンは、一晩延ばすことは無実の被告たちの心に不安を与えると言って、法律的にも、また事実においても理由を示してそれに反対したが無駄だった。法廷は翌日に持ち越された。

「社会の利害は被告たちの利害とも等しいように思われる」と裁判長が言った。「もし弁護側に対して、このような要求が出てそれを拒否すれば、裁判所は公平の観念を損なうことになるでしょう。したがって、検察側の言い分を聞かねばなりません。」

「すべては運があるか、不運かにかかっていますな」とボルダンは被告たちを見ながら言った。「今晩無罪放免となっても、明日は有罪になるかもしれん。」

「いずれにしても」とシムーズ兄が言った。「僕たちに言えるのは、あなたがたが素晴らしかったということだけです。」

サン＝シーニュ嬢は目に涙を浮かべていた。最初弁護人たちが並べて見せた疑念を聞いた後では、とてもこんなにうまくいくとは思っていなかった。

皆が彼女におめでとうと言った。そしていとこたちの無罪放免は間違いないと言うのだった。

けれども事件はとんでもないどんでん返しになる。それも一つの刑事事件の様相をすっかり変えてしまうほどのすさまじい、不運な、思いもかけない形で。

第二十章　急転直下

グランヴィル氏が口頭弁論を行った翌日の午前五時、元老院議員がトロワへ向かう街道で発見された。まどろんでいる間に、誰とは知れぬ人間によって鉄鎖から解かれていて、トロワに行こうとしていたところだった。裁判のことは知らず、自分の名前がヨーロッパ中に響き渡っていることも知らず、とにかく彼は自由な空気が吸えて幸福な気分になっていた。

このドラマの軸としての役割りを果たすこの男は、ことの成り行きを聞かされてびっくり仰天したが、彼に出会《でくわ》した人間もまた彼の姿を見て仰天した。彼は農夫の荷車に乗せられて、急いでトロワの知事宅に到着した。知事はすぐさま陪審委員長、政府公安委員、そして検事に知らせた。彼らはゴンドルヴィル伯爵の話から、デュリューの家で床についていたマルトを逮捕するように人をやり、その間陪審委員長は彼女に対する逮捕状を理由を挙げて発した。

サン＝シーニュ嬢もまだ保釈の身で、いつもは苦しい思いで寝られなかったところを、やっとその晩まどろむことができたのに、その床から起こされ、県庁まで連れていかれて尋問されることになった。被告たちは弁護士も含めて面会謝絶という命令が監獄長のもとに送られた。

午前十時に集まってきた群衆は、裁判が午後の一時に延期されたことを知らされた。この変更は、折しも元老院議員解放の知らせとサン＝シーニュ嬢の逮捕、そして被告たちとの面会禁止と合わせて、シャルジュブフ邸の人々に恐慌を来した。町中の者たちや、裁判を傍聴しようとトロワにやってきた物見高い連中、さまざまな新聞の速記記者たち、一般民衆さえ大騒ぎしたのもよくわかるだろう。

グゥジェ神父が十時頃ドートセール夫妻と弁護人たちに会いにやってきた。その時ちょうど食事の最中だったが、そういう状況では食事どころではなかった。司祭はボルダンとグランヴィル氏を脇に呼び、マルトのした秘密の話をして、彼女が受け取った手紙の切れはしを示した。

弁護人の二人は目を見交わした。それからボルダンが司祭にこう言った。

「何もおっしゃってはいけません！　万事休すのようですな。すくなくとも何食わぬ顔をすることにしましょう。」

陪審委員長と政府公安委員の二人に責められれば、マルトは到底抵抗できるような力はもっていない。第一彼女に不利な証拠は山ほどある。

元老院議員の指示にしたがって、ルシェスノーはマルトが最後に持って行ったパンを議員が最後にかじって残したパンの固い皮や葡萄酒の空きビン、その他諸々を地下倉まで探しに行かせた。長い間監禁されていたマランは、どうして自分がこんな状況に置かれたか、いろいろ推測を働かせ、敵の痕跡を示すようなものを探していた。彼はその司法官に自分の観察を当然のこととして伝えた。

ミシュの家はつい最近建てられたから、当然窯は新しく、パンを乗せるタイルやレンガはその目地の模様があるから、パンの皮に見いだされる筋がその表面の跡と一致すれば、その窯で用意したことが証明できるだろう。また空きビンは緑の封蠟がしてあって、おそらくミシュのカーヴにある他の壜と同じものだろう。

こうした細かい観察の結果が治安判事に報告され、彼はマルトの立ち会いの下で、家宅捜索を行い、元老院議員が予測したとおりの結果をもたらした。

ルシェスノーや検事、それに政府公安委員が示す見かけの親切に騙《だま》されて、一切を白状するのが唯一夫を救う方法だと聞かされたマルトは、明白な証拠が出て打ちのめされた時でもあり、元老院議員が閉じ込められていた場所は、ミシュとシムーズ兄弟、それにドートセール兄弟しか知らず、議員に食べ物を持っていったのは、夜中、三度だと打ち明けた。ロランスはその隠れ家について尋問され、ミシュがそれを見つけて、事件の前に彼女に教えて、いとこたちはそこで警察の手から逃れたと言わざるを得なかった。

尋問が終わるとすぐに、陪審員や弁護人たちに法廷の再開が告げられた。

午後三時に裁判長は開廷を宣言し、審理は新事実にしたがって再開する、と述べた。

裁判長はミシュに瓶を三本見せて、空壜二本の封蠟と、今朝彼の家でミシュの妻を立ちあわせた上で、治安判事が持ってきた中身の入った瓶の封蠟が同質のものであることを示して、これらの三本が自分の壜かどうかを尋ねた。

ミシュはそれらを自分のものと認めようとはしなかった。けれどもこの新しい証拠物件を、陪審員たちは重要なものと認めた。この空のビンは議員が監禁された場所から見つかったものだと裁判長が彼らに説明したのである。

被告が一人一人僧院の廃墟にある地下倉について尋問された。検察側、弁護側の証人たちによる新しい証言のすべてが、ミシュによって隠れ家が発見され、それを知る者は彼とロランス、それに四人の貴族だけだということを明らかにした。

　地下倉を被告人たちとロランス、マルトの二人の証人のほかは知るものがなく、それが議員を閉じ込める場所になったと検事が言明したことが、傍聴席にも陪審員たちにも相応の効果を及ぼすことになった。

　マルトが法廷に呼ばれた。彼女が姿を現すと、傍聴席にも被告席にも大きな不安がただよった。

　グランヴィル氏が立ち上がって、妻が夫に不利な証言をする尋問に反対した。検事はマルトがその供述から見て共犯であり、彼女は宣誓する必要もなければ証言する必要もない。ただ真実を知るために彼女の話を聞かなければならないのだと反論した。

「陪審委員長の前で作成された供述書を読むだけでいいでしょう」と裁判長が言って、書記にその朝作られた供述調書を読み上げさせた。

「この供述書を認めますか？」と裁判長が聞いた。

　ミシュは妻をじっと見つめた。マルトは自分が取り返しのつかないことをしてしまったのを悟って、ばったり倒れ、意識を失った。被告席と弁護人席に雷光が走ったと言っても誇張ではなかったろう。

「私はいちども牢屋から妻にあてて手紙など書いたことはありません。それに牢獄の人間に知りあいなど誰もいません」とミシュが言った。

ボルダンは彼に手紙の切れはしを手渡した。ミシュは一目見ただけでこう叫んだ。

「私の筆跡を真似ています。」

「あなたには否定するしか手が残っていないからな」と検事が言った。

その時高官を迎え入れる儀礼と共に、元老院議員が入廷した。彼が法廷に姿を現したのは大きな驚きを引き起こした。

司法官たちはマランをゴンドルヴィル伯爵と呼んだ。それはこの美しい居住地の元の持ち主たちに何の同情も示さぬ仕打ちだったが、裁判長に促されてマランは被告たちに目をやり、じっと長い間彼らを見つめていた。彼は自分を拉致した者の衣服は、まさしくこの貴族たちのものだと認めた。しかし誘拐された時は頭が混乱していたから、被告たちが犯罪者とは断言できないと述べた。

「それに」と彼は言った。「この四人は関係ないと私は確信している。森で私に目隠しした手は、そんな上品な手じゃなかった。だから」と彼はミシュを見ながら言った。「私はむしろ私が使っていた管理人がそんなことをしたのだと思う。しかし陪審員諸君、どうか私の陳述を慎重によく考えていただきたい。この点に関して私が疑っていると言っても、それはほんとうにわずかな程度にすぎない。それにまったく確信があるわけではない。というのも、二人の男に引っ担がれて馬に乗せられた。私に目隠しした男の馬の尻にだが、被告ミシュの馬のように赤毛だった。たしかに私の観察は奇妙かも知れないが、ちゃんと話しておかなきゃならん。というのも私の意見は被告に有利な証拠の元となるものだからだ。どうかそのことで被告も不快に思わんでもらいたい。その誰とも知らん男の背中にぴったりとくっつけられて、ものすごい速度ながら、私はその男の臭いを嗅がされる羽目になった。といっても私はミシュが特有の体臭を持っているかどうかはわからん。私に三度にわたって食料を運んでくれた人物については、その人がミシュの奥さんのマルトだったことは確信している。最初、彼女だとわかったのはその指輪だ。それはサン＝シーニュ嬢からのプレゼントだから、彼女はその指輪を外そうなど考えなかったのだな。裁判官諸君、陪審員の諸君は事実が錯綜して、また私が十分に説明できないでいるこうした矛盾をよく考えていただきたい。」

なるほどというマランの証言を認めるような囁き声がいっせいに起こった。ボルダンは法廷に対してこの貴重な証人から少し話を聞きたいと要請した。

「議員閣下は、それではこう思っていらっしゃるのですな。あなたの誘拐は今被告たちの起訴によって推測されている利害とは別の原因があると。」

「まさしくその通り！」と議員が言った。「じっさい私にはその動機がわからん。第一、二十日間囚われていた間、誰一人見なかったのだ。」

「それでは閣下は」と検事が言った。「ゴンドルヴィルのあなたの城館にはいろいろ資料や証書、証券などがあって、シムーズ兄弟がどうしても探し回って調べる必要のあるものがあったかも知れない、とお考えですか？」

「いや、そうは思わん」とマランが答えた。「この人たちは、暴力で手に入れるようなことのできる方ではないでしょう。欲しいものなら私にそう言えばいいのだから。」

「議員閣下は城の庭園で書類を焼かせませんでしたか？」と抜き打ちにグランヴィル氏が尋ねた。

元老院議員はグレヴァンの方を見た。彼がすばやく意味ありげな視線を公証人と交わしたのをボルダンは見逃さなかったが、マランは書類など焼きはしなかったと述べた。

検事は彼に質問して、荘園で待ち伏せされて危うく殺されるところだった点に関して、その時の銃の位置について思い違いをしていないか、と言うと、ミシュがその時待ち伏せして樹木に身をつけていた、と議員は答えた。この答弁はグレヴァンの証言にも重なるので強い印象を与えた。

貴族の青年たちは、いかにも彼らに自分の寛容を押しつける敵の供述の間、無表情のままでいた。ロランスの苦しみはその極に達していた。そしてその度ごとにシャルジュブフ侯爵は彼女の腕をつかんで支えてやった。

ゴンドルヴィル伯爵は退廷する際、四人の貴族たちに一礼した。彼らはそれに返礼しなかった。このことは小さい事ながら陪審員たちを憤慨させた。

「あの人たちは負けですな」とボルダンが侯爵の耳に囁いた。

「残念だな！　相変わらず気位が高いときておる」とシャルジュブフ侯爵が答えた。

「われわれの仕事はずいぶん楽になりました、陪審員の皆さん」と検事が立ち上がって彼らを見ながら言った。

彼は石膏の二袋の用途を説明して、地下倉の扉を閉じる閂《かんぬき》の南京錠を引っかけるために必要な鉄の棒を接合するためのもので、その形状は今朝ピグーが供述書で述べた通りであるとした。検事は被告たちだけがその地下倉を知っていたことを易々と証明してみせた。彼は弁護側の嘘が際立つようにした。まったく奇跡的に現れた新しい証拠類を盾に、弁護側のあらゆる議論を徹底的に論破したのである。

一八〇六年にはまだ一七九三年の「至高の存在」についての意識が残っていて、神の審判を口にするのは憚《はばか》られた。そこで検事は陪審員たちが天の介在を口にしないで済ませてやったのだ。

正義はきっと議員を解放した誰とも知れぬ共犯者たちをも見逃しはしまい、と最後に述べて、彼は席に着き、陪審員の評決を安心しきった表情で待った。

陪審員たちは何か隠されていることがあると思った。とはいえその秘密はもっとも重要な個人の利害がからまって沈黙している被告たちの方に原因がある、と彼らは思いこむことになった。

何らかの策謀がされたことをはっきりと悟って、グランヴィル氏は立ち上がった。しかし意気消沈しているようにも見えた。それは不意に現れた新しい証言によってというより、陪審員たちのあからさまな有罪の確信に満ちた態度を見てのことだった。

彼の今回の弁舌は前日のそれを凌いでいただろう。二度目の口頭弁論は第一回よりもおそらくより論理的で、より隙のないものだった。しかしせっかく熱をこめているものを陪審員たちが冷ややかに押しやっているように感じていた。いくら話しても意味がない。それがまざまざとわかる。じつに恐ろしい、寒々とした状況だった。彼は被告の誰一人、マルトも手を下すことなく、実にはっきりした形で元老院議員の解放が魔法のように行われたことが、どれほど自分が行った最初の被告無罪論を裏付けるものであるかに人々の注意を向けるようにした。

確かに昨日なら被告たちも自分たちの無罪放免を信じることができただろう。そしてもし彼らが起訴状に言うように、元老院議員を拘束することも、解放することも彼らの思うままだったと言うのなら、判決が下った後に彼を解放するはずではないか。弁護士はなんとか陪審判事たちにわからせようとして、暗闇に隠れている敵だけがこの襲撃を企てることが可能だと説いた。

実に奇妙だった。グランヴィル氏が心にゆさぶりをかけることができたのは、検事と裁判官たちだけだった。陪審員たちはただ義務として彼の弁論を聞いていたからだ。傍聴の人々もまたこれまで常に被告たちに同情的であったのが、やはり有罪なのかと思い始めていた。思念の空気というものがある。法廷ではそうした群衆の思念が陪審員たちに影響し、またそのことが逆に群衆にも作用する。

認識し合い、感じ合うこの精神の空気の方向を見て、弁護士は無罪の確信から熱のこもる高揚した口調で最終弁論を行った。

「あなた方が犯している過ちは何物をもっても消すことのできないものです。けれども被告たちに代わって、宥恕《ゆうじょ》いたします！」と彼は声を高めた。「被告たちは皆、何かは知れぬ権謀術数に翻弄されているのです。マルト・ミシュはこうしたおぞましい卑劣な裏切り行為の犠牲者です。そして皆がそのことに気が付くのは、この災厄がもう取り返しが付かなくなってからなのです。」

ボルダンも元老院議員の証言を盾に、四人の貴族たちの釈放を求めた。

裁判長は双方の口頭弁論を要約したが、陪審員たちが有罪を確信しているのが明らかなだけに、それは公平なものだった。彼は議員の供述に基づいて被告たちに有利な形でその審問の秤を傾ける事さえした。しかし、こうした行為は告発が成立することに何の影響も及ぼさないものだった。

夜の十一時になって、陪審委員長とのさまざまな応答のあと、法廷はミシュを死刑、シムーズ兄弟に二十四年、ドートセール兄弟に十年の徒刑の判決を下した。ゴタールは無罪釈放された。

法廷にいた人々は、五人の被告が裁判官の前に引き出され、縄を解かれて判決を聞く、その決定的な瞬間の態度をこぞって見ようとした。

四人の貴族はロランスをじっと見た。彼女は涙を流すことなく、殉教者たちに見る燃えるような眼差しを投げかけた。

「あの人は僕たちが無罪だったら、涙を流したかもしれないな」とシムーズの弟が兄に言った。

恐ろしい陰謀の犠牲になったこの五人の被告ほど、不当な判決に対して静謐な顔つきと堂々とした態度で向き合った者はいなかった。

「われわれの弁護士はあなた方を許していますよ!」とシムーズ兄が裁判官に向って言った。

ドートセール夫人はどっと病に倒れ、三日間もシャルジュブフ侯爵の館で床に就いていた。ドートセール卿はそのままサン=シーニュに戻った。しかし若者なら気晴らしに耽ることがあっても、そんな手立てのない老人は心労が重なり、しばしば虚ろな風をみせたりして、司祭にはこの哀れな父親が運命の判決の下った翌日のままにいるように思われた。

美しいマルトは裁判に掛けられなかった。彼女は牢獄に閉じこめられたまま、夫の死刑判決の二十日後に死んだ。ロランスに息子を託して、その腕に抱かれながら彼女は息を引き取った。

判決の結果が知れると、きわめて重大な政治的事件がこの裁判についての記憶を消し去ってしまい、もう誰も問題にする者がなかった。社会というものは大洋のように動く。災厄が終われば元の水準、もとの足取りをまた取り戻して、利益を貪る動きによってその跡を消していく。

自己の確固とした魂といとこたちの無罪への確信がなければ、ロランスは打ちひしがれてしまっただろう。しかし彼女は高邁な人格をさらに見せることになった。彼女は極度の不幸が美しい魂をもつ人々に刻みつける静謐さを表には示して、グランヴィル氏やボルダンを驚かせた。彼女はドートセール夫人を見守って、よく介護し、毎日午後二時には牢獄に行く。いとこたちがいよいよ徒刑地に行くことになれば、彼女はその一人と結婚すると話した。

「徒刑地に行く、ですと！」とボルダンが声を上げた。「ただね、お嬢さん、皇帝に恩赦を頼む手段《てだて》だけ残っています。」

「あの人たちに恩赦を！　ボナパルトのような男から？」ロランスは怖気をふるって叫んだ。

老いてなお名実ともに立派な代訴人の眼鏡が鼻から飛び落ちた。それが床に落ちるまでに摑むと若い娘を眺めた。彼女はいまや一人前の女性になっているように思われた。彼女の人格を彼はくまなく理解したのだ。彼はシャルジュブフ侯爵の腕をつかむとこう言った。

「侯爵、パリにひとっ走りして、この女性《ひと》を巻き込むことなく、あの人たちを助けましょう!」

第二十一章　野営地の皇帝

シムーズ兄弟、ドートセール兄弟それにミシュの上告は、破毀院が裁くべき最初の案件となった。幸いなことに破毀院の判決は、新しく法廷を開設するさまざまな手続きのために遅れることになった。

九月末頃、弁護側の弁論とメルラン検事総長自らが行った論告を三度審理したあと、上告は棄却された。

パリの帝国裁判所が新しく開設され、グランヴィル氏は検事総長次席に任命されて、オーブ県はこの裁判所の管轄となった。したがって彼が検事局の中枢にいることで、例の受刑者たちのために働くことが可能になったのである。彼は自分を庇護してくれているカンバセレスをへとへとにさせるほど説いた。破毀院の判決が出た翌朝、ボルダンとシャルジュブフ卿がマレー地区にあるグランヴィル氏の館を訪れた時、ちょうど彼は結婚の蜜月期間だった。この間《かん》に結婚していたのだ。

かつて弁護士であったグランヴィルのこれまでの生活の中で、あらゆる事件があったにもかかわらず、シャルジュブフ卿は若い検事総長次席の悲しみの様子を見て、彼がいまだにかつての依頼人たちに忠実でいることがよくわかった。弁護士の中には、いわばその職業の芸術家がいて、訴訟事件を彼らの愛人にしてしまう。もちろんそんな例は稀だから、諸君はあてにしてはいけない。

かつての依頼人たちと彼が執務室で三人だけになると、グランヴィル氏は侯爵にこう言った。

「いらっしゃるとは思っていませんでしたよ。私はこれまでに自分が力を及ぼせるところは、もうすべて使い尽くしました。ミシュを救おうなどとなさらないで下さい。シムーズ兄弟の恩赦も望めなくなりますよ。生け贄《にえ》が一人要るんです。」

「何ですと！」そうボルダンは言って、若い司法官に三通の恩赦の上告書を見せた。「あなたの昔の依頼人の頼みを、私一人の責任でチャラにしていいのですかな？　この書類を火にくべてしまう、それはあの男の首を切るのも同然ですぞ。」

彼はミシュが署名だけした白紙の委任状を示した。グランヴィル氏はそれを受け取ってじっと眺めた。

「これを帳消しにはできませんね。でもこれだけは承知してください。もしあなたが全てを望むなら、結局何も得られませんよ。」

「ミシュと相談する時間はありますか？」とボルダンが尋ねる。

「もちろん。刑の執行命令は検事総長がにぎっています。だから何日か猶予することにしましょう。たしかにわれわれは死刑に処すのですが」と彼は一種苦い口調で言った。「それはそれでいろいろ形式を踏むのです。とくにパリではね。」

シャルジュブフ卿は法務大臣のところへ行って、いろいろ情報を得てきていたから、グランヴィル氏の悲痛な言葉の重みがよくわかった。

「ミシュは無実です。私はそのことを知っていますし、はっきり無実だと言います」と司法官は言葉をついだ。「でもたった一人で、皆にどうして対抗できるんです？　それに私の役目は今では口をつぐむことですからね。私は昔の依頼人が首を刎ねられる、その処刑台を立てなくてはならない身です。」

シャルジュブフ侯爵はロランスをよく知っていたから、自分のいとこを救うためにミシュを犠牲にすることに彼女が同意することはないと思っていた。侯爵はそこで最後の働きかけを試みた。外務大臣に謁見を願い出ていたから、高度な駆け引きで救う方法はないか聞くことにしたのだ。外務大臣を知っている上に、かつて幾度かその役に立ったことがあったボルダンを、彼は一緒に連れて行った。

老人二人が行ってみると、タレーランは暖炉の火にじっと見入っていて、足を前に投げ出し、テーブルの上で肘《ひじ》をつき、片手で顔をかかえていた。新聞が床の上にある。大臣は今しも破毀院の上告棄却の判決を読んだところだった。

「まあ、お掛けなさい、侯爵」と大臣が声を掛けた。「で、ボルダン君、あなたには」と言って彼は自分のテーブルの前に来させて、こう付け加えた。「こう書いてほしい。

陛下

無実である四人の貴族が陪審によって有罪とされ、陛下の破毀院がその判決を是といたしました。

陛下のご恩赦よりほかに道はございません。その貴族たちが陛下の寛大な御心にお願いしますのは、ただただ陛下の臣下として陛下の面前で戦士として死なせていただくことのみであり、敬意を込めて、彼らは……

云々」

「こんなふうにお世話くださるのは大貴族の閣下なればこそ、ですな。」ボルダンの手から四人の貴族に署名させるためのその貴重な請願書を受け取ると、シャルジュブフ侯爵が言った。彼はそれにまた権威ある人々の添え書きを得ようと心に決めた。

「あなたの親戚の者たちの命が、侯爵」と大臣が言った。「戦闘での偶然にまかせられるということだよ。勝ち戦《いくさ》の翌日に到着するように心がけたまえ。連中は救われる！」

彼はペンを執ると、自身で皇帝へ私信を書き、デュロック元帥にも十行ほどの手紙を書いた。それから呼び鈴を押すと、秘書に外交官用のパスポートを持ってこさせ、老代訴人に何気ない様子でこう言った。

「この事件に関する君の本当の意見はどうかね？」

「じゃ、ご存じないんですか。誰が私たちを実にみごとにはめたかを？」

「想像はつくよ。だが確証を得ようとすると、いざこざを起こすことになる」と公爵は答えた。「さあ、トロワに帰ってサン＝シーニュ伯爵嬢を連れてくるんだ。明日、ここへね。時間は今と同じ。だがこっそりとだ。あらかじめ来ることを言っておくから、うちの奥さんの部屋に通すように。その時、私の前に立つことになる男が見える場所にサン＝シーニュ嬢にいてもらうんだ。その男が例のポリニャックやリヴィエールの陰謀事件の時に彼女のところにやってきた者だ、と彼女が認めた場合でも、私が何と言おうと、その男が何と答えようと、身振りででも、言葉ででも、決して洩らさぬように。シムーズ兄弟を救う事だけを考えること。その面倒な管理人のことなど心配するには及ばんよ。」

「素晴らしい人物ですぞ！」とボルダンが声を上げた。

「えらく熱を入れているね？　しかも君が言うのだからな、ボルダン君！　その男は大した人物なんだろう。ところで今の君主は恐ろしく自尊心が強くてね、侯爵」と言って、彼は話題を変えた。「どうやら私を更迭して、誰にも反対されずに好き放題しようとしている。彼は時間と空間の法則を変えることのできる偉大な軍人だ。けれども人間を変えることはできないようだな。そこでどの人間も自分の使い勝手の良いように鋳型にいれようとする。さて、忘れてはいけないのは、あなたの親戚が恩赦を得られるかどうかは、たった一人、サン＝シーニュ嬢だけに掛かっている。」

侯爵は一人でトロワに発ち、ロランスに事の成り行きを話した。ロランスがミシュとの面会の許可を帝国検察官から得たので、侯爵は一緒に牢獄の門のところまで付いて行き、そこで待つことになった。彼女は目に涙をいっぱいためて出てきた。

「可哀そうに、あの人は」と彼女は言った。「どうか自分のことはもう考えないようにしてくれって、私の膝にとりすがって言うんです。足に鎖を付けられていることも考えないで！　ああ！　侯爵、私はあの人の弁護をしますわ。行って皇帝の長靴に口づけもします。そして、たとえ失敗したとしても、ええ、あの人は生き続けますわ、私たちの家族の中に永遠に、私がそのように心を配ります。どうかあの人の恩赦の請願をしてください、時間が稼げます。あの人の肖像画を作ろうと思っているんです。さあ、行きましょう。」

翌日、あらかじめ定めてある合図で、ロランスがその位置についたのを知ると、外務大臣は呼び鈴を押した。取次の役人がやってきて、コランタン氏を招じ入れる命を受けた。

「やあ、君はなかなかできる男だ」とタレーランが彼に言った。「そこで君に働いてもらいたいのだが。」

「閣下……」

「まあ、ちょっと聞きたまえ。フーシェの仕事をすれば金は手に入るだろう、だが決して名誉もまっとうな地位ももらえないぞ。しかしついこの間ベルリンでしてくれたように、君が僕の役に立ってくれるなら、大いに目をかけてあげるがね。」

「閣下はじつにご親切に……」

「君はまた大した才能を発揮したじゃないか、ついこの間のゴンドルヴィルの件で……」

「何のお話ですかね？」と言って、コランタンはまったく動じず、といってまったく素知らぬふりでもない顔つきで言った。

「ねえ、君」と冷ややかに大臣が答える。「君は結局何にもならないままで終わるよ。君が恐れているのは……」

「何です？　閣下。」

「死だよ！」と大臣は深く響く美声で言った。「では、君、引き取ってくれたまえ。」

「あの男ですよ！」と、部屋に入ってくるや、シャルジュブフ侯爵が言った。「いや、危うく伯爵嬢を死なせてしまうところだった。あの人は息もできないでいた！」

「あの男しか、ああいう仕事をやりおおせる者はいない」と大臣が言った。「あなたの計画がどうも成功しそうにない危ない状況になってますな。わざとストラスブールへの道をお行きなさい。無記名のパスポートを二通余計に作ってあなたのところに送らせます。替え玉を作って、行く道を途中でうまく変えるのです。それから馬車もね。ストラスブールで替え玉の二人を捕えさせて、あなた方はスイスとバイエルンを通ってプロシャまでお行きなさい。一言も喋らず、慎重に、ね。警察を敵に回しているのだから。あなた方は警察がどんなものかご存じないでしょう。」

サン＝シーニュ嬢はロベール・ルフェーヴル[135]に相当の金額を差し出して、トロワまで出向いてミシュの肖像画を描くことを承知させた。そしてグランヴィル氏は、当時有名になっていたその画家に、あらゆる便宜を図ることを約束した。

シャルジュブフ卿は例の古ぼけた二輪馬車でロランスと共に、ドイツ語を話せる下僕を一人連れて出発した。しかしナンシー近くで、彼はゴタールとグゥジェ嬢と合流した。彼らは豪華な幌付きの四輪馬車で先に行っており、そこでその四輪馬車と自分たちの二輪馬車と乗り換えた。

外務大臣の言は当たっていた。ストラスブールで警察署長は有無を言わさぬ命令を盾に、ゴタールとグゥジェ嬢のパスポートに判を押すことを拒んだ。この時には侯爵とロランスは、外交官用のパスポートでブザンソン経由でフランス国境を抜けていたのだった。

ロランスがスイスを通過したのは十月の初めだったが、その素晴らしい風土に何の注意を払うこともなかった。

彼女は四輪馬車の奥に身を沈めて、ちょうど罪人が刑を執行される時を知って落ち込む、あの無気力な状態にあった。

あたりの自然の光景は朦朧《もうろう》とした霧に覆われ、ありきたりの些細なものさえ何か幻想的な様子を見せている。

「もし私が成功しなかったら、あの方たちは自殺することになる。」この考えが常に彼女の魂の中に落ちてくる。それはちょうど車裂きの刑で、先ず受刑者の四肢を砕く死刑執行人の鉄の棒が落ちてくるようなものだった。彼女はどんどん自分の体がバラバラになっていくように感じていた。四人の貴族たちの運命を左右するその男と対面する残酷な瞬間が、決定的なものとして速やかにやって来るのを待つうちに、彼女のすべての精力が使い果たされようとしていた。彼女は気力の萎えるのをそのままにして、自分のエネルギーを無駄に浪費しないようにしようと心に決めていた。

こうした強い魂の駆け引きは、外にはまた違った形で現れるから、優れた人間の場合、心配が極度に達すると驚くほどの陽気さに変わってしまう場合さえある。そのことが理解できない侯爵は、二人にとってひたすら厳粛な会見の場に、ロランスを生ある状態で連れて行けるかどうか心配した。その会見は個人の生活での普通の尺度ではとうてい測れないものなのだ。

ロランスにとって、その男の前で身を低くすることは、これまで彼を憎悪し、軽蔑してきただけに、彼女のあらゆる高潔な感情を死なせてしまうことだった。

「それが済んだら」と彼女は言った。「後に生き残るロランスは、今から滅びることになるロランスとは似ても似つかぬものとなるわ。」

けれども旅する二人が、ひとたびプロシャに入ってみると、人と物それぞれの巨大な動きに目を見張らずにはいられなかった。

イエナの会戦がすでに始まっていた。ロランスと侯爵の目の前に、フランス軍の壮大な師団群が延々と続き、ちょうどチュイルリー宮の前にパレードを繰り広げるように展開している。

軍隊がかくも見事にその翼を展開している様を描こうとすれば、聖書の文章とイメージによってしかない。この軍勢を動かしている人間が、ロランスの想像力の中で巨大な大きさで迫ってきた。やがて勝利したという言葉が彼女の耳に鳴り響くことになる。帝国陸軍は赫々とした戦果を二つも上げたところだった。

プロシャの王子が戦死したのは、旅の二人がザールフェルトに到着した前日。二人は雷神のような速さで進んでいくナポレオンに合流しようと必死になっていた。

とうとう十月十三日、あまり縁起のよい日ではないが、サン＝シーニュ嬢は大陸軍の本体が行く中を、一筋の川に沿って進んで行った。目に入るものはただ混乱ばかり、村から村へ、師団から師団へと送られて、老人とたった二人きりで恐怖にかられながら、敵の十五万人に狙いを定めて十五万人がうごめく大洋の中に漂っていた。

小さな丘を登ると、泥濘《でいねい》の道をうずめる人垣の向こうに、どこまでもその川が見えるのにうんざりした彼女は、一人の兵士にその川の名前を尋ねた。

「ザーレ川ですよ」[136]と彼は流れの向こう側に大軍をなして集まっているプロシャ軍を示しながら答えた。

夜がせまっていた。火が焚《た》かれ、ロランスの目に軍隊が明るく照らされるのが見える。老侯爵は騎士にふさわしい大胆さで、新規に雇った下僕の傍に座ると、前日買い取った駿馬二頭を御して馬車を駆った。戦場に到着すれば御者も馬も得られないことを老人はよく知っていたのだ。

兵士たち皆が唖然とする中を大胆にも進んできた四輪馬車は、たちまち憲兵隊の兵士に停止させられた。彼は全速力で駆けつけると侯爵に向かって叫んだ。

「あんたは何者だ？　どこへ行くのか？　何の用がある？」

「皇帝陛下のところへ」とシャルジュブフ侯爵が答えた。「閣僚たちからデュロック大元帥への緊急の公用文書がある。」

「よし、わかった、しかし、そこに居てはいかんぞ」と憲兵が言った。

サン＝シーニュ嬢と侯爵は、その日が暮れかかっていたから、そこにとどまらざるを得なかった。

「ここはどこです？」とサン＝シーニュ嬢は折からやってきた二人の士官を引き止めて尋ねた。彼らの軍服はラシャ地の外套で隠れて見えない。

「あなた方はわが軍の前衛のその最前線にいます」とその一人が答えた。「ここに居られては困ります。もし敵が動けば、砲兵隊が射撃を始めて、両方から銃撃されることになりますよ。」

「あら、そう」と彼女はまったく動じることなく言った。

この「あら、そう」を聞いたもう一人の士官が、

「いったい、どうしてこんなところに、こんな女がいるんだ？」と言った。

「私たちはデュロック元帥に知らせに行った憲兵を待っているんです。元帥の伝手《つて》で陛下とお話できるようにしていただきます。」

「陛下と話すだって？……」と先の士官が言った。「本当にそんなことを考えているんですか？　決戦の前夜ですよ。」

「まあ、そう！　おっしゃるとおりね」と彼女が答えた。「じゃ明後日お話しする方がいいですね。勝ち戦でご機嫌もよろしいでしょうから。」

二人の士官はそこから二十歩ほどのところに動かずにいた馬に乗りに行った。馬車はその時、将軍や元帥、士官など皆華美に輝く軍服に装われた人々に取り囲まれる形になった。彼らは馬車を遠巻きにして、ロランスがいることに敬意を払っていた。

「おい、おい！」と侯爵はサン＝シーニュ嬢に言った。「もしかしたら、わしたちが話しかけたのは陛下かも知れんぞ。」

「陛下は」と一人の歩兵連隊の司令官が言った。「ほら、そこにおられるよ！」

ロランスはその時自分のほんの数歩前にたった一人でいる男の姿を認めた。それは「いったい、どうしてこんなところに、こんな女がいるんだ？」と叫んだ男だった。あの二人の士官の一人がすなわち皇帝その人だったのだ。彼は緑色の軍服の上に有名なフロックコートを着て、豪華な装飾馬具をつけた白馬に乗っていた。彼は双眼鏡でザーレ河の向こう岸にいるプロシャ軍を仔細に見ている。

ロランスはどうして馬車がそこに留められて、皇帝の側近が近づかないのかがやっとわかった。彼女の全身がわなないた。その時がいよいよ来たのだ。彼女の耳に速力を早めて丘に集結してくる人馬と武具の大群の鈍い音が聞こえる。砲列がまるで言葉を発するように思え、弾薬を運ぶ大量の車輌が地響きを立て、大砲がピカピカと光っている。

「ランヌ元帥は全大隊を前衛に、ルフェーヴル元帥は近衛師団をやってあの丘を占領するように」と二人の士官の見たもう一人、すなわち主席参謀のベルティエが指示した。[137]

皇帝が馬から下りる。彼が動くとすぐ、人に知られた騎馬親衛隊《マムリユック》のルスタンが急いでその馬の手綱を取った。

ロランスは驚きのあまり呆然としていた。彼女はこれほども簡単にことが運ばれるとは思ってもいなかった。

「今夜はこの丘で野営だな」と皇帝が言った。

この時、先ほどの憲兵がやっと見つけたとみえて、大元帥デュロックがシャルジュブフ侯爵のところにやって来ると、どうしてここまでやってきたのかと理由を問うた。侯爵はサン＝シーニュ嬢と自分の二人が、どれほど緊急に皇帝の謁見を得る必要があるか、外務大臣が大元帥宛に書いた手紙に書いてある、と答えた。

「陛下はたぶん夕食を野営で召し上がることになる」とデュロックは手紙を受け取りながら言った。「私がこの手紙を読み終えたら、謁見ができるかどうか知らせましょう。おい、伍長」と彼は憲兵に言った。「この馬車を案内して、後ろの小屋にお連れしろ。」

シャルジュブフ卿は兵の後を付いて行って、木と土で立てられた一軒の粗末な小屋の後ろに馬車を停めた。その周りには何本かの果樹が植えられていて、歩兵と騎兵の何人かが歩哨に立っている。

戦いの壮大さが今しも燦然と輝くようだった。丘の頂上から見ると、両軍の戦列が月光をあびて相対峙している。

待つこと一時間、その間、副官が出たり入ったりしていたが、デュロック将軍がサン＝シーニュ嬢と侯爵を呼びに来て、その小屋に招き入れた。小屋の床は土を踏み固めたもので、ちょうど納屋の土間みたいなものだった。

食卓はすでに食器は片づけられていて、生木《なまき》が燃えている暖炉の前で、ナポレオンが粗末な椅子に腰掛けていた。泥だらけの長靴が、どれほど彼が戦場を駆けめぐったかを示している。彼は名高いフロックコートをわざわざ脱いでいたから、これも知られた緑の軍服の上に幅広の紅綬を斜めに掛け、その下にカシミアのキュロットとチョッキを着ているのが、かのシーザーに似た青白い、厳しい顔つきと実によく似合っていた。手は膝の上に広げた地図に置かれている。

ベルティエは帝国副元帥の輝かしい服装で佇立《ちょりつ》し、コンスタン[138]が近侍として、皇帝に盆に載せたコーヒーを差し出していた。

「何をお望みかね？」と彼はロランスの顔に鋭い視線を走らせると、わざとらしいぶっきらぼうさで尋ねた。「これから戦闘が始まるというのに、この私に話しかけるのを何とも思わないのかね？　いったい何の話だ。」

「陛下」と、これも同じようにじっと彼を見つめて彼女が答える。「私はサン＝シーニュ家のものです。」

「ふむ、それで？」と彼は怒りを含んだ声で言った。その眼差しから自分に挑戦しているかのように思ったのだ。

「おわかりになりませんか？　私はサン＝シーニュ伯爵です。陛下にご慈悲をお願いに参りました」と言って彼女は跪くと、タレーランが書き、それに皇后、カンバセレスさらにマランの添え書きのある請願書を彼に差し出した。

皇帝は嘆願しているその女性を優しく立ち上がらせて、鋭い視線を投げかけながら彼女

に言った。

「いつになったら分別をもつようになるのかな、ええ？　フランス帝国が今どうあるべきか、わかっているのかね？……」

「ああ！　私が今わかっているのは、皇帝がどういう方かということだけです」と彼女は言った。運命を決する男が発した恩赦を匂わせる言葉に潜む彼の親切に負けたのだ。

「あの者たちは無実なのか？」と皇帝が聞いた。

「全員が」と彼女は勢い込んで答えた。

「全員が？　いや、猟場管理人は危険な男だぞ、私の友人の元老院議員を、あなたの忠告を無視して殺そうとした……」

「まあ、陛下」と彼女は言った。「もし陛下のために命を捧げるような友達がおありなら、その人間をお見捨てになりますか？　陛下は……」

「いかにも女性だな」と彼は少し馬鹿にしたような口調で言った。

「では陛下は男、それも鉄の男ですわ！」と言い放った彼女の口調が熱のこもった厳しいもので、それが彼の気に入った。

「その男は国の裁判で有罪となったのだ」と彼は言った。

「でも、彼は無実です。」

「子供だな！」と彼は言った。

彼はさっと外に出た。そしてサン＝シーニュ嬢の手を取ると、丘の上まで連れていった。「ご覧なさい」と彼は臆する者も奮い立たせるあの雄弁で話し出した。「ここに三十万の人間がいる。みんな無実な人間だ。彼らもね！　ところが、いいかね。明日三万の人間が死ぬことになる。国のために死ぬのだ！　プロシャの兵の中には、おそらく偉大な技術者もいれば思想家もおり天才もいるだろう。それがうち倒されてしまう。我が軍にしても、おそらく名は知れないが偉大な人間を沢山失うことになる。いや、いずれこの私も一番親しい友達が死ぬのを見ることになるかも知れない。それで神を非難するか。いいや、私は一言も言わない。いいかね、お嬢さん。人は自分の国の法のために死ぬのだ。ちょうどここで国の栄光のために死ぬようにね」とこう付け加えると、彼は彼女を連れてまた小屋に戻った。「さあ、フランスにお帰りなさい」と彼はシャルジュブフ侯爵を見ながら言った。「私の命令は後から届ける。」

ロランスはミシュの減刑が約束されたと思って、感謝の思いに溢れ、跪くと皇帝の手に口づけをした。

「君がシャルジュブフ侯爵かね？」とその時ナポレオンが侯爵に気づいて言った。

「さようです、陛下。」

「子供は何人いる？」

「子供は沢山おります。」

「どうして君の孫息子のうちの一人を私にくれないのかね？　私の近侍の一人にしてあげるが……」

「なるほど。少尉の素性がこんなところに現れるのね」とロランスは思った。「恩赦のお礼が欲しいというわけだわ。」

侯爵は頭を深々と下げたが返事はしなかった。うまい具合にラップ将軍[139]があわてて小屋に入ってきた。

「陛下。近衛騎兵団とベルグ大公爵[140]の騎兵団は明日の正午までには合流することができなくなりました。」

「かまわんよ」と言うと、ナポレオンはベルティエを振り返った。「われわれにとっても恵みの時というものがある。うまくそれを利用できるようにしよう。」

手で合図されて、老侯爵とロランスは引き下がると馬車に乗り込んだ。先ほどの伍長がもと来た道に連れて行ってとある村まで案内し、二人はそこで一夜を過ごした。

翌日、二人は十時間も八百門の大砲が炸裂して、咆哮《ほうこう》し続ける音を聞きながら戦場から遠ざかった。そしてその道中でイエナの赫々たる勝利を知ったのである。

一週間後、彼らはトロワの郊外に入った。

法務大臣の命令が、トロワの一審裁判所の検事に届き、皇帝陛下の決定を待って上告していた四人の貴族を釈放するようにとあった。けれどもその同じ時にミシュ処刑の命令が検事局から発行された。この二つの命令は同じ朝に到着したのだ。

そこで、ロランスは二時に旅装束のまま刑務所に赴いた。彼女はミシュが処刑のための儀式、すなわち身繕いと称するものを施されている間、その傍にいる許可を得た。グゥジェ神父が親切に処刑台まで付いて行けるように願い出て、今しもミシュに神の赦しを与えたところだった。主人たちの運命がわからぬままに死ぬ辛さを噛みしめていたミシュは、そのためロランスが姿を見せた時、喜びの叫びを上げた。

「これで死ねます」と彼は言った。

「あの人たちは恩赦になったわ。その条件はまだわからないけれど」と彼女は答えた。「でもあの人たちは恩赦を受けたのよ。他の人はいろいろ言ったけれど、あなたのために一生懸命やってみたわ。あなたを救えたと思った。でも皇帝はいかにも支配者らしい思いやりを示すように見せて、私を騙したのだわ。」

「前から決まっていたことですよ」とミシュは言った。「番犬は昔のご主人方と同じ場所で殺されるべきだって、ね！」

最後の時間はたちまち過ぎてしまった。

ミシュは死出の旅にあたって、ただ望むことはサン＝シーニュ嬢の手に口づけさせてもらうことだけだと言ったが、彼女は両頬を差し出し、この気高い犠牲者が口づけするのに聖らかに身をまかせた。ミシュは処刑場に引き出す荷車に乗せられるのを拒絶した。

「無実の者は歩いて向かうべきなのだ！」と彼は言った。

彼はグゥジェ神父が腕を貸そうとするのも拒んで、決然と、堂々と処刑台まで歩いていった。

台の床《ゆか》に横たわる時に、ミシュは首のところにまで上がっているフロックコートを下げてもらうよう処刑人に頼んでから、こう言った。

「この服はあんたにやる。服を傷めないように気を付けるんだな。」

四人の貴族がサン＝シーニュ嬢と会う時間を持てたと思うと、たちまち師団の司令長官の伝令が、同じ騎兵団の少尉の任命書を持ってきて、すぐさまスペイン国境に近いバイヨンヌの軍本部へ向かうように命じた。

皆その先にあるものを予感して、胸を引き裂かれるような別れの言葉を交わした後、サン＝シーニュ嬢はひっそりとした城館に一人帰っていった。

二人の兄弟は一八〇八年スペイン軍に打ち勝ったソモ＝シエラの戦場で皇帝の馬前で戦死した。お互いに相手をかばい合いながら死んだが、二人ともその時は騎馬部隊長であった。二人の最後の言葉は、

「ロランス、ここで私は死ぬ《シ・ムール》！」であった。

ドートセール兄は一八一二年のロシア戦役でモスコヴァ河の砦を攻撃中に大佐として戦死し、そこで弟が彼にとって代わった。

アドリアンは一八一三年八月のドレスデンの戦いの時に旅団長となって重傷を負い、帰郷してサン゠シーニュで看護を受けることができた。

僅かの間自分の傍にいただけの貴族の生き残り四人の命を救うよう懸命に努力した伯爵嬢は、その時三十二歳になっていたが、アドリアンと結婚した。すでに萎れていた彼女の心を彼はそのまま受け入れた。愛する人間は何も疑わないか、すべてを疑うものである。

王政復古がなされても、ロランスの胸は燃えたつことはなかった。ブルボン家のやってくるのが彼女には遅すぎた。それでもそう不平を鳴らすことはなかった。夫はサン゠シーニュ侯爵としてフランス貴族院議員に列せられ、一八一六年には陸軍中将となり、彼の顕著な王への奉仕ぶりが賞されて、青綬章を拝受することになった。

ミシュの息子はロランスが自分の子供同様に育てて、一八一七年に弁護士に合格した。二年の修行期間を終えて、彼はアランソンの裁判所代理判事となり、それから一八二七年にはアルシの検事となった。ロランスはミシュの残した財産を管理していたが、青年が成年に達した時、一万二千リーヴルの年金証書を付けて彼に返した。後に彼女はトロワの金持ちであるジレル嬢を娶らせた。

サン゠シーニュ侯爵は、一八二九年彼が愛するロランス、父と母、そして子供たちに看取られて亡くなった。彼が死んだ時でも、誰一人元老院議員の誘拐の秘密を見抜いていた者はいなかった。

ルイ十八世はその事件で起こった不幸なことがらの埋め合わせをするのを拒むことはなかった。けれどもこの災厄の原因について、サン＝シーニュ侯爵夫人には彼は黙ったままでいた。彼女は王もまたその悲劇の共犯者だったのだと思った。

結末

第二十二章　黒い霧晴れる

亡くなったサン＝シーニュ侯爵は、彼が蓄えていたものと両親のものを合わせて、フォブール・デュ・ルール街[141]にある豪華な邸宅を手に入れた。そして貴族院議員の地位を維持するのに必要な相当な額の世襲財産の中に組み入れていた。

侯爵とその両親の浅ましいほどの節倹は、しばしばロランスを悲しませたが、その時になって初めて価値が理解されたのだった。したがってその邸宅を手に入れると、侯爵夫人は自分の領地に住んで、自分の子供たちのために蓄財に心を傾けながら、冬には進んでパリの邸宅で過ごすようになった。というのも娘のベルトも息子のポールも、その教育にパリの持つさまざまな物が必要な年齢に達していたからである。

しかしサン＝シーニュ夫人は社交界へはほとんど出なかった。夫は妻の心に潜む未練な気持ちを知らないではいなかったが、妻にじつに細やかな心遣いをして、この世で彼女しか愛さずに死んだ。こうした気高い心は、しばらくの間は気付かれずにいたものの、サン＝シーニュの高邁な気性をもった娘は、彼の晩年には自分が受けたと同じくらいの愛情を注いだから、夫は全き幸福を味わった。

ロランスは家庭の幸福の中に暮らしていた。パリで彼女ほど友に愛され、尊敬されている女性はいなかった。彼女の家に招かれることは名誉なこととされた。優しく、寛容で、頭が良く、何よりも淡白なところが、エリートたちの気に入るところだった。どこかその態度に苦しみの翳がありながら、彼女に惹きつけられるのだ。けれども各人それぞれきわめて強靭なこの女性を守ろうとしているかに見える。人知れず保護しようとするその感情こそ、彼女を友人とする魅力を説明するだろう。若い時はあれほども苦悩に満ちていた彼女の人生は、その黄昏《たそがれ》に至って美しく、静謐なものとなった。彼女の苦しみは皆知っている。ロベール・ルフェーヴルが描いた肖像画が誰なのか、誰一人尋ねたことはない。その絵はあの管理人が死んだ後、客間を飾る主たる、かつ傷ましい品となっていた。ロランスの顔はやっとのことで成熟した果実の感じがした。何か宗教的にさえ見える矜持《きょうじ》が、今やさまざまな試練を経たことを示す額に映えている。

侯爵夫人が家政を司《つかさど》るようになった時、その財産は貴族財産賠償法に従って増え、夫の年俸を数えずに年利収入二十万リーヴルに達しようとしていた。ロランスはシムーズ兄弟が残した十一万フランを相続している。以来彼女が年に使うのは十万フラン、残りはベルトの婚資に残しておいた。

ベルトは母親に生き写しだった。けれども彼女の戦闘的な大胆さは持ち合わせていなかった。母親を繊細で機知に富むものにした女性と言えようか。「それに母親よりも女らしいわ」と、悲しげにロランスは言っていた。

侯爵夫人は娘が二十歳を過ぎるまで結婚させたがらなかった。一家の貯蓄はドートセール老人に賢く運用され、年金の率が一八三〇年に下落した際、土地財産に移し替えられていたので、ベルトの持参金は一八三三年、彼女が二十歳になった時には年利収入八万フランになっていた。

この頃、カディニァン大公夫人が自分の息子モーフリニューズ公爵と結婚させようとして、ここ数カ月息子をサン＝シーニュ侯爵夫人の家に出入りさせていた。

ジョルジュ・ド・モーフリニューズは、週に三度は侯爵夫人の屋敷で夕食を取った。彼は母と娘をイタリア座に伴い、またブーローニュの森では母娘が四輪馬車を走らせる傍らで馬を右に左に走らせる。フォブール・サン＝ジェルマンの社交界で、ジョルジュがベルトを恋しているのは明々白々のこととなった。

ただサン＝シーニュ夫人が娘を公爵夫人にし、やがては大公夫人となるのを望んでいる[142]のかどうか、また大公夫人が息子に大変な持参金を望んでいるか、かの有名なディアーヌが田舎の貴族の意を迎えようとするのか、さてはまた田舎の貴族がカディニァン夫人の名声や好みや贅沢三昧の生き方に怖れをなすかどうかは、誰にもわからなかった。

息子の邪魔にならないことを願う大公夫人は、信心家となり、私生活に壁を立ててしまって、晩春から夏にかけての美しい季節をジュネーヴの別荘で過ごすことにしていた。ある晩、カディニャン大公夫人の屋敷にデスパール侯爵夫人やド・マルセー首相が招かれた。大公夫人がかつての愛人に会ったのはその晩が最後となった。というのも彼女は翌年亡くなったからだ。

ド・マルセー内閣の書記官長ラスティニャック、大使が二人、貴族院にまだ席がある有名な演説家の二人、すなわちルノンクールとナヴァランの両老公爵、ヴァンドネス伯爵とその若い夫人、ダルテスも同席していて、いささか風変わりな一座を形成していた。といってもその組み合わせはすぐ説明できる。夫のカディニャン大公のために首相のド・マルセーからフランス入国許可証を手に入れようというのである。[143]

ド・マルセーは自分では入国証の入手について責任を負いたくなかったので、事は信頼できる人の手にあると大公夫人に知らせにきたのである。この夜会の間に、老政治家が結果がどうなったか、報告にくるはずだ、と言う。

サン=シーニュ侯爵夫人とその令嬢の名が訪問客として告げられた。

ロランスの政治的な主義主張は、何事にも動じないものだったから、両院のいずれかで正統王朝派を代表する、きわめて著名な人物たちの姿を見て驚いた、というよりは不快に思った。彼女がかつてオルレアン大公としか呼んでいなかった者、すなわち今のルイ・フィリップ王の首相であるド・マルセーと彼らが話をし、また彼の話を聞いて、笑ったりしていたからだ。ド・マルセーは今にも消えかかろうとするランプのように最後の光明を輝かせていた。彼はそこでは政治にかかわる心配事を喜んで忘れようとしていた。

サン＝シーニュ侯爵夫人はド・マルセーの挨拶を受けたが、それはいわゆるオーストリアの宮廷がサン＝トレール卿[144]の挨拶を受けるようなものだった。社交界の人間として認めて大臣を受け入れたのである。けれども彼女はまるで自分の席が赤く焼けた鉄でできているかのように、びくっと飛び上がった。ゴンドルヴィル伯爵の来訪を告げる声が聞こえたのだ。

「失礼します。奥様」と彼女は大公夫人にそっけない声で言った。

彼女はあの不幸をもたらした男と出会わないよう、歩みの方向を計算しながらベルトと一緒に退出した。

「あなたはどうやら息子のジョルジュの結婚を駄目にしてしまったわね」と大公夫人はド・マルセーに小声で言った。

アルシ出身の元書記で、かつての人民代表、元テルミドール派議員、元法制審議委員、元国民公会議員にしてフランス帝国伯爵かつ元老院議員、ルイ十八世の貴族院議員、現在の七月王政の新貴族院議員たる男が、美しいカディニァン大公夫人に、卑屈にも深々と一礼した。

「もうご心配には及びませんよ。お美しい方、もう王公方と戦争などしませんからね」と言うと、彼は夫人の横に腰をかけた。

マランはルイ十八世から評価された。彼の老練な経験が王の役に立ったのである。彼はドカーズを転覆させるのに大いに働き、ヴィレール内閣に対して強力な助言を行った。[145] ところがシャルル十世には冷遇されて、タレーランとその恨みを共にしたのだった。彼は一七八九年以来喜んで仕えて来て、いずれは愛想尽かしをすることになる十二番目の政府から大いに評価されていた。ところがここ一年と三カ月来、フランスの外交官の中でもっとも著名なタレーランと三十六年間ずっと結んできた友情を、彼は破棄していたのだった。

その夜会で、偉大な外交官のことを話しながら、彼はこう言った。「ご存じかな。ボルドー公爵[146]に対してあの男が敵意をもっている理由を？……王位継承権を主張するには若すぎる、というのですよ……。」

「あなたはそういう言葉で、若い連中への独特な忠告をしておられるのですね」とラスティニャックが彼に答えた。

ド・マルセーは大公夫人から恨み言を言われてからずっと考えこんでいて、そんな冗談にさらに乗ろうとしなかった。彼はそれとなくゴンドルヴィルに視線を送って、早い時間に床に就く老人が退出するのを待って、話をするつもりでいることをあからさまに示した。

そこにいる全員がサン＝シーニュ夫人が退出していったのをはっきり見ており、その理由もわかっていたから、ド・マルセーと同様に黙ったままでいた。

　ゴンドルヴィルはサン＝シーニュ侯爵夫人に会っていなかったから、どうして皆が遠慮したように黙っているのかわからなかった。しかしさまざまな事件に馴れ、政治の世界にいるから、いつのまにか臨機応変に対応ができるようになっており、そのうえ才はじけた男だから、自分がここにいるのが一座の者には窮屈な思いをさせているのだと悟って、退出することにした。

　ド・マルセーは暖炉の傍に立って、いかにも深刻なことを考えている様子で、今しもゆっくりと出ていこうとするその七十歳の老人をじっと見つめていた。

「奥様。例の件を仲介してくださる人の名前をあなたに言わなかったのは失敗でした」と首相は馬車が走っていく音を聞きながら大公夫人に言った。[147]「でもその失敗を帳消しにして、あなたにサン＝シーニュ家と仲直りする手だてをお示ししますよ。もうかれこれ三十年以上前になります。それはアンリ四世が亡くなったのと同じくらい古い話[148]でしてね。というのも、確かにそう諺に言うとおり、ここだけの話、ほとんど知られていない話なんです。ちょうど歴史上の多くの悲劇と同じことですな。誓って言いますが、たとえ今から話す事件にサン＝シーニュ侯爵夫人が関わっていなかったとしても、話はずいぶん興味深い。つまりこの事件はわれわれ現代の年代記中のあの有名な進軍、例のサン＝ベルナール峠越えの一節に光を当てるものです。[149] ここにおられる大使の方々にはいずれお分かりになると思いますが、人間としての深みから鑑《かんが》みて、今日の我が国の政治家たちは、一七九三年革命の嵐の中で民衆の波が押し上げ、そのうちの何人かが「ロマンス」に歌われるようにその港を見いだした[150]マキャベリストたちに遥かに及びませんよ。今日、フランスにおいて何らかのものであろうとすれば、あの時代の激動の嵐の最中《さなか》を転々としたことがなければならないのです。」

「でも私にはどうも」と微笑みながら大公夫人が言った。「そうした見方からすれば、あなたの今の状況は何も文句をいうことはないように見えますけれど……。」

仲間うちの笑いが皆の唇に浮かんで、ド・マルセーも思わずニヤリとせずにはいられなかった。大使たちは話を聞きたくてうずうずしているように見える。ド・マルセーは咳払いを一つした。一同は固唾《かたず》を飲んだ。

「一八〇〇年六月のある晩のこと」と首相は語り始めた。「それも午前三時頃、日の光が差して蠟燭の明かりが薄く見え始める頃、ブイヨットのゲーム[151]にも飽き果てて、というよりは、他の連中に仕事をさせるためだけにゲームをしていた二人の男が、当時バック通りにあった外務省の建物にあるサロンを出て別の一室《ブドワール》に入ったとしたまえ。

この二人の男のうち一人はもう死んでしまっている。で、もう一人は足が一本墓場へ行った男[152]だが、それぞれ得意の分野で負けず劣らず凄腕の者だった。二人とも前身は司祭だ。

しかも同じように棄教して司祭を辞めている。二人とも妻帯者で、一方は一介のオラトリオ修道士、もう一方は司教の被り物《ミトラ》を付けたことがある。先の男はフーシェだが、後の男についてはその名前を言わないでもいいだろう。だが二人とも、その時には普通のフランスの市民だった。普通といっても実はとんでもない普通の市民だったがね。二人がその部屋に入っていくのを見た時、そこに残っていた誰もが少し好奇心にかられた風だった。もう一人、二人の後から入ったのがいる。その男は、自分自身、先の二人よりもはるかに強い力があると思っていた。その名はシエイエス。みんなもよく知っているだろう、彼もまた大革命の前にはご同様に教会にいた男だ。

　歩くのに苦労する一人はその時外務大臣で、フーシェは警察大臣。シエイエスはすでに執政政府から退《しりぞ》いていた。

　冷静かつ厳しい顔つきの小柄な男が席を立つと、その三人のところに行った。その時、僕がこの話を聞いた人物の前で、声高にこう言ったそうだ。〈どうも坊主連中のトランプ遊びは心配だよ。〉

　その男は陸軍大臣だった。サロンで同じようにゲームをしていた二人[153]の執政はそのカルノーの言葉を気にとめなかった。その当時、カンバセレスとルブランは、自分たちよりとてつもなく強力な大臣連中の言うままだったからね。
今言った政治家のほとんどが死んでしまっているから、今は何も遠慮する必要はない。

もはや歴史上の人物だが、その夜の話は実に恐ろしいものだった。これからするのはその話だよ。というのもこれを知っているのは僕だけだから。それにルイ十八世は気の毒なサン＝シーニュ夫人にはこの話をしなかったからね。それにたとえ彼女がそれを知っても、今の政府には何の関係もないからね。

さて、その四人が席に着いた。誰かが口を開く前に、足の悪い男は扉を閉める必要があった。彼は閂まで掛けたという話だ。そんな細かい用心をするのは育ちの良い人間しかいな。坊主上がりの三人が青白く、物に感じないような顔つきをしているのは、みんなよく知っての通りだ。カルノーだけが血色がよかった。だから口火を切ったのはまず軍人だ。〈いったい何の話だ？〉

〈フランスの話だよ〉とタレーラン公爵は言ったはずだ。この人物はわれわれの時代が生んだ一番凄い一人として僕は尊敬している。

〈共和国の話だ〉と、きっとフーシェは言ったろう。

〈権力の話だよ〉とたぶんシエイエスなら言ったはずだ。」

その場に居合わせた人間は皆、お互い顔を見合わせた。ド・マルセーは声も、目つきも、身振りも、実に見事にその三人そっくりに描いて見せたからだ。

「三人の司祭は実にお互い腹の内もよくわかって、仲が良かった」とド・マルセーは再び話し始めた。「カルノーはおそらく彼の同僚と元の執政シエイエスをずいぶん威張った態度で見たのだろう。でもきっと内心ではびっくり仰天しただろうと思うよ。

〈君はあれが成功すると思うのか？〉とシエイスが彼に聞いた。

〈ボナパルトなら何でも可能だよ」と陸軍大臣が答えた。〈彼はアルプス越えも首尾よくやり遂げた。〉

〈今の今も〉と外交官が間《ま》を計って、ゆっくり言った。〈彼はすべてを賭けているよ。〉

〈よし、お互い、はっきりものを言おう〉とフーシェが言った。〈もし第一執政が負けたら、われわれはどうする？　軍隊を再編することは可能なのか？　皆いつまでもあの男の卑屈な召使いの役をするのかね？〉

〈もう今となっては大革命の余塵は無くなっている〉とシエイエスが意見を差し挟んだ。〈彼は執政としてここ十年いる。〉

〈あの男はクロムウェルが持っていた以上の力がある〉と司教だった男が言った。〈その上、彼は国王の処刑に票を投じてはいない。〉

〈われわれは主人持ちだ〉とフーシェが言った。〈彼が戦いに負けても、彼を守っていくのか、それとも、純粋な共和制に戻るのか？〉

〈フランスは〉とカルノーがもったいぶった様子で返した。〈国民公会が持っていたエネ

ルギーを取り戻すことによってしか堪えきれないだろう。〉

〈僕もカルノーの意見に賛成だ〉とシエイエスが言う。〈もしボナパルトが負けて帰ってきたら、彼に引導を渡してやらなければならない。あの男はここ七ヵ月もわれわれに対していろいろ言い過ぎた。〉

〈彼には軍隊があるぞ〉とカルノーが考え込むような調子で言った。

〈われわれには人民が味方するさ！〉とフーシェが叫んだ。

〈ちょっと話を急ぎすぎるよ！〉とタレーラン公がまだ保持しているバスバリトンの声音で返した。それはオラトリオ修道僧だったフーシェをまた考え直させた。

〈はっきり腹をぶちまけたらいいんです〉その時、かつての国民公会議員だった男が顔を突きだして言った。〈もしボナパルトが勝ったら、彼を崇めることにしましょう、負けたら葬り去ればいい！〉

〈君はずっとそこにいたのか、マラン〉とこの家の主が驚きもせずに言った。〈君も僕たちの仲間に入れてやるよ。〉

そして彼はマランに座るように合図した。

まあそんな具合で、あまり目立たなかった国民公議のその人物が、つい今さっきわれわれが見たとおりの人物になるきっかけができたわけだ。マランは口が堅かったから、外務、警察の二人の大臣も、彼には信用をおいて裏切ることはなかった。けれども彼は事を動かす機械の要《かなめ》でもあり、また陰謀の中心的存在でもあったんだ。

〈あの男はまだ負けたわけではない！〉とカルノーが確信を持った口調で叫んだ。〈彼はハンニバルを超えたばかりだぞ。[154]〉

〈うまく行かなかった場合には、総裁政体があるさ〉とシエイエスが実に抜け目ない調子で答えた。そして皆に今自分たちが五人いることを気づかせた。[155]

〈それに〉と外務大臣が言った。〈われわれはフランス大革命の維持に皆かかわっているし、三人とも僧服を脱ぎ捨てた者だ。将軍は国王の処刑に票を投じた。それに君は〉と彼はマランに向かって言った。〈亡命貴族の財産を手に入れている。〉

〈われわれは全員同じ利害関係にあるんだ〉と有無を言わせぬ口調でシエイエスが言った。

〈しかもその利害は祖国の利害と一致するのだよ。〉

〈じつに稀なことだよな〉と外交官がにやりとしながら言う。

〈動く必要がある〉とフーシェが付け加えた。〈現に戦闘が始まっている。しかもオーストリアのメラス将軍の勢力の方が大きい。ジェノヴァが降伏し、マッセナ[156]がアンティーブに向けて船団を発するような馬鹿な真似をした。だから彼がボナパルトと合流できるかどうか、怪しくなっている。ボナパルトは自分の部隊だけの持ち駒しか持たぬままになる。〉

〈いったい誰が君にそのことを知らせたのだ？〉とカルノーが聞いた。

〈確かなことだ〉とフーシェが答える。〈パリの株式取引所の開く時間に君のところへ急

使が来るだろう。〉

こういう連中は、そこでは遠慮などなかったからね」と言ってド・マルセーはにやりと笑い、ちょっと間をおいた。

「〈ところで、敗戦の知らせが届く時に〉とそのままフーシェが続けた。〈われわれがいろいろクラブを組織して、愛国心を呼び覚まし、憲法を改正させることは出来ない。われわれの行うブリュメール十八日は、その時準備が出来ていなくちゃいかんのだ。〉

〈警察大臣にまかせようじゃないか〉と外交官が言った。〈それからリュシアンを警戒するんだ〉（リュシアン・ド・ボナパルト[157]は、その時内務大臣をしていたんだよ。）

〈僕はあの男をうまく逮捕しておく〉とフーシェが言った。

〈いいか、君たち〉とシエイエスが叫んだ。「われわれの総裁政府は無政府的な人事をしてはいけない。寡頭政体を作ろう。終身議員からなる元老院、選挙で選ばれる下院もわれわれの思うままに出来るようにするんだ。だって過去の過ちを活かさないとな。〉

〈そういう制度なら僕は和平に持っていける〉と元司教のタレーランが言う。

〈モローと話が付けるのに安心な人間を教えてくれ。ドイツの軍隊がわれわれのたった一つの頼みとなる！〉と、さっきまでいろいろ考えに沈んでいたカルノーが叫んだ。」

「ともかく」とド・マルセーが少しばかり沈黙したあとで、こう続けた。「連中の意見は正しかったよ。諸君！　その危機的状況にあって偉大でもあった。だから僕だって連中と同じことをしたと思う。」

「〈いいか、君たち！〉と、シエイエスが今度は重々しく、厳かな調子で叫んだ。」

そう言ってド・マルセーは再び話を続けた。

「この〈いいか、君たち！〉の意味が完璧に理解された。みんなの視線が、同じ誓い、同じ約束、すなわちボナパルトが勝ち戦で戻ってくる場合、絶対しゃべらないこと、それについて完璧に一致結束することを表明していた。

〈僕たちは皆なすべきことを了解しているよ〉とフーシェが付け加えた。

シエイエスはそっと扉の閂を外した。司祭だった彼の耳は実に役に立つものだった。リュシアンが入ってきた。

〈よい知らせだ、諸君！　ボナパルト夫人に第一執政からの知らせが来て、まずモンテベロの戦いに勝利したそうだ。〉

三人の大臣は顔を見合わせた。

〈それは戦闘全部でなのか？〉とカルノーが聞く。

〈いやランヌが戦果をあげた戦闘だ。血みどろの戦いで、[158]一万人の兵が一万八千人の攻撃を受けて、援護に派遣された師団に彼は救われた。オットーは敗走。結局メラスの戦線は突破されたんだ。〉

〈戦闘はいつから？〉とカルノー。

〈八日からだ〉とリュシアン。

〈今日は十三日だ〉と学識ある陸軍大臣が言った。〈なるほど！　わかった。その様子ではフランスの運命はわれわれが話をしている間に動きつつあるな。〉（実際、マレンゴの戦いは六月十四日の明け方にはじまったのだ）

〈死ぬほどの思いの四日間だな！〉とリュシアンが言う。

〈死ぬほどの？〉と外務大臣が、冷ややかに、もの問いたげな様子で言った。

〈四日間だ〉とフーシェが言った。

これを目撃した人物の話では、確かにカンバセレス、ルブランの執政二人は、こうした詳細を、この六人がサロンに戻って話すまで知らなかったという。午前四時になっていた。フーシェがまず最初に帰っていった。

これから話すのが、悪魔のような、そして隠微な行動で、あの闇の天才フーシェがやったことなのだよ。その誰にも知られない、驚くべき才、しかもほとんど人には見えないが、彼は明らかにあのフィリップ二世やティベリウス、ボルジア[159]に匹敵する才を持っている。

彼の振る舞いは、ワルヘレン島の事件の時には、練達の軍人、偉大な政治家、先見の明ある行政官のそれだった。彼こそはナポレオンが持った、たった一人の大臣なのだよ。君たちも知っているだろう。その時、彼はナポレオンをぞっとさせたのだ。フーシェやマッセナ、そしてタレーラン公爵が僕の知っている限りで最も偉大な人物、もっとも頭のいい奴だ。外交の面、戦いの面、施政の面のそれぞれで。もしナポレオンが腹の内をさらけ出してこの三人と組んで自分の仕事をしていれば、今のヨーロッパは無くなって、巨大なフランス帝国ができあがっていただろう。フーシェがナポレオンを見限ったのは、シエイエスやタレーラン公爵が退けられたのを見てからのことだった。

さて、その三日の間に、フーシェは暖炉の灰を動かそうとするその手を隠して、フランス全土に重くのしかかることになる、全般的な不安をかき立て、一七九三年の共和派のエネルギーを再び燃やそうとしたのだ。

わが国の歴史のこうした暗部に光を当てなければならないから、僕はみんなに話すんだが、かつて山岳派の陰謀の全てにその糸を引いていた彼から発したこの騒動は、共和派の策謀を生んで、第一執政の命がマレンゴの戦いの後で脅かされることになったんだ。フーシェは良心の咎めるところがあったんだろう、ボナパルトとは反対の意見だったにも拘《かか》わらず、その陰謀の企てには王党派たちよりも共和派の方が多く入っている、と彼に知らせたのだ。

フーシェはみごとなくらいそれぞれの人間をよく知っていた。シエイエスを頼みにしていたが、それは彼の野望が夢と消えていたからだし、タレーラン氏は大貴族、カルノーは底なしの正直者だったからだ。けれどもフーシェは今晩つい今し方出ていったあの男を恐れていた。彼はどのようにあの男を籠絡したか。

さっきの男はその時代にはまだ一介のマランだった。彼はルイ十八世と手紙をやり取りしていた。警察大臣によって彼は革命政府の宣言書や議事録、判決文、ブリュメール十八日の叛徒たちの市民権の剝奪などを書かされていた。そのうえ、彼の意志とは別に、そうしたものを必要な部数分印刷し、自分の家にそれらを包んでいつでも出せる形で置いておくようなことをさせられたのだ。

印刷業者は陰謀を図った人間として逮捕された。というのも印刷には革命派の者が選ばれて、警察がその業者を保釈したのは二カ月経ってからだった。この男が死んだのは一八一六年だが、彼はずっと山岳派の陰謀だと信じたままでいたんだ。

フーシェの警察が演じた芝居で一番面白い舞台は、何よりもその時代に最も有力な銀行家のところへ、誰よりもまず到着した伝令が引き起こしたものだろう。それはマレンゴの敗戦を告げるものだった。君たちも覚えているだろうが、運命の女神がナポレオンに微笑んだのは午後七時になってからのことだ。そのお昼に時の金融界の王様が戦場の舞台に送りこんでいた配下の者が、フランスの軍隊が壊滅したようになっているのを見て、あわてて急使を走らせたのだ。

警察大臣はポスター貼りや布告触れ役人などを集めにかかった。で、印刷できたものを彼の共謀者の一人マランが四輪の荷馬車に大量に積んで到着しかかるところへ、その晩の急使が、それこそ大急ぎに急がせたのが到着して、勝利の知らせがたちまち広がり、フランス全土が狂喜乱舞したというわけだ。パリの株取引所は相当の損害が出た。

そこで、ボナパルトの人権剝奪、すなわち法的な死を告げるはずのポスター貼りや布告触れ役人を集めたものの、それは中止となり、第一執政の勝利が高々と謳われる布告とビラが印刷されるのを待つことになった。ゴンドルヴィルは陰謀のすべての責任が彼一人に降りかかってくるかもしれないと怖くなって、荷車に印刷物の包みを積み込んで、夜の内にゴンドルヴィルに運んだのだ。そこで恐らく命取りとなる書類を他人の名義で買い取っていたあの城館の地下倉に埋めたのだな。その名義人の弟を彼は帝国裁判所の所長にしていたんだ。えっとあれは何という名前だったか……マリオンだ！　それからゴンドルヴィルはパリに戻って、ちょうど第一執政に祝意を呈するのに間に合ったというわけだよ。

ナポレオンは、皆も知ってのとおり、マレンゴの戦いの後、イタリアから恐るべき速さでフランスに駆けつけた。しかしあの時代の秘史をよく知っている者には確かなことだが、彼が急いで帰ってきたのはリュシアンの通信があったからだ。

内務大臣だったリュシアンは山岳派の態度を予測していたから、風がどこから吹いてくるかはわからなかったものの、何か嵐が起こるのではないかと心配していたんだ。三人の大臣を疑うことができず、そうした動きが起こるのは、ブリュメール十八日の件で兄が引き起こしたいろいろな人間たちの憎しみと、そして、一七九三年の残党がボナパルトのイタリアでの取り返しの付かぬ失敗を信じたことからだと推測したのだ。〈暴君に死を！〉とサン＝クルーで皆が叫んだ言葉は、いつもリュシアンの耳に響いていたんだな。[160]

マレンゴの戦いは、ナポレオンを六月二十五日までロンバルディアに釘付けにして、彼がフランスに到着したのは七月二日だった。

ところで、その五人の陰謀を企んだ連中がどんな顔つきをしたか、想像してみたまえ。チュイルリー宮で第一執政に勝利を祝福している彼らの顔を、ね。フーシェは先の同じサロンで、護民院議員のマランにこう言った。いや、今皆がその顔をみたばかりのマランは、少しばかりの間護民院議員をしていたんだよ。〈もうちょっと待て、まだ万事が終わったわけではない〉とね。じっさい、革命の時に息が合っていたようには、タレーラン卿やフーシェの二人とボナパルトとは息があっているようには見えなかった。だから彼らは二人の身の安全のためにナポレオンをアンギアン公の事件に巻き込ませたのだ。

王子の処刑はいろいろな情報から推測するに、マレンゴの戦いの間に外務省の建物の中で計画されたに違いない。

確かに、今となってはそうした事情によく通じている連中を熟知する人間にしてみたら、タレーラン卿とフーシェの二人に、ボナパルトが子供扱いされたことははっきりしている。二人はナポレオンとブルボン家に取り返しの付かないくらいの仲違いをさせようとしたのだ。その時、ブルボン家の使者たちは第一執政と和解の試みをしていたからね。」

「タレーランがリュインヌ夫人の家でホイストのゲームをしている時」とその時ド・マルセーの話を聞いていた一人が口をはさんだ。「午前三時だったけれど、時計をポケットから出すと、ゲームを中断して、突然、それもまったくいきなりのことだけれど、三人の相手にコンデ公はアンギアン公の他に子供はなかったのかと聞いたんです。あまりに突飛な質問がタレーラン卿の口から出たものだから、みなずいぶん驚きました。〈どうしてあなたがよくご存じのことをお聞きになるんです？〉と聞くと、〈いや、みんなにコンデ公の家が今の瞬間、絶えるということを知って貰うためだよ〉と彼は答えた。ところでタレーラン卿はその時、夕方からリュインヌ邸にいらしたのですが、おそらくボナパルトが恩赦を与えないことを知っていたのですね。」

「しかし」とラスティニャックがド・マルセーに言った。「どうもそのこととサン＝シーニュ夫人との関係がよくわかりませんね。」

「ああ！　君はずいぶん年が若いからなあ、僕は結論を言うのを忘れていたよ。みんなはゴンドルヴィル伯爵の誘拐事件を知っているだろう。彼こそがシムーズ兄弟とドートセール兄弟の兄が戦死する原因となったんだ。その弟のドートセールはサン＝シーニュ嬢と結婚して、サン＝シーニュ伯爵となり、それから侯爵となった。」

ド・マルセーはその話を知らない人たちから懇望されて、例の裁判の話をして、その五人の誰とも知れぬ男たちは帝国警察の回し者で、ゴンドルヴィルがナポレオン帝国が強固になったと思って燃やそうとした、まさしくその印刷物の包みを湮滅《いんめつ》させる役割を負っていたのだと話した。

「フーシェが怪しい」とド・マルセーは言った。「彼は同時にゴンドルヴィルとルイ十八世との通牒《つうちょう》の証拠書類を探させようとしたのじゃないかな。ゴンドルヴィルは恐怖政治の間でさえ王と常に通じていたから。しかしそのおぞましい事件には密偵の首領の情念が絡んでいるんだ。その男はまだ生きている。下級官吏の大物の一人で、誰も代わる者がないという奴だ。そいつは驚くべき力を用いることで注目されるようになった。どうやらサン＝シーニュ嬢は、その男がシムーズ兄弟を逮捕しにやってきた時、ひどい仕打ちをしたようなのだな。というわけで、奥様、これであなたはその事件の秘密を知られたわけです。このことをサン＝シーニュ侯爵夫人にお話になることができますよ。ルイ十八世が、どうして最後まで沈黙を守ったかの理由も、彼女にわかってもらえますよ。」

序文（一八四三年版）

著者が今日まで刊行してきた各「情景」[161]の大部分は、たとえ私生活の荒れ狂う海の中に埋もれているものでも、あるいはまたすべてがたちまち忘れられていくパリ社交界のいくつかのサークルの中で知られているものであっても、その出発点は本当にあったことである。けれどもこの「政治生活情景」の第二作目については、四十年前の古いものであるにもかかわらず、著者が主題としたこの恐ろしい奇譚が、現存している幾人かの人たちの心を今なお揺るがそうとは思いもしなかった。ところがまさかの無思慮な以下の攻撃を受けることになった。すなわち、

「バルザック氏は、つい最近、『コメルス』紙[162]に『暗黒事件』という連載小説を発表した。われわれははっきりとこう言いたい。なるほど彼の仕事は注目に値するが、それはドラマの面とか、小説として見た場合であって、歴史の観点から言えば、価値のない、けしからぬ行為である。なぜなら彼はその作品で、一人の市民をその私人生において傷つけているからだ。これまで常に故郷の清廉の士すべてに尊敬され、愛されていた、善良で名誉あるクレマン・

ド・リ氏を、著者は一七九三年の略奪者たち、殺人者たちの一人として描き出している。それでいながらバルザック氏はきわめて傲慢にも保守派を僭称《せんしょう》する党派に属している。[163]」

こうした意見を忠実に本文そのままに写しさえすれば、それがどういったものか理解していただけるだろう。この一風変わった注記は、元老院議員クレマン・ド・リ氏誘拐事件に関わった判事の一人に関する伝記に見いだされるものである。あの裁判に関して、この伝記の編纂者たちは、『ダブランテス侯爵夫人の回想録』にその犯罪的な逮捕に関わる恐ろしい秘密を解く言葉があると言い、彼らはそこから以下の全文を引き、それに告発的な注記を付けて、小説『暗黒事件』の反証としている。[164]

「ご承知の通りクレマン・ド・リ氏の誘拐事件は有名だ。彼は名誉を重んじ、愛情深い、革命時代にまれな美質をもつ人間だった。フーシェともう一人の政治家が[165]――彼は私人としても、公人としても、今日まだ生きていて、その名前を私が明らかにしないのは、彼を懼《おそ》れているのではなく（私は本質的に恐れるような人間ではない）、彼を知らない人間にとっては無意味だし、また彼を知っている人間にはイニシャルで言っても仕方がないからだが、このもう一人の人物は、その他の人たちと同様ブリュメール十八日の事件に関わっていた。この事件は、関わった人たちの凄まじい欲望からすれば、大きく報いられて当然としていたが、この人物は彼以外の者たちが本来彼が座るべき椅子に着くのを苦々しく見ることになった。〈いったいどんな椅子にです?〉と人は私に聞くだろう、〈元老院議員の椅子ですか？〉〈何とまあ！　とんでもない。〉〈下院の議長の椅子？〉〈いや、そんなのじゃありませんよ！〉〈パリ大司教の椅子かな？〉〈とんでもない！　違いますよ。第一、それはまだ元通りになってはいませんでした〉〈椅子がですか？〉〈いいえ、大司教の地位ですよ。〉いや結局その大司教の椅子でもなかった。それはともかく、確かなのはその人物が自分の持ってなかった一つの椅子を欲したのだ。それが彼を不機嫌にした。フーシェは赤いビロードの美しい椅子に腰掛けようと深く思っていた人間だから、今話題にした人物と心情を、ではなく、怒りで手を組むことになった。どうやら（その時代の記録によれば）、二人は祖国に不平を洩らし始めたらしい（よくあることだが）。

〈ひどい祖国だ！　ひどい共和国だ！　私はこれほども尽くしたのに！〉とフーシェは言った。〈この私は祖国を台無しにしてしまった！〉ともう一人の人物は考えていた。

〈私は自分のために言っているんじゃない〉とフーシェは言った。〈本当の共和主義者はどんな時にも自分のことは忘れるものだ。しかし、あなたは！〉

〈私は一瞬たりとも自分のことを考えたことなどないよ〉ともう一人が答える。〈しかし、あなたよりあの信心《カロタン》[166]が売り物の男を選んだのはじつに不当だ。〉

お世辞が交された後、椅子が二つあることがわかった。二人は政治的に疲れ切っていたから、もっと良いのを待って皆が就きたいと思っていた二つの椅子に座って息をつぐことができた。

〈しかし〉とフーシェは言った。〈椅子は三つもあったのだよ。〉

この会話の結果がどんなものであったか、やはりその記録によっていずれわかるだろう。それにその記録が変質する時間はほとんどなかったからだ。というのもそれはキリスト紀元一八〇〇年[167]のものなのだ。私が今話している物語は、私は、先に刊行した数巻で述べることもできたろう。しかし今が語るのに適した時なのだ。人間というものを判断し、評価するのは、その行動において示されるコントラストに拠る。そして私が今話題にしている人間の一人がそうした材料を与えてくれたのは間違いない！ 彼が与えてくれた最初の例、それは彼の信条の第一に置かれてもいいようなものだが（というのも、彼はそうした信条を持っていた）、皇帝の意志に絶対的な服従をするというものだった。それも第一執政に以下のように一杯食わせようとした後のことである。すでに述べたように、これはその時代の記録で語られていることだ。

フランスの命運について腹を割って語っていた二人が、図らずも共に思い出したのは、執政政府を転覆させるためにダザラ卿がもたらしたスペインからの約束に、モロー、あの自慢たっぷりの男や、ジュベール、ベルナドット、さらにその他の連中が耳を傾けたことだった。[168] 執政政府はたしかに転覆しても当然だった。たとえ小さい川の中ででも、である。したがって事件を思い起こし、時代を比較するのは行き過ぎだった。しかし情念というものはほとんど理性が利かない、というよりはまったく理性が利かない。二人の政治家はこんな風に言い合った。

〈なぜわれわれは三人の統領をひっくり返そうとしないのか?〉と。あなたたちが聞きたそうだから言うことにしよう。二人が喉から手が出るほどほしがっていたのは、副統領の椅子なのだ。けれども食べていると空腹を感じる、というように、第二の椅子も第三の椅子も持っていないと不平を言いながら、彼らは第一の椅子に目をつけた。お互いその椅子をみごとに礼儀正しく話題にのせて、わざわざ言うまでもないことだが、その第一の椅子をわが物にして、できるだけ長い間、それぞれ自分のためにその椅子を守ることを企てた。しかしそれこそいつも言われるように、捕らぬ狸の皮算用、地上に倒してから狸の皮を売らなければならない。

クレマン・ド・リは、すでに述べたとおり、立派な人間で、良心的な共和主義者だった。誠心誠意ナポレオンに追随していた人間の一人である。というのも彼らはこの男だけが物事を旨く運ばせることがわかっていたからだ。恐らく同じように考えていなかった連中が、すべてを変えようと計画していたから、三番目の椅子をちらつかせて、クレマン・ド・リの頭をものの見事にひっくり返した。だから彼も連中の計画の一部を知るようになり、それを認めさえするようになったのだ。折りもおり、マレンゴへの出陣がもちあがった。またとない機会だ、好機逸すべからず。もし第一執政が敗れれば、彼はフランスへは帰れない、たとえ帰ったとしても監禁されて生きながらえるだけだ。いったい何を思って彼は自分よりも強いものに戦争をしかけようとしたのだろう？（これもまた時代の記録の言うところである。）

クレマン・ド・リは、その朝家にいて、すでに元老院議員の鬘《かつら》を着けていたものの、まだ部屋着だった。いま私が話したばかりのことについての連絡を受けた。常に万事に心を砕かないといけないから（と記録ではそう言っている）、彼は既に印刷されている宣言書や演説、そのほか弁舌だけを仕事とする人間に必要な文書を担当するように依頼されていた。すべてはかなりうまく行っていた、いや、かなりまずいことになっていたというべきかも知れない。というのもご承知の通り、突然例の知らせが届くことになるからだ。何人かの悪人にとって耐え難いこの知らせは、彼ら以外のフランス全土を歓喜させ、フランスに不滅の栄光をまとわせたとして、その解放者を熱狂的に讃えさせた。その知らせを受けて椅子志願者の二人は、顔色を変えた（その一方、せいぜいそうするしかなかった）[169]、そしてクレマン・ド・リはこの件に関与したとは思いたくなかったに違いない。彼はたぶん声を大にしてそう言っただろう。椅子を狙う者たちの一人は彼に話したが、そのやり方は彼の気に入るものではなかった。やっと彼は気がついたのだ。彼は防護の方策を取るべきだと。首を切られる他ないような結果をもたらす侮辱は避けなければならない。彼は書類の大部分を匿した。それらは凄まじい告発文になるものだった。彼はそうした。うまくしおおせた、と時代の記録に言っているが、私もそれと同じように彼がきわめてうまくしおおせたと繰り返そう。

歓喜や勝利の声、イルミネーションやお祭り騒ぎといった、最初の皆の陶酔が一段落して、結局は反論できない形で、第一執政が国民すべての偶像であることを証明した時、今私が話したその連中は、顔も青ざめて、両の唇を時々ゆるませて皮肉な笑いなど浮かべるどころではなかった。裏切り行為がナポレオンの輝かしい額を前にして戦慄していた。そして連中は、彼がはるか高みに隔たってしまったことを感じて、彼の前では再びピグミーのような矮人《わいじん》になった。クレマン・ド・リは、以前と同じ状態のままだった。というのも彼は後悔していたし、まったき慚愧の念に駆られるには事の顚末をよく知らなかったのだ。それでも彼はその青白い顔の連中を警戒はした。しかし彼は自分が演じることのできる役割より、はるかに大きなものに関わっていたのだ。

その時、フランスは言葉ではとても言い表せない驚きとともに、ある元老院議員が、それも政府の重要な人物のうちの一人が、トゥールに近いボーヴェの彼の城館で午後の三時に誘拐されたと知ることになる。ところがその時彼の家の者や家族の一部はトゥールにいて、国家の祭日（共和暦九年のヴァンデミエール一日と思われる）に参加していた。こうした誘拐事件は、執政政府が愛想のよい笏杖《しやくじよう》でわれわれを治めていた時はたくさんあったけれども、ふくろう党蜂起の燃えたぎる泡となった煽動者たちを吐き出していた西部の全県にわたって、第一執政が、厳格かつ賢明な方策を取らせて以来、こうした危険は、とりわけボーヴェの城館のような住居ではずいぶん昔のことになっており、そんな話はほとんど聞かれなくなっていた。一八〇〇年と一八〇一年にかけての一時《いっとき》、憂慮すべきだった連中たちは、ライン河岸とスイスの国境にいた。だから皆びっくり仰天したのだ。警察大臣はその時、別の記録が記すところによれば、ナント公と称していたフーシェで、彼の行動はこの状況下にじつにうまく立ち回るものだった。彼は警視総監だったデュボワの監視を恐れる必要はなかった。デュボワなら二十五人の男[170]が白昼、クレマン・ド・リの背丈と体格をもつ雌鳥をかっさらっていくのを逃すことはなかったろう。たとえ足跡が残っていなくても、少なくともブラッドハウンド犬にそのあとを追わせたに違いない。事件はパリから六十里のところで起こった。したがってフーシェは優越した立場にあったから、いろいろなカードを手にしていて、そのカードを切るのも思いのままだった。そしてまさしくそれが彼のしたことなのだ。十七、八日の間に、クレマン・ド・リを連行していった逃走経路について、幾らかの手がかりが得られた。相当の報奨金を出すと言ったからだ。とつぜんフーシェはクレマン・ド・リ本人から彼に宛てた一通の手紙を受け取った。クレマン・ド・リは自分を救うことができるのは警察大臣だけだと思っていたから、救いと援助を求めたのだ。彼の純粋で高潔な魂を承知している者なら、こうした率直さと信頼は驚くに当たらないだろう。もちろん彼はいくらか心配するところがあったに違いない。私の知るところ（少なくとも当時の記録で知ったのだが）フーシェもまた多少の注意を彼に喚起させてはいたけれど、その懸念はフーシェに対してというより、もう一人の青白い顔の持ち主に対する漠然とした不信の感情だった。さてその手紙は、『モニトゥール』紙[171]に大々的に出ていたものだが、警察がこれまで集め得た手がかりのうちで一番確かな手引きのように見えた。とはいえ、これはきわめて驚くべきものには違いない。というのもその手紙によれば、クレマン・ド・リは事態がよくわかっていないのと、何処にいるかさえ知らないのだ。それでもその手紙を受け取ってから程なく、クレマン・ド・リが発見されたとフーシェは告げることになる。しかしいったい彼は何処にいたのか？……どのようにして？……とある森の中で、目隠しされ、四人の悪党の真ん中で歩かされたというのである。連中は鬼ごっことか陣取り遊びをするのと同じくらい悠々とそこらを歩いていた。ピストルが何発も打たれ、叫び声があがって、人質は解放された。ちょうど『オロール叔母さん』[172]と同じだが、違うのは正直で善良なクレマン・ド・リが三週間というもの、月明かりのもとで聖ニコラの代訴人書記たちのような乱暴を働く卑劣な悪漢どもの言いなりになって、連中にひきずり回されたことだけだ。[173]

感謝の情の最初の発露として、彼はフーシェを救い主と呼び、彼に手紙を書いた。それをフーシェはすぐに『モニトゥール』紙に立派な報告書を添えて掲載させた。しかしこの手紙が書かれたのは、おそらく少し時間が経ってからのことだったろう。クレマン・ド・リがもう一度自分の書類を見たいと思った時、安全だと思った場所に彼が隠しておいたその書類を二度と見ることができなかった。書類が無くなっていることで自分の身に起こったことをはじめて理解できた彼は、賢明で慎重な男だったから口をつぐんだ。いや、もっとうまくやった。というのも自分で悪人であろうと思っている悪い連中に対して、とりわけ復讐心にかられての場合にはそうしたいようにさせてはならないからだ。それでも誠実な人間である彼の心は深く傷つくことになった。

数日後クレマン・ド・リが自宅に戻ってから（時期ははっきりわからないが）、私の知人[174]が彼に会いにボーヴェに出かけた……彼は悲しげな顔をしていた。先述の辛くて、長い囚われの身だったことから来る憔悴によるのとはまったく別の悲しい様子だった。二人は近くを散策して、それから屋敷に帰る途中、広い芝生の庭園を横切った。その芝生の黄色く、黒ずんだ葉がその季節特有のきらきらと、ビロードのように美しく映えるトゥーレーヌ地方の草原の緑色と対照的だった。彼を訪ねた人間はそのことに気がつくと、どうして召使いたちに自分の屋敷の窓の前にある芝生に火などつけさせるのか、と彼に尋ねた。するとクレマン・ド・リは、直径四ピエほどのその場所に眼をやったが、驚いた風はなかった。そのことを承知していたことは確かだった。それでも彼の顔はいっそう憂わしげなものになった。深い苦しみがふだんは優しげな彼の表情に表れた。彼は友人の腕を握ると、急ぎ足で立ち去ろうとした。

〈私は承知しているよ〉と彼は言った。〈哀れな連中だ……私はよく承知している……知りすぎているくらいだ。〉そうして片手を額に当てると、苦い笑みを浮かべた。クレマン・ド・リはパリに戻った。わが身の安全のために彼を犠牲にしようとした人間を攻撃するだけの十分な証拠を彼は持っていなかった……しかし彼の心の中にそのことを刻んだ碑が建てられた。その時には誰にも気づかれなくても、やはりいつまでも残るものである。」

さて、言っておかねばならないのは、こうした伝記の編纂者たちが、その物語を書くのに、不偏不党、真率、公平に記したと自ら誇って、ブゥルモン元帥の伝記を作り、その彼にこの事件に関してじつに奇妙な役割を与えていることだ。それは以下のクレマン・ド・リに関係する箇所で、フーシェから提供されたものという。

「この時期、これから語るような不思議な事件が起こった。しかもその実際の原因については政府もこれまで決して説明しようとはしなかったものである。革命暦九年ヴァンデミエール《葡萄月》一日（一八〇〇年九月二十三日）、クレマン氏はトゥール近くにあるボーヴェの自宅にほとんど一人でいたが、六人の無頼漢が武装して彼の家に押し入り、銀貨や銀製品を奪うと、彼自身の馬車に彼を一緒に乗り込ませ、見知らぬ場所に連れ去った。そして地下室に放り込まれ、彼は十九日というもの、何の手がかりもないままにそこで過ごした。この事件は大騒動となった。警察がその知らせを受けると、県の統治者でもあるフーシェ大臣はパリにいた〈ふくろう党員〉の何人かを召還し、彼らの言い分から、すでに察知していたとおりだと確信するにいたった。すなわちド・ブゥルモン卿[175]がこの事件に無関係ではなかったのだ（ブゥルモンの項目参照）。元帥自身を官邸に呼んで、あらかじめ、どんなに否定しても当方としては満足するものではない、と釘を刺し、問題をはぐらかすことなく、きちんと答えるようにと言った。クレマン氏が置いておかれた場所を知らされていないはずはなく、ブゥルモン元帥の生命はクレマン氏の生死にかかっていること、さらに三日の猶予を与えるからクレマン氏を見つけられるようにせよ、と言った。ド・ブゥルモン元帥は自分に選択の余地はないと判断すると、一週間の猶予が欲しいと言い、その期間のうちに必要なすべての情報を与えることになった。じっさい、数人が、それも政治的な立場から考えて警察と無関係とはとても思われないような人間が、その無頼漢たちを追跡するために派遣された。彼らは別の場所に移されようとしていたクレマン・ド・リ氏を見つけだして、脱出するのを手伝い、彼の家族の元へと送ることができた。この白昼堂々の策謀は、当時〈ふくろう党員〉の一味の仕業とみなされ、ド・ブゥルモン元帥は、個人的な利害にもとづいて、党のために第一執政を裏切り、かつその党を第一執政のために裏切ったのだが、実は影ながら党の首領のままでいたのだった。もし警察の活躍がなければ悲劇的な結末になったかもしれない襲撃を美化するために、危機にさらされていた王党派が指揮して、クレマン・ド・リ本人を重要な人質に取り、王党派の指導者たちの幾人かの命をそれで保証しようとしたのだと言う人もいた。しかしこうした推測が多少の信憑性があると思わせるものは何一つなかった。」

アルジェの征服者[176]は、さまざまな悪名を負わされた引き替えに、フランスに植民地を一つ与えたが、彼が上の記述を中傷だとしたことを知っても誰一人驚くまい。だから伝記の執筆者たちは、わざわざ以下の別の引用を注記して、元帥に対して奇妙な弁明をしている。曰く、「以上がブゥルモン将軍についての記事において、われわれが受け入れた解釈だ。この人物に対してわれわれが下した非難を和らげるものとして、こう言っておく必要があろう。というのも、彼は親しい者にはわれわれの主張は中傷だとしている。どうしてわれわれ自身に対して、はっきり彼自身、反論や訂正をわれわれに届けてこないのだろう？　それらをわれわれの書いた中にちゃんと入れると言ったし、彼の息子の一人は、そうしたものをわれわれに届けると約束していたのだ。」

いやはや、この毒にも薬にもならない忠告は、現存の人々の承認を得ずにその伝記を書いた連中によるもので、自分たちの伝記を書いた彼らに会いに行って和解しろというのだ。人をいいようにあしらいながら、悪しざまに扱った者から敬意をうんと払って貰うつもりでいる。それが現今の出版界のモラルなのであり、まさしく現行犯としての例がこれなのだ。著者はその『パリに出た地方の偉人[177]』という題の作品のほんの僅かの部分でも、荒唐無稽なものは何一つないことを証明して、いささか満足している。

著者に関してもすでにずいぶんひどい嘘を吐かれてきたが、この手の伝記が現に三つ、四つと企画されていることは出版法の無力を告発する事実の一つである。この本の著者はきわめて傲慢にも保守主義者を勝手に称していると思われるかも知れないが、旧王制の下でも、市民の名誉はもう少しばかり保護されていたように思う。たとえば未刊のシャンソンで、何人かの作家たちの評価を傷つける作品を書いたジャン＝バティスト・ルソーは流刑を宣せられて、その後半生、祖国からの追放を余儀なくされた。[178] 現代における文学上の品行と過去のそれとを比較すれば、野蛮人の社会と文明社会との間に存在する差と同じくらいである。

さて事実に戻ろう。自称小説家は、なるほどドラマという点からすれば、立派な仕事をしてはいるが、歴史という点になると、ダブランテス夫人に及ばないことがよく理解いただけたと思う。ただ例の付記《ノート》がなかったら（しかも何という付記だろう！）、この本の著者は、以下のような小さな事実を明らかにすることはなかっただろう。

一八二三年、ダブランテス侯爵夫人がその回想録を書こうと思いつく十年前、『暗黒事件』の著者はある一夜、ヴェルサイユの屋敷の暖炉の傍で過した際、ダブランテス夫人とクレマン・ド・リ誘拐事件を話していて、その事件の秘密を彼の家族の一人[179]が握っており、宣言書や革命政府を立ち上げるのに必要なすべての書類を焼き捨てた場所をクレマン・ド・リがその人に示した、とダブランテス夫人に語った。

後になって、ダブランテス侯爵夫人が回想録に先に引用した箇所を掲載した時、著者は、彼女が主題を著者から奪ったことよりも、そのもっとも本質的な部分において歴史を切り取ってしまったことを非難した。驚くべき記憶力の持ち主であったのにもかかわらず、彼女は実に大きな過ちを犯した。故クレマン・ド・リは、誘拐される原因となった印刷物を、彼自身で焼いてしまっていたのだ。そこにおぞましいフーシェの企図がある。そんな離れ業を実行する前に、フーシェがクレマンの内情を偵察させていたら、そんなことをせずに済んだはずだ。しかしダブランテス侯爵夫人の激しい非難はタレーラン公爵に向けられていて、この著者がもう一度彼女に語った場面、この『暗黒事件』の結末に使っている場面をも削除してしまった。[180]

かくて、伝記執筆者たちの付記は、真面目だと思われたい作家たちなら避けるべき滑稽なものの一つとなっている。

さて今こそ、おぞましく、凄まじい非難、すなわち元老院議員故クレマン・ド・リ伯爵の私的生活を台無しにする、卑劣で悪辣な行為を著者が犯したという、その非難にたどり着くことになった。

こうした根拠のない嫌疑に対して弁解しなければならないのは、まったくバカバカしい話だ。第一ゴンドルヴィル伯爵は今なお存命ということになっているが、[181]その彼と故クレマン・ド・リ氏とでは、誘拐事件と元老院議員ということ以外に似通ったところはない。四十年も経っているのだから、故クレマン・ド・リ氏とは似ても似つかぬタイプの人間を登場させれば、それだけいっそう人物を取り上げずに、事実を取り上げることができるだろうと著者は思ったのだ。著者は何を望んだのか？　私生活に踏み込んでくる政治警察とそのおぞましい行為を描くことである。したがって著者はあらゆる政治的部分を残して、登場する人物に関して真実なものはすべて事件から取り除いた。ずいぶん以前から著者はゴンドルヴィル伯爵の中の、あの共和主義者たちのタイプ、二流の政治家で、あらゆる政府機関に繫がっていた人物像を創造しようと努めてきた。著者がこれまで大革命の大きなドラマの中で、こうした端役を登場させている作品をいくつか知っていただければ、そんな間抜けな話は避けられただろう。といって著者はこれまでそうした伝記執筆者に対して、自分がどう生きてきたかは知って貰いたいが、自分の作品を読めなどとは言ってはいない。おそらくゴンドルヴィルの人格を真に描いたことが、急進派の人々の眼には卑劣で悪辣な行為と映るのだろう。確かに、『家庭の平和』[182]と題された情景に登場する人物、彼は『田舎の選挙』[183]という情景にも登場するが、その人間とクレマン・ド・リ伯爵との間に共通するところはない。前者はひとつのタイプを示しており、後者は大革命と帝政時代に実在した人間の一人である。ひとつのタイプという言葉の意味は、ある人物が、多かれ少なかれ、彼に似通った人間すべてにある特徴を彼自身の中に要約しているような人物を言う。したがってこの人物と現代の多くの人間との接点が見いだされることになるだろう。けれども、そのタイプがそうした人物たちの一人であったとしても、それは著者を糾弾するものとなるだろう。というのも役を演じるその人間は、もはや彼が作り出したものではないからだ。すべてがじつに軽々しく扱われるこの時代にあって、作家がいったいどれほど悲惨な状態にさらされていることか！　著者としてはとても本当とは見えないような事実を真実の場に移し替えた幸福に自ら酔っていたのだ。もしある小説家が、貴族たちが無実にもかかわらず三つの県の裁判で死罪を宣告されたのを、起こった通りに書こうとすれば、まったくあり得ない本となるだろう。どんな読者もフランスのような国で、そんな作り話を受け入れるような法廷があるとは信じようとはしまい。そこで著者はたとえまったく同じでなくても、類似の状況を作らざるを得なかった。なぜなら真実とありそうなこととは違うのだから。こうした必要からゴンドルヴィル伯爵が創り出されたわけで、著者は故クレマン・ド・リ伯爵と同様、彼を元老院議員にし、また誘拐されるようにしたのだ。著者として以下のことを言っておく権利がある。たとえそうした困難が乗り越えられないにしても、それにうち勝つためには、こういった種類の障碍に慣れた人間が必要だったのだ。ちょうど著者が（遺憾ながら！）いやでも慣れているように。だからおそらくは、歴史を知り、『暗黒事件』を読むであろう人々が、これを非凡な仕事として見てくれるだろう。著者は場所も変え、関与する事柄も変えたが、政治的起点はそのままにしておいた。要するに文学的な言い方をすれば、あり得ないようなものを本当にあるようなものにしたのだ。けれども事件のおぞましいところは多少和らげねばならなかった。政治的プロセスの原因となるものを、別の真実、ド・ポリニャックおよびド・リヴィエール両氏の陰謀[184]にひそかに荷担したことにしたのだ。その結果魅力あるドラマができ上がった。というのも小説に通じているという伝記作者たちがそうだと思うのだから。風俗を正確に描く画家の義務はそこで達成されている。時代を写しながら、誰の心も傷つけず、事実は省かない。事実とは、ここでは警察の行動であり、外務省の大臣室での光景である。その信憑《しんぴょう》性については決して疑いを挟む余地はない。というのもアンジェのおぞましい裁判に関して、その光景を実際にそれを見聞きした三人の執政官の一人が語っているからだ。[185] その話をした人物の意見は、やはり故クレマン・ド・リによって焼かれた書類の中に、おそらくブルボン家の公子たちに関わるものがあったのではないかというのだ。こうした疑いは、その人物の全く個人的なもので、それを正しいとする確実なものは何もないが、著者がゴンドルヴィル伯爵と名づけた人物像を補完せしめることになった。著者が一冊の本を書いたことよりも、悪辣な行為を犯したという伝記作者たちからの非難からは、とうてい立派とは思えない行為の数々（たとえそれらが本当であるにしても）を人にかぶせようとする悪しき傾向しか残らない。そうした傾向は、伝記作者たちの著作の不偏不党、正当および真実に好感を抱かせはしない。

　著者はしかし『暗黒事件』がまだ現存する一人の人物に喜びを与えたことで、大いに報われる思いがしている。その人物にとって著者の著作はその一生に付きまとってきた秘密を明らかにすることになった。それは伝記の執筆者たちがその生涯を綴った、まさしくその判事のことである。事件の犠牲者たちについては、著者は彼らになにがしかの善をなし、そしてたまたま警察に行き合わせて、財産も安逸も失ってしまった人々の不幸を慰めたと考えている。

『コメルス』紙に発表してほぼ一カ月後、著者は弁護士フランツ・ド・ザールルイというドイツ名の署名のある手紙を受け取った。ヴィリオ大佐の代理で『暗黒事件』に関してお会いしたいという。[186]約束の日にやってきた二人はフランツ氏と件《くだん》の大佐であった。

一八一九年から一八二一年に、著者はまだずいぶん若かったが、ヴィルパリジスの村に住んでおり、[187]当時はナポレオン軍の英雄たちについて話すのは危険だったのに、ある大佐についての熱心かつあけっぴろげな話を聞いたことがある。英雄にふさわしいその大佐は、ヴォドンクール将軍と一緒に欧州連合軍と戦い、[188]彼らはロレーヌで欧州連合軍の背後に軍を展開し、そしてパリが降伏しかかって、皇帝が裏切りにつぐ裏切りにあっていた時、不運にも皇帝の知らぬ間にフランスとパリを救おうとした。[189]大佐は身を挺して働いたばかりでなく自らの財産も投じた。それも相当の財産だ。そして一八一七年のあのような補償請求を認めるのは難しかったから、この軍人はビロンの表現を使えば、[190]キャベツを植えることにしたのである。

一八一五年に大佐は一八一四年の際と同じく軍に身を投じ、ロレーヌでまたヴォドンクール将軍と敵軍の背後に回った。そしてそれはナポレオンの上陸後のことだ。この崇高ともいえる頑固さによって、ヴォドンクール将軍はもう少しのところで欧州連合軍をその場で捕捉するところだったのに、フランツと共に死刑を宣告され、メッスの臨時即決裁判所によっても同じ判決を受けたのだった。

若者にとって、こうした細かい事柄は、大胆不敵なパルティザンたちの存在をすばらしく詩的なものとして示すことになった。大佐を半ば神のごとき者に思い描き、皇帝の失脚の後、ブルボン家の人々がそうした実にフランス的な献身の数々を用いなかったことに憤りを感じたのだ。

「保守派」よりも「君主制」の原理の方に与する者の個人的な考えからすれば、国の防衛は王権の防衛の原理と同じくらい神聖な原理だ。そして王政の原理を守るために亡命した者たちも、フランスに残って祖国を守った人たちと同じくらい気高く、立派で、勇気あるもののように思われる。要するに、王権が恩義を感じるべきなのは、一八一六年において亡命した同志たちも、フランスを防衛した者たちと同じなのだ。両者の貢献は等しく尊重されなければならない。スゥ元帥に負うのとブゥルモン元帥に負うのとは同じはずだ。191騒動の際には、人間はためらうこともある。国家と王との間で揺れ動くこともある。しかしどんな立場をとろうと、その人間は良いことをするのだ。フランスが王に対してあるのは、王がフランスに対してあるのと同じだからだ。王が国家においてすべてなのは、あまりにはっきりしているから、政府の指導者がうち倒されてからここ五十年来、われわれは同じだけの数の国とその長を見ることになった。このような考えは、ずいぶん保守的に見えて、急進派は気に食わないだろう。それがまさしく道理だからだ。

この書の著者は先に現われたフランツ弁護士の話を聞いた。ヴィリオ大佐は彼の友人の一人で、リヴリーに住んでおり、これからやってくると言う。そして当の大佐が姿を見せたが、背が高く太っていて、かつては堂々とした押し出しが良い人だったことがわかる。けれども今は髪の毛も白くなっていた。着ている青いフロックコートには赤の略綬がある。人の良さそうな顔つきで、それこそずいぶん真剣に彼を観察しなければ、その意志の堅固さ、決意のほどを見いだすことはできないだろう。

われわれ三人は、パリの中心にある狭い屋根裏部屋で乏しい暖炉の火の前に腰をかけた。

「私たちは自腹で戦争をしたのですよ」と小柄なフランツ弁護士が言った。彼は松葉杖の助けがないと歩けず、例のホフマンの幻想的な登場人物たちの一つのモデルに役立ったように思われた。

弁護士を見ていると、その風変わりな様子とは異なり、率直で、淡々としたところなど『ミドロジアンの心臓』のジーニー・ディーンズの父親を思わせる。[192]それにその顔には戦争や戦争のおぞましい光景などとても見いだせなかったから、まるで何か幻覚を見ているようだ。リブリーやヴィルパリジス、クレイ、ヴォジュール[193]、そして他の土地の農民たちなら詩でも作るだろう、と著者は考えた。

「ええ」と大佐が私に言った。「フランツは逞しい同志で、熱意あふれる愛国者です。もちろん立派なザールルイ人[194]でね。彼は我が部隊のもっとも優秀な大尉の一人でした。」

著者はこの時深い喜びを感じた。現実に幻想的な人物たちに会い、弁護士フランツがパルティザンの大尉に変身するのを見る小説家としての喜びである。しかし著者はすぐ何でもからかうことから始めるパリ人の陽気さをぐっと押し隠した。弁護士が松葉杖をついているのは、おそらく、フランスを防衛している時に受けた傷のせいだと思い至ったからだ。それについて尋ねると、一八一四年から一八一五年にかけてのロレーヌとアルザスにおける作戦の話が始まった。それらをここに再現するのは控えておこう。なぜならこの二人の紳士は「軍隊生活情景」に入れるのに必要な情報を著者にすべて与えると約束してくれたけれども、そうした多くの英雄的行為や愛国的行為が無駄であったこと、フランスがそうした偉大な事績をまったく知らないことを考えると、絶望的な気分にさせられるからである。

小柄の弁護士は全財産として二十万フラン持っていた。フランスがその中心部を攻撃されるのを見て、彼はそれを現金に替えるとヴィリオの財産の残りとを合わせて遊撃隊を立ち上げ、ヴィリオ大佐が立ち上げていた別の隊と合体させた。彼らはヴォドンクールを将軍に戴き、ロンウィで一万五千の兵に包囲され、ヘッス・ハンブルク公爵の指揮下に砲撃される町を救うことになる。[195]大胆不敵で驚くべき武勲だ。つまり欧州連合軍と戦い、国を守ったのだ！　ブルボン家が帰還すると、この素晴らしい人物たちは、ならず者とされ、あるいは軍法会議の餌食となって、自分たちが守ろうとした国から逃亡するのを余儀なくされた。辛苦を経て一人は一八一八年に戻ってきたが、フランツ大尉はようやく一八三二年になってからで、ひっそりと闇に隠れて、ただ自分の義務を尽くしたのだという気持ちだけで生き続けなければならなかった。大佐は二度にわたって四十万から五十万フランの財産を遣い、弁護士は二十万フラン以上。彼らが敵にうち勝って得たのは二十万フラン以上に評価される資産だったが、それを二人は勝利を期待して国家に委ねていたのだ。産業の個人主義が作り出した今の世相からして、二人の人間に見るような、フランスを守るために百万フランに近いものをどこに見いだせるだろう？

著者は生来涙もろい方ではない。けれどもこの二人の年老いた愛国の同志が部屋に入って半時間もすると、目頭が熱くなってくるのを覚えた。

「なるほど」と著者は二人に言った。「もし正統のブルボン王家の人々が、彼らに対するそうした献身が隠されていたために、それに報いることができなかったとしたら、一八三〇年は一体何だったでしょう[196]？」

フランツ・ド・ザールルイは、品定めをするような著者の問いに少し警戒する様子をみせて、注意しながら、そうした戦闘や犠牲的な行為は、きちんと証拠になる書類があり、ロレーヌとアルザスにはその事実や勲功がとどろき渡っていると言った。著者はそのことについては次のように考えることにした。歩兵や騎兵それに砲兵を数千人もこっそり移動させることはないし、ヘッス・ハンブルク公爵は、その時ロンウィの陣地の降伏を何らの損害を蒙《こうむ》ることなく待っていたのだから、陣を引き上げるようなことはしないだろう。

ほとんど世に知られることのない二人のデキウスは、正当な権利を要求しているのだ！[197]

一八三〇年にフランスは合衆国への不名誉な借金を支払った。[198] これは一種のアメリカ流の窃盗とも言えるが、債務の時効消滅は「死刑宣告されたものたち」の処置とは正反対だ！その年、多くの偽の愛国者の愛国心に金を支払い、七月の英雄たちの栄誉をでっち上げ、バスティーユ広場にストーブの煙突を建てたりして馬鹿馬鹿しいほどの大金を浪費した。この一八三〇年にこそ勇敢なこの二人の権利請求を精査し、一時的にもフランツに援助を投げかけるべきだった。彼にはレジオン・ドヌール勲章も与えられてはいない。ナポレオンなら自分の胸からその勲章を外し、かくも大胆な同志の胸にそれを付けてやったに違いない。

その二人の勇敢な男たちのために小説を一編作ったらどうだろう！

パリは三日間持ちこたえた。ナポレオンは欧州連合軍の背後に現れ、彼らを捕捉し、一斉射撃を浴びせかけた。オーストリア、ロシアの両皇帝と王たちは敗走し、全軍が国境まで逃げおおせた。恐怖は勝利よりもいっそう逃げ足が早い。彼らは一目散に走る！……フランス皇帝は、騎兵がほとんどいなかったから、逃げ道を絶てずに天を仰いだが、その時パリから四十里のところで、大胆不敵の密使が皇帝にまみえることになる。

「陛下」と彼は言う。「三人の同志、ヴォドンクール将軍、ヴィリオ大佐、フランツ大尉が四万のロレーヌ、アルザスの兵を集めました。欧州連合軍はいま挟み撃ちになっています。どうぞ進軍なさってください。同志たちが連合軍の行く手をせき止めます。帝国の万全をおはかりください！」

ナポレオンならどうしたか？

ヴォドンクールは一八一五年に追放者にされたが、元帥、公爵、元老院議員ともなれたことだろう。ヴィリオは師団長で、レジオン・ドヌール二等勲章を受け、伯爵でヴォドンクールの副官！ そして豊かな年俸も貰えただろう！ フランツはコルマールの知事か検事総長だ！ つまり二百万フランがチュイルリーの地下金庫から出されて三人の弁償をしただろう。なぜなら皇帝は報いることの効用を良く知っていたから、金銭がかかることくらいなんでもなかった。哀しや！ 以下はまことに小説そのものだ！ 哀れにも大佐はリヴリーでキャベツを植え、フランツは一八一四年から一八一五年の戦闘について語り、王宮広場やカフェ・デ・ガナッシュで盛り上がっている。[199] そしてヴォドンクールの本が河岸で売られている！[200] アルジェを放棄しようと語っている代議士たちは、大臣たちの受けがとても良い！ リシャール＝ルノワールはほとんど極貧の手前まで行って死んだ。[201] 彼のために基金が募られたのが不首尾に終わるのを見た後のことだ。その彼は一八一四年、産業界にいながらロレーヌのパルティザンたちの英雄的行為に倣おうとしたのだ。フランス国は時にはぼんやりと上の空の娼婦に似ている。フォワと呼ばれるおしゃべりの雄弁家[202]を記念して百万もの金を出すが、その名前は、おそらく二百年もたてば問題にされるべきものとなるだろう。さらにフランスは第十七軽歩兵連隊がアルジェを占領したかのように彼らを祝賀する。[203] こういう数多くの無定見によって、世界でもっとも才気ある国が、まことに不名誉な文字で、以下のような不名誉な文章を綴っているのである。「いまこそ献身せねばならぬ」が明日の人間の箴言だ。多数派の政府に栄あれ！

著者と二人の同志はしたがって『暗黒事件』とは遥かに遠いところにいた。ところが、実はうんと近いところにいたのだった。というのも三人はまさしく事件の核心にいたのだ。著者が大佐に発した以下の単純な質問によって。「どうしてあなたは大佐どまりで、まったく恩給がないのです？（大佐の年利収入は四百フラン以下で、妻も一人の子もある。）」

「私は一八〇〇年に大佐になってそのままですが、こんなに長く貶められているのは、あなたのお作の材料となっている事件に祟《たた》られているのです。『コメルス』紙を読んで、私だけにはわかりました、奇妙な事件の秘密が。十五年もの間私の人生に重くのしかかっていたのです。」

ヴィリオ大佐がトゥールで勤務していた時、その町の近郊でクレマン・ド・リ事件が起こった。そして二つの法廷の審理に被告たちが服したために、最初の判決の破棄がなされたあと、大佐は事件の再審理を行う特別の軍事法廷の一員として任命された。ところで大佐はトゥールの要塞の指揮官であったから、警察官の通行許可証を検査したことがある。その男は例の事件の該当者であったから、軍事法廷の判事になると大佐はその判決に異議を申し立て、第一執政のところに出向いて、ことを明らかにしようとした。しかしいかに国家の首長を説得するのが難しいかを思い知らされる結果になった。それは世論を啓発しようとするのと同じくらい難しい。ドン・キホーテの役割ほど報われないものはない。こうしたドン・キホーテ的光景を実践してみせてからでないとセルバンテスの偉大さは気付かれない。第一執政はヴィリオ大佐の行動の中に、軍規に関わるものを認めた！　正直に言って、いまこれを読んでおられるすべての諸君、諸君はティベリウスとウマル[204]がこれ以上のことを要求したかと問うだろうか？　ロバルドモンやジェフリー、フーキエ＝タンヴィル[205]といった連中も、その時ナポレオンが持ち、表明した意見とそっくり同じ考えだった。すべて支配者というものは以下の格言のいうところを強く願っているものだ。政治的な判断に関して良心を持つべきではない。王権もその際人民と同じ罪を犯す。判断をせず、殺害するのだ。

　ヴィリオ大佐はフーシェと面識はなかったが、何の役目も負わされず戦争の十四年間大佐のままでいた。そして同盟軍と闘うべき人間が、たとえばラジヴィウ公爵がエカテリーナ二世に対してなしたように[206]、自分の費用でしようとしたのだから、その不遇がどれほど辛いものであったかわかるだろう！

『暗黒事件』の文字通り歴史的な結末は、そのことを明らかにしたものである。

　かつて一八一四年から一八一五年における志願兵だった時と変らず、判事として良心の確固とした立派な人物の訪問を著者が受けた日以来、彼の伝記はそのさまざまな栄光の肩書きが書き込まれて、それが公刊されている。そしてかの『暗黒事件』に関わる注記も、それとは知らずに挿入されていると思わねばならない。というのもかくも気高い人物に対する著者の感嘆の証はけっして曖昧なものではなかったからだ。著者は常にこの二人の勇敢な同志の訪問について報告しようと考えていた。その一人は今日では消えてしまったあの闇に包まれた事件、無実の貴族たちになされた不名誉な政治的裁判の生ける証人であり、もう一方は自分の持っていたすべてのもの、肉体も、財産をもフランスに捧げたあげく、さんざん裏切られながらも、プロシャの軍事機構に関するりっぱな記録の劈頭《へきとう》に、以下のような言葉を書いているのである。

美徳、それは祖国への献身である！

著者はといえば、自分へのおろかな非難は許すことにしよう。フランツ大尉とヴィリオ大佐に関する伝記を読めば、そこにはプルタークが描くにふさわしい立派な人物たちによるフランスへの献身の証が書きこまれている。フランツ大尉の生涯に匹敵するような小説があるだろうか？　フランスにおいて死刑を宣告され、さらにまたプロシャで死刑を宣せられる、しかもそれらはかくも崇高な行為によってなのだ。（二人の伝記参照のこと）

注

1　ジャン・ド・マルゴンヌ（一七八〇—一八五八）はバルザック一家と親しく、とりわけバルザックの母ロールの愛人とされ、弟アンリの事実上の父親とされる。バルザックはしばしば彼のサシェの城館に招かれ、そこに滞在して小説を書いたりした。

2　農業国であるフランスは、作、不作を決定する天候にとりわけ関心を払った。『ウジェニー・グランデ』に、グランデ爺さんの行動がいかに天候を重視するものかが詳しく書かれている。一八一二年雪のモスクワ退却も次行で暗示される。物語はイール＝ド＝フランスの東に広がる平原地帯、シャンパーニュ地方で展開する。

3　パリ南東、トロワを県庁とするシャンパーニュ＝アルデンヌ地方圏の県。

4　この動物は政治的事件に乗じて、他人を陥れて自分の富を増やす人間のことを諷する。ここではのちに登場するゴンドルヴィル伯爵のこと。

5　ラファーター（一七四一—一八〇一）スイスの哲学者、詩人、神学者。いわゆる「人相学」の提唱者。バルザックは彼の著作を高く評価した。ガル（一七五八—一八二八）ドイツの医者。人間の性格と骨相との関係を説いた。

6　このことは物語の最後になって意味深く浮かび上がってくる。

7　ロシア、中国、ペルシャに住むモンゴル系の民族。十九世紀ラルース百科事典によれば、「背が高く、痩せて、醜い。髪は黒色で太く、顔は平べったく大きい。目は小さく、頬骨が出ていて、鼻は低く、大きな耳と厚い唇を持っている」と説明されていて、バルザックのこの記述と大分相違がある。

8　フランス革命期に二度ほど「恐怖政治」と呼ばれた時代があり、一次は一七九二年八月十日から九月二十日まで。マラーの煽動による三千人の反革命容疑者の虐殺を引き起こした。ここでは第二次「恐怖政治」で、一七九三年五月一日—六月二日のジロンド派追放から一七九四年七月二十七日のテルミドール反動までの革命政府によるテロリズムを言う。この間、政権を担《にな》っていた山岳派はサン＝キュロットと同盟しようとしたブルジョワジーの党で、国民公会では少数派のため、独裁遂行に恐怖政治を必要とし、反革命容疑者法を制定、少なくとも三十万人が逮捕され、そのうち一万七千人がギロチンで処刑され、さらに多数が獄死したり、裁判にかけられることなく処刑された。

9　この記述も最後の場面に至って思い起こされるだろう。

10　オーブ川の流域一帯、前出注3参照。

11　教会や城館の建設に活躍した。フランソワ・マンサール（一五九八—一六六二）とその甥の子ジュール・マンサール（注20参照）がいるが、おそらく後者のことを言う。

12　昔の面積単位。地方によって異なり、一アルパンは三十から五十アール。千五百アルパンは広大な広さとなる。

13　このシムーズ侯爵のシャンパーニュ地方の城館の描写は、アゼ＝シュル＝シェール近く、ボーヴェにあるクレマン・ド・リの城館を写したものという指摘がある。後出の一八四三年版「序文」参照。

14　ブルゴーニュ公家は中世からフランスのカペー朝に続くヴァロワ王朝と対立し、十五世紀最後のブルゴーニュ公シャルル大胆公まで、フランスの政局に大きな影響を及ぼし、ユグノー戦争の際はカトリック側の総帥ド・ギーズ公などを擁してブルボン王家と対抗したが、ルイ十三世、ルイ十四世の絶対王政に至ってその勢力を弱められた。

15 フランスの政治家、枢機卿（一五八五―一六四二）。ルイ十三世の宰相として絶対王政の基礎を築く。

16 ブルゴーニュ党、ギーズ派、リーグ派、フロンド党はいずれも十五世紀から十七世紀にかけてフランス王家と覇を競ったブルゴーニュ公やド・ギーズ公、コンデ公などの一族を指す。

17 バルザックが小説『ピエレット』（一八四〇）に登場させた貴族の一族。『アルシの代議士』（一八四七、未完）にも重要な役で登場する。

18 建物の出入り口ともなる床までガラスを入れた枠付きの窓をいう。

19 一八三七年、一八三〇年の七月革命で王となったルイ・フィリップ王（一七七三―一八五〇）はヴェルサイユに歴史博物館を設置している。

20 ジュール・マンサール（一六四六―一七〇八）。ヴェルサイユ宮殿を設計したルイ十四世お抱えの建築家。

21 ブランシュヴィック公爵はプロシャの元帥で、普墺《ふおう》連合軍を指揮した。一七九二年ヴァルミーの戦いで敗れ、捲土重来《けんどちょうらい》を期した一八〇六年イエナの戦いで手ひどく敗退した。フレデリック・ザックス＝コーブルク大公は七年戦争以来オーストリアの軍の指揮を執ったが、一七九二年から蘭墺連合軍を率いてフランスと戦った。ヨーク公とダンケルクを占領する際、オーストリア軍とはぐれ、モーブージュで敗戦。

22 一七九二年九月王政廃止が決定。十二月ルイ十六世の裁判が始まっていた。

23 フランス革命期の政治結社。一七八九年十一月パリのサン＝トノレ街ジャコバン修道院に創立された議会ブルジョワ左派勢力の院外クラブで、当時フランス各地に四百以上の支部が結成された。はじめは穏健派が指導したが、後に議会の山岳派のロベスピエール（一七五八―一七九四）を中心に、「自由・平等の友たるジャコバン・クラブ」と称した。九四年七月のテルミドール反動後は少数派となり、九四年十月閉鎖。アルシはシャンパーニュ地方の小都市。トロワの北約百五十キロメートルに位置する。

24 ブルータスはジュリアス・シーザーに我が子のように可愛がられるが、叛徒の一人となってシーザーを殺害する。

25 サン＝ジュスト（一七六七―一七九四）。一七九二年国民公会の議員となり、山岳派のメンバーでジャコバン党員。公安委員としてジロンド党員を追い落とし、恐怖政治の「大天使」と呼ばれた。ロベスピエールの失脚とともに処刑される。バブーフ（一七六〇―一七九七）は共産主義の理論家、行動家として当時の総裁政府転覆の陰謀を図ったとして処刑される。

26 革命時代、カトリック教に代わって、「理性」の神が信仰され、また革命を記念する「共和祭」に「自由」の女神像として女性を練り歩かせた。

27 ブリュメール十八日はすなわち一七九九年十一月九日にあたり、エジプトから急遽帰還したナポレオンがクーデタを起こして総裁政府を倒し、権力を握った事件を言う。

28 キュスティーヌ（フランスの将軍）が防衛していたマインツは、十四カ月の攻囲戦の後、プロシャ軍と亡命貴族軍によって一七九三年奪還された。

29 フランス革命当時、国家が没収した教会財産などを担保にした不換紙幣。

30 マランのこと。

31 十三番目の使徒は本来存在しない。十二使徒の中にユダはおり、ユダの自殺後、マティアスが加えられている。

32　十八世紀まで貴族やその下僕たちが穿《は》いた、膝までぴっちりある半ズボン。革命で名高いサン＝キュロットはその半ズボンを着用しない平民、労働者層を言う。

33　一七九五年、「フランス共和国諸法年報」に掲載された指示に、治安判事たちは光線で囲まれた一つ眼の図柄の記章をつけるようにとされている。あたかも監視の目のようなこの図柄は、以後その「年報」の扉に描かれていた。

34　折り返しの短い長靴。

35　ジョージ・スペンサーというイギリス人によって考案された外套。帝政時代に流行した。スペンサーについては、バルザック晩年の傑作『いとこポンス』（一八四八）の冒頭、ポンスを紹介する場面で詳しく説明されている。

36　テルミドールの反動の後、総裁政府時代に不穏な役割を果たしたクリシー・クラブに属する人々を言い、王政復古の影の力ともなった一種の秘密組織。一七九七年九月四日、いわゆるフリュクティドールのクーデタの後、クラブは消滅させられ、メンバーの多くが国外追放になった。『ふくろう党』（一八二九）で、コランタンは自分がクリシー・クラブの一員だったことを誇っている。

37　テルミドール九日の事件ののち、反動的な王党派の粋な格好をした若者たちを言う。

38　一八三〇年七月末のブルボン復古王政に対するブルジョワを中心とした革命を言う。ブルボン王朝傍系のルイ＝フィリップを王として立憲君主制のブルジョワ覇権体制となった。

39　『ふくろう党』で、自分の差し向けたヴェルヌイユ嬢が「ふくろう党」の首領モントーラン侯爵を愛したことで、彼女を横恋慕するコランタンが彼女を欺いて過酷な運命に落としたことをほのめかしている。

40　革命期、ムッシュー、マダムといった貴族階級が使う言葉を嫌って、シトワイヤン（市民、同志）という呼称が身分に関わりなく使われた。
41　フランス起源のトランプゲーム。普通一対一で三十二枚のカードを使って勝負する。
42　フランス革命の際に、革命派の人々が着たジャケットをいう。一七九二年、イタリア、トスカナ州のカルマニョーラCarmagnolaを革命軍が占領した事に由来する。とりわけ革命が過度にすぎた恐怖時代にカルマニョールを着て歌を歌い、輪舞するのが流行した。したがってここでは恐怖時代の風習を諷する。
43　ここでメッシュー（複数形）と呼ぶのは、もちろん皮肉である。
44　ド・ラ・ペ（平和の）公爵とはスペインのカルロス四世の宰相で王妃の愛人でもあったドン・マヌエル・ゴドイ（一七六五―一八五一）のこと。一八〇八年、マドリッド南方四四キロメートルに位置する町アランフェスでの叛乱が起きた時にこのことがあった。ゴドイの『回想録』がフランスで出版されたのは一八三六年から一八三八年にかけてである。
45　一八〇二年に終身執政になったナポレオンは、一八〇三年五月イギリスと決裂し、七月にはイギリス侵攻をもくろんで、ブーローニュに陣を敷いた。
46　おそらく一八〇〇年、サン＝ニケーズ街のナポレオン暗殺計画に繋がる事件を指すのだろう。シャルル・ピシュグリュ（一七六一―一八〇四）、ジョルジュ・カドゥーダル（一七七一―一八〇四・注73参照）、モロー将軍（一七六三―一八一三）およびアルマン・ド・ポリニャック（一七七一―一八四七。王政復古期のシャルル十世の首相の兄）が、この事件に何らかの形で加わっていたという。
47　いわゆる「ふくろう党」の反乱。
48　ジャン＝シャルル＝フィリップ・ルノワール（一七三二―一八〇七）はシャトレ司教区の司祭だったが、一七七六年警察の統括に迎えられ、一七八五年まで法官として辣腕をふるった。

49　一八〇三年当時、ルイ十六世の王弟プロヴァンス伯をルイ十八世と呼ぶのは王党派であることを認めることだった。つまり二人はナポレオン派に属するようにしながら、王党派にも通じていたのである。

50　執政政府の一員で、ナポレオン政権下に元老院長となった（一八〇〇）クレマン・ド・リも王党派に同情的であったことを疑われたという。

51　トマ・ド・マイ、ファヴラ侯爵（一七四四―一七九〇）は、反革命の陰謀を企てたとされ、一七九〇年二月十八日、絞首刑になった。その時の毅然とした態度が賞賛された。

52　一八〇二年六月から。

53　ウィリアム・ピット（小ピットと称される）。当時のイギリスの首相。一八〇四年から一八〇五年にかけて、第三次対仏同盟をロシア、オーストリアと結ぶ。

54　ヴァンデミエール十三日（一七九五年）、このとき青年指揮官ボナパルトの援助の下、王党派による危機をバラスが打開し、フリュクティドール十八日（一七九七年）は、共和政府の王党派議員たちを弾圧した。

55　一八〇〇年クリスマス・イヴの夜、騎士《シュヴァリエ》リモエランとサン＝レジャンの二人のカドゥーダルの手下がサン＝ニケーズ街で第一執政の馬車を爆破しようとした事件。ボナパルトは危機一髪で逃れ、悠々とオペラ座に入ったが、フーシェ（一七五九―一八二〇。稀代の陰謀家。彼の生涯はツヴァイク『ジョゼフ・フーシェ』に詳しい）は警護を怠ったと批判された。一八〇三年の事件は、これにつぐボナパルトに対する陰謀事件だった。

56　ルイ・アントワヌ・アンリ・ド・ブルボン、アンギアン公爵（一七七二―一八〇四）。コンデ一族の末裔。祖父のコンデ公から軍事教育を受け、革命時亡命。ヴルムザー指揮下のオーストリア王族軍に入って活躍。一七九七年、コンデ軍を指揮。政治的陰謀からは疎隔されていたが、タレーラン（一七五四―一八三八）に教唆されてボナパルトが公爵を逮捕し、通り一遍の裁判で処刑した。シムーズ兄弟の裁判の影に、この公爵の事件が浮かびあがるところにバルザックの深慮があるように思われる。

57 一七九三年二月、フランス共和国がイギリス、オランダに宣戦布告して、フランスの正規の軍隊に多くの志願兵が入ることになり、それが「混成軍《アマルガム》」と称されたことを踏まえての言葉だろう。

58 タレーランのこと。

59 オー・ド・ヴィはいろいろな果物から醸造した酒を蒸留した度数の高いアルコール飲料。コニャックは葡萄酒からで琥珀色をし、他のオー・ド・ヴィにはスモモ、洋梨などから作ったものがあり、透明な色をしている。

60 ピレネー山脈から地中海にかけて広がる地域で産するワイン。

61 一ピエは三二・四センチメートル。

62 タンパンは、十六、七世紀の建築でペディメントの刳《く》り形のある三角形や弓形の壁。

63 ゲルマンの古代法で、女子の相続権を認めなかった。

64 ユーディットは古代ユダヤの英雄的女性。祖国を救うために敵国の将を誘惑して、その首を刎ねた。

65 シャルロット・コルディ（一七六八―一七九三）。当時の哲学書を耽読、ジロンド党のサロンに出入りして、すべてのジロンド党員をギロチンに架けよと説く山岳派の統領マラーを憎み、一七九三年七月十三日パリに出て、「法と平和のフランスの友たちに向けて」の文を書き、その足でマラー宅を訪れ、折から入浴中の彼を刺殺。四日後に処刑される。

66　ウォルター・スコットの小説（一八一七）。ダイアナ・ヴァーノンはそのヒロイン。英国ハノーヴァー新王朝に反抗する旧ステュアート王朝の支持派が潜むスコットランドを舞台に、ロンドンの豪商がスコットランドにいる甥に財産を横領される事件と、豪商の息子と反王朝の闘士の娘ダイアナとの恋模様が絡まる。美貌のダイアナは父親を救う大胆不敵な騎馬の名手として描かれる。

67　狩猟を好んだ古代ローマ神話の月の女神をも暗喩する。

68　トンティヌ・ラファルジュは富籤《とみくじ》と保険とを合わせたような投資システム。トンティヌの名はこのシステムを考案したナポリ人、ロレンツォ・トンツィに由来する。

69　いずれもナポレオンの別邸があったパリ近郊の町。

70　一八〇二年三月二十七日にイギリスと締結された平和条約は、一八〇三年五月に決裂する。

71　シャンパーニュ地方のオーブ川沿いの都市。

72　ポリニャック卿は前出。ド・リヴィエール卿は公爵で軍人。のちボルドー公爵の傅《も》り役となる。

73　ジョルジュ・カドゥーダル。知勇兼ね備えた農民出身の王党派の首魁《しゅかい》。一八〇〇年までブルターニュ地方の王党派農民の反革命運動を指揮。イギリスに渡って亡命中のルイ十六世の弟アルトワ伯に会い、一八〇三年フランスに戻って、ナポレオン暗殺の機会を待ったが、発覚して同志十一人と処刑された。

74　一七九三年にメーヌ州に起こった反革命の一団。ジャン・コットローとその三人の兄弟を首領とした農民主体の武装集団に王党派の地方貴族が相応じ、ノルマンディーとブルターニュ地方を席巻。やがて共和制政府軍に鎮圧される。コットローは「ふくろう」とあだ名されたために、一味を「ふくろう党」と称した。バルザックはこの事件をもとに歴史小説家として出発した。

75　『ガゼット・ド・フランス』紙はフランスで最も古い新聞ながら、執政政府時代は王党派の側であまり読まれなくなっていた。
76 十八世紀に用いられたスカートを広げるための枠型のペチコート。
77 パリ盆地の東部。セーヌ川とマルヌ川に挟まれた地方。
78 聖職者が被る頭にぴったりくっつく縁なしの小さい帽。
79 一八三〇年七月二十七日から、二十九日にかけて、いわゆる七月革命が起こり、ブルボン正統復古王政は終わり、傍系のルイ＝フィリップが「フランス人民の王」として立憲君主制を宣言する。
80 注56に記す事情で、オルレアン公爵家は名跡だけとなったので、「公爵家最後の人」と遠回しに言う底に、ブルボンを正統と認める立場のバルザックの意図が見える。
81 一四三五年にパオラの聖フランチェスコが創立した托鉢修道会。現在はイタリアとポーランドに残る。
82 一七九三年に第一次対仏大同盟を結成していたイギリスは、オーストリアが一八〇一年にリュネヴィルの和約を締結して第二次対仏大同盟から脱落後、対外戦争より国内の安定を重視するナポレオンの思惑もあって、一八〇二年三月にアミアンで講和条約を締結した。以来一年余りにわたって平和な期間が続くが、一八〇三年五月両国の関係は再び悪化、イギリスは和約を破棄し再度フランスへ宣戦する。
83 一プースは十二分の一ピエ。すなわち約二・七センチメートル。
84 前出注12。
85 ボストンはアメリカ独立戦争の際、イギリス軍に占領されたボストン市に由来する。「独立《アンデパンダンス》」とか「悲惨《ミゼール》」の手札の名称は、その時の占領に因んだものという。フランスはアメリカ独立戦争を支援した。

86　革命暦七年プレリアル（草月）二十五日（一八〇〇年六月一四日）、ジェノヴァの北七〇キロのところにあるマレンゴで、ボナパルト軍とオーストリア軍との戦いが勃発、フランス軍の大勝利となった。

87　ルイ＝ティボー・デュボワ＝デュベ伯爵。初め立法議会、後に国民公会議員。ナポレオンによって参事院議員に任命される。

88　ラパラン伯シャルル・コションが警察大臣になったのは一七九六年。

89　一八〇九年七月末、ナポレオンがワグラムの戦線に足止めされてロボー島で連絡を絶たれ、イギリス海軍がオランダのワルヘラン島への急襲に成功、ナポレオンの敗北が信じられ、政府部内が色を失った時、当時内務省と国民軍を牛耳っていたフーシェは、他の閣僚や軍人の反対する中を北部の各県に国民軍の総動員をかけた。皇帝もそれを是としたため、力を得たフーシェはパリにも総動員をかけ、当時ナポレオンの不興を買って謹慎していたベルナドット将軍に要請して軍を派遣、ヴァルシュラン島に上陸していたイギリス軍を圧倒して形勢逆転をもたらしたが、帰還したナポレオンはフーシェの働きに不安を覚えるようになったという。

90　ナポレオンがアンヌ＝ジャン＝マリ＝ルネ・サヴレー将軍に一八〇八年二月に与えた称号。

91　「オトラント公爵」はドイツ戦線が終わったあと、フーシェの功績を賞してナポレオンがナポリの領地と合わせて与えたもの。フーシェが警察大臣に就任したのは一七九九年八月一日から一八〇二年九月まで。一八〇四年七月十日に再任、一八一〇年にロヴィゴ公爵と交代するまでその任にあった。

92　フーシェのこと。

93　ド・ラ・ベナルディエール伯爵は、外務省に勤めてタレーランに追従、フリードリッヒ・フォン・ゲンツはメッテルニヒの官邸を牛耳った。ヘンリー・ダンダスは、英国宰相ピットの友人であり協力者、ジェラール・デュロックはヴュルツェンで負傷した時、ナポレオンに「どんな時にも命はあなたに捧げている」と言ってナポレオンを感激させた。シャヴィニー伯爵レオン・ブティリエはその父親とともにリシュリューに献身したことで有名。

94 残虐、狡猾な政治を行って王権を確立させたルイ十一世（一四二三―一四八三）の側近中の側近であるトリスタン・レルミット、「奉行トリスタン」として知られ、当時の警察組織のようなものを牛耳って廷臣たちの恐怖の的となった。また人一倍復讐心が強く、徹底した処刑を行ったことでも有名。

95 フーシェはこの物語の時点一八〇三年は警察大臣ではない。そのためコランタンを残しておいたのである。

96 すなわち先に名前の出たルノワールの弟子ということ。

97 ユーディット、ジャック・クレマン、シャルロット・コルディは先述のとおり。古代アテネの市民ハルモディオスは妹を好色なアテネの僭主ヒッパルコスに誘惑されて恥辱を受けたのを怒り、紀元前五一四年親友アリストゲイトンと共に彼を暗殺。ヤコブ＝ヨハン・アンカーストレムはスウェーデン王グスタフ三世を舞踏会の最中に暗殺。ジョゼフ＝ピエール・ピコ・ド・リモエランは「ふくろう党員」で、サン＝ニケーズ街のナポレオン暗殺首謀者の一人。すなわち、ここに上げられた全員が暗殺企図者である。

98 リーニュは古い長さの単位。十二分の一プースで約二・二五ミリ。

99 信号機がクロード・シャップ（司祭兼技術者）によって一七九三年、パリ―リール間において実用化、国民公会が正式に採用。いわゆる電報はイギリスのチャールズ・ホイートストンが一八三七年に実用化した。ミシュが言うのはこのクロード・シャップ方式のものだろう。二三〇キロにわたって五―一〇キロメートルの間隔で縦に高い柱を立て、それに横四・六二メートル、縦〇・三五メートルの角度を自由に変えられる翼を付けて、その動きで暗号を読み解き、次の塔に信号を送る。フランスにおいては五五〇のポストがあり、四八〇〇キロメートルをカバーした。

100 ルイ十五世の孫で、ルイ十六世、ルイ十八世の弟。アングレーム公爵、ベリー公爵の父。兄ルイ十八世の後を襲いで、シャルル十世となる。反革命派の頭目で、ヴェンデ戦争にも関わり、のちイギリスにのがれて、一八一四年反ナポレオン軍の指揮官として帰還、ウルトラ派の頭目となる。

101 ロランスの母が結婚の際に夫と交わした一対の指輪の一方。

102 容疑者に白状させる目的で、同じ監獄に入ってその人間に打ち明けさせる役をする警察側のまわし者を言う隠語。

103 紀元前五〇八年、エトルリアとの戦いで、ムキウス・スカエヴォーラはエトルリア王ポルセンナを暗殺しようと彼の陣地に潜入、捕らえられて共犯を白状せよと責め苦を受けるが、かれは「吾ハローマ人ナリ!」と頑強に口を割らず、燃えさかる火に自らの手を突っ込んだ故事に、ペイラードが火の中から手箱を取り出したことをひっかけた。

104 アンデルナッハはドイツ、ライン河沿いケルン、ボンの南に位置する

105 『ふくろう党』でコランタンがヴェルヌィユ嬢にした仕打ちを暗示する。

106 ナポレオンが創設した騎馬近衛兵を言う(正式には一八〇四年以降のこと)。もともと紀元十世紀来のトルコの白人系奴隷兵の称。

107 アンリ=クリスチャン=ミシェル・ド・スタンジェル、フランスの将軍。一七七六年四月二十一日のサルディニア王国軍との戦いで負傷し、一週間後に死去。

108 一八〇四年三月九日、パリに隠れていたカドゥーダルが逮捕される。

109 カドゥーダルとともに王党派の首魁の一人シャルル・ピシュグリュとモロー将軍が逮捕されたのは、一八〇四年二月二十八日。ピシュグリュは同年四月五日に牢で死んでいるのが発見される。
110 一八〇四年五月十八日。
111 フランス革命で貴族の身分、爵位を失った貴族について言う。
112 古代ローマの劇作家プラウトゥスが二人の双子の兄弟に与えた名前。この二人を使っていろいろ取り違い喜劇が作られた。
113 当時盛んだった女性運動、とりわけサン＝シモン主義の称える女性運動を指すものと思われる。
114 ヘンリエッタ・ゾンタークはドイツの歌手。一八二六年から一八三〇年にかけてパリのオペラ座で歌う。マリ＝ブランはスペインのテノール歌手の娘で、パリデビューは一八二八年。
115 一八〇四年十二月のこと。
116 彼のオールドファッションを強調している。シャルジュブフ侯爵が禿頭であることもこれで強調される。
117 プロシャ王、フリードリヒ二世（一七一二―一七八六）。十八世紀第一の軍略家で文化政策も怠らず、プロシャ繁栄を築いて大王と称せられる。
118 ナポレオンの将軍ミュラの一八〇九年から一八一三年までの称号。
119 ナポレオンの愛人で、のちに彼と結婚したジョゼフィーヌ（一七六三―一八一四）のこと。夫のボアルネ子爵が恐怖時代に処刑されたあと、執政政府の実力者ポール・バラス（一七五五―一八二九）の愛人となった後、ナポレオンの愛人となった。
120 四旬節は聖灰水曜日から復活祭の前日までの日曜日を除いた四十日の斎戒期間を言う。荒野でのキリストの断食を思って悔悛する期間。その中日は子供たちが仮装して遊ぶ。

121　一七九五年のこと。
122　検察委員は行政訴訟などにおける検察（公益代表）委員をいう。
123　法官アシル・ド・アルレ（一六三九―一七一二）のこと。機知で知られた彼の語録は『アルラエナ』（アルレ語録）として残されている。
124　当時の弁護人制度については、先の二六一頁にバルザック自身の説明がある。
125　食料品店主トリュモーは一八一二年ヒ素を使っての殺人で、モラン未亡人ヴィクトワール・タランは一八一二年殺人未遂で徒刑囚となり、一八一七年三月十九日に売春宿で殺害された元検察官フュアルデス殺人事件は、翌年の三月から五月にかけて世を騒がせた。カスタンは医師で友人のイポリットおよびオギュスト・バレの兄弟を連続して毒殺し、一八二三年死刑となった。フィエシは一八三五年国王ルイ・フィリップに危害を加えようとし、ポッシュ＝ラファルジュの妻マリ・カペリが夫毒殺の廉で一八四〇年起訴され、バルザックが『暗黒事件』執筆の時に世を騒がせたところだった。
126　ジャン＝ジャック＝レジス・ド・カンバセレス（一七五三―一八二四）はモンペリエ出身の法官、執政政府の第二執政であり、帝政下では帝国大書記長としてナポレオン法典の起草にかかわり、元老院議長を務めた。マッサ侯爵であるレニエ（一七四六―一八一四）は帝政期の法務大臣。
127　日本における最高裁判所にあたる。
128　フランス大革命時代の法廷で検事の役を務める者を言う。
129　旧体制下の法廷で、訴えを起こした者の利害を守るべく弁疏《べんそ》する者を言う。革命後はここで使われている procureur（現在は検事を指す）に代わって avoué と呼ばれる。代訴人 avoué は大審院、控訴院での訴訟を代理する司法補助職で、一年間の法律の修学、三年ないし四年の実務経験、能力証明書を必要とする。学士の資格は必要ない。一方弁護士 avocat は学士の称号、八年の法律事務所での実務経験、法律学の得業、あるいは博士号を取得して弁護士登録する。（一八五八年刊のヴィクトール・ドブレ著『子弟の職業選択の万有事典』による。ドブレは、弁護士になりたければ、まず力のある代訴人の事務所に入って書記の仕事から始めて、経験を積むことを勧めている。）

130 バルザックの『人間喜劇』における主要な登場人物で、有能で情のある代訴人を代表する。

131 マランは malin と綴り、悪意ある、悪戯な、という意味を持つ。バルザックにはこうした名前の含意を小説の展開に使うことが多い。

132 マルトの父親はバブーフの陰謀の片割れとして処刑されたことになっている。マルトを信用させる重要な事項。

133 原文には« elle retira du feu le côté de la lettre qui *n'était pas écrit*（書かれていない）»とあって、フォリオ版のルネ・ギーズの注に「意味が分からぬ、おそらく、〈損傷されていない〉の誤りか」とあるが、マルトがつかんだのが字の書かれていない側、すなわち暖炉の中で裏返しになった燃え残りの手紙を引っ張り出したのだ。

134 ピエール＝アントワンヌ・ベリエ（一七九八―一八六八）。雄弁で鳴る弁護士。七月王政下での反正統王朝派の長として議会で活躍した。

135 ロベール・ルフェーヴル（一七五六―一八三〇）。当時有名な肖像画家。一八〇六年にナポレオンの肖像を描き、王政復古がなると王室画家となった。

136 全長四二七キロメートルのドイツの川。エルベ川の左側を流れてザールフェルトからイエナ、メルゼブルク、ベルンブルクを経てエルベ川に合流する。

137 ランヌ元帥（ジャン、モンテベロ公爵、一七六九―一八〇九）一七九五年に師団長となり、イタリア戦役、エジプトでナポレオンに従い、ブリュメール十八日に参画、マレンゴの戦いに勲功あり一八〇四年元帥となる。ルフェーヴル元帥（シャルル・ルフェーヴル＝デヌエット伯爵、一七七三―一八二二）。第一執政の副官を務め、近衛軽騎兵団を指揮した。ワーテルローの後、死刑を宣告されたが、アメリカ合衆国に亡命、ルイ十八世の恩赦を受けて帰国途上に没。ベルティエ（元帥、ルイ＝アレクサンドル。一七五三―一八一五）一七八九年の革命の際、国民軍大隊長として国王一家を保護するが、執政政府の下、イタリア戦線に従軍、ローマで教皇ピオⅥ世を捕捉。軍務大臣を経て一八〇四年に元帥、一八〇五年に大陸軍参謀総長。一八一四年にはルイ十八世と結ぶが、百日天下の際、バイエルンに亡命、事故で没。

138　コンスタン（コンスタン・ウェリイー、一七七八―一八四五）。ナポレオンの筆頭従僕。マレンゴの戦いに出陣以来、一八一四年の四月まで、忠実で秘密を守り、機転の利《き》く従僕としてナポレオンに仕え、愛された。

139　ラップ（ジャン、伯爵。一七七二―一八二一）。元帥、第一執政の副官。エジプト、マレンゴの戦役にナポレオンに従い、一八〇二年、スイスの特権大使に任ぜられる。ロシア戦役で名を馳せる。百日天下の後引退するが、一八一七年、ブルボン家と結んで貴族に列せられる。

140　ミュラー（ジョアサン、フランス元帥、ナポリ王、一七六七―一八一五）のこと。木賃宿の息子として生まれて、一七八七年軍隊に入る。ナポレオンのイタリア戦役の際、副官となる。ボナパルトの妹カロリーヌと結婚、一八〇四年元帥となる。一八〇八年ナポリ王。ワーテルローの後、コルシカに亡命、捕えられて一八一五年銃殺刑。

141　現在のサン＝フィリップ＝デュ＝ルールの北にあるフォブール・サン＝トノレ街を言う。

142　カディニァン大公夫人の名前。彼女は三十人の愛人を持つ、という『人間喜劇』の社交界でも派手な動きで知られる。

143 バルザックの『人間喜劇』において、カディニァン大公夫人の夫は正統王朝派で、ルイ＝フィリップの七月王政が成立し、シャルル十世と共に国外にあることになっている。

144 サン＝トレール伯爵（一七七八―一八五四）は、王政復古下の自由主義議員で、一八三三年から一八四一年までウィーンの大使をしていた。

145 ドカーズ侯爵（一七八〇―一八六一）はルイ十八世の首相であったが、一八二〇年、ベリー公爵（ルイ十八世の弟で後のシャルル十世の息子）暗殺事件で失脚、ヴィレール（一七七三―一八五四）がその後を継いで一八二八年まで内閣を組織した。

146 アンリ・ド・ブルボン、ボルドー公爵、後のシャンボール伯爵（一八二〇―一八八三）。ベリー公の死後に生まれて、七月王政の間亡命していた。

147 すなわちゴンドルヴィルがド・マルセーに依頼されてカディニャンの入国許可証下賜の仲介をすることになっていたのである。

148 アンリ四世の死は一六一〇年のこと。

149 これは物語の passage（一節）とナポレオンのアルプス進軍の際のサン＝ベルナール峠越え passage とを掛けたド・マルセーの駄洒落に過ぎない。

150 たとえばロマン派詩人ラマルティーヌの有名な詩篇「湖」（一八二〇）の一節に「人に港なく、時に岸辺なし」と歌っているように、心の休息の場を譬えて、港ということが流行した。それを踏まえた皮肉のこもる表現。ついでに言えば、「暴風雨」という言葉も「湖」の中に見いだされる。

151 十八世紀に流行したエース、キング、一〇、九、八の二十枚のカードを使って遊ぶ現在のポーカーに似たゲーム。

152 タレーランは片足が悪かった。

153 前出注126。

154 アルプス越えでローマを打ち破ったハンニバルのように、ナポレオンがアルプス越えの大作戦で勝利したことを言う。

155 総裁政府は五人の総裁で取り仕切られた。

156 メラス（ミハイル、一七二九―一八〇六）オーストリア軍の将軍。マレンゴの戦いを指揮。マセナ（アンドレ、一七五八―一八一七）元帥。イタリア戦役で名をあげたが、一八〇〇年ジェノヴァにオーストリア軍を釘づけにして、ナポレオンがマレンゴに勝利するのを助けた。一八一四年ブルボン家と結ぶ。

157 リュシアン・ボナパルト（一七七五―一八四〇）。ナポレオンの弟。五百人委員会のメンバー。ブリュメール十八日の首謀者の一人。一七九九年内務大臣。一八〇〇年スペイン大使となるが、兄ナポレオンと権力構想の違いで不和となる。百日天下の時和解。

158 オッツ（ペーテル＝カルル、一七八三―一八〇九）メラスの指揮下にあったオーストリアの将軍。

159 フィリップ二世（一一六五―一二二三）フランス、カペ王朝七代目の王。イギリス支配下にあったフランスの処置法を奪い、他の貴族の領地も権謀術数で奪ってカペ王朝のフランスにおける支配権を確立。ティベリウス（前四二―後三七）ローマ皇帝。勇将アグリッパの寡婦となったアウグストゥスの娘ユリアと結婚して帝位を得、親衛隊長セイアヌスを情報源として貴族の財産と生命を奪い、帝位にあって後継の者の陰謀を恐れ、暗い晩年を送る。ボルジア（チェザーレ、一四七五―一五〇七）教皇アレクサンデル六世の庶子。教皇の相談相手として権謀術数を尽くす。マキャベリは新しい理想的君主と評価するが、政敵を暗殺するなど、冷酷非道の政治家と非難されることが多い。

160 先の注でも言うように、ブリュメール十八日の首謀者の一人であるリュシアン・ボナパルトは、五百人委員会のあるサン＝クルー広場での暴動を起こした張本人として、その記憶を甦らせたのである。

161 バルザックは『人間喜劇』を、「私生活情景」、「地方生活情景」、「パリ生活情景」、「田園生活情景」、「政治生活情景」、「軍隊生活情景」の六つの情景からなる「風俗研究」と『あら皮』など十九編からなる「哲学的研究」、さらに『結婚の生理学』など三編からなる「分析的研究」の三部を合わせたものを構想していた。

162 『暗黒事件』は最初、この政治・文芸を扱う新聞『コメルス』（思想交流の意）に一八四一年一月十四日から二月二十日まで連載。

163 G・サリュ、B・サン＝テドム（アルフレッド・ド・タイユの変名）編『現代人名辞典』第六巻（一八四一年刊）の「ヴィリオ」（バルザックのこの序文に登場する大佐）の項目の一節。従って「元老院議員クレマン・ド・リ誘拐事件に関わった判事の一人」とは、このヴィリオのこと。

164 以下の引用は一八三一―一八三五年刊のダブランテス侯爵夫人（一七八四―一八三八）『回想録』の第七巻六章。刊行年の記載のないガルニエ版十巻本の第四巻第三十章。バルザックは先の『現代人名辞典』が引く彼女の文章をそのまま引き写している。夫人の『回想録』執筆にはバルザックが深く関わったことが知られている。

165 革命期から王政復古まで活躍した政治家タレーランのこと。

166 アベ・シエイエスのこと。ブリュメール十八日のクーデタ後、シエイエスとロジェ・ドュクロそれにボナパルトが統領になった。

167 共和制の革命暦が終わったことをいささか茶化して言う言葉遣い。

168 モロー（一七六三―一八一三）、ラインの軍隊を指揮してオーストリアに勝利、ナポレオンに対抗するも逮捕され、アメリカに亡命。後ナポレオン軍と戦いドレスデンで戦死。ジュベール（一七六九―一七九九）は、革命軍の将軍としてオランダ、イタリアに転戦。ベルナドット（一七六三―一八四四）は、革命戦争で頭角を現し、フランス元帥となりスウェーデン・ノルウェー王として一八一八年から四八年まで在位。ダザラ（一七三〇―一八〇四）は、スペインの外交官。大使としてナポレオンの厚遇を得、スペインとの同盟関係に力を注ぐ。

169　この回想記を書いたダブランテス夫人は、この一行を書き加えてフーシェが醜男だったことを暗示しているという。

170　実際には六人だとされるが、実証はされていない。

171　出版者シャルル＝ジョゼフ・パンクックによって一七八九年に創刊された新聞。のちナポレオンの掌握するところとなり、政府見解に追随するものとなった。

172　一八〇三年一月十三日初演のシャルル・ド・ロンシャン作、ボイエルディユー作曲になる三幕のオペラ・コミック。

173　バルザック『艶笑滑稽譚』第二輯第一話に「聖ニコラの代訴人書記」の話が載っている。いわゆる追いはぎ的な仕業をするものを言うか。(石井晴一、同書翻訳注参照）フォリオ版『暗黒事件』の編者ルネ・ギーズは「浮かれた生活を送る」と注する。

174　プレイヤッド版の注釈者シュザンヌ・ベラールは、ダブランテス侯爵夫人の知人を、バルザックの父親ベルナール＝フランソワと推定している。

175　ルイ・ブゥルモン（一七七三―一八四六)、ジューヌ伯爵。ナポレオンに臣従したが、一八一五年彼を裏切り、ガン（ベルギーの都市ヘントの仏語名）に亡命中のルイ十八世の下に走った。

176　ブゥルモン元帥のこと。

177 バルザック『幻滅』第二部（一八三九年刊）。
178 ジャン＝バチスト・ルソー（一六七一—一七四一）は、一七一二年四月七日、高等法院から「不純な、相手を中傷する諷刺」詩を流布せしめたとして、フランス王国を永久に追放されることになり、彼はその判決の前にスイスに亡命した。
179 すなわちバルザックの父ベルナール＝フランソワ・バルザック（一七四六—一八二九）。
180 ダブランテス侯爵夫人の『回想録』の中ではナポレオンの陰謀に与する要人について、シエイエス、カルノー、クレマン・ド・リの名前は省かれている。
181 『暗黒事件』の登場人物の一人。
182 バルザックの一八三〇年刊（初出は一八二九）の作品。
183 一八四二年に構想し、その七月に第一部をこのタイトルで出すが、後に加筆して一八四七年『アルシの代議士』として発表。
184 ド・ポリニャック（一七八〇—一八四七）前出。
185 この件に関して、ベラールはプレイヤッド版の注に、「三人の執政とあるが、実際は四人であり、クレマン・ド・リを入れれば五人となる。それに一体これほどの重要なことをバルザックにうち明けるような人間がいたのだろうか？」と疑問を発し、バルザックの父にクレマン・ド・リが話した可能性を示した後、アンドレ・カンピがこの話をバルザックの愛人であるロール・ド・ベルニー夫人に語って聞かせ、彼女が小説家に話したというアンヌ＝マリ・メナンジェの考えを紹介している。
186 ニコラ＝ジャック・フランツ・ド・ザールルイは一七八七年に生まれ、メッスで弁護士を開業。一八一四年に自費で四〇人のパルティザンを統率、さらに翌年やはり自費でモーゼルの志願特別部隊を編制、そのため多くの借財を負って、執政政府にその弁済を求めた。この弁護士と一緒にバルザックに会いに来たというヴィリオ大佐は、フランツの軍隊に籍を置いており、ワーテルローの戦い直後の一八一五年七月、プロシャ兵と闘って勝利を得ている。フランツはフランス北東部の都市メスで投獄されるものの、フランス軍の将軍によって出獄を許され、その後結婚して一八二二年故郷ザルールイに戻った。

187　バルザック一家はトゥールに住んでいたが、父ベルナールが軍を退職すると、一八一四年パリのタンプル通りに引っ越したのち、パリ郊外のヴィルパリジスに一八一九年から移り住んだ。

188　フレデリック＝フランソワ＝ギュヨーム・ド・ヴォドンクールは一七九一年、モーゼルの志願兵からなる連隊の中尉から軍歴を始め、後に将軍となって、一八一五年のメッス防衛に力を尽くしたことは、以下のバルザックの記述に詳しい。

189　著者原注『モニトゥール』紙（一八三九年六月二十一日付）参照。フランツ氏による嘆願書と前モーゼル県知事、ラドゥセット男爵の陳述がある。

190　アルマン・ド・ゴントー、ビロン男爵（一五二四—一五九二）。『アンリ大王伝』の著者の父。軍人である彼はアンリ四世に対抗する軍を指揮していたが、息子が講和して平和が良いというと、「何を馬鹿なことを言う。ビロン（ボルド東部のベルジュラック郡の地名）でキャベツを植えに行かせたいのか？」と叫んだと言う。

191　スー元帥（一七六九—一八五一）、二十四歳でオッシュ将軍の参謀となり、以後軍歴を重ね、一八〇八年ダルマティア公爵となる。ナポレオンの退位のあと、ルイ十八世に仕えるが、エルバ島脱出後のナポレオンを最初は「簒奪者」と呼んだものの、ナポレオンに参謀総長のポストを提示されて彼の側につき、結局敗北、一時隠遁するも、のちルイ十八世及びシャルル十世に臣従した。ブゥルモン元帥は前出。

192 ウォルター・スコット『ミドロジアンの心臓』の主人公ジーニー・ディーンズの父親。

193 いずれもパリ近郊の町。

194 当時プロシャ領のザール河沿いのフランスとドイツ国境近くの都市。一八一〇年のパリ条約でプロシャ領となっていた。

195 ヴィリオ大佐の経歴については、プレイヤッド版のシュザンヌ・ベラールの四九六頁注に詳しい。一七七三年、ナンシーの富裕な一家に生まれ、一七九一年に軍歴が始まり、華々しい戦闘で名をなしたが、後アンジェの軍事裁判所の判事を務める。民間人となって一八一二年に「大佐」の称を受け、一八一四年、一八一五年の争乱の働きでナポレオンからレジオン・ドヌール勲章を受ける。ここに述べられているプロシャ軍との戦いで自分の作った志願兵軍が勝利するが、反王党派ということで、禁錮刑を受け、以後貧困に苦しむことになる。一八三〇年大佐の恩給を受けることになり一八六〇年リブリーで没。

196 ブルボン復古体制に対する労働者、ブルジョワ階級の一八三〇年七月二十八日からの革命。傍系のルイ・フィリップが立憲君主制の王となる。この著者、すなわちバルザックの問いは、以下のアメリカへの賠償を言う。

197 古代ローマの平民出身の軍人一族。父デキウス・ムスは紀元前三四三年、時の執政アウルス・コルネリウス・コススが敵軍に包囲されていたのを、その慎重さと武勇で救ったことで有名。またその息子達も勇猛でかつローマ政府に献身的な軍人として活躍した。彼らが「三デキウス」と一般に称せられるのを受けて、ここで二人のデキウスと洒落たのだろう。

198 一八〇六年と一八一二年のフランスによるアメリカ船舶拿捕《だほ》に対して、七千万フランの賠償を要求された。一八三一年、七月王政の首相カジミール・ペリエは、フランス商品の関税引き下げを計って、二千五百万フランを支払っている。

199 「ガナッシュ」は間抜け、能なしの男をいう。すなわち「間抜けたちの集まるカフェ」という名でパリに実在し、バルザックがこの序文にカフェの名を書いたことで見物客が店に沢山やってきている、と書き送ったフランツのバルザック宛の一八四三年三月二十九日付の手紙がある。

200 おそらく一八二六年刊の『一八一四年、一八一五年戦史』のことだろう。

201 リシャール・ルノワールは綿織工場主であったが、ナポレオンに窮状を救われて以来、国民軍の一隊を自費で賄うなど献身的な働きをするが、その後彼の会社もうまく行かず、破産して一八三九年に没。その葬儀には工員たちが二千人以上参列したという。

202 フォワ将軍が死んだ一八二五年に、その未亡人と子供たちのために基金を募ったが、数週間で百万フランも集まった。

203 数々の武勲で有名となった第十七軽歩兵連隊は、実際にはアルジェを占領していない。バルザックがこの序文を書こうとしていた一八四一年九月十三日にアルジェから連隊が帰還するのをルイ・フィリップ王家が華々しいものにしようとした。

204 ティベリウス（前四二—後三七）は紀元一五年から三七年まで第二代ローマ皇帝。ウマルはイスラム第二代のカリフ（六三四—六四四在位）。いずれも軍事的才能を発揮して征服地域を広げた。

205 ロバルドモン（別名ジャック・マルタン）十七世紀、宰相リシュリューの下でルイ十三世の寵臣サン＝マール（一六二〇—一六四二）の反逆罪などを裁いた。ジェフリー（?—一六八八）はイギリスの大法官で、清教徒革命に揺れるイギリスにおいて、チャールズ二世の後を襲った王弟ジェームズ二世の信頼をうけ、チャールズ二世の遺児マンモス公爵事件を峻厳に裁いて名声を博した。フーキエ＝タンヴィル（一七四六—一七九五）は弁護士。革命裁判の主役の一人となって、ダントンを含む多数の同志を裁いて死に追いやった。

206 ラジヴィヴ公爵（一七三四―一七九〇）は神聖ローマ帝国の宮中伯。エカテリーナ二世のスイスのバーゼル侵攻に対して、莫大な自家の財産を投じて抗戦した。

解説

1．歴史小説への道

バルザック小説の魅力は、細部にまで神経の行き届いた緻密な構成、読者の想像力を刺激してやまない事物の活写、登場人物たちの常識を超えた描写の中から浮かび上がる犀利な心理分析、息を呑む迫力の中に展開する複雑な人間ドラマなど、数えれば十指に余るだろうが、その圧倒的な筆力が与《あずか》って力があるのは言うまでもない。それに加えて抜群の読書量と記憶力による博大な知識の惜しげもない投入を挙げることができよう。

ヴィクトル・ユゴーが作品中で開陳する知識も並はずれたものだが、ユゴーの場合、何かその知識をことさらに誇るところがあるような気がする。バルザックの場合は、巨細にわたる知識が、あることを書きはじめたら、猛然と外へ出ずにはおかないような、知のほとばしり、という感を、読むたびに抱いてしまう。そのことは彼がフランス革命以後の歴史を扱った作品でいっそうその感を深くする。歴史小説こそは小説家バルザックの出発となるものだった。

バルザックは大学卒業後、法曹界に進んでほしいと願う両親の意向に背いて、六歳年長の大衆作家ル・ポワトヴァン・ド・レグルヴィルと知り合い、彼やその仲間たちと協力しあいながら、ローヌ卿とかオラース・ド・サン＝トヴァンといった筆名で、今日いわゆる『初期小説集』に収められる作品を書き綴る。その間およそ六年。当時流行の大衆小説のあらゆるジャンルに挑戦しながら、結局それらは華々しい成功を見ず、バルザックは家からの仕送りを断たれ、家族のもとに帰らざるをえなかった。そのときロマン主義関係の書物を手掛けていたユルバン・カネルが、ラ・フォンテーヌの一冊本の全集を出す計画のあることを耳にして、コンパクトな一巻本の個人全集を企画、母親や年長の愛人ベルニー夫人から資本の提供を得て、一八二六年『ラ・フォンテーヌ全集』を出版するが、三千部刷って売れたのはわずか二十部という惨憺たる結果で破産。

ついで出版の際知り合った有能な印刷職人バルビエと組んでカルチエ・ラタンの一角、芸術橋《ポン・デ・ザール》を渡った近くに印刷所を買い取って開業したものの、二年間の印刷所経営も思うようにならぬ折から、売りに出ていた活字鋳造の会社に関わりをもち、その共同経営者となる。しかし結果は状況をさらに悪化させるばかり。一八二八年八月、清算してくれた母親への五万フラン近い借金を抱えた彼は、印刷、鋳造ともに手をひく。いとこセディオが債務の整理にあたるなど、母親を中心とする一家のバルザック救済の動きのなかで、バルザックは、ふたたび小説を書くことによって活路を見出そうとする。彼はベルニー夫人や文学の先達ラトゥッシュらに励まされながら、新しい小説の構想を練った。

すでに詩人のヴィニーは『サン＝マール』(一八二六)、メリメは『シャルル九世年代記』（一八二九）で歴史小説の先鞭をつけ、ユゴーは『ノートル＝ダム・ド・パリ』（一八三一）を準備中だった。バルザックはフランス革命の際、ブルターニュ地方を中心に共和政府に対して蜂起した反乱をとりあげることにした。さいわいヴァンデの戦いの戦場の一つとなったフージェールに、一家の知人ポムルール男爵が住む。バルザックは借金を背負ったままパリを発ち、男爵に歓迎されてフージェールに約一カ月滞在した。翌一八二九年三月『最後のふくろう党あるいは一八〇〇年のブルターニュ』が出版される。小説家オノレ・バルザック（この時はまだ貴族を僭称するドはつけていなかった）の誕生である。

2. 一七七八年から一八四八年までの七十年——『回想録』の流行

一七七八年二月の国王が召集した「名士会議」に始まって、翌年五月の「全国三部会」の開催後の紆余曲折の後、一七八九年七月十四日の民衆のバスティーユ牢獄襲撃でフランス大革命の火ぶたが切られ、以後一七九二年八月十日王権停止、翌九三年一月二十一日のルイ十六世処刑、国民公会主導の共和制の進行と、フランスでは驚天動地の変転が起こる。さらに一七九四年春以降の山岳派ロベスピエールの実権掌握と恐怖政治、同年七月二十七日の「テルミドールの反動」によってロベスピエールとその一派が断罪され、同年十月五日ヴァンデミエール「王党派蜂起事件」でバラスを中心とする総裁政府の出現、さらにその庇護を得た青年将軍ナポレオンが台頭して一七九九年十一月九日のブリュメールのクーデタで権力を握って執政政府を牛耳り、ついには一八〇四年十二月皇帝に昇りつめて対仏同盟のヨーロッパ各国と対戦、幾多の戦勝を得てヨーロッパ大陸を席巻する。

しかし一八一二年のモスクワ遠征の失敗から彼の運命が暗転、一八一四年四月六日のナポレオン一世の退位、一年後の「百日天下」に続くルイ十八世による一八一五年六月の「王政復古」。さらには十五年後の七月革命によるルイ・フィリップの立憲君主制の成立から十八年後の一八四八年の二月革命と共和制およびナポレオン三世によるクーデタと第二帝政というように、一世紀に満たぬ、せいぜい七十年にわたるフランスの歴史をなぞるだけで、よくぞこれほど短い期間に、政治、社会の根底を揺るがすような事件が連続したもの、とため息さえ出てしまう。

一七九九年生まれのバルザックは、まさに以上に記した変転きわまりない歴史的事件を文字通り目の当たりにしたのだ。彼の幼い時には、フランス革命を生き抜き、ナポレオン軍のトゥール糧秣《りょうまつ》部長、市の助役となった父親フランソワ＝ベルナールやその周辺、長じては二十二歳年上の愛人ベルニー夫人などからも多くの歴史的エピソードを聞かされたに違いない。作家となった後にも、そうした動乱の時代を貴族夫人として多くの事件を身近に見聞したダブランテス侯爵夫人の『回想録』（一八三一―一八三五）の執筆にも協力した身として、「歴史小説」を書く材料と意欲は十分に備わっていた。

加えるに、革命によってもたらされた「フランス国民としての意識」は、フランスの歴史、フランスを動かした人々に関する著作や事典を大量に生み出すことになった。たとえば『古今万有人名事典』（この辞典の正式のタイトルはあまりに長々しく、とても引用に堪えない）は、出版者ルイ＝ガブリエル・ミショー（一七七三―一八五八）が兄の歴史家ジョゼフ＝フランソワ・ミショー（一七六七―一八三九）と共同出版したもので、二人のほか文芸家協会に属する著名な作家・学者の協力を得て、一八一一年から一八二八年にかけて五十二巻が刊行され、さらに神話編三巻、補巻三十巻が追加されて、一八六二年八十五巻を以って完結した。カバーする人名は古代から十九世紀前半までの古今東西にわたるが、当然のことながらフランス人について詳細にわたる。

また歴史家で政治家のフランソワ・ギゾー編纂になる『フランスの歴史に関わる回想録叢書』全三十一巻（一八二三―一八三五）はフランス王国創立の時代から十三世紀にかけての著名な回想録を集め、クロード＝ベルナール・プチト（一七七二―一八二五）の編纂で一八一九年から刊行された『アンリ四世の即位から一七六三年のパリ講和までのフランスの歴史に関わる回想録叢書』は、プチトの死後、後継者によって継続され、百巻になんなんとする膨大な十七世紀から十八世紀にかけての回想録の宝庫となった。さらにジョゼフ＝フランソワ・ミショーの『フランスの歴史に資する新回想録叢書』全三十二巻も踵《きびす》を接して一八三六年から一八四四年にかけて出版されるなど、時代の秘史が明らかにされるにいたった。

革命期から帝政時代については、英雄ナポレオンの『回想録』が一八二四年に四巻で出て、さらにジョゼフィーヌ皇后の『回想録』三巻が一八二八年に、ブーリエンヌ将軍の

『ナポレオン回想録』全八巻が一八三〇年に出るなど、一八二一年セント・ヘレナ島でのナポレオンの死以後、多くのナポレオンに関する記事が出版された。また稀代の策略家ジョゼフ・フーシェの『回想録』も、一八二四年全二巻で出ている。十九世紀フランス最大の歴史家ジュール・ミシュレ（一七九八―一八七四）が、大作『フランス史』全十七巻への足掛かりとしての『近代史概要』は一八二七年。『フランス史』第一巻は一八三二年の刊行だ。時代はまさしく「歴史」に大きな目を向けていた。

バルザックは一八一九年二十歳でソルボンヌを出て、大戯曲家たるべく、昼は近くのアルスナル図書館で、夜はレディギエール街の屋根裏部屋にこもり、四六時中読書に没頭したというが、その読書リストの中に、あるいはそれ以後も、そうした膨大な歴史の証人たちの書き残したものが入っていたに違いない。あたかも歴史上の人物が目の前で語るかのような印象を与える描写は、耳から聞いたものと、目から入ったものを咀嚼した結果だろう。

彼が生前自ら編んだ個人全集ともいえる『人間喜劇』およそ九十篇には、中世末期から十六世紀、十七世紀のフランスに材を得たものもあるが、やはり大革命に始まるフランスの以後半世紀にわたる歴史、とりわけルイ十八世の復古王政からルイ＝フィリップの七月王政期が多く舞台となる。しかし歴史的な興味をそそるのは、やはり革命期からナポレオン帝政を背景に展開される作品で、その明暗のコントラストが強いだけに、いっそう手に汗握るような小説の醍醐味を味わうことができる。たとえば革命期のヴァンデ戦争を扱った『ふくろう党』(「軍隊生活情景」)、『ソーの舞踏会』(「私生活情景」)、さらに『恐怖時代の一挿話』(「政治生活情景」)、『現代史の裏面』(「パリ生活情景」)、帝政期の『ラ・ヴェンデッタ』、『シャベール大佐』(「私生活情景」)、『砂漠の情熱』(「軍隊生活情景」)、『アデュー』、『徴募兵』(「哲学的研究」)など。

なかでも革命期から帝政期、さらに復古王政を経てルイ・フィリップの七月立憲王政にわたる時間の経過の中に語られる『暗黒事件』(「政治生活情景」)は、一八〇〇年九月二十三日元老院議員クレマン・ド・リのトゥール近郊における不可思議な誘拐事件を題材として、政治の暗黒と裁判制度の非情の渦に巻き込まれながら、毅然として運命に立ち向かうヒロイン、ロランス・ド・サン＝シーニュの波乱万丈の生涯を描いて興趣まことに尽きない。

3. 陰謀の闇

バルザックの小説の書き出しが紆余曲折してなかなか本題に入らない、とよく批判されるが、この『暗黒事件』は文字通り In medias res「事件の真っ只中」から物語が始まる。叙述の展開と事件の時間が必ずしも並行していないので、最初理解に苦しむ読者があるかもしれない。また歴史的事実もつい見逃されがちになるので、余計なことながら、かいつまんで物語の要点をまとめておこう。

舞台はシャンパーニュ地方のオーブ県、時は一八〇三年、ナポレオンが帝位に就く一年前のこと。美しい森を控えた広大なゴンドルヴィル荘園の管理人ミシュが、今しもただならぬ気配で大きな銃を余念なく手入れし、結婚以来夫の考えがわからずにいる妻のマルトと母の二人は彼の様子に不安を隠せない。こうしたサスペンス仕立ての展開は、『暗黒事件』という小説のタイトルにいかにもふさわしい。

孤児だったミシュは、オーブ県に大きな所領を持つ大貴族シムーズ侯爵家に拾われ、成長した後に侯爵夫妻に仕えたが、敵国と通じていたと密告された夫妻が革命裁判所で死刑に処せられた後、アルシのジャコバン会長として多くの人間をギロチン台に送った。その変節と恐ろしげな風貌もあって市民たちから嫌われ、恐れられている彼は、県都トロワのジャコバン会長の娘マルトと結婚、フランソワという十歳の息子がある。広大な庭園ゴンドルヴィルは、シムーズ侯爵の刑死後、侯爵家の執事を務めた男の孫で弁護士のマリオンが買い取って、ミシュを管理人に据えた。実は共和政府で権勢を振るうマランという県選出の国民公会議員が、腹心の公証人グレヴァンの協力で、マリオンを名義人にしてゴンドルヴィルの土地を手に入れたのだが、旧主との関わりが疑われるミシュの動向を監視する目的で管理人にしたのだ。

なぜマランはそういう迂遠《うえん》な方法をとったか？　シムーズ侯爵の館と向かい合って、その縁戚の名家サン＝シーニュ伯爵家の館があり、一七九〇年、大革命の動乱がこの地にも及んで、敵方と結んでいると密告された侯爵夫妻が逮捕された。その際民衆が略奪に城館に押し寄せ、隣家のサン＝シーニュ伯爵夫人に匿《かく》まわれていた侯爵の双子の子息は、サン＝シーニュ家の令嬢ロランスとともに銃を持って侵入を阻止する。民衆の先頭で派遣議員として乗り込もうとしたマランは、三人に「城館を作った際の石工の孫が！」と詰《なじ》られ、銃口の的となっている我が身の危険も感じて退却せざるを得なかった。双子とロランスの侮蔑の語がゴンドルヴィルへの密かな野心をいや増させ、彼らへの憎しみを培うことになる。

幼い頃から分け隔てなく二人を愛してきたロランスの説得で、双子のシムーズ兄弟は密かにコンデ公の亡命先ドイツに逃れ、混乱の中伯爵夫人を亡くして孤児となった彼女は、親戚のドートセール夫妻を後見人としてサン＝シーニュの城館にマラン打倒と王家の復活を期して、双子のいとこの帰還を待ちわびている。

ミシュが銃の手入れを怠らず、パリからやってきた密偵二人の動向に神経をとがらせていた一八〇三年十一月のその時、ルイ十八世とその周辺を中心としてナポレオンの暗殺計画が練られ、フランス国内外で蜂起するべく密かに動員されていた。マランはナポレオンと王側の二股をかけ、腹心の公証人グレヴァンに秘密を打ち明け、最終的な決断をするためにゴンドルヴィルに帰ってくる。彼はシムーズ兄弟が陰謀に加担してドイツから密かにこの地に潜入していることを知っていて、その始末をつける目的もあった。マランをシムーズ家の仇《かたき》と狙っていたミシュは、グレヴァンとの会話を立ち聞きし、兄弟がかかわる陰謀が露見したことを知ると、妻のマルトをロランスのもとに走らせる。

ロランスはもとより陰謀を知っており、兄弟や彼らと行動を共にするドートセールの息子兄弟をドイツから荘園の彼方に広がるノデームの森近くまで案内してきていたのだった。マルトの知らせで急を知った彼女は、これまでジャコバンと思っていたミシュがシムーズ家のために仮面を被っていたことを知り、感激して彼と共に命がけの兄弟救出に馬を疾駆させた。

陰謀を知っていたのはマランだけではない。ナポレオンさえその狡知を恐れるジョゼフ・フーシェが、マランの二股の行動もまた察知して、腹心のコランタンを差し向けていた。コランタンは同僚のペイラードとゴンドルヴィルに現れ、ミシュをも探り、陰謀の発覚と共に一気にシムーズ兄弟たち謀反の一味を一網打尽する計画で、サン＝シーニュの城館を取り囲んで家宅捜索を行った。そこへ兄弟たちを無事にノデームの森の以前ミシュが見つけていた修道院跡の地下倉に匿った後、急いで帰って来たロランスが現われる。

兄弟が必ず城館に潜んでいると睨《にら》むコランタンとロランスとの息詰まる対決は、ミシュの働きによって先んじたロランスの勝利となった。ミシュが一枚嚙んでいることを疑わぬコランタンは、ミシュを尋問するが、これもいいようにあしらわれて引き下がるしかない。あたかもマランが少女ロランスの侮蔑に密かな憤怒を燃やしたように、さらに陰険冷酷なコランタンは、ロランスやミシュへの復讐を心に刻んで、『暗黒事件』第一部「警察の憂鬱」が閉じる。

第二部「コランタンの逆襲」は牧歌的な恋愛劇とその牧歌が一気に暗転する悲劇の幕開

けだ。

ナポレオン転覆の大陰謀は、蜂起側のさまざまな手違いもあり失敗に終わる。第一執政はシムーズ兄弟たちの恩赦を行い、サン＝シーニュでの謹慎処分となった兄弟たちはロランスとの束の間の幸福を味わう。シムーズ兄弟はロランスを熱愛し、ロランスも双方を愛して、どちらを選ぶかを明らかにしない。一方ドートセール兄弟の弟もひそかに彼女を愛しているが、それは母親とグッジェ司祭以外には知られることがない。その間ナポレオンは皇帝となり、マランは元老院議員にまでのし上がってゴンドルヴィル伯爵となった。今や公然とシムーズ、サン＝シーニュ両家への忠誠を示せることになったミシュは、亡くなったシムーズ侯爵が隠しておいた僧院跡の莫大な財宝を取りだして、マラン所有のゴンドルヴィルを買い戻すことにして、四旬節の祭りの日にそれを実行することにする。

事件はその日に起こる。大半の財宝を城まで運んで、最後の一袋を運ぶその頃、ゴンドルヴィルの館に暴漢五人が襲って、パリから帰っていたマランを誘拐したのだ。折しも城館の庭園に煙が昇って、怪しんだロランスが馬を走らせると、城で誘拐犯に押し込められた後、彼らの後を追ってきた農夫ヴィオレットに見とがめられる。暴漢五人はあたかもシムーズ兄弟、ドートセール兄弟、ミシュの五人に似ていたと言い、とりわけ首魁はミシュに体格好がそっくりだとヴィオレットは証言した。マランに恨みを抱くのは彼らのほかいない。謹慎中の亡命貴族の犯行ということで世間の目は厳しく、弁明も聞かれず逮捕されて、トロワの裁判所で裁かれることになる。

第三部「帝政時代の政治的裁判」は、手に汗握る白熱法廷の議論が中心となる。孤立無援と思われた裁判で、サン＝シーニュ伯爵家の本家筋のシャルジュブフ老侯爵がロランスに救いの手を差し伸べ、老練な代訴人ボルダンと若手の有能な弁護士グランヴィルを紹介してくれた。しかし弁護人二人の見るところ裁判に勝ち目はない。ただ誘拐されたマランがまだ見つかっていないこと、被告たちのアリバイの証明の点でかすかな光明がある。ミシュの立場こそが裁判の決め手と見たボルダンはグランヴィルに弁護を一任し、彼らは犀利な論理と雄弁でほとんど被告人全員を無罪への判決に導こうとしていた。

ところが魔の手がミシュの妻マルトを襲い、偽手紙でマランの幽閉されているノデムの僧院跡の地下倉に彼女を誘《おび》き出し、マランの食事を密かに運ばせる。判決の当日の朝、マランが街道で発見され、マルトと共に証言台に立つ。グランヴィルは誘拐事件当日ロランスが庭園の一角に見た煙の正体こそ事件のカギと見て追及するが、グレヴァンとマランは示し合わせて沈黙を守る。マランがパリから家族も伴わず一人戻ってきたのは、ナポレオンの地位がゆるぎないのを見て、先の第一執政転覆の陰謀加担の証拠となる大量の書類を焼き捨てるためだった。裁判官はグランヴィルの弁護を正しいと見ながらも、すでに有罪に固まっている陪審員たちの心象は覆らず、ミシュは死刑、他の貴族たちも長い懲役刑を申し渡された。

シャルジュブフ老侯爵と代訴人ボルダンはなお希望を捨てず、時の実力者のタレーランを頼って恩赦の道を探ると、タレーランは誰がサン＝シーニュの人々を陥れたか察しをつけ、ロランスに面会すると老侯爵とともに戦場の皇帝に直接会って懇願することを勧める。じつはタレーランも先の陰謀に関わっていて、その陰謀の破綻によって不幸になったシムーズ兄弟を助ける隠された謝罪の意図があったのだろう。ロランスと老侯爵は馬車を飛ばしてイエナの戦場を駆け抜ける。時に一八〇六年十月十三日の夜。野営地で馬車を止めたロランスは、折から通りかかった二人の将校に声をかける。「皇帝に会いに行く」と。その将校こそナポレオンだった。気丈なロランスの受け答えに満足した皇帝は、タレーランの提案どおり兄弟たちを将校として戦場で生死を決する処置を取る。シムーズ兄弟はいずれも戦死し、ドートセール兄弟の弟アドリアンのみが重傷を負って帰還し、二人の恋人を失って傷心のロランスと結婚、刑場の露と消えたミシュの忘れ形見（妻のマルトは夫の判決のあと二十日後に心労で亡くなった）フランソワはロランスが面倒を見て法曹界に入り、それぞれの人生を歩むことになる。

「結末」はそのほぼ三十年後の一八三三年、時のカディニァン大公夫人のサロンの光景に移る。未亡人となったロランスは、亡夫と夫の両親が蓄財に努めたおかげでパリの屋敷を持ち、相当な財産も手に入れて、母親似の美人の娘に高位財産家のカディニァン大公夫人の息子の求婚を受けている。シャルル十世が七月革命の際に退位、傍系王家のルイ＝フィリップ立憲君主制を受け入れられぬロランスだが、社交上王党派のサロンに顔を出さざるを得ない。ロランス母娘が現れて間もなくゴンドルヴィル伯爵の名が告げられる。彼との同席を潔しとしないロランスは娘を連れて辞去する。伯爵は時の宰相で大公夫人の元の愛人であるド・マルセーに頼まれて亡命している正統王朝派である大公夫人の夫をフランスに帰国させるための許可状をもたらしたのだ。ロランスの辞去を、柔らかい婚約の拒絶と見て非難する大公夫人のために、ド・マルセーは一八〇〇年のナポレオンのマレンゴ危機に乗じたクーデタの陰謀以来、ゴンドルヴィル伯爵が関わった陰謀、シムーズ兄弟やミシュが被った災厄の根源の秘密を暴露して、それを土産にサン＝シーニュ家との和解を図るよう大公夫人に勧めて物語が終わる。

4．傑出した人物描写――ミシュ、コランタン、サン＝シーニュ嬢

以上の梗概、なるべく分かりやすく書いたつもりだが、いつものバルザックの小説以上に、特に第一部は物語の展開が行きつ戻りつして、時間的なつながりが今一つ理解しがたい形で書かれていると不満に思われる読者もあろう。もともと『暗黒事件』の初稿を見ると、「結末」でド・マルセーが説く一八〇〇年のナポレオン打倒のクーデタ計画から初めて、以後時間的経過に従って物語を書こうとしたことがわかる。しかしバルザックは、ありきたりの歴史小説の手法を用いずに、事件の核心となるミシュとコランタン、ロランスの三者が三つ巴になって物語を引っ張っていく、その真っ只中に読者を巻き込んで、そうした状況にいたる過程を、彼らを説明する段階で少しずつ明らかにしていく道を選んだ。そのために何かわけのわからぬ闇の中に、登場人物が押し込まれ、わけのわからぬままに

必死になってその闇から逃れようと努力する姿が、その闇に巻き込まれて彼らに突き付けられた謎を一緒に解いていくような気分で読み進める読者に、切実に現われてくることになった。

なかでも物語冒頭に登場するミシュは、きわめて印象深い。未開人を思わせる魁偉《かいい》な風貌、手にするライフルの異様に丁寧な描写と、動物的な肉体的反応に隠される知略、ひたすらユダの仮面の下に忠誠無比、純真な魂を隠し通していたのが、物語が動き出すやたちまち表面に奔騰して、妻のマルトがその正体を発見して感涙にむせぶように、読者もまた大きく胸を揺すられる。これほど効果的な人物描写はまたと無く、この最初の登場があればこそ、以後の猛虎豺狼《さいろう》相撃つコランタンとの対決場面が迫力を帯び、亡命貴族の兄弟たちを引っ張って獅子奮迅の活躍、冤罪《えんざい》裁判での毅然とした応対と死刑の判決を受けてからの従容《しょうよう》として落ち着いて冷静な態度が、くっきりと絵になるのである。死を前にした彼の肖像を、ロランスが高名な画家ルフェーブルに依頼するエピソードが第三部の末尾に語られるが、こうした周到な人物像の運びがあってこそ、ミシュの肖像画の効果はみごとなものになる。

彼と対峙するフーシェの密偵コランタンも、冷徹な異彩を放って、豪快無比なミシュと好対照をなす。彼が最初に登場する場面もミシュのそれに劣らず印象深い。「小柄で太り、性格は穏やかだが、野猿さながらに動きが突発的で敏捷、顔が白く、赤く血が透けて、(略)黄味がかって澄んだ眼は、虎の眼のように奥深く炯々《けいけい》と光って」いるミシュと、「育ちの良さが彼の物腰からわかり、金目《かねめ》の宝石を身に着けてもいる。（略）自惚れが強そうで（略）ひそかな優越感をはしなくも表している。青白い顔は血が通っていないのではないかと思われ、（略）緑色の目は何を考えているのか窺い知れない」コランタンの風貌。いわば一方は「生」、もう一方は「死」を表出すると言えようか。同僚のペイラードが、中年の好色と地方出身の野心家の自惚れを「もの欲しげな唇」、「小さく、窪んだ豚のような目」で示すことで、いっそうコランタンの都会的なキザさ加減と細い目と薄い唇に象徴される冷酷さが強調されるのだ。彼の慇懃無礼なもの言いは、妙にねちっこく、いかにもこういう人物が自分の身辺にもいそうな現実感がある。

しかもこの男は執念深く、狡知に長けて、彼自ら言うように、自分が受けた屈辱を忘れることがない。しかもその屈辱の出どころの正邪を問うところでないのは、あたかもシェークスピアの戯曲『オセロー』のイヤーゴーが、まことに卑しい、小さな動機で、オセローに嫉妬の罠を仕掛け、妻のデスデモーナと合わせてムーアの将軍を破滅させるのと似ている。小人の恨みは公正な人間を破滅尽くして止まない。自分の裏をかいた、というだけで、コランタンはシムーズ、サン＝シーニュというシャンパーニュの貴族の名家を徹底的に破滅し尽くすのである。

しかし何といってもサン＝シーニュ家のたったひとりの女性当主、ロランスが物語中圧倒的な存在感を示す。ミシュ、コランタンが登場するや存分に個性を発揮した後、第三章で初めて彼女の詳しいポルトレが紹介されるのも、まことに颯爽としたサン＝シーニュ嬢にふさわしい。むくつけき、善悪いずれにしてもアクの強い二人の男たちとは対照的に、女性らしい。サン（五）＝シーニュ（白鳥）という五羽の白鳥を意味する名が冠されることで、あたかもすらりと白い姿が軽々と天を駆けるようなイメージを常にまといながら、しかしその芯の強さは、前二者に劣らず、というよりもいや増して印象的だ。そして彼女の最初の登場が、マラン、後のゴンドルヴィル伯爵の最初の登場とも重なることで、半世紀近くに及ぶサン＝シーニュ嬢とマランとの戦いの開始を象徴的に示すものとなる。

十二歳の少女であるロランスが、城館を奪い、いとこたちを逮捕しようと乗り込んできたマランに「引き返すように命じなかったら、最初の一発はあなたに向けられますよ。さぁ、マランさん、出てお行きなさい！」と叫ぶ言葉は、まさしく「結末」の場面で、ゴンドルヴィル伯爵が現れるとさっさと退出し、宰相ド・マルセーをして、マランをいかにも出ていけがしの態度を取らせて、やむなく彼がサロンから辞去せざるを得なくなった後で、その悪行が暴かれることと表裏一つとなって二人の戦いが完結するのである。

彼女がシャルロット・コルディやユーディットそのほか歴史上の烈女にたとえられ、スコットの小説『ロブ＝ロイ』のヒロイン、ダイアナ・ヴァーノンと重ねられるのも、単なる比喩を超えてサン＝シーニュ嬢の堅固な意思と行動に具体的なイメージを付与するものだが、鮮やかな乗馬姿を印象付けた後で、束の間の平安が訪れた時の「恋する女」としての、嫋嫋《じょうじょう》たる、弱いロランスをいやが上にも浮き彫りにする。まことに配合の妙と言うべきだろう。

しかし彼女にもっとも生彩を与えるのは、シャルジュブフ老侯爵と共に、ミシュと貴族たちの恩赦を獲得すべく、戦場のナポレオンに直訴に行く場面だ。この時のロランスほど、男勝《おとこまさ》りと女性らしさを兼ね備えた美しさを示すものはない。直訴の場面は、あるいはスコットの『ミドロジアンの心臓』(一八一八)のヒロイン、ジーニー・ディーンズが死刑を宣告された妹の無実を訴えに、スコットランドからはるばるロンドンに来て、スコットランドの大貴族アーガイル公爵を仲介に、じっさいに政治的権力を行使することのできたキャロライン王妃と直接面会して、目的を達する感動的な場面(第三十五章)にヒントを得ているのではないか。もとよりジーニーは美女としては描かれていないが、女性らしい、しかし論理的で宗教心の強い、意志堅固な性格で、始め彼女が話しかける女性が王妃とは知らないこと、王妃が彼女の健気さを愛でて、イングランドに対抗するスコットランドからの訴えに対しての警戒心を解くところなど、皇帝ナポレオンと王党派のロランスとの対決を思わせる。小説中にはダイアナ・ヴァーノンしかスコットのヒロインは言及されていないが、一八四三年の「序文」にフランツ弁護士をジーニー・ディーンズの父親の風貌になぞらえることで、直訴の淵源を暗示しているとも考えられる。

そのほか『暗黒事件』が執筆される以前、他の小説の中でヒロインの権力者への直訴、それも直訴する本人がその時誰とも知らぬ形で話しかけて、相手が直訴の相手と知るのは、プーシキンの『大尉の娘』(一八三六)で、プガーチョフの反乱に巻き込まれた恋人の冤を雪《すす》ぐために、大尉の娘マリア・イヴァーノヴナがペテルブルグまで出かけてエカテリーナ二世と会い、苦衷《くちゅう》を打ち明けることで、女帝の恩赦が下る話がある（第十四章「査問」）。まさかバルザックがロシア語でプーシキンを読んだとは思えないが、あるいはハンスカ夫人から梗概を聞いたのかも知れない。いずれにしても、歴史上の人物と小説中のヒロインが会話を交わすという、きわめてスリリングな展開が、『暗黒事件』を小説としての醍醐味を味わわせる作品としていることは確かだ。

もちろんこれらの三人だけではない。歌舞伎で言う「実悪」にあたるマランもまた、大きな存在感がある。とりわけ誘拐された後に、ミシュなどへの判決が下される直前に解放されて法廷に立つところなど、まことに実悪ぶりが徹底していて、ここにもバルザックの筆力が見事に発揮されている。彼の腹心のグレヴァンのいかにも影の男に徹した参謀ぶり、農夫ヴィオレットの低劣なさもしさが、振る舞い酒には夜を徹しても飲みまくる様子に活写され、ミシュの妻マルトの可憐、純真にして悲劇的な心情、その子供フランソワの躍動する利発さ、サン＝シーニュ嬢と行動を共にして、機敏な頭の働きと行動を見せる少年ゴタール。老巧で人情に厚いながらも冷静な判断を示すシャルジュブフ侯爵、明快な論理と深い経験に基づいた人間味あふれた公証人ボルダン、明敏、怜悧な法曹でありながら、恋愛沙汰で出世を棒に振った陪審員長ルシェスノーの、それでもその辣腕を示さずにはいられない秀才魂。なかでもミシュの弁護を引き受けるグランヴィルの胸のすくような推理と検察官の論法を逆手に取って鮮やかに論破する活躍は、『人間喜劇』中、他の再登場の場面に比して、抜きん出て異彩を放つが、以上あげた登場人物のいずれもが、演じる役割の大小にかかわらず、それぞれが拠って立つ舞台でくっきりとスポットライトが当たったように、明瞭な輪郭で浮かび上がってくる。

こう見て来ると『暗黒事件』の登場人物の一人一人が、主役から脇役にいたるまで実に明確な作家のビジョンの下に、物語の展開に応じて、寸分の乱れもなく、見事なメカニズムでロランスを中心に動くのは、あたかも明帝国を打ち立てた洪武帝朱元璋の四男燕王が甥の建文帝を倒して永楽帝となるまでの動乱を、幸田露伴が緊張した筆で描いた傑作『運命』（大正八年）の登場人物すべてが、善悪大小それぞれの魅力を湛《たた》えて躍動するのと同じ印象がある。しかしバルザックが作り上げた架空の人物たちを覆うかのように、さらに大きな存在として、特別の光を輝かせるのが皇帝ナポレオンであり、さらにその背後から闇を貫くような眼光を見せて、歴史のドラマを操るジョゼフ・フーシェの慄然とするような人物像がある。バルザックの伝記を書いたオーストリアの作家シュテファン・ツヴァイク（一八八一―一九四二）は、『暗黒事件』を読んで、フーシェの人間像に興味を持ち、傑作『ジョゼフ・フーシェ』（一九二九）を書いたというが、それも宜《むべ》なるかな！

5. 歴史の再構築――冤罪の彼方に

小説『暗黒事件』の基本構造を再び繰り返せば、一八〇〇年にじっさいに起こった元老院議員クレマン・ド・リの誘拐事件を軸に、その前後のさまざまなナポレオン打倒のために試みられた陰謀事件を巧みに組みこませることによって、王党派とボナパルト派、さらに両者の間で日和見しつつ、決定的な主導権を握ろうとする政治人間たちの暗闘のドラマを生々しく描くことが、その主眼であったように思われる。

この誘拐事件は前述のとおり、一八〇〇年九月二十三日トゥールからそれほど遠くないボーヴェーの城館から元老院議員クレマン・ド・リが誘拐され、消息の分からないまま十月十日に解放されてその姿を現した。翌一八〇一年七月にカンシー侯爵とモーデュイゾン伯爵を含む十人の被告が裁判にかけられたが、証拠も不十分で、肝心の元老院議員が出頭せず、裁判はそのまま結審せずに上級裁判所にゆだねられる。二審はその三ヵ月後に行われ、カンシー侯爵とモーデュイゾン伯爵およびゴーダンの三人が死刑の判決を受け、翌十一月初頭に処刑された。

事件は当時大きく騒がれたが、その事件にフーシェが関わっていたという。犯人があがらないことに苛立つ皇帝を鎮め、かつ警察の威力を知らしめるために、誘拐犯たちと交渉して議員解放の引き換えに処罰しないことを約束したのだが、結局ことを明るみに出さないために犯人たちを冷酷に見捨てたというのだ（フォリオ版『暗黒事件』の編者ルネ・ギーズの解説参照）。バルザックが一八四三年の「序文」で述べていることを信じれば、クレマン・ド・リ自身が作家の父親に誘拐事件の真相の一部を話し、小説の中でマランが自らを危うくする書類を居城の草原で焼いたことになっている。それは父からクレマン・ド・リが焼いたことを直接聞いたことから生み出されたものだろう。その話をダブランテス侯爵夫人にして、それが彼女によって曲げられた形で『回想録』で語られてしまった。侯爵夫人の『回想録』は一八三一年から一八三五年に刊行されているので、もしバルザックがその真相を訂正する必要があるのであれば、その後すぐにでも小説にすることも可能だっただろう。ところがバルザックがこの誘拐事件を取り上げたのは、ほぼ十年後の一八四一年、ダブランテス侯爵夫人が世を去って三年後になる。

事件のほとぼりが冷めた頃に、再び蒸し返すように誘拐事件を小説のポイントとして取り上げたのは、おそらく事件が冤罪であったことから来るのだろう。冤罪事件についてバルザックは手痛く、辛い思いを経験していた。『暗黒事件』執筆の三年前、一八三八年十一月一日から二日にかけての夜、リヨン東方のペレーという町で公証人セバスティアン・ペーテルが妻をピストルで撃ち、その使用人の頭を鎚《つち》で叩き割る事件が起こった。ペーテルはかつて劇評などを新聞に寄せていた男で、バルザックの知人でもあったから、バルザックは彼の弁護を買って出て法廷に立ちさえした。

裁判所はペーテルが妻の遺産を相続しようとして彼女を殺したのだとするが、それはあり得ない。妻を殺したのは使用人で、ペーテルはその妻殺しに報いたのだ、という弁護は結局通用しなかった。ペーテルは妻がその男と不倫関係にあったのを、自分の名誉を犯すとして認めることができなかった。もし不倫の二人を罰したのであれば情状酌量もあっただろう。ペーテルはバルザックにある程度真実を打ち明けていたようだが、その真実は被告の立場から口をつぐまねばならぬことだった。ペーテルは翌一八三九年十月二十八日に処刑される。

冤罪である事実を知りながら、それを覆しえないこと、被告の有利を願って、本来明らかにすれば被告の益になることでも明らかにしえないこと。これらはまさしくシムーズ兄弟たちの裁判におけるボルダンやグランヴィルの苦衷に重なる。冤罪事件として騒がれた「松川事件」の裁判が一九五九年に行われた時の公安部長で、その後検事総長を務めた井本臺吉《だいきち》は、判決前夜に新聞記者のインタビューを受けて「その前日バルザックの『暗黒事件』を読んで過ごした、明日の感想はあるけれど発表しない」と答えたと書いている（一九七三年刊、創元社『バルザック全集』第六巻の月報）。井本は旧制高等学校の教室でバルザックの『ウジェニー・グランデ』を読んだ経験を書いているが、今時の検察官で事件の参考にバルザックの『暗黒事件』を読むような人がいるだろうか。いれば誠に頼もしい限りだが、それはともかく、クレマン・ド・リ事件もペーテル事件も、さらには「松川事件」も、発生当時は世間の耳目をそれこそ驚かしはしたものの、月日が流れるとともに風化していく。

『暗黒事件』が発表された時点でも、バルザックが「序文」でその思いがけない反響に驚いていたように、事件は風化していたはずだ。もちろんペーテル事件の余波としての冤罪事件の執筆ということは意識すべきだが、けれども本当の作者の狙いは、必ずしも冤罪事件の摘発、啓蒙ではなかったと思われる。冤罪の悲劇についての共有の意識の喚起はもちろんあったにしても、小説家としては、むしろそうした冤罪を育む歴史の大きな、抗しがたい歯車の動きの中に人々の運命を捉えようとしたのではないか。それは小はマラン、大はフーシェ、タレーラン、ボナパルトたちが、革命初期から政治の舞台で暗躍し、機会を窺っては、絶妙にそれを利用し、人を利用してのし上がっていく歴史にあざとく描かれるものだ。

それにしても、クレマン・ド・リ事件を発端として、場所を変え、人間関係を変えて、複雑怪奇なストーリーを組み立てて、その中に可憐、気丈な美姫と美貌の双子の兄弟貴族を配し、義侠の快男子を傍らに置いて、綿密犀利な暗黒の世界を現出させた小説家バルザックの手腕は、哲学者アランが『バルザックとともに』（一九三七）で言うように、バルザックの中で「もっとも読むのが難しい作品の一つ」で、「もっとも偉大な作品の一つ」とした『暗黒事件』に比類無く示されている。

本書の原題は *Une ténébreuse affaire* で、直訳すれば「ある闇の事件」となり、日本語の『暗黒事件』というのと多少ニュアンスが違うように思われるが、この題名は昭和十年の小西茂也訳以来踏襲されている。先に引いた「松川事件」と同じく冤罪事件として有名な「八海事件」を映画化したタイトルも『真昼の暗黒』であって、それはあるいは井本の言葉にあるように、バルザックの『暗黒事件』を引きずった形で付けられたのかもしれない。いろいろ考えてみたが、結局これという訳語を見出し得なかった。翻訳の底本はプレイヤッド版『人間喜劇』第八巻（一九七七）を使用したが、行文の体裁、章のタイトルなどは、多少読みやすくなろうかとバルザック初版の表記を尊重したピエール・シトロン編スイユ版『人間喜劇』第五巻(一九六六)に拠った。また一八四三年の初版の際に着け加わった『序文』については、これを本文の冒頭に置くよりも、小説を読み終わった後に読んでもらった方が混乱も少ないし、いわば謎を明かされた形で推理小説を読むような感もあるので、むしろ「あとがき」の形にした方がよいと考えて本文の後ろに置いた。大方のご了承を得たい。表紙の図柄は先の『ソーの舞踏会』と同じく一八二七年の『ジュルナル・デ・ダム・エ・デ・モード』の巻末図版から、挿絵は一八五五年刊のマレスク版『挿絵入りバルザック著作集』の該当箇所を用いた。

この訳稿も畏友山崎恭宏氏の校閲を乞い、クリス・ベルアド氏にはフランス語の疑問に答えていただいた。心から感謝をささげる。編集の岩川哲司氏と翻訳に取り上げるべき作品として『村の司祭』あるいは『現代史の裏面』、もしくは『モデスト・ミニョン』『田舎医者』、それとも『ルイ・ランベール』? などと電話で楽しく話したのもずいぶん昔になる。結局『暗黒事件』に落ち着いたが、例によって長い時間を取ってしまった。辛抱強く待ってくださった氏にはひたすら宥恕を乞うしかない。

二〇一四年四月七日

柏木隆雄

本書は、ちくま文庫のために新たに翻訳されたものです。

新版 思考の整理学　外山滋比古

「東大・京大で1番読まれた本」で知られる〈知のバイブル〉の増補改訂版。２００９年の東京大学での講義を新収録し読みやすい活字になりました。

質問力　齋藤孝

コミュニケーション上達の秘訣は質問力にあり！　これさえ磨けば、初対面の人からも深い話が引き出せる。話題の本の、待望の文庫化。（斎藤兆史）

整体入門　野口晴哉

日本の東洋医学を代表する著者による初心者向け野口整体のポイント。体の偏りを正す基本の「活元運動」から目的別の運動まで。（伊藤桂一）

命売ります　三島由紀夫

自殺に失敗し、「命売ります。お好きな目的にお使い下さい」という突飛な広告を出した男のもとに、現われたのは？（種村季弘）

こちらあみ子　今村夏子

あみ子の純粋な行動が周囲の人々を否応なく変えていく。第26回太宰治賞、第24回三島由紀夫賞受賞作。書き下ろし「チズさん」収録。（町田康／穂村弘）

ベルリンは晴れているか　深緑野分

終戦直後のベルリンで恩人の不審死を知ったアウグステは彼の甥に訃報を届けに陽気な泥棒と旅立つ。歴史ミステリの傑作が遂に文庫化！（酒寄進一）

向田邦子ベスト・エッセイ　向田邦子　向田和子編

いまも人々に読み継がれている向田邦子。その随筆の中から、家族、食、生き物、こだわりの品、旅、仕事、私……、といったテーマで選ぶ。（角田光代）

倚りかからず　茨木のり子

もはや／いかなる権威にも倚りかかりたくはない……話題の単行本に3篇の詩を加え、高瀬省三氏の絵を添えて贈る決定版詩集。（山根基世）

るきさん　高野文子

のんびりしていてマイペース、だけどどっかヘンテコな、るきさんの日常生活って？　独特な色使いが光るオールカラー。ポケットに一冊どうぞ。

劇画 ヒットラー　水木しげる

ドイツ民衆を熱狂させた独裁者アドルフ・ヒットラーとはどんな人間だったのか。ヒットラー誕生からその死まで、骨太な筆致で描く伝記漫画。

ねにもつタイプ　岸本佐知子

何となく気になることにこだわる、ねにもつ。思索、奇想、妄想はばたく脳内ワールドをリズミカルな名短文でつづる。第23回講談社エッセイ賞受賞。

TOKYO STYLE　都築響一

小さい部屋が、わが宇宙。ごちゃごちゃと、しかし快適に暮らす、僕らの本当のトウキョウ・スタイルはこんなものだ！　話題の写真集文庫化！

自分の仕事をつくる　西村佳哲

仕事をすることは会社に勤めること、ではない。仕事を「自分の仕事」にできた人たちに学ぶ、働き方のデザインの仕方とは。（稲本喜則）

世界がわかる宗教社会学入門　橋爪大三郎

宗教なんてうさんくさい⁉　でも宗教は文化や価値観の骨格であり、それゆえ紛争のタネにもなる。世界宗教のエッセンスがわかる充実の入門書。

ハーメルンの笛吹き男　阿部謹也

「笛吹き男」伝説の裏に隠された謎はなにか？　十三世紀ヨーロッパの小さな村で起きた事件を手がかりに中世における「差別」を解明。（石牟礼道子）

増補　日本語が亡びるとき　水村美苗

明治以来豊かな近代文学を生み出してきた日本語が、いま、大きな岐路に立っている。我々にとって言語とは何なのか。第８回小林秀雄賞受賞作に大幅増補。

子は親を救うために「心の病」になる　高橋和巳

子は親が好きだからこそ「心の病」になり、親を救おうとしている。精神科医である著者が説く、親子という「生きづらさ」の原点とその解決法。

クマにあったらどうするか　姉崎等　片山龍峯

「クマは師匠」と語り遺した狩人が、アイヌ民族の知恵と自身の経験から導き出した超実践クマ対処法。クマと人間の共存する形が見えてくる。（遠藤ケイ）

脳はなぜ「心」を作ったのか　前野隆司

「意識」とは何か。どこまでが「私」なのか。死んだら「心」はどうなるのか。――「意識」と「心」の謎に挑んだ話題の本の文庫化。（夢枕獏）

しかもフタが無い　ヨシタケシンスケ

「絵本の種」となるアイデアスケッチがそのまま本に。くすっと笑えて、なぜかほっとするイラスト集です。ヨシタケさんの「頭の中」に読者をご招待！

ちくま文庫

バルザック・コレクション

暗黒事《あんこくじ》件《けん》

二〇一四年六月十日　第一刷発行
二〇二五年三月二十日　第三刷発行

著　者　オノレ・ド・バルザック
訳　者　柏木隆雄（かしわぎ・たかお）

発行者　増田健史
発行所　株式会社　筑摩書房
東京都台東区蔵前二―五―三　〒一一一―八七五五
電話番号　〇三―五六八七―二六〇一（代表）
装幀者　安野光雅
印刷所　株式会社精興社
製本所　株式会社積信堂

ISBN978-4-480-43163-9 C0197